读顾随札记

（上）

汪文学◎著

贵州出版集团
贵州人民出版社

序言　我读顾随

不读顾随，不能明白中国诗的伟大。

不读顾随，不能理解中国诗的深邃。

不读顾随，不能体悟中国诗的玄妙。

不读顾随，不能领会中国诗的简单。

不读顾随，不能了解中国诗人的修养。

不读顾随，你可能看不懂中国诗。

读了顾随，你可能更看不懂中国诗。

这是我读顾随的感受。

读顾随，是一件快乐的事情，他卓见迭出，是你闻所未闻的，让你惊喜连连。读顾随，是一件麻烦的事情，他随意挥洒，东鳞西爪，又字字珠玑，绝不可滑口读过。非得有整块时间，安静下来，逐字玩味，细心揣摩，甚至要反复阅读，才能串联起他的观点，领会他自成体系的思想。

在中国现代学术史上，顾随值得反复阅读，经得起反复琢磨，并不是所有学人的著作都能如此。读顾随，值得。顾随的著作，耐读，需要反复阅读；顾随的著作，经得起反复琢磨。

学者评论顾随，说他"实过其名"，这是知人之言。顾随研究中国古典文化的成就，与他在中国现代学术史上的声名，实在不相称，是"实过其名"。生前寂寞，身后依然寂寞，但他是大师。有人倡立"顾学"，我看可以。细心阅读《顾随全集》，你会赞同这个建议。

现今中国文史学界，知道顾随的人不多，理解顾随学术和思想的人更少。我对顾随其人的了解，对其著作的阅读，对其学术思想的认识，有一个渐进的过程。

二十世纪九十年代后期，我参编一套文学理论资料集，常去系部资料室，动手动脚找资料，偶然翻到顾之京编的、天津人民出版社1995年出版的《顾随：诗文丛论》。借回阅读，说不上喜欢，没有特别吸引我，抄录了一些有用的资料，没有细致阅读，便插在书架上。这是我第一次识得顾随，知道他是叶嘉莹的老师，《顾随：诗文丛论》是据叶嘉莹的课堂笔记整理而成。读过几种叶嘉莹的诗词论著，发现她讲解诗词的方法、路径和观念，与顾随近。起过念头，研究叶嘉莹与顾随的诗学渊源，与一位前辈学者说过，但没有坚持做下去。

往后，《顾随：诗文丛论》出了增订版，还是顾之京编，还是天津人民出版社出版，还是那个铁锈红封面，只是书厚了点。买了一本，在一家旧书店。与首版对照，增加了一些内容，还是叶嘉莹的课堂笔记。在自购书上画圈，做标记，写心得，是读书人的快事。这次读得认真一点，找到了乐趣。一段时间，常把它带在手边。有几次出差，在书架上选书，备外出消遣，选的亦是它。

我很少依兴趣读书，一般按研究课题选择读物，但这太过功利，减损了阅读的兴趣。按研究课题选择读物，读出乐趣，是读《顾随：诗文丛论》。那段时间，我做中国古典诗学理想研究，撰写《温柔敦厚：中国古典诗学理想》一书。我的基本看法与顾随近，于是引用了不少顾随的话作为敝见的佐证。我以为：中国古代诗学古典美，自然呈现于"诗三百"，自觉建构于扬雄，理论阐释于刘勰，解构于韩愈，重构于顾随。这是《温柔敦厚：中国古典诗学理想》的基本观点，亦是我对顾随诗学的大体定位。

顾随著述宏富，2012年北京大学出版社出版过一套顾之京等人整理的《顾随讲坛实录》，有上、中、下三册，包括《中国古典诗词感发》、《中国古典文心》和《中国经典原境界》。顾随诗词文课堂讲授笔记，大体囊括其中。2014年，河北教育出版社出版了一套十卷本《顾随全集》，顾随一生的著述，包括书法作品，搜罗殆尽。我喜欢这套书，完全被他的诗学魅力吸引，萌生做专题研究的想法。书印制精美，装帧典雅，符合顾随的风格，便购置一套，置于案头，时时把玩。浏览一遍后，写成《顾随情操诗学理论论纲》一文，安置在《温柔敦厚：中国古典诗学理想》一书中。

叶嘉莹说："我以为先生平生最大之成就，实在还并不在其各方面之著述，而更在其对古典诗歌之教学讲授。"（《谈羡季先生对古典诗歌之教学与创作》，转引自闵军《顾随年谱》第169页，中华书局2006年版）徐晋如说："顾随的毕生最大成就不在于他的诗词论著，而在于他的诗词讲授，'述而不作'，传递的是一种运动着的思想。"（《为惜苍茫景物无人赏——历史下的顾随和〈顾随全集〉》，《博览群书》2001年第4期）二氏之言，确属洞见。我对顾随，欢喜阅读、反复把玩的，便是他的诗词讲授笔记。至于专题论著，尤其是新中国成立后的论著，总觉得味道差一点，不耐读，经不起琢磨。

顾随诗学魅力，在其诗词讲授笔记里；顾随学术精义，亦在其诗词讲授笔记里。理解和把握顾随学术的困难，在于他的言说方式，即他"传递的是一种运动着的思想"。课堂讲授，像顾随这样的诗人讲课，即兴感发，率性恣肆，锐敏深刻，卓见迭出。顾随诗词讲授笔记的魅力在此，困难亦在此。但是，率性中有谨严，恣肆中有连贯，即兴里有逻辑。百余万字的诗词讲授笔记，几乎没有自相矛盾的地方。一个观点，一个问题，在不同的课堂上讲授，相互补充，互相阐发，相得益彰，没有扞格。一个概念，在不同课堂上使用，虽随兴拈出，但首尾一致，毫无抵牾。我感觉，顾随的诗词课堂，虽如天女散花，随意挥洒，但实有一个首尾连贯、架构清明、逻辑严密、体系周全、自成一体的诗学理论，我名之为"情操诗学理论"。若无深度的沉潜把玩，便难以把握这套理论，亦难以认识他作为中国古代诗学古典美重构者的成就。

计划系统阅读和全面研究顾随，是在2021年春。按阅读习惯，我先后把《顾随：诗文丛论》、《顾随：诗文丛论》（增定版）、《顾随讲坛实录》（三册）、《顾随全集》（十卷）细致阅读了一遍，或圈或点，或下按语，或记心得，费时四月。尔后，用笔记本数册，分门别类抄录资料，二十余万言，亦费时四月。至此，专题研究顾随的基础工作，大体完成。论著题名确定为"顾随情操诗学理论研究"。接下来的工作，便是研读分类抄录的资料，构思写作提纲。写作如行军打仗，写作提纲如行军地图，分类资料如弹药，必不可少，这是我的一贯做法。

友人刘泽海兄，有出版人锐敏的学术眼光，素所佩服。我与他合作多年，我那套个人学术作品集，便是经他怂恿做出来的。我们还在一起持续做"贵州古近代名人日记丛刊""中国乌江流域民国档案丛刊""中国西南布依族抄本文献丛刊""安顺文库"等大型地方文献整理出版项目。近几年，我时时与他谈及顾随。获知我有专题研究顾随诗学的想法，他便建议先写札记，再写论著，由札记而论著，顺势而成，一举两得。这个主意不错，《读顾随札记》便由此而生。感谢泽海兄的好建议，我就这样一篇接着一篇写起来了。

二〇二一年九月十六日

目录

上册

卷一

001　实过其名：学者评价顾随 /03

002　顾随学术精义在课堂讲授中 /09

003　顾随的性情 /14

004　顾随的政治 /21

005　顾随的家学 /26

006　顾随的学术背景 /34

007　顾随的艺术兴趣与学术追求 /38

008　为人有诗心，人生则有诗意：顾随的人生观（一）/44

009　安分守命：顾随的人生观（二）/49

010　生活勇气，做事精神：顾随的人生观（三）/57

卷二

011　诗即道 /67

012　诗法与世法 /72

013　思无邪：孔门诗法 /80

014　诗比历史更真实 /87

015　诗心要诚 /91

016　研究国民性，最好看其历史与诗 /96

017　温柔敦厚：中国人的性情，中国诗的特质 /100

018　韵的文学和力的文学：中国诗的两种类型 /107

019　孔门诗法重在兴 /116

020　学问之道在培育情操 /122

021　调和是诗与人生的最高境界 /126

022　好诗如忠厚长者说老实话 /137

卷三

023　诗中必须有"多余的附加" /143

024　中国诗在于引起印象 /149

025　中国诗的"姿态" /154

026　中国诗由女性变男性 /160

027　中国诗简单而神秘 /166

028　中国诗不要油滑，不宜豪华 /174

029　学诗入门以境界为先 /178

030　顾随的"因缘说" /182

031　中国诗之高与好 /188

032　中国诗的最高境界是无意 /195

033　中国诗含蓄蕴藉 /199

034　中国诗有诗味无思想 /207

035　诗之好在于有力 /214

036　诗太诗味了便不好 /219

037　诗以健康为美 /224

038　读中西文学的不同感受 /232

卷四

039　诗人博物且格物 /237

040　从格物到物格 /242

041　从"心与物游"到"心物一如" /246

042　诗中并非必须写美 /251

043　中国诗写夏的少 /256

044　人在恋爱时最有诗味 /261

045　过去和将来：人生的两大诗境 /269

046 诗里的眼耳鼻舌与声色香味 /276

047 中国诗里的人伦 /284

048 中国诗里的恐怖和惊悸 /289

049 中国诗里的怨恨与哀愁 /295

050 中国诗写兴奋只能写概念 /306

051 说理绝不妨害诗的美 /311

052 诗与人生 /315

053 诗与生活 /322

054 好诗有生机和生的色彩 /328

下册

卷五

055 诗人的类型和等级 /339

056 诗人的同情 /347

057 中国诗人缺乏挑战精神 /355

058 顾随的"出入论" /359

059 顾随的"欣赏论" /367

060 顾随的"感觉论" /378

061 诗人的豪气 /386

062 诗人的幻想 /391

063 寂寞心即诗心 /396

064 诗思的选择 /405

065 顾随的"诗心论" /409

066 诗心是文学修养,亦是人格修养 /416

067 诗心要静 /424

068 诗心要闲 /435

069 顾随的"情操论" /442

070 诗人必须本身是诗 /450

卷六

071 诗以美为先,意乃次要 /455

072 中国诗以五言最恰 /460

073 写作注意形容词不如注意动词 /471

074 中西文字在文学上的表现 /476

075 中国诗形、音、义和谐 /482

076 中国诗的弹性 /488

077 中国诗的音乐性 /496

078 中国诗声音里有情感 /503

079 中国诗声音里有形态 /510

080 中国诗的形体美 /516

081 学文应当朗诵 /520

082 "诗无达诂"有至理在 /525

083 写作顶好用口语 /531

084 文如水流山立 /539

卷七

085 《诗》是最好的情操 /547

086 楚辞近似西洋文学 /554

087 六朝文是美文 /560

088 晚清民国的魏晋想象 /568

089 曹操的坚苦卓绝精神 /573

090 曹植有感觉而乏情操 /586

091 散文家中曹丕最有情操 /592

092 曹丕的散文是诗 /596

093 "诗圣"陶渊明 /604

094 陶诗不好读,是因其人不好懂 /614

095 李白思想不深、感情不切 /623

096 王维诗高而不好 /631

097 杜甫诗病在写史太多 /639

098 杜诗是"力的文学" /644

099 杜甫的担荷意志 /651

100 李商隐是中国的唯美派 /657

101 顾随的鲁迅评价和研究 /663

102 鲁迅对顾随的影响 /669

103 顾随是研究和宣传鲁迅的先行者 /674

104 年轻人不适合读鲁迅 /679

105 鲁迅的性情 /684

106 鲁迅是白话文中的古典派 /690

107 谨严：鲁迅文章的风格 /698

后记

实过其名：学者评价顾随

在中国现代学术史上，顾随声名甚微，无论生前，还是身后。幸得几个好学生，如叶嘉莹等，还记得他们的老师，把当年的课堂笔记整理出版，顾随其人才逐渐为人所知。我初识顾随其名，是因阅读顾之京编的《顾随：诗文丛论》。后来读闵军的《顾随年谱》，对其人生经历和学术次第，才有了大体了解。

顾随其人其名，今日一般大众知之甚少。顾随的创作和学术，当下一般学者识之寥寥。

顾随（1897～1960），字羡季，河北清河人。幼承庭训，习四书五经及唐诗宋词。18岁考入北京大学，先赴天津北洋大学读英语预科两年，后入北京大学英文系。1920年毕业，在河北、山东各地担任英语、国文课教师，后于河北女师学院任教，再转赴北京，先后在燕京大学、辅仁大学任教，在北京师范大学、北平大学、中国大学、中法大学等校兼课。新中国成立后，担任辅仁大学中文系主任，后转入天津师范学院中文系任教。顾随精于文学、佛学、道学研究，兼擅书法，有诗、词、曲、小说创作。现存《顾随全集》十卷，由河北教育出版社于2014年出版。

评价顾随，与顾随亦师亦友的红学家周汝昌有一段话，堪称全面和精审。他说：

> 先生本人一身兼多面才能资质：约而言之，是诗人，是词人，是剧作家，是文学理论家，是文学评论家，是大书法家，是京剧艺术的特级鉴赏、表现、评论专家……他老集如此众多特长于一身，神而明之，大而化之，真所谓高士通人，无所不能，无所不精——然后而缔造成为一位难以俗常"名目"来称呼的大师！……论诗，论翻译（先生本科是英文系，不止精于汉文），论文体，论小说，论书法——无不精绝。每论一事一义，皆有独到的心得，超俗

的创见，令人心折，令人拜服，令人灵智豁通而升高，得大惊奇，为之欢喜赞叹不已！（《顾随先生诞辰百年感言》，见《顾随年谱》卷首，中华书局2006年版）

周汝昌与顾随有师徒之谊，其评价顾随，如实公允。顾随直言不喜欢《红楼梦》，但对《红楼梦》深有研究。以红学研究而成名家的周汝昌，其红学研究，就受顾随影响。

顾随的成就是多面的，尤其擅长诗学。顾随的弟子、著名剧作家黄宗江，以为其学问博大精深，可称"顾学"。顾随学问，能否称"顾学"？认真阅读《顾随全集》，你会有自己的判断。与时下流行的"×学"之类相比，我以为"顾学"可以成立。徐晋如说：

顾随属于那种绝对不可仿效的天才学人，顾随的诗学是王国维《人间词话》之后的又一高峰，他的卓绝的天赋和在诗词研究方面所达到的深度和广度，也许唯有吴世昌先生足堪颉颃。（《为惜苍茫 景物无人赏——历史下的顾随和〈顾随全集〉》，《博览群书》2001年第4期）

顾随推崇王国维，对其"境界说"有进一步深化，先后著《〈人间词话〉评点》(1930年)和《〈人间词话〉疏义》(1943年)。据我观察,顾随诗学,当在静安诗学之上,甚至民国学者中,亦无有出其右者。邓韶玉说:

> 顾随于词曲一科尤为擅长,堪于吴梅相颉颃,学界向有"南吴北顾"之称。……顾氏的《苏辛词说》,比之王氏的《人间词话》,其意义与价值,又自不同,其所包容触发,无论就高度、广度而言,抑或就深度、精度而论,皆超越王氏之上。(《文风人德真师表——欣读〈顾随文集〉》,转引自《顾随年谱》第303页)

顾随诗学确是静安诗学后又一座高峰。就其高度、广度、深度、精度言,我赞成邓氏言,确在静安诗学之上。我对顾随诗学的定位是:中国古代诗学古典美建构于扬雄,阐释于刘勰,解构于韩愈,重构于顾随。顾随诗学是对中国古代诗学古典美遭遇韩愈解构千余年后的重构。

顾随的成就如此,但顾随在中国现代学术史上的影响和地位,却与成就不相称。张中行说:

纵目看古今，可以发现，有不少人是名过其实；还可以推想，必有不少人是实过其名，甚至有实而无名。如顾随先生就是实过其名。(《先生之风，山高水长——读〈顾随文集〉》，转引自《顾随年谱》第302页)

张中行与顾随同辈，两人有私交，顾随曾应张中行邀请，撰写佛学文章《揣籥录》，连载于张氏主编的杂志《世间解》上。张中行那一辈人，知道顾随其人者，当不在少数，但能理解其学术者不多，可谓"实过其名"。我辈学者，知道顾随其人并理解其学者，更是寥寥无几，可谓"有实而无名"。

顾随是不幸的，有其实而无其名。顾随是幸运的，他有一批好学生，数十年精心保存他的诗词讲义。如今整理出版，给我们审视和研究顾随诗学提供了材料。我一直奇怪：顾随的得意门生叶嘉莹，她写了多篇怀念恩师顾随的文章，但是在她的诗学论著里，很少提及和引用顾随的观点，如《汉魏六朝诗讲录》讲陶渊明，《杜甫秋兴八首集说》说杜诗，《王国维及其文学批评》论《人间词话》及"境界说"，均未提及顾随。顾随最推崇陶渊明和杜甫，对王国维"境界说"亦再三致意，且多有修正。叶氏承师说论诗，其论诗关键词"感发"，亦自乃师顾随"生发"而来。若有时间，或可撰文专论顾、叶师徒的诗学渊源和学术传承。

二〇二一年九月十八日

002

顾随学术精义在课堂讲授中

阅读顾随弟子或友人的回忆文章，可以发现，他们都会说到顾随的教学艺术，描述顾随讲授古典诗词的出神入化与兴会淋漓。如周汝昌说：

凡曾置身于先生讲座中者，无不神观飞越，灵智开通，臻于高层境界，如坐春风，如聆仙乐——盖先生实乃一位特异高超的教学艺术家。教学并非一种通常的职业或工作，不仅需要学术道德，而且兼通教学的特殊方式，而此方式，实质是一门艺术。先生的讲授，能使聆者凝神动容，屏息忘世，随先生之声容笑貌而忽悲忽喜，忽思忽悟，难以言语状其出神入化之奇趣与高致。是以先生弟子满天下，而欲传先生之精神丰采之佳文却总难多见。此殆如孟子所云："非不为也，是不能也。"兴言及此，曷胜叹慨。(《顾随先生诞辰百年感言》，见《顾随年谱》卷首)

叶嘉莹说：

先生对于诗词具有极敏锐之感受与极深刻之理解，更加之先生又兼有中国古典与西方文学两方面之学识及修养，所以先生之讲课往往旁征博引，兴会淋漓，触绪发挥，皆具妙义，可以予听者极深之感受与启迪。我自己虽自幼即在家中诵读古典诗词，然而却从来未曾聆听过像先生这样生动而深入的讲解，因此自上过先生之课以后，恍如一只被困在暗室之内的飞蝇，蓦见门窗之开启，始脱然得睹明朗之天光，辨万物之形态。于是自此以后，凡先生所开授之课程，我都无不选修，甚至在毕业以后，我已经在中学任教之时，仍经常赶往辅大及中国大学旁听先生之课程。……作为一个曾经听过先生讲课有五年以上之久的学生而言，我以为先生平生最大之成就，实在还并不在其各方面之著述，而更在其对古典诗词之教学讲授。因为先生在其他方面之成就，往往尚有踪迹及规范的限制，而唯有先生之讲课则是纯以感发为主，全任神行，一空依傍。是我平生所接触过的讲授诗词最能得其神髓，而且也最富于启发性的一位非常难得的好教师。先生之讲课既是重在感发而不重在拘狭死板的解释说明，所以有时在一小时的教学中，往往竟然连一句诗也不讲，自表面看来也许有人会以为先生所讲者都是闲话，然而事实上先生所讲的却原来正是最具启迪性的诗词中之精论妙义。（《纪念我的老师清河顾随羡季先生》，见《中国古典诗词感发》卷首）

阎振益回忆当年听顾随讲课的情景：

如饮甘露，沁人心脾；如坐春风，通体舒畅；如在山阴道上行，美不胜收，目不暇接；一步步进入佳境，直至完全陶醉于其中，浑然忘了自我以至周围的一切。（《宗师芳千古 才多溉后生——缅怀先师顾羡季先生》，转引自《顾随年谱》第169页）

徐晋如说：

顾随少有长篇大论，多是感发式的批评，但是他的那些看似率性看似随意的批评，却如同例不虚发的小李飞刀，总能够一下子正中要害，把握住作品的审美核心。……顾随的毕生最大成就不在于他的诗词论著，而在于他的诗词讲授，"述而不作"，传递的是一种运动着的思想。(《为惜苍茫 景物无人赏——历史下的顾随和〈顾随全集〉》，《博览群书》2001年第4期)

顾随学术精义，尤其是他对古典诗词"极敏锐之感发与极深刻之理解"，就体现在他的古典诗词课堂讲授里。从形式看，顾随诗词讲义，近似传统诗话、词话，是感发式的率性批评。就内容言，其高度、广度、精度、深度，皆远超传统诗话、词话。要紧的是，传统诗话和词话，多数真是一盘散沙。顾随的诗词讲义，表面看是一盘散沙，实际上则有一以贯之的诗学思想，我名之曰"情操诗学理论"。我读顾随，渐入佳境，欲罢不能，便是为"情操诗学理论"吸引。我读顾随，拟做专题研究，便是为梳理"情操诗学理论"，揭示它在中国诗学史上的意义和价值。

《顾随全集》十卷，包括诗、词、曲、小说、散文、日记、书信和书法等作品，学术论著涉及诗文、佛学、戏曲、小说等。我不懂佛学、书法，于戏曲、小说无特别兴趣。我再三研读，几至欲罢不能的，是其中《传诗录》二卷和《传文录》一卷。读这些文字，可以想象顾随的音容笑貌和弟子的凝神动容。叶嘉莹说："先生平生最大之成就，实在还并不在其各方面之著述，而更在其对古典诗词之教学讲授。"徐晋如判断："顾随的毕生最大成就不在于他的诗词论著，而更在于他的诗词讲授。"我认同这个判断。相信读过顾随的人，亦有同感。

二〇二一年九月十九日

顾随的性情

友人泽海兄曾游说我写《顾随评传》，基于出版人的锐敏眼光，以为有好的市场。我终究未应允，亦不敢做。对顾随其人，我知之甚少。初读《顾随：诗文丛论》，亦是我第一次识得"顾随"其名。读该书首叶嘉莹"前言"，获知顾随是民国时期大学教授，讲授中国古典诗词，是叶嘉莹的老师。如此的学生，这样的老师，当时所知，仅此而已。

好在《顾随全集》收录有顾随日记、书信若干，这些日记、书信记录了他的日常生活，其情性亦就表露出来了。后来读闵军的《顾随年谱》，对顾随了解便多了一点。还有，顾随的诗词课堂讲授，亦常常流露出他的个人性情。

阅读这些诗词讲义，能够想象他的音容笑貌。另外，《顾随全集》书首刊有顾随的几帧相片，亦是我们想象顾随其人的依托。我读顾随，常常读着读着，就会翻回来端详这几帧相片，心想：能说出这样话的人，到底是什么样子？或者，这个人怎么会讲出这样的话？我相信：思想与长相有关联。

我注意到，顾随性情的养成，与他母亲的遭遇有关。顾随晚年回忆说：

一九一二年，也是在暑假，我母亲死去了。可以说完全是被继祖母折磨死的。这在我一向脆弱敏感的心灵上，是一个禁受不起的打击。从此我便总是忧郁而伤感。[《顾随全集》卷二《小说·散文·日记·译作》之《私塾·小学·中学（未完稿）》，第151页]

在顾随，继祖母是坏人，不能宽恕，她折磨母亲致死，亦虐待父亲。据我观察，顾随是一位有忧郁性格和伤感气质的诗人，看他讲伤感的诗篇和忧郁的诗人，便可知。这种气质的养成，与他对继祖母的埋怨有关，与继祖母虐待母亲有关，与母亲的早逝有关。总之，与女人有关。

顾随有一位好母亲，母亲的早逝便将这种温馨的母爱定格在他一生的回忆中。在顾随，母亲就是"女神"。1926年，他撰《母亲》一文，描述他对母亲的思念和追忆：

假如有人问：你所见过的最美丽的妇女是谁呢？我将毫不思索地立刻回答：是我的母亲，死去的母亲。不知道为了什么原故，自己总觉得死去的母亲，最是美丽，而且是圣洁的美丽。……她很像西洋人所谓的"天使"——生动的，圣洁的，美丽的天使。(《顾随全集》卷二《小说·散文·日记·译作》之《母亲》，第123～124页)

这种母亲崇拜或女性崇拜，影响了他的性情和创作。他在1923年4月27日与武杕生信里说：

我的作品，近渐趋于"清一色"的"女性崇拜"。(大约我之文学上的归宿地，即在于此矣。)(《顾随全集》卷九《书信二》之《武杕生》，第11页)

1924年5月19日与卢继韶信里，又说到他的"女性崇拜"，表示要告别已经过了二十七年的"女性"生活，要做"革命家"（男性的强者）。表示归表示，事实上，顾随一生皆未摆脱"女性崇拜"。他是一位具有"诗情"和"诗心"的"情操"诗人，他建构的以"诗心"节制"诗情"的"情操诗学理论"，便有明显的女性气质。他说过：诗歌是柔，是女性；散文是刚，是男性。他的性格是诗性，是柔性。他在1923年10月29日与卢继韶信里说：

我喜欢缠绵悱恻，而最畏紧张烦躁，以其为灰色的而又足以贼性戕生也。[《顾随全集》卷八《书信一》之《致卢季韶（继韶）》，第426页]

他在1927年9月9日日记里说：

我究竟是东方人，尤其是中国人。所以看见了西洋作家正言厉色、雷厉风行的文字，精神上总感觉得一种压迫。（《顾随全集》卷二《小说·散文·日记·译作》之《寻梦词》，第195页）

这是他的性情，亦是他的诗心。其女性色彩，不言自明。

我在《中国传统人伦关系的现代诠释》一书里，讨论过母教与人格养成的关系，以为孩子所受爱的教育和滋润，多半是从母亲那里获得。幼年丧母，是人生的大不幸。幼年丧母之人，一般容易养成忧郁气质和感伤性情。忧郁、感伤之人，常有一颗寂寞心。顾随以为：寂寞心就是诗心。顾随寂寞、孤独。他说：

余性恬退，见人不知作何语，尝终日闭户坐，不出。（《顾随全集》卷二《小说·散文·日记·译作》之《送L君赴日本调查教育序》，第117页）

他在1942年7月27日与周汝昌信里说：

平日爱读嵇叔夜《绝交书》，尤喜其"直性狭中，多所不堪"二语，以为殆不啻为苦水写照。[《顾随全集》卷九《书信二》之《致周汝昌（玉言、巽甫、巽父）》，第76页]

忧郁、感伤、孤独，是顾随性情的基调。他喜欢忧郁的诗人，欣赏感伤的诗篇。我相信，这与他母亲早逝有关，与他的女性崇拜意识有关。

顾随是忧郁的，是感伤的，是孤独的。不过，他并不想沉溺于此，他希望摆脱，表示要告别长期的"女性"生活，要做"革命家"，做男性的强者，要"站起来，能揍人；趴下，能挨揍"。他希望忧郁中有力量，感伤中能担荷。人要有力量，生活很苦，但必须要担荷，这是他的人生观。他欣赏曹操、陶渊明和杜甫，便是由于他们身上有生的力量，有担荷精神。他在1928年8月27日与卢伯屏信里说：

弟将努力锻炼意志，养成做事之能力。站起便行，躺下便睡，决不再忧思抑郁以自伤。天地正复不窄，道路亦复不少。乞食，为佣，尚足自给，何至因为读几句书，非厕身高等流氓之列不可乎？文学是弟天性所好，而且责任所在，不敢后人。惟旧日愁思无聊之习气，非铲除净尽不可。先把自己打熬成一个"统一"的人，言行一致，庶乎其可也。（《顾随全集》卷八《书信一》之《致卢伯屏》，第288页）

同年9月5日与卢伯屏信里又说：

弟年来饱经事故，看家本事四个大字——担负运命，一切忧郁伤感牢骚都用不着。(《顾随全集》卷八《书信一》之《致卢伯屏》，第291页)

顾随不想沉溺在忧郁、感伤的情绪里，感伤而有力量，忧郁而能担荷，才是他的人生愿景。顾随是诗人，他的人生是诗性人生。他以为：感伤而有力量，忧郁而能担荷，是调和的人生，是健康的人生，亦是理想的人生。拥有健康的人生，健康的诗心，才是健康的诗人，才能写出健康的诗篇。健康就是调和，调和是诗人的情操。情操为人生之必需，亦是诗学之要义。

二〇二一年九月二十日

004

顾随的政治

1945年,顾随在《晋察冀日报》上读到毛泽东的《在延安文艺座谈会上的讲话》,立即表态说:"太好了,我完全同意,我完全接受。"(《顾随年谱》,第169页)

初读此言,甚感突兀。顾随是典型的旧式文人,他学英文,研习西洋文化和文学,仍自称"受旧传统影响甚深"。他说:

> 余虽受近代文学和佛学影响,但究竟是儒家所言、儒家之说。(《中国古典文心》,第28页)

顾随是一个中西集合体，他既是受旧传统影响很深的旧式文人，又是坚守独立精神和自由思想的学者。他在1921年8月1日与卢伯屏信里说：

山东这个省份，是言论自由的地方。而且民治主义还正在活鲜鲜的时期。……所以我不愿意离开山东。一则可以随便做梦——思想自由；二则可以随便胡说——言论自由。（《顾随全集》卷八《书信一》之《致卢伯屏》，第11页）

一般言，从旧时代走过来的人，面对新政权，多少有一点不适感。坚守独立精神和自由思想的学者，更是如此。但是，读顾随在1949年后的书信、日记及其他杂著，似乎全然没有这种不适。这与其他旧式文人不同，亦与其他新式文人迥异。他在1958年11月28日与卢继韶信里说：

去岁"反右"，尚是事外人。继之，"双反""大跃进"，便须亲身参加。乃至今年春夏，资产阶级知识分子思想改造，拔白旗、插红旗，厚古薄今与厚今薄古之争，教学上资产阶级和无产阶级两条道路之争，乃首当其冲。中文系以我年龄为最长,教龄为最长,所以第一炮先向我开。大字报、快报、座谈会,如雨点,如高潮,齐向头上、身上打来。[《顾随全集》卷八《书信一》之《致卢季韶(继韶)》,第470页]

除埋怨会议过多,他对当时各种运动,似乎是持积极态度。他在同年11月30日与卢继韶信里说:

经过此次运动,思想上不能无收获,不能无进步;但终觉"破"多而"立"少(所谓多少,亦是相对的而非绝对的)。"破"者知前非。"立"者养新知。(同上,第471页)

肯定运动的收获,亦无多少怨言,只是觉得破多立少罢了。所以,其弟子陈继揆说:

(顾随)在新中国成立以后,他有旧体诗词,填写新曲,歌颂工农兵,歌颂新中国,歌颂共产党,在天津时,《天津日报》和《新港》杂志上,羡季老师发表曲新词二三百首。(《忆羡季师》,见张恩芑编《顾随先生百年诞辰纪念文集》,河北大学出版社1999年版)

对新政权和新时代，他完全支持，积极参与，全然没有一般旧式文人和新式文人的不适感，这在当时是比较少见的。

原来，顾随在新中国成立前便是中共的朋友，他的弟子陈继揆是中共地下党联络员，负责按时把中共的文件和报纸送给他。顾随对《在延安文艺座谈会上的讲话》"完全同意"和"完全接受"，是政治表态，亦与他一贯坚持"为人生而艺术"的艺术观有关。

顾随弟子王辅世在《忆爱国诗人顾随的两件小事》里说：

有一次在学习会休息的时间，顾先生和我一同站在面向定阜大街的窗前。顾先生看到步伐整齐的人民解放军在马路上行走，顾先生对我说："人民的力量真伟大呀！小米加步枪作武器的八路军、新四军居然把拥有现代武器的800万蒋家王朝的军队打败，关键在于八路军、新四军是人民的军队，而蒋家王朝的军队是反人民的军队。自古迄今，得民心者昌，失民心者亡。人民的力量就是伟大！"（转引自《顾随年谱》第216页）

其实，早在1927年8月29日日记里，顾随就说过：

> 党的专政，我十分赞成。不如此，中国将万年不会统一，除非隶属于外国政府之下。近中我只愁两件事：中国的不统一和自己的不统一。其实也就仅是一件：不拘是中国，抑是我自己，只要有一个真正统一了，我就可以好好生活下去。我倾向于个人主义，但同时又信仰党的专政——有党的自由没有个人的自由。个人有什么用？一颗彗星，突然而来，倏然而去，是没有多大关系的。一个人的力量大呢？还是群众的力量大呢？（《顾随全集》卷二《小说·散文·日记·译作》之《寻梦词》，第191页）

这是顾随政治观的坦荡表白。

另一方面，顾随对政治又是超然的。1949年1月北平解放前夕，全城混乱。此间，在顾随日记里，除偶有"有士兵借火做饭""有士兵来觅房""又有士兵来觅房，强令为腾出一间"的记述，竟是连续十几天"继续写稿"多少页的记录。

二〇二一年九月二十一日中秋节

顾随的家学

艺术这东西，除了天分，还要有点家学渊源，方能有大长进。顾随在诗学上的大成就，有家学渊源。顾随的祖父顾天祥，前清秀才，科考失利，在家经营田产和银号。父亲顾金墀，亦前清秀才，清废科举，居家经营生计。顾随自小受到严格的家庭教育。顾之京《心苗尚有根芽在，心血频浇——记先父顾随的一生》说：

在家塾里，由我的祖父亲授四书五经、唐宋八家文、唐宋诗以及先秦诸子中的许多寓言故事。祖父课子甚严，凡讲过的书要求我父亲能回讲、能背诵，每天早晨、上午、下

午,即农村所谓"三晌",都要在书房读书,不但不许离开书房,甚至不许离开书桌。(转引自《顾随年谱》第6页)

顾父家教极严,凡讲过的书,都要少年顾随"能回讲,能背诵",一日三晌皆要读书,不许离开书房,不能离开书桌。

少年顾随受到良好的古诗词教育,据顾随晚年的《自传》说:

我很感谢我父亲,他在我的幼小的心灵上撒下了文学爱好、研究以及创作的种子,使我越年长,越认定文学是我终身事业。他又善于讲解,语言明确而有风趣;在讲文学作品的时候,他能够转达出作者的感情;他有极洪亮而悦耳的嗓音,所以长于朗诵。这一些对于我后来作教师、讲课都有很大的影响。(转引自《顾随年谱》第11页)

早年的诗词启蒙教育,奠定了顾随以文学为终身事业的基础。他在《稼轩词说·自序》里亦说:

自吾始能言,先君子即于枕上口授唐人五言四句,令哦之以代儿歌。……会先妣归宁，先君子恐废吾读，靳不使从，每夜为讲授旧所成诵之诗一二章。一夕，理老杜《题诸葛武侯祠》诗，方曼声长吟"遗庙丹青落，空山草木长"，案上灯光摇摇颤动者久之，乃挺起而为穗。吾忽觉居室墙宇俱化去无有，而吾身乃在空山中草木莽苍里也。故乡为大平原，南北亘千馀里，东西亦广数百里，其地则列御寇所谓"冀之南汉之阴无陇断焉"者也。山也者，尔时在吾，亦只于纸上识其字，画图中见其形而已。先君子见吾形神有异，诘其故，吾略通所感，先君子微笑，已而不语者久之，是夕遂竟罢讲归寝。（《顾随全集》卷三《论著》，第3页）

归纳起来，顾随论诗的三个显著特点，皆与家学渊源有关系。

一、顾随擅长讲授古典诗词，凡亲承音旨者，无不凝神动容，屏息忘世。弟子周汝昌称他是"特异高超的教学艺术家"，"难以言状其出神入化之奇趣与高致"（《顾随先生诞辰百年感言》，见《顾随年谱》卷首）。弟子叶嘉莹说他讲课"往往旁征博引，兴会淋漓，触绪发挥，皆具妙义"，听他讲课，"恍如一只被困在暗室之内的飞蝇，蓦见门窗之开启，始脱然得睹明朗之天光，辨万物之形态"（《纪念我的老师清河顾随羡季先生》，见《中国古典诗词感发》卷首）。他的诗学精义，乃至平生最大成就，都在诗学讲授中，不在学术论著里。顾随擅长讲授古典诗词，实乃家学渊源。他的父亲顾金墀，就"善于讲解，语言明确而有风趣；在讲文学作品的时候，他能够转达出作者的感情"。少年顾随耳濡目染，便养成这种特长。这种特长，成就了他的诗学。

二、顾随说诗论文，强调诵读。好的文章都可以诵读，此乃刘勰所谓"声文"，沈约亦以"易诵读"为论文准则。刘师培讲中古文学，亦认为《史记》《汉书》皆可诵读。顾随讲论诗文，尤重声音。他一再强调：

一切文学皆须有音乐性、音乐美。（《中国古典诗词感发》，第108页）

诗本应该念着可口，听着适耳，表现易明了。（同上，第152页）

凡文学皆借音节以表现。（同上，第264页）

如果不借助语言声音的力量，就不能发挥文学的力量。（《中国古典文心》，第316页）

描写形象若不能用语言的声音来表现,不能成为艺术形象。(《中国古典文心》,第331页)

文学作品里声音和音节如此重要,朗诵便是文学欣赏之要津。顾随说:

文章美中音节美最重要,故学文需朗读、背诵。学佛须亲眼见佛,念的好坏可代表懂的深浅。(《同上,第195页》)

文章可分为两类:一类,为读诵(朗诵)的文章;一类,为玩味(欣赏)的文章。前者念着好,而往往说理不周,是音乐的,可以催眠。(同上,第228页)

近代白话文之最大毛病是不能读。(《中国经典原境界》,第193页)

朗读可养气。(同上,第226页)

学文学应当朗读,因为如此不但能欣赏文学美,且能体会古人心情,感觉古人之力、古人之情。(《中国古典诗词感发》,第277页)

近代学术史上,强调文章音节美,主张诵读文章者,首推刘师培。对诗文音节美深有研究,对诗文朗诵深有体会，无有过于顾随者。顾随自己朗诵，亦教人朗诵。他撰写《朗诵了杜甫〈自京赴奉先县咏怀五百字〉以后写给中文系三年级同学的一封公开信》，向学生传授朗诵方法和技巧。

顾随热衷朗诵，深悉古典诗文的音乐性，亦有家学渊源。少时"先君子即于枕上口授唐人五言四句，令哦之以代儿歌"，以唐人五绝"哦之以代儿歌"，想必自幼便接受诗歌朗诵的启蒙，练就体会诗歌音乐性的童子功。还有，顾随的父亲本就擅长朗诵，据顾随说："他有极洪亮而悦耳的嗓音，所以长于朗诵。"顾随亦承认："这一些对于我后来作教师、讲课都有很大的影响。"

三、顾随论诗，重"兴"，以为"兴，妙不可言也"（《中国经典原境界》，第35页）。"兴"，即生发，或称感发，又称兴发。他说：

作诗时要有心的兴发，否则不会好。（《顾随全集》卷六《传诗录二》之《杂谭诗之特质》，第210页）

诗有心的兴发，方能有韵。（同上，第214页）

诗原是使人感觉出个东西来。它本身成个东西，而使读者读后又能另生出个东西来。（《中国古典诗词感发》，第

84 页）

中国诗不是和盘托出，而要你从感觉中生出东西来。（《中国经典原境界》，第 327 页）

吾人读诗只解字面固然不可，而要千载之下的人能体会千载而上之人的诗心。然而这也还不够，必须要从此中有生发。天下万事如果没有生发早已经灭亡。……吾人读了古人的诗，仅能了解古人的诗心又管什么事？必须有生发，才能发挥而光大之。……可以说吾人的心帮助古人的作品有所生发，也可以说古人的作品帮助吾人的心有所生发。这就是互为因缘。（同上，第 26～27 页）

顾随讲诗的功夫，就在"兴"，在能生发。此功夫的养成，又在其家学渊源和个人天分。少年顾随曼声长吟"遗庙丹青落，空山草木长"，"忽觉居室墙宇俱化去无有，而吾身乃在空山草木莽苍里"，这是"兴"，是生发。少年顾随从未见过山，通过读诗而生发出个山来，这便是诗的魅力。"先君子微笑"，且"不语者久之"，并"罢讲归寝"。想必顾父已然意识到顾随已经完全进入到诗的境界，故"不语者久之"。顾随因能"生发"而"形神有异"，算是顾父"每夜为讲授"的结果，故"先君子微笑"。"罢讲归寝"

算是对顾随的奖励。顾随对古诗词有"极敏锐之感受与极深刻之理解",对诗意的"生发",顾父有培育之功。所以,顾随说:

> 余之所以爱好韵语,乃由家庭环境之熏陶。(《顾随全集》卷三《论著》之《〈禅与诗〉讲演记录整理稿》,第386页)

二〇二一年九月二十一日中秋节

006

顾随的学术背景

在中国近现代学术史上，凡眼界开阔，见地深邃，开一代风气，且卓然成家者，大都学综中西，且能融会贯通。顾随便是其中一份子。据顾随自述：

> 余受旧传统影响甚深，而现在尚不致成为一旧的文士者，第一感谢教育部，入大学时先送到北洋大学学英文；第二感谢×××，使余由想学法科转入文科；第三感谢受鲁迅先生影响所得。但究竟受旧影响太深，仍不免见猎心喜。(《中国古典文心》，第93页)

少年顾随所受教育，是由其父亲包办的传统教育，所学不过四书五经、先秦诸子、唐诗宋词。即便上到清河县高等小学堂，其教学内容和方法，亦与传统私塾差不多。少年顾随对"格致"（物理学）、"博物"（动植物学）无甚兴趣，于算术根本是"不识数"。上到广平府中学堂，于数理化，还是"益见不行"。其自述"受旧传统影响甚深"，非虚言。

与顾随过从甚密的弟子滕茂椿回忆说：顾随曾对他说过，他原已顺利通过北京大学国文系入学考试，蔡元培审阅学生入学试卷，发现他的中国文学水准卓异，如果直接就读国文系，学业上不可能有大突破、大进展。经蔡元培指点，先到天津北洋大学英语系预科学习英文，两年后转回北京大学英语系学习西洋文学，如此再回头研习中国文学，方能取得大成就。顾随接受建议，遵照执行。可疑者，其时蔡元培还在法国游学，时任北大校长是胡仁沅。顾随记忆可能有误。（《顾随年谱》，第20页）此为前引顾随自述中第一要感谢者。

在具备深厚国学修养之基础上，转身研习西洋文化和文学，再回头研究中国固有的国学，此乃顾随所处时代国学大师联袂而出的重要原因。阅读顾随诗学讲义，可以发现，他诗学的功底是传统的，诗学的思维是西化的。以西化思维解读中国古典诗词，在中西文学和文化间展开比较，是顾随诗学的特异处，亦是他的成功处；虽然他建构的"情操诗学理论"，是典型的中国特色理论。

顾随的成功之处，在此；顾随的卓异之处，亦在此。在顾随的众弟子中，得其诗学衣钵，并发扬光大者，是女弟子叶嘉莹。1946年7月13日，顾随在与叶嘉莹信里说：

年来足下听不佞讲文最勤，所得亦最多。然不佞却并不希望足下能为苦水传法弟子而已。假使苦水有法可传，则截至今日，凡所有法，足下已尽得之。此语在不佞为非夸，而对足下亦非过誉。不佞之望于足下者，在于不佞法外，别有开发，能自建树，成为南岳下之马祖；而不愿足下成为孔门之曾参也。然而"欲达到此目的"，则除取径于蟹形文字外，无他途也。[《顾随全集》卷九《书信二》之《致叶嘉莹（迦陵）》，第251页]

顾随是叶嘉莹最喜爱的老师，叶嘉莹是顾随最器重的弟子。叶嘉莹听顾随讲课达五年之久，算是最忠实的信徒。据叶嘉莹说：

凡先生所开授之课程，我都无不选修，甚至在毕业以后，我已经在中学任教之时，仍经常赶往辅大及中国大学旁听先生之课程。（《纪念我的老师清河顾随羡季先生》，见《中国古典诗词感发》卷首）

阅读叶嘉莹研究中国古典诗词的论著，在她的背后，你能看到那个若隐若现的顾随影子。她对古典诗词细微精妙的解读及其所生发出来的东西，基本上是顾随的路径。甚至叶氏论诗常用的"感发"一词，亦是从顾随诗学的"生发"概念来。

分别多年，顾随仍不忘向叶氏指示论诗门径：中国古典诗词研究，意欲"别有开发，能自建树，成为南岳下之马祖"，"除取径于蟹行文字外，无他途也"。所谓"蟹行文字"，即英文，泛指西洋文化和文学。此乃民国国学大师成功之秘诀，亦是顾随个人的经验之谈。后来，叶嘉莹讲论中国古典诗词，享誉海内外，走的就是顾随指示的门径。

二〇二一年九月二十二日

顾随的艺术兴趣与学术追求

大师都是多面手，顾随亦不例外。他的弟子周汝昌说：

先生本人一身兼多面才能资质：约而言之，是诗人，是词人，是剧作家，是文学理论家，是文学评论家，是大书法家，是京剧艺术的特级鉴赏、表现、评论专家……他老集如此众多特长于一身，神而明之，大而化之，真所谓高士通人，无所不能，无所不精——然后而缔造成为一位难以俗常"名目"来称呼的大师！（《顾随先生诞辰百年感言》，见《顾随年谱》卷首）

除上述周氏列举的各种"家"外，顾随还热爱写小说、散文。他最初的愿望是做小说家，还因此养成了终身阅读中外小说的习惯，且成就不菲，他的小说作品还被收入鲁迅先生主编的《中国新文学大系》。他亦爱读佛经，研究佛学，常在诗词讲授中援引佛经故事说事，还开设过"佛经翻译文学"课程，撰写《揣龠录》，连载发表在张中行主编的月刊《世间解》上。他学文之余，还学道，为学生讲授《论语》。他还拟笺释《中庸》，留下一部残稿。

顾随是玩家，他玩京剧，玩书法。他对自己的书艺相当自信，书法在当时堪称一流。他在1953年初与周汝昌信里说：

此帖〔按，指苏轼的《致陈季常书》〕[1]真迹今藏故宫，乃坡书最无习气者，其高处直欲上追二王，竹庵极喜之。我书学过坡远甚，书才亦未必逊之，独无其萧散疏朗之致，只此一着，便出坡下，世人可轻易谈书法哉！〔《顾随全集》卷九《书信二》之《致周汝昌（玉言、巽甫、巽父）》，第141页〕

仅此，便知顾随的书艺水平。

---

1 全书引文中六角括号内的内容为作者所加，下同。

顾随对自己的艺术才能很自信。他在1954年5月25日与顾谦信里说：

> 况乎考据研究之学，夫人而能之，若夫习作欣赏，非有才者不办。（《顾随全集》卷九《书信二》之《致顾谦》，第272页）

顾随少有"人而能之"的"考据研究之学"，多是"习作欣赏"。大概他很满意自己在课堂上的古典诗词讲授，才会说出这番话来。据他的弟子、书法家欧阳中石回忆说：

> 有一次先生给我们谈起了去曲阜教书的事。……托人推荐，到曲阜二师去教书，之所以选中山东曲阜是大有含义的，意在一定要"到孔夫子门前卖文"一下，才称得上文府翰里挂过了"号"，不然没法到别处"领凭上任"。（《只能仰望夫子 不敢忝做学生》，转引自《顾随年谱》第48页）

敢于去孔夫子门前卖文，虽属玩笑，但确有几分自信在里边。

顾随玩京剧，他是"京剧艺术的特级鉴赏、表现、评论专家"。在诗词讲授中，他常常提到当时的京剧名角，用京剧表演艺术说诗词。他因玩京剧而创作戏曲，辑佚古剧，研究戏剧，且卓然成家，当时即有"南吴北顾"之称。他在1933年10月2日与周作人信里说：

> 弟子刻下正致力于富有蒜酪风味之元曲……弟子已下决心做五年计划，诗词散文暂行搁置，专攻南北曲，由小令而散套而杂剧而传奇，成败虽未可逆睹，但得束缚心力，不使外溢，便算得弟子坐禅功夫也。（《顾随全集》卷九《书信二》之《致周作人》，第4～5页）

他说：

> 余自谓写诗乃"玩儿票"，有时间、有精力要作白话文〔指学术文章〕，次是写曲，再次写词，最不成时才是写诗。（《顾随全集》卷六《传诗录二》之《杂谭诗之创作》，第265页）

可见顾随其时对戏曲的兴趣,远远超过诗词。于诗与词二者,他更喜欢词,著有《稼轩词说》和《东坡词说》二种。于创作,"最不成时才是写诗"。他对讲诗亦没有讲词有信心。他在1928年12月11日与卢伯屏信里说:

燕大的事情成否尚未可知。即使成了,我"应该"去与否也还是切身的大问题。因为是去教汉魏六朝文学与陶诗研究啊。那真不是我的拿手戏哩。倘去教词,我敢自信,无论如何,可以对付下去。(《顾随全集》卷八《书信一》之《致卢伯屏》,第305页)

大部分读者阅读顾随,可以发现,他对词学、曲学、佛学、书学、道学,皆无所不能,无所不精,亦自信满满。唯有诗学,他好像有点不自信,亦说不上特别喜欢。可是,我读顾随,却发现,唯是他最不自信亦不是很喜欢的诗学,却讲得最精彩。看他讲"诗三百",讲曹操,讲陶渊明,讲杜甫,讲小李杜,真是妙语连珠,兴会淋漓,卓见纷呈。他于诗之形文与声文的分析,于诗之生发的阐释,于诗人诗情、诗心和情操的解剖,于诗意之观照,于境界之体味,皆发人所未发,言人所不能言。讲文亦是如此,尤其是对六朝文的解读，别开生面，自出机杼。倒是词、曲讲得少，亦不如讲诗、文那样生动。所以，他自称是"玩儿票"的诗学，却玩得最有特色，最有成就。他着意"有时间、有精力要作白话文（即学术文章）"，亦未写得几篇，我们很期待的《孔门诗案》和《诗心篇》，或者是残稿，或者是腹稿。亦许，顾随便是那种擅长讲授、不善于写论文的学者。

二〇二一年九月二十三日

008

为人有诗心，人生则有诗意：顾随的人生观（一）

顾随论诗，常常牵连着论人，其诗学观与人生观相通。他认为：诗人必有"诗情"，诗人应有"诗心"，诗人当有"情操"。以"诗心"节制"诗情"而形成"情操"，这便是他的"情操诗学理论"。

海德格尔说：人生的理想方式，是诗意地栖居。顾随亦有此论，并践行这样的人生观。他说：

若一个人胸中一点诗意也没有，那么此人生活便俗到毫无价值与意义。（《中国古典文心》，第 276 页）

人生、人世、事事物物，必须有了诗意，人类的生活

才越加丰富而有意义。(《顾随全集》卷三《论著》之《小说家之鲁迅》,第363页)

人生之价值与意义,在于有诗意。或者说,人类生活与其他动物生活的区别,在于有诗意。此与海德格尔的思想近似。人类生活有诗意,是因为人人有诗心。他说:

人人有诗心,在智不增,在愚不减,凡身心健康除白痴疯癫之外俱有诗心。吾人日常喝不为解渴的茶,吃不为充饥的糖果,凡此多余的不必需的东西便是诗心。(《顾随:诗文丛论》,第70页)

人人有诗心,人生有诗意。诗心的保持,是获得诗意生活的前提。

诗心为人所本有,但因世俗世界和物质生活的纠缠,人或失去诗心,变得庸俗不堪。他说:

诸君不要以为诗心只是诗人们自己的事,与非诗人无干;亦不可以为诗心只是作诗用得着,不作诗时便可抛掉:苟其如此,大错,大错。(《顾随全集》卷三《论著》之

《关于诗》，第 265 页）

大凡吾辈今日生活所最要保持者为诗心。诗之或作与否，及作得成熟与否尚在其次。近来在课室中常发此议论，不知兄以为何如。[《顾随全集》卷九《书信二》之《致滕茂椿（莘园、心圆)》，第 48 页]

所以，寻回诗心，保持诗心，培育诗心，营造诗性生活，培植诗性人生，不仅是诗人之首务，亦是一般大众的追求。

诗心不仅是文学的修养，亦是人格的修养。诗人必须有诗心，常人尽管不写诗，亦当有诗心。他说：

人可不为诗人，不可无诗心。此不但与文学修养有关，与人格修养亦有关系。(《中国古典诗词感发》，第 124～125 页)

我们虽不识一个字，不能吟一句诗，也要保持及长养一颗健康的诗心。我们不必去做一个写了几千首诗而没有诗心的诗匠。(《顾随全集》卷三《论著》之《关于诗》，第 265 页)

顾随把诗人分成大诗人、小诗人、真诗人和不写诗的诗人几类（参见"诗人的类型和等级"条）。有意思的是，有"不写诗的诗人"这一类。他说：

> 盖做诗人甚难。但虽不作诗亦可成为诗人，如《水浒传》鲁智深是诗人，他兼有李、杜之长——飘洒而沉着（林冲乃散文家）。别人是将"诗"表现在诗里，鲁智深把"诗"表现在生活里，乃最伟大诗人。（《顾随全集》卷五《传诗录一》之《退之说诗》，第349页）

"不写诗的诗人"，便是有诗情、诗心的常人。依此，鲁智深是诗人，项羽是诗人。他们把诗体现在生活里，表现在生命中，比一般诗人更"诗人"，是伟大的诗人。写了几千首诗而没有诗心的人，不是"诗人"，是"诗匠"。

诗心的健康与否，不仅关系到自己能否写出好诗，自己的生活是否有诗意，更与社会发展、民族命运和人类未来关系密切。顾随说：

> 诗心的健康，关系诗人作品的健康，亦即关系整个民族与全人类的健康；一个民族的诗心不健康，一个民族的

衰弱灭亡随之；全人类的诗心不健康，全人类的毁灭亦即为期不远。……诸君再放眼去看社会的黑暗岂不俱是因了没有诗心的原故吗？（《顾随全集》卷三《论著》之《关于诗》，第265页）

个人诗心不健康，生活没意义；诗人诗心不健康，写不出好诗；民族诗心不健康，民族的衰弱灭亡随之；人类的诗心不健康，全人类的毁灭为期不远。这是顾随对"诗心"的看法。

二〇二一年九月二十四日

安分守命：顾随的人生观（二）

一般言，中国人的人生观是安分守命。所谓"安分守命"，即安于本分而认定命运。顾随说：

中国人无兽性、神性，只剩下人性。……人皆以中国为玄，其实中国最重实际，如西洋人之为宗教牺牲者甚少，即衣、食、住三项小节，亦以中国最舒服，故中国人已失掉兽性，同时也失去神性，谓之为爱和平可，谓之为没出息亦可。中国人不但没热烈精神，甚至连伤感意味都没有。中国人是安分守命，于是认苦非苦而视为当然。实际生活有缺陷（憾），然后发生不满，而结果趋于安命。此"安"

即中国之爱和平、温柔敦厚、有人味,甘为奴隶或为奴隶而不得的原因。(《中国经典原境界》,第106～107页)

顾随这个观察,客观精准。中国人追求安居乐业,士农工商,各居其业,各安其事,小富即安是一般人的思想;大富大贵是少数人的特权,一般人不敢想,亦不能想。日出而作,日落而息,丰衣足食,是一般人理想的生活状态。顾随以为,这是最实际的生活,是最舒适的生活,亦是富于人性的生活。由此,中国人缺乏兽性和神性,因之亦缺乏斗争精神和牺牲精神。

近代中国人常把安分守命视为消极的人生态度,视为不思进取、安于现状、悲观消极的人生观,这与近代以来崇尚斗争精神有关。古代中国人不这样想,顾随亦不这样看。他说:

果能"安之若命"(《庄子·人间世》),则虽遇艰难亦能安然肩负,能鼓起生活的兴趣与力量。认命,消极地说可以,积极说也可以,不知这样解释能得夫子原意否?(同上,第105页)

中国说"乐天知命"(《易传·系辞》),这是好的,这

便是有所不为然后可以有为。(《顾随全集》卷五《传诗录一》之《说陶诗》，第199页)

安分守命，或者乐天知命，意义相近。乐天者则安分，知命者则守命。你说它是消极的人生观，对，因为它确实缺乏斗争精神和抗争意志。你说它是积极的人生态度，亦对。因为，如顾随说，它"虽遇艰难亦能安然肩负"，它能"鼓起生活的兴趣和力量"，它是"有所不为然后可以有为"。总之，古代中国人就是这么活过来的，还活得很好。

中国人的这种人生观，在中国诗里有充分表现。顾随认为，诗歌最能表现民族精神和国民情绪。他说：

研究民族性，最好看其历史及诗。(《中国经典原境界》，第106页)

西洋人不能研究中国语言文学，不能了解中国民族性。(《中国古典诗词感发》，第127页)

文学艺术代表一国国民最高情绪之表现。(《中国古典文心》，第274页)

顾随推崇《诗经》，认为《诗经》最能体现中国人的文化心理和国民情绪。他就是在《诗经》里，看出中国人安分守命、乐天知命的人生观和温柔敦厚的国民精神。他说：

《江有汜》与前首之《小星》不能说他无忧，但不是伤感，不是悲哀。……看《小星》《江有汜》，绝不愉快，但几乎看不出一点怨来。因知命，则安心，则能排忧乐、了死生、齐物我（鲁迅先生或者要骂这是奴隶的道德），但余总承认这是一种美德。……曰其不识时务、不知进退则可，谓其非道德则不可。当然也许是无用的。如果只以有用与否而决定之，则吾无言矣。(《中国经典原境界》，第108～109页)

顾随与鲁迅先生不是一路人，尽管他很推崇鲁迅先生。就性情、兴趣和学问看，他更接近周作人，属于周作人一派。但他偏偏喜欢鲁迅，崇拜鲁迅，研究鲁迅，这是很奇怪的现象，我在后边会谈这个问题。安分守命或乐天知命，鲁迅认为这是奴隶的道德，因为它缺乏斗争精神和抗争意志。抗争是被动的，斗争是主动的。鲁迅既被动抗争，又主动斗争，故必然视乐天知命为奴隶道德。顾随不这样看，乐天知命或是不识时务，或是不知进退，甚至根本就是无用,但它却是美德。顾随以为:因乐天,则知命;因知命,则认命;因认命,则守命;因守命,则安心;因安心,则守分。如此,便能排忧乐、了死生、齐物我;如此,就能安然肩负生活的艰难,鼓起生活的兴趣和力量。这是平凡的人生,但亦是正常的生活,甚至不妨说它是一般人理想的生活。

如此,我们便能理解顾随为何特别推崇"诗三百"和陶渊明。他说:

> 《七月》又写出中国人民之乐天性……他们总是高高兴兴的。这样的民族是有希望的,不会灭亡的。(《顾随:诗文丛论》,第3页)
>
> 陶公,乐天知命。乐天知命固是消极,然能如此必须健康。无论心理生理。若有一点不健康,便不能乐天知命。乐天知命不但要有一点功夫,且要一点力量。(同上,第140页)

乐天知命的人,能安然肩负,能鼓起生活的兴趣和力量。乐天知命的人健康,有希望,乐天知命的民族不会灭亡。概言之,乐天知命是美德。只有健康的人才具备这种美德。要做到乐天知命，并非易事，它需要一点功夫，还需要一点力量。在这个问题上，我与顾随是一党，我很认同他说的下面这两段话：

一个人老在愤慨情形（矛盾、撑拒）之下，往往成为左性，成为变态。此种人至社会，往往生出一种不良影响。……这种人先不用说他给世人不良影响，他自己便活不了；先不用说活着苦，压根儿就不能活长。一个人性情不平和与吃东西不消化一样。（《中国古典诗词感发》，第223页）

一个人老在愤慨心情下，且抱有自暴自弃心理，这样人便不能活了。所以一个人要健康，健康指灵、肉两方面（或曰心、物），有此健康才能生出和谐（调和），不矛盾，由此才能生出力量（集中）来。此点与宗教之修养同。此种力量才是真正力量。（同上，第227页）

我曾经亦说过这样一段话：

对于人类的精神或情感状态而言，温柔敦厚是人生的正常状态，亦是人生的理想状态；太热或太冷的情感，都不是正常状态的情感，亦不是理想状态的情感。太热或太冷的情感，都是因为受到某种外界因素的强烈刺激，而导致的情感失衡状态。当外界因素的强烈刺激消失以后，情感又回复到温柔敦厚的正常状态。所以，温柔敦厚是人生的正常状态。进一步说，外界因素的强烈刺激，无论是使人高兴的刺激，还是使人悲痛的刺激，它总是使人处于紧张、焦躁、不安的状态。但是，从内心深处的本能需求来说，人类总是更喜欢平静、安闲的生活，追求闲适、安逸的情感状态。所以，温柔敦厚亦是人生的理想状态。在现实生活中，我们有时的确不免于金刚怒目，或者愤世嫉俗，或者悲痛欲绝，或者欢天喜地。但是，在通常情况下，我们是温柔敦厚的，是安静平和的。相对于紧张、焦躁、不安，人类从本能上更倾向于安静、和平、闲适。从人类文明的进程看，金刚怒目或愤世嫉俗，都是刚性的、强硬的，因而亦是野性的；温柔敦厚是柔性的、敦厚的，是经过文明洗礼的，因而是文明的，所以是人类所理想的。（《温柔敦厚：中国古典诗学理想》，第33～34页，贵州人民出版社2021年版）

愤世嫉俗的人，往往短命；乐天知命的人，常常长寿。

养心健身，不妨从培育乐天知命的人生观开始。

顾随这样说，亦这样做。他温柔敦厚，是一个乐天知命、安分守命的人。

二〇二一年九月二十五日

生活勇气，做事精神：顾随的人生观（三）

别因为顾随提倡乐天知命、安分守命的人生观，就认为他消极避世，悲观厌世。顾随不是这样。他以为安分守命是美德，因为它能鼓起生活的兴趣和力量。因此，他认为：理想的人生，不仅要安分守命，还要有生活的勇气，更要有做事精神和担荷意志。他说：

"君子"向内方面多而向外的少，在《论语》上如此。向内是个人品格修养，向外是事业之成功。……君子不仅是向内的，同时要有向外的事业之发展。向内太多是病，但尚不失为束身自好之君子，可结果自好变成"自了"，这

已经不成,虽尚有其好处而没有向外的了……只有向内、没有向外,是可怕的。(《中国古典文心》,第7~9页)

向内是内圣,向外是外王。儒家之学,即内圣外王之学。内圣与外王并重,通过内圣实现外王,是儒家的人生理想和价值追求。宋代以来,儒家重内圣轻外王,重视个体的品格修养,轻视个体的事功发展,结果是培育出一代又一代缺乏做事精神和担荷意志的"自了汉"。顾随说:

天下伟大的人,没有一个是"自了汉"的。中国儒家末流之弊,把君子讲成"自了汉"了。……印度佛教到中国成为禅宗,禅宗末流也成"自了汉"。(同上,第31页)

宋代以后,国势益衰,可能与儒、释二家将人培育成"自了汉"有关。顾随有感而发:"只有内向、没有外向,是可怕的。"

孔门弟子,颜渊而外,顾随最推崇曾子。以为"颜渊死后只有曾子得到孔子的学问",因为曾子"把语言换成动作",是身体力行者。顾随评价曾子说:

别人当做一句话说，而他当做一件事情干。他是不但记住这句话，而且非要做出行为来。(《中国古典文心》，第10页)

曾子有"三思"功夫，但还有生活勇气、做事精神。(同上，第30页)

顾随推崇曾子的身体力行，亦以此约束自己。他在1928年8月27日与卢伯屏信里说：

弟将努力锻炼意志，养成做事之能力。站起便行，躺下便睡，决不再忧思抑郁以自伤。(《顾随全集》卷八《书信一》之《致卢伯屏》，第288页)

同年9月5日与卢伯屏信里又说：

弟年来饱经事故，看家本事四个大字——担负运命，一切忧郁伤感牢骚都用不着。(同上，第291页)

锻炼坚强意志，培育做事能力，养成生活勇气，培养生活力量，敢于担负运命，这是顾随理想的人生世界。

这种人生观，体现在文学里，便是要求诗人有高尚的人格和健康的诗心，创作健康的诗歌。他说：

一种作品，内容读了以后令人活着有劲，有兴趣，这便是好的作品。(《中国古典诗词感发》，第262页)

余是入世精神，受近代思想影响，读古人诗希望从其中得一种力量，亲切地感到人生的意义。(同上，第52页)

不好的作品坏人心术，堕人志气。坏人心术，以意义言；堕人志气，以气象言。文学虽不若道德，而文学之意义极与道德相近。……文学不应堕人志气，使人读后非伤感、非愤慨、非激昂，伤感最没用。如《红楼梦》便是坏人心术，最糟是"黛玉葬花"一节，最堕人志气，真酸。几时中国雅人没有黛玉葬花的习气，便有几分希望了。(同上，第86页)

好的文学作品，不是坏人心术，堕人志气，而是"令人活着有劲，有兴趣"，让人"从中得一种力量"，"感到人生的意义"。顾随曾说，他不喜欢《红楼梦》，原因可能在此。他推崇李商隐，赞赏李商隐诗的梦幻美，但亦不乏微词。他说：

〔李商隐〕太满足于自己的小天地,太过于沾沾自喜,缺乏理想和力量。……理想,是向前向上的根源;有力量,才能担荷现实的苦恼。……在义山集中寻不出向前向上、能担荷苦恼的诗来。(《中国经典原境界》,第317页)

李商隐诗写得精致,是唯美派,但缺乏向上力量和担荷精神。所以,李商隐是诗人,但不是伟大诗人。一般言,诗人多懦弱无能,往往遇事没办法。顾随说:

what、why、how(什么、为什么、怎么办)。诗人只有前两个w,故诗人多是懦弱无能的。后一个w,如何办,是哲人的责任。……此即因没有办法,找不到出路——how,故强者感到烦懑,而弱者则感到颓丧。(《顾随全集》卷五《传诗录一》之《说陶诗》,第200页)

诗人遇事没办法,无做事能力,亦无担荷意志。只有愤懑,或者颓丧,或者伤感。顾随认为:这无用,有用的是想办法,有办法,要担当,能担荷。他觉得:曹操、陶渊明有办法,屈原、杜甫能担荷。所以,屈原、曹操、陶渊明、杜甫是伟大诗人。顾随说:

屈原是热烈、动、积极、乐观，杜甫是冷峭、静、消极、悲观。而其结果，都是给人以要认真活下去的意识，结果是相同的。(《中国古典诗词感发》，第116页)

屈原终究自杀，虽然他和杜甫一样，"都是给人以要认真活下去的意识"；但是，他不如杜甫的勇气和担荷。顾随说：

老杜则睁了眼清醒地看苦痛，无消灭之神力，又不愿临阵脱逃，于是只有忍受、担荷。(同上，第98页)

老杜敢写苦痛，即因能担荷。诗人爱写美的事物，不能写苦，即因不能担荷。(同上，第322页)

杜甫诗好，人亦伟大，是伟大诗人。因为他面对现实，不临阵脱逃，睁开醒眼看苦痛，能担荷。他说：

中国人多缺少此种精神，而多是逃避、躲避，如"因过竹院逢僧话，又得浮生半日闲"(李涉《题鹤林寺僧舍》)。宁愿同学不懂诗，不作诗，不要懂这样诗，作这样

诗。人生没有闲，闲是临阵脱逃。(《中国古典诗词感发》，第231页)

  这是在讲诗，亦是在育人。他本人亦是这样在做。

二〇二一年九月二十五日

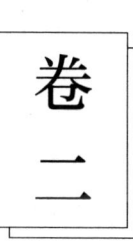

卷二

011

诗即道

顾随说：

为什么学道的人看不起治学的人，治学的人看不起作诗的人？盖诗人见鸡说鸡，见狗说狗，不似学道、治学之专注一心；但治学时时可以放下，又不若学道者。道——圆，是全体，大无不包，细无不举；学——线，有系统，由浅入深，由低及高；诗——点，散乱、零碎。作诗，人或讥为玩物丧志，其实最高。前念既灭，后念往生；后念既生，前念已灭。……这与学道、治学仍是一样，也犹同"三月不违仁"。"多识于鸟兽草木之名"之意也在此，为的

是念念相续，为的是长养慈悲种子。(《中国经典原境界》，第 21 页)

诗人的关注，是零碎的，是散乱的，不如学道者之全面，亦不如治学者之系统。世俗以作诗为玩物丧志，故以学道为上，治学次之，作诗最下。顾随则不然，他以为：作诗亦是念念相续，亦能长养慈悲种子，可以培育"道心"。在他看来，"诗心"即"道心"，"诗法"即"道法"，"诗情"即"哲理"。他说：

诗人达到最高境界是哲人，哲人达到最高境界是诗人，即因哲理与诗情最高境界是一。好诗有很严肃的哲理……诗情与哲理通。(《中国古典诗词感发》，第 198 页)

文学与哲学与"道"的最高境界是一个。所谓"诗法"，就是佛法的"法"，是"道"。(《中国经典原境界》，第 16 页)

世人以为"道心"是维系天下人心的命脉。在顾随看来，"诗心"亦是维系全人类健康的根本。他说：

诗心的健康，关系诗人作品的健康，亦即关系整个民族与全人类的健康；一个民族的诗心不健康，一个民族的衰弱灭亡随之；全人类的诗心不健康，全人类的毁灭亦即为期不远。宋儒有言，我虽不识一个字，也要堂堂地做一个人。我只要说：我们虽不识一个字，不能吟一句诗，也要保持及长养一颗健康的诗心。我们不必去做一个写了几千首诗而没有诗心的诗匠。……诸君再放眼去看社会的黑暗岂不俱是因了没有诗心的原故吗？（《顾随全集》卷三《论著》之《关于诗》，第265页）

只有诗心健康，才有人类健康；只有诗心健康，才有民族光明。"诗心"的价值与"道心"同。他还说：

人生、人世、事事物物，必须有了诗意，人类的生活才越加丰富而有意义。（《顾随全集》卷三《论著》之《小说家之鲁迅》，第363页）

诗心为人人所必需，有了诗心，人生、人事便有诗意。有了诗意，人生才显得丰富而有意义。所以，他说：

诗便是道。试看夫子说诗,"兴""观""群""怨""事父""事君""多识于鸟兽草木之名",岂非说的是为之人道?夫子看诗看得非常重大:重,含意甚深;大,包括甚广。(《中国经典原境界》,第22页)

"诗心"即"道心","诗便是道",这是顾随的判断,亦是传统中国的诗学观。古代中国人论诗论文,有明道、载道之说。刘勰《文心雕龙·原道》开篇即说:

文之为德也大矣,与天地并生者何哉?夫玄黄色杂,方圆体分,日月叠璧,以垂丽天之象;山川焕绮,以铺理地之形:此盖道之文也。仰观吐曜,俯察含章,高卑定位,故两仪既生矣。惟人参之,性灵所钟,是谓三才。为五行之秀,实天地之心,心生而言立,言立而文明,自然之道也。

文之为德,与天地并生;文之为道,即天地之道;诗之为心,即天地之心。这是古代中国的主流文艺观。顾随继承这个传统,他说:

余之讲"诗",合天地而为诗,讲文亦如此。(《中国经

典原境界》,第 193 页)

  天地间合起来是一首诗。若没有诗,天地必毁灭。人类若无诗,人类必投降。(《顾随全集》卷六《传诗录二》之《杂谭诗之创作》,第 243 页)

  总之,诗非小道,作诗不是玩物丧志。"诗心"即"道心","诗法"即"道法","诗情"即"哲理"。简言之,诗便是道。

二〇二一年九月二十六日

012

诗法与世法

顾随论诗，提出诗法、世法、出世法三个概念，于诗与社会之关系，有别开生面的诠释。惜其散见在诗词教授讲义各处，未有融会贯通的集中阐释，故一般读者往往不甚注意。

何谓诗法、世法、出世法？顾随偶有涉及，没有集中解释。综合言，顾随所谓"法"，不是狭义的方法之法、法律之法，而是广义的法。据我理解，近似于"道"。所谓"诗法""世法"，即是诗道、世道。顾随常言"孔门诗法"，不是说孔门弟子作诗的具体办法，而是"孔门诗道"。关于"出世法"，顾随说：

佛是出世法，无彼、此，是、非，说伤心皆不伤心，说欢喜皆不欢喜。(《中国古典诗词感发》，第29页)

"出世法"是无人我是非、喜怒哀乐的佛法。作为世道的"世法"，则是世俗的喜怒哀乐和人我是非。"世法"与"出世法"，正是相对的概念。

诗法与世法、出世法的关系，顾随有明确表示：

诗法虽非出世法（佛法），然亦非世法。(《顾随全集》卷六《传诗录二》之《杂谭诗之特质》，第219页)

诗法既不是世法，亦不是出世法。这个表述无疑正确，但过于笼统。深入点，具体点，可以这样说：世法是入世，出世法是出世，世法不是出世法；诗法不是世法，诗法离不开世法；诗法不是出世法，诗法需要出世法。如何理解？顾随提出一个有特色的诗学理论，我名之曰"出入论"，有助于理解这个看似矛盾的命题。王国维《人间词话》说：

诗人对宇宙人生，须入乎其内，又须出乎其外。……入乎其内，故有生气；出乎其外，故有高致。

顾随因王国维此论之触发，创为"出入论"（参见"顾随的'出入论'"条）。以为作诗当有入有出，入即世法，诗有生气；出则出世法，诗有高致。诗既有生气又有高致，便是好诗。好诗是既高且好。有的诗高，但不好，因为有出世法而无世法，是出而不能入。有的诗好，但不高，因为有世法而无出世法，是入而不能出。好诗是能入能出，既有世法又有出世法。

顾随说：

高与好恐怕并非是一个东西……古书中所谓"高人"，未必是好人，也未必于人有益。高是可以的，高尽管高，而不可以即认此为好，不可止于高。（《中国古典诗词感发》，第 34 页）

比如，顾随认为：王维诗无人我是非，无喜怒哀乐，乃至无黑白，无痛痒，确实是高，是出世法，但未见得好。顾随说：

中国诗自受佛教影响后，其最高境界欲了解之必懂涅槃。这也影响到人的生活，且后人有感情、有思想者多走此路，是个人之"法喜"，即西洋宗教之ecstasy。在个人说起来，如此未尝不好；而在整个民族中，人若皆超出现实，另筑空中楼阁，则不好。……世法——常法，出世法——佛法。若以世法为非诗法，出世法为诗法，此种出世法影响国家，故中国民族不振。(《顾随全集》卷六《传诗录二》之《杂谭诗境》，第201页)

诗法需要出世法，才有高的品格。仅以出世法为诗法，对个人尚可，于民族、国家则不利。所以，诗法不是出世法，但诗法需要出世法。

顾随说：

余自谓：诗作不好是因为知道的世法太多，世法使我不能为诗，诗法使我不能入世。……想学诗，第一须打破世法妨害诗法之观念。(《顾随全集》卷六《传诗录二》之《杂谭诗之创作》，第239页)

诗法与世法不同，顾随分得很清楚。他认为："在我身上发现人，在人身上发现我"，人我分别不清，是诗法；把人我分别得太清楚，是世法。处世有时不可太真，世法是如此；文人表现性情必须真，诗法是如此。顾随以为"诗中的是非善恶与寻常的是非善恶不同"，诗中的是非善恶不是世俗的，他举例说：

"月黑杀人地，风高放火天"，是直，事虽邪而思无邪。在世法上讲，不能承认；在诗法上讲，可以承认。（《中国经典原境界》，第15页）

或者说，诗法求真，世法求善。诗法由真而美，世法因善而美。"世法使我不能为诗，诗法使我不能入世"，可见诗法与世法的不调和。故此，诗人常常逃离世法，企图摆脱世法。

看待事物须辩证，不宜绝对。诗人可以逃离世法，但诗法无法摆脱世法，诗法需要世法。顾随说：

诗是人生、人世、人事的反映，无一世法不是诗法。一切世法皆是诗法，诗法离开世法站不住。人在社会上要不踩泥、不吃苦、不流汗，不成，此种诗人即使不讨厌也是豆芽菜诗人。……常人只认定看花饮酒是诗，岂不大错！世上困苦、艰难、丑陋，甚至卑污，皆是诗。世人将世法排出，单去写诗，只写看花饮酒、吟弄风月，人人如此，代代如此，陈陈相因，屋下架屋。（《顾随全集》卷六《传诗录二》之《杂谭诗之创作》，第241页）

诗法不能摆脱世法，因为诗就是反映人生、人世、人事。诗法离开世法，便是空中楼阁，便是无源之水和无本之木。顾随说：

王渔洋所谓"神韵"是排出了世法，单剩诗法。余以为"神韵"不能排出世法，写世法亦能表现神韵，这种"神韵"才是脚踏实地的，而王渔洋则是空中楼阁。……后人将世法排出诗之外，此诗所以走入穷途。后人尚不是世法、诗法矛盾，是雅、俗矛盾。后人以"世法"为俗，以为"诗法"是雅的，二者不并立。……何能只要诗法不要世法？只要琴棋书画，不要柴米油盐，须不是人方可。有风无土不可能！我们现在要脚踏实地，将世法融入诗法！（同上，第241～243页）

顾随论诗讲调和，提出"调和论"（参见"调和是诗与人生的最高境界"条），以为诗的最高境界是调和，人的最高境界亦是调和。在一般诗人看来，诗法与世法不调和。顾随的理想，是诗法与世法的调和。顾随推尊的伟大诗人，正是做到了诗法与世法的调和。他说：

老杜虽感到诗法与世法抵触，而仍能将世法写入诗法，且能成为诗。他看出二者矛盾、不调和，而把不调和写成诗了。陶渊明则根本将诗法与世法看为调和，陶渊明根本看得调和，写出自然调和……人就当如此过，看东西就当如此看。(《顾随全集》卷六《传诗录二》之《杂谭诗之创作》，第240页)

在顾随看来，陶渊明根本是将诗法与世法看为调和，杜甫是把不调和写成调和，一般人则持世法妨碍诗法的观点。杜甫与陶渊明之间有差别，顾随更推崇陶渊明，他说：

以诗所写的方面多，老杜可为"诗圣"；若以写诗的态度论，当推渊明为"诗圣"：老杜看为不调和，而能写出调和；陶诗将诗法、世法根本是看为调和。(同上)

实际上，最契合顾随"情操诗学理论"的诗人，不是杜甫，是陶渊明。顾随最推尊的诗人，是陶渊明，不是杜甫。对陶渊明，他基本无微词；对杜甫，他常有批评，虽然亦不乏颂词。

诗法不是世法，但诗法离不开世法；诗法不是出世法，但诗法需要出世法，这是顾随的辩证法。顾随说："孔子是最大的世法。"我以为："孔门诗法"是最大的诗法。

二〇二一年九月二十六日

013

思无邪：孔门诗法

顾随在1944年1月10日与周汝昌信里说：

至苦水则数月以来，久不为韵语。《孔门诗案》写得十分之六七，以病搁笔，迄今仍未续写。衰老益甚，加之以生活压迫、课务劳碌，精力大是不支。[《顾随全集》卷九《书信二》之《致周汝昌（玉言、巽甫、巽父）》，第95页]

同年1月16日与孟铭武信里亦说：

近一月以来，不曾好好读书作文，《孔门诗案》久未

续写，寒假已至，尚不知能否动笔也。[《顾随全集》卷九《书信二》之《致周汝昌（玉言、巽甫、巽父）》，第95页]

同年8月1日与周汝昌信里还说：

顷检点三五年来旧稿，未完者有四：其一，《人间词话》笺疏；其二，《秋坟唱》杂剧（谱《聊斋·连锁》事，八折已成七折）；其三，《孔门诗案》；其四，《无奇的传奇》（新小说）。除首一种已无意继续外，其馀三种心怀中殆无三日不忆念之也。然迄于今夏，其未完如故也。[《顾随全集》卷九《书信二》之《致周汝昌（玉言、巽甫、巽父）》，第101页]

《孔门诗案》到底没有写完，就连写得的十之六七，亦已散佚。它是一篇什么样的论著，不得而知。它被顾随再三提起，乃至"无三日不忆念之"，可见顾随很看重。我猜测，这篇《孔门诗案》，说的便是顾随反复讲授的"孔门诗法"。

何谓"孔门诗法"？顾随解释说：

孔子对于诗的论法，归纳起来又称为"孔门诗法"。法，道也，不是指狭义的方法、法律之法，若平仄、叶韵之类，此乃指广义的法。（《中国经典原境界》，第15页）

法，道也。所谓"孔门诗法"，就是孔门诗道。

孔门诗法的核心要义，一言以蔽之，便是"思无邪"。顾随说："只要'思无邪'就是'法'。""违了夫子'思无邪'，便非法。"（同上，第16、15页）

何谓"思无邪"？古今学者提出各种解释，或以为是就诗歌内容言，或以为是就诗歌功能言，或以为是就诗人之意图言。在将"无邪"释为"正"或者"纯正"这一点上，则无异议（参见《温柔敦厚：中国古典诗学理想》第38～40页）。顾随于"无邪"有新解，他说：

说"无邪"是"正"，不如说是"直"，未有直而不诚者，直也就是诚。（直：真、诚，双声。）《易传》云："修辞立其诚。"（《文言》）以此讲"思无邪"三字最切当。诚，虽不正，亦可感人。"月黑杀人地，风高放火天"，此极其不正矣，而不能说它不是诗。何则？诚也。"打油诗"，人虽极卑视之，但也要加以"诗"之名，盖诚也，虽则性有

不正。夫子曰，"诗三百""思无邪"，为其诚也。(《中国经典原境界》，第13~14页)

以"直""真""诚"释"无邪"，是顾随的独创。"直""真""诚"三者声（双声）近义通，是诗之本义，是孔门诗法的核心要义。顾随于此再三致意。

程子解释"思无邪"最好。程子云："思无邪者，诚也。"《中庸》："不诚无物。""三百篇"最是实，后来之诗人皆不实，不实则伪。既有伪人，必有伪诗。伪者也，貌似而实非，虽调平仄、用韵而无真感情。(同上，第44页)

实则"无邪"应为"不歪曲""正直"。心里是什么就说什么，即为"思无邪"，也即真实地暴露思想，心口如一。(《中国古典文心》，第53页)

"三百篇"是有什么就喊什么，想说什么就说什么，想怎么说就怎么说。古人诗是如此，然说出来并不俗、不弱，因为它"真"。后人有意避俗免弱，便不真。(《顾随全集》卷五《传诗录一》之《说〈诗经〉》，第167页)

"思无邪"是直，是真，是诚，"三百篇""最是实"，

"三百篇"是"有什么就喊什么,想说什么就说什么,想怎么说就怎么说",是"思无邪"的代表,是"真"与"诚"的典范。推而广之,"真"是诗的一般特征。

"后台意识"(Arrière pensée)。古人的诗没有(Arrière pensée),想说什么就说什么,然说出来并不俗、不弱,因为它"真"。(《中国经典原境界》,第172页)

凡诚的表现都好,只要不是故意自显,应是内心的要求,是"诗法",不是"世法"。(《中国古典文心》,第189页)

吾尝观夫古今大文人大诗人之作,以世谛论之,虽其无关于道义之处,亦莫不根于诚,宿于诚。(《顾随全集》卷三《论著》之《稼轩词说自序》,第6页)

诗宁可不伟大,虽无歌德(Goethe)《浮世德》式之作品,而中国有中国的诗,即因其真实,虽小,站得住。中国有的小诗绝句甚好,廿八字,不必伟大,而不害其为诗,即因真实。(《顾随全集》卷六《传诗录二》之《杂谭诗人之修养》,第225页)

诗心要诚,诗必须真,必须"根于诚,宿于诚"。诗因真而有韵味，因诚而有深意。他说：

古代生活简单，不需要许多虚伪的应酬，所以人一说出就是那样。虽然简单，但是真实，故隽永、耐咀嚼。后来的诗人只渊明能少存此意。……因为他真实而隽永，因他本有此情，故有韵味。(《中国经典原境界》，第145页)

常人诗怕浅，而不可故意求深，只要真，浅亦不浅。(《顾随全集》卷六《传诗录二》之《杂谭诗人之修养》，第226页)

真实是诗的基础。只要真实，就站得住，就不俗不弱不浅，就耐咀嚼，有余味，就是好诗。

孔门诗法的核心要义是真，"思无邪"即是真。"思无邪"是孔门诗法的准则。顾随说：

"思无邪"比起《虞书》上的"诗言志"是进了一步，《虞书》虽已提出"诗言志"，但未说明是"言"什么"志"。孔子所说的"思"亦即《虞书》所说的"志"，是指的思维、思想和感情而言的；"无邪"，是要正直、要心口如一，而不是像好多"伪诗人"——说俗气点儿叫他"诗匠"——不但歪曲人家的思想，甚至连他自己的思想都能歪曲：满篇的风花雪月，一肚子升官发财。……"思无邪"不仅说明了创作的内容，也说明了创作的动机，这就是孔子说的诗的本质。(《顾随全集》卷四《讲义》之《魏晋南北朝文学批评选读（第一部分)》，第44页)

依朱自清言，"诗言志"是中国古代诗论的开山纲领；依顾随言，"思无邪"是中国古代诗论的核心要义。

二〇二一年九月二十七日

014

诗比历史更真实

一般认为，历史追求真实，诗以想象为手段。历史是真实，诗是幻想和象征。但是，"一切历史都是当代史"，在社会记忆理论视角下，历史是被建构的，历史的真实性大打折扣。亚里士多德说："诗比历史更真实。"如何理解？

古代作品，如《左传》，如《史记》，既是历史，亦是文学。鲁迅先生说《史记》是"史家之绝唱，无韵之《离骚》"，既肯定其历史真实性，又称道其文学抒情性。这里，涉及文学真实性和历史真实性问题。蒋勋说：

> 古希腊哲学家亚里士多德说过："诗比历史更真实。"意

思是说，历史是对客观事件的记录，诗是对心情的记录，在所有事件结束后留下情感的结语。事件会消失，可是心情会变成永恒。这也是为什么汉语诗作中描写心情的诗特别多的原因。(《蒋勋说文学：从〈诗经〉到陶渊明》，第34～35页，中信出版社2014年版)

蒋勋这段话，"事件会消失，可是心情会变成永恒"，或能解释"汉语诗作中描写心情的诗特别多的原因"，但没有说清楚为何"诗比历史更真实"。

顾随以为，"思无邪"就是真、直、诚。"思无邪"是孔门诗法之大法，"真"是孔门诗法之要义。他把"诗比历史更真实"讲清楚了。他说：

诗中真实才是真正的真实。花之实物若不入诗不能为真正真实。所谓真实有二义，一为世俗之真实，一为诗之真实。且平常所谓真实多为由"见"而来，见亦由肉眼，所见非真正真实，是浮浅的见，如黑板上字，一擦即去。只有诗人所见是真正真实。(《顾随：诗文丛论》，第113页)

这段话信息量大，有灼见，要逐一说明。

第一,因为"只有诗人所见是真正真实",所以"诗中真实才是真正的真实",所以"诗比历史更真实"。这是顾随的结论。

第二,"诗法"必须真,"世法"有时不真。顾随说:

> 处世有时不可真。正如鲁迅《野草·立论》所写,小儿弥月,说小孩将来会死这真话的人,得到了大家合力的痛打。而文人是表现性情的,必须真。诗人以不说强说、不笑强笑为苦。学文要助长真感情,才能有创作表现。(《中国古典文心》,第285页)

他区分真实为"世俗的真实"和"诗之真实"两类,换言之,即世法之真实和诗法之真实。诗法之真实是真正的真实,世法之真实不一定是真正的真实。

第三,世法之真实,由肉眼所见获得;诗法之真实,由心眼所见获得。肉眼所见,是浮浅的见,未见得深,未见得切,亦未见得真,如黑板上的字,一擦即去。此肉眼所见,是世法的见。诗法之见,是心眼所见。顾随说:

> 舜之崇拜尧,卧则见尧于墙,食则见尧于羹。此"见"

比对面见更真实，更切实。想之极，不见之见，是为真见，是"心眼"之见，肉眼之见不真切。(《顾随：诗文丛论》，第119页）

心眼之见，是真见，亦见得真。他说："对物，要在物中看出其灵魂。"（同上，第138页）若非心眼之真见，不能看出物的灵魂。

第四，"花之实物若不入诗不能为真正真实"，即花之实物，通过心眼之见，按诗法入诗，才能呈现其真正的真实。换言之，诗中的花，比世俗的花或现实的花更真实。诗中的真实，才是最高的真实。

第五，肉眼之见，所见浮浅，所得是世俗之真实。心眼之见，所见切实，见到物的灵魂，所得是诗之真实。心眼是"诗眼"，诗是心眼之见。

顾随的结论是：只有诗人所见是真正的真实，诗中真实才是真正的真实，诗比历史更真实。

顾随三言两语，说清了亚里士多德的名言——诗比历史更真实。

二〇二一年九月二十八日

诗心要诚

诗法尚真,诗心要诚,因诚而真。诚是内心态度,真是外在表现。若无内心的诚,便无外在的真。顾随说:

> 诗要诚,一部《中庸》所讲的就是一个"诚",凡忠、恕、仁、义,皆发自诚。(《中国经典原境界》,第18~19页)
> "怒""怨",在乎诚、在乎忠、在乎恕、在乎仁、在乎义,当然可以怒,可以怨。(同上,第20页)
> 我本乎诚,本乎忠、恕、仁、义,则为人、处世皆无不可。(同上)

诚是为人根本,"凡忠、恕、仁、义,皆发自诚"。若出于诚,则怨、怒皆可,"为人处世皆无不可"。

诚是诗法,世法未必皆诚,正如世法未必皆真一样。顾随论诗,最重诚。因尚真而重诚,由诚而真,因真而诚,真、诚并重。他说:

凡诚的表现都好,只要不是故意自显,应是内心的要求,是"诗法",不是"世法"。(《中国古典文心》,第189页)

吾尝观夫古今大文人大诗人之作,以世谛论之,虽其无关于道义之处,亦莫不根于诚,宿于诚。(《顾随全集》卷三《论著》之《稼轩词说自序》,第6页)

诚是"内心的要求",是内心态度。古今大诗人的作品,皆根植于诚。诚是诗法,诗心要诚。诗心不诚,则无诗。顾随说:

作诗者只晓得怎样去讲平仄,讲声调,讲对仗与格律,结果只是诗匠而并非诗人,因为他压根儿就不曾有过诗心。……又因为不诚,所以没有真性情,真感觉,真思想,而只成为一个学语之徒。……像者样人的笔下的作品，岂但非诗，简直是一堆一堆的垃圾！（《顾随全集》卷三《论著》之《关于诗》，第 261～263 页）

诚有二义，一者无伪，一者专一。中外古今底诗人更无一个不是具有如是诗心。若不如此，那人便非诗人，那人的心便非诗心，写出来的作品无论如何字句精巧，音节和谐，也一定不成其为诗的作品。……诗心只是个单纯。能做到单纯……不会说话的婴儿之一举手、一投足、一哭、一笑也无非是诗。推而广之，盈天地之间，自然、人事、形形色色，也无一非诗了也。……诗。单纯、单纯、单纯之极了也。总而言之，统而言之，世间一切，摄于诗心，只是个单纯，只是个诚，只是无伪与专一。（同上，第 261～263 页）

诗心之特质，或曰无伪，或曰专一，或曰单纯，要言之，即一个"诚"字。诗法之大义是真，诗心之特质是诚。只要诚，便是诗。顾随说《水浒传》中的鲁智深，是"不写诗的诗人"，便是因为他诚。只要有诚的诗心，便是好的诗人。如何做到诗心的诚？顾随说：

试问诗心如何做到单纯；单纯又到何种田地？则将答之曰：只需要一个无计较心；极而言之，要做到无利害，无是非，甚至于无善恶心。……只要你做到诚的境界，自然无计较、无利害、无是非、无善恶，更无丝毫走作。步步踏着，句句道着，处处光明磊落，只此一团诗心作用着，说什么佛法儒教，要且没干涉。(《顾随全集》卷三《论著》之《关于诗》，第263页)

中外学者论诗，都有童心说。童心就是诗心，童心的特点就是诚，就是无伪和专一，就是单纯。顾随说：

小儿诗心多，即因性清净，兴趣多；年岁长为物质牵扯则有染心，不是自性清净之心。小儿心常在活动（activity），是由兴趣所发，不是由计较、打算而发。由计较生出之活动是染心。……有其染心，则本心、清净之心丧。(《顾随全集》卷六《传诗录二》之《论王静安》，第136页)

"诗心"是顾随论诗的核心概念，他以"诗心"节制"诗情"，建构起"情操诗学理论"。"诗心"是"诗情"与

"情操"的中介。顾随以"诚"为"诗心"之要义，以无伪、专一、单纯释"诚"，以不计较、无是非、无善恶界定"诚"，近似西洋美学之"审美无利害关系论"。

二〇二一年九月二十八日

016

研究国民性,最好看其历史与诗

顾随下面几句话,说得很中肯:

文学艺术代表一国国民最高情绪之表现。(《中国古典文心》,第 274 页)

研究民族性,最好看其历史及诗。(《中国经典原境界》,第 106 页)

西洋人不能研究中国语言文学,不能了解中国民族性。(《中国古典诗词感发》,第 127 页)

受西洋学术影响,近年中国学术界流行心态史研究。

心态史研究民族性或国民性，最佳素材不是高文典册，甚至不是历史著述，而是文学艺术，是民间文学，是诗。

研究国民性或民族性，理论家的高文典册不是理想素材。我在《中国传统人伦关系的现代诠释》一书里说过这样一段话：

> 理论家大力宣传和提倡的思想，不能完全等同于世俗生活中一般民众实际奉行的观念。正如知识精英所构建的思想史不能完全取代民间思想史一样。有时候，理论家宣扬的思想，可能是从一般民众实际奉行的观念中提炼出来的。但是，在大多数情况下，理论家宣传的思想则可能与民间观念截然对立。或者说，理论家大力宣传某一种思想观念，是因为现实生活的迫切需要，是因为现实生活中出现了某种"异端"观念，理论家则必须提倡一种"正统"的思想，来加以引导和改造。从这个角度看，理论家的思想就与民间奉行的观念呈现出完全不同的面目，理论家构建的思想史就不能完全等同或取代民间思想史。（《中国传统人伦关系的现代诠释》，第88页，贵州人民出版社2019年版）

我研究中国传统人伦关系，揭示民间社会人伦关系现状，用得较多的素材，是文学作品，尤其是民间文学作品。我相信：文学作品，尤其是民间文学，最能体现一般大众的生活状态和生命情状。

历史当然是社会情状的记录，追求真实性是历史记录的主要职责。"不虚美，不隐恶"的"实录"精神，是"良史"的良心。顾随以为，研究国民性，除了看诗，还要读史。这无疑是正确的。但是，亚里士多德说："诗比历史更真实。"顾随说："诗中的真实才是真正的真实。"相对历史，诗更真、更直、更诚（参见"诗比历史更真实"条）。尤其在情绪表达、心态呈现方面，诗的真实性更可靠。相对而言，历史侧重事件的真实，诗侧重情绪的真实。顾随说："文学艺术代表一国国民最高情绪的表现。"此言正确无疑。

描述生命情状，传达情绪意识，此或为诗之所擅长。中国诗尤其如此。中国诗人不擅长叙事，叙事的任务交给了历史学家。故中国文人创作不见英雄史诗，少有长篇叙事诗。顾随说过：叙事难写得好。此是对中国诗人而言。中国诗人擅长抒情，表达情绪、描写心情，是他们的长项。蒋勋就说过：汉语诗作中描写心情的诗作特别多。他说：

当一个人没有办法很清楚地描述生命情状时，他会选择用诗来描述，因为诗里有另外一种对生命的观照。在日常生活中我们解释生命现象，有些东西可能会很有哲学性，很有逻辑，但还有一些东西需要诗化的解释。这是一种更为宽阔的解释，它可能是一种安慰，一种鼓励，但肯定不是一个答案。(《蒋勋说文学：从〈诗经〉到陶渊明》，第4～5页)

中国人乐于用诗表达情绪，呈现生命情状。诗是呈现生命情状的最佳载体。中国诗里藏着中国人内心世界的秘密。所以，不研究中国文学，便不能了解中国国民性。研究中国国民性，最好读中国人写的诗。

二〇二一年九月二十九日

017

温柔敦厚：中国人的性情，中国诗的特质

顾随论诗和人，重"情操"。他的诗学，我称之为"情操诗学"。他的人格修养论，我名之曰"情操修养"。其实，顾随的"情操诗学"，近似儒家温柔敦厚的"诗教"。"情操"就是"温柔敦厚"。顾随说：

"诗三百篇"含义所在，也不外乎"情操"二字。要了解《诗》，便不得不理会"情操"二字。《诗》者，就是最好的情操。也无怪吾国之诗教是温柔敦厚，无论在"情操"二字消极方面的意义（操守），或积极方面的意义（操练），皆与此相合。（《顾随全集》卷五《传诗录一》之《说〈诗

经〉》，第 8 页）

顾随所谓"情操"，就是"诗心"对"诗情"的节制。他说：

情，情感；操，纪律中有活动，活动中有纪律，即所谓操。意志要能训练感情，可是不能无感情。[《顾随：诗文丛论》（增定版），第 362 页]

情是热烈的，而操是节奏的，有纪律的。使热烈的情感合乎纪律，即最高的诗的境界。（同上，第 371 页）

此种"情操"，与"乐而不淫，哀而不伤""好色而不淫，怨诽而不怒"的温柔敦厚"诗教"，正相吻合。顾随"情操诗学理论"，实际上便是对温柔敦厚诗学理想的重建。

"温柔敦厚"一词，据说出自孔子。其云：

入其国，其教可知也。其为人也温柔敦厚，《诗》教也。（《礼记·经解》）

孔子的意思是：一国国民，其为人温柔敦厚，是诗歌教化的结果。诗歌教化能使国民温柔敦厚，是由于诗歌本身具有温柔敦厚的品格。温柔敦厚的诗人写出温柔敦厚的诗歌，温柔敦厚的诗歌教化出温柔敦厚的国民。

观古今学者诠释"温柔敦厚"，徐复观的意见最通达，最契合孔子原意。他认为：温柔敦厚是指诗人流注于诗中的感情。诗人将温柔敦厚的感情，发而为温柔敦厚的语言和韵律，形成温柔敦厚的诗歌性格。不太冷，亦不太热，就是温。温的感情以适当的时间为条件，不远不近的适当时间距离的感情，是不太热不太冷的温的感情，这正是创作诗的基本感情。温的感情最适合诗。首先，温的感情有柔的特点，太热的感情是刚烈的性格，太冷的感情是僵冻的性格。这都没有弹性，因此亦没有吸引力，是一种不容易使人亲近的感情。在太热与太冷之间的温的感情，有弹性，有吸引力，容易使人亲近，是柔和的感情。其次，温的感情有敦厚的特点，敦厚指的是富于深度、富有远意的感情，是有多层次，乃至有无限层次的感情。太热与太冷的情感，不管多么强硬，常常只有一个层次，突破了这一层次，便空无所有。而温柔的感情，是千层万层重叠起来的敦厚的感情。这种敦厚的感情，就像一个大的磁场，它含有永恒的感染力（徐复观：《释诗的温柔敦厚》，见《中国文学精神》第 35～37 页，华东师范大学出版社 2004 年版）。这是目前为止，对"温柔敦厚"一词做出的最通达、最确切的解释。

顾随说："人与文均须有情操。"［《顾随：诗文丛论》（增定版），第 362 页］"情操必得道之人、有修养之人。"（同上，第 359 页）就儒家理想言，人与诗均须温柔敦厚，诗的最佳境界是温柔敦厚，人的最高境界亦是温柔敦厚。顾随说：

> 学问的最高标准是士君子，士君子就是温柔敦厚（诗教），是"发而皆中节"。……表现这种温柔敦厚的、平凡的、伟大的诗，就是"三百篇"。（《顾随全集》卷五《传诗录一》之《说〈诗经〉》，第 9 页）

因时代发展和风气变化，理想诗歌和理想人格亦随风迁转。顾随说：

> 魏晋之文学真可谓之"文采风流"。中国诗教——汉以前——温柔敦厚，此是向内的；文采风流则是向外的。（《中国经典原境界》，第 197 页）

从"温柔敦厚"到"文采风流",世风和文风随时迁转,至近现代,温柔敦厚的诗风和人格,已渐遭唾弃,为人不齿。顾随则坚持认为:温柔敦厚是美德,是诗的理想品格。他说:

"三百篇"……真是温柔敦厚,能代表中国民族的美德。(《中国经典原境界》,第70～71页)

中国人爱和平,故敌不住外来力量,此精神一直遗传。即以"三百篇"言之,只见温柔敦厚,无热烈感情。此确是悲惨、是失败,然非耻辱,是光明的。因"三百篇"所表现乃最富于人性、人味的生活。(同上,第106页)

《江有汜》与前首之《小星》不能说他无忧,但不是伤感,不是悲哀。……看《小星》《江有汜》,绝不愉快,但几乎看不出一点怨来。因知命,则安心,则能排忧乐、了死生、齐物我(鲁迅先生或者要骂这是奴隶的道德),但余总承认这是一种美德。……曰其不识时务、不知进退则可,谓其非道德则不可。当然也许是无用的。如果只以有用与否而决定之,则吾无言矣。(同上,第108～109页)

在顾随时代,依然坚持温柔敦厚"代表中国民族的美德",认为它不是耻辱,是光明。虽有保守嫌疑,但却是卓见。推崇温柔敦厚的诗和人,致使中国人普遍缺乏斗争精神和抗争意志。但是,温柔敦厚又确是"最富于人性、人味的生活"。

我以为:对于人类的精神或情感状态而言,温柔敦厚是人生的正常状态,亦是人生的理想状态;太热或太冷的情感,都不是正常状态的情感,亦不是理想状态的情感。太热或太冷的情感,都是因为受到某种外界因素的强烈刺激而导致的情感失衡状态。当外界因素的强烈刺激消失后,情感又回复到温柔敦厚的正常状态。所以,温柔敦厚是人生的正常状态。进一步说,外界因素的强烈刺激,无论是使人高兴的刺激,还是使人悲痛的刺激,它总是使人处于紧张、焦躁、不安状态。但是,从内心深处的本能需求来说,人类总是更喜欢平静、安闲的生活,追求闲适、安逸的情感状态。所以,温柔敦厚亦是人生的理想状态。在现实生活中,我们有时不免金刚怒目,或者愤世嫉俗,或者悲痛欲绝,或者欢天喜地。但是,在通常情况下,我们是温柔敦厚的,是安静平和的。相对于紧张、焦躁、不安,人类从本能上更倾向于安静、和平、闲适。从人类文明的进程看,金刚怒目或愤世嫉俗,都是刚性的、强硬的,因而亦是野性的；温柔敦厚是柔性的，是敦厚的，是经过文明洗礼的，因而亦是文明的，所以亦是人类所理想的。

二〇二一年九月二十九日

韵的文学和力的文学：中国诗的两种类型

顾随把中国诗分为两种类型：韵的文学和力的文学。前者是传统派，后者是革命派。他说：

李白、杜甫、韩愈及李贺，对诗是革命，故其诗有点像西洋之复杂变化，虽不及西洋，而已超出于中国古代之诗。而四人皆苦于意尽于言，即缺乏弦外之馀韵。王、孟、韦、柳，单纯而神秘（单纯而不简单，单纯、简单，相近而实不同，单纯有神秘性），是中国诗真正传统者，而又不及李、杜。盖李、杜乃革命家，故出力、出奇，故复杂变化；王、孟则不革命，乃自然发展，无心的，故能得韵。

(《顾随全集》卷六《传诗录二》之《杂谭诗之特质》，第220页）

老杜在唐诗中是革命的，因他打破了历来酝酿之传统，他表现的不是"韵"，而是"力"。(《中国古典诗词感发》，第89页）

外国诗人好写此种"力"，中国诗人好写"心物一如"之作，不是力，是趣。一是生之力，一是生之趣，然此生之力、生之趣与生之色彩非三个，乃一个。生之力与生之趣亦二而一，无力便无趣，惟在"心物一如"时多生"趣"，心、物矛盾时则生"力"。(《顾随全集》卷五《传诗录一》之《说陶诗》，第216页）

这里说的"趣"，就是"韵"。

综上，"力的文学"是对中国传统文学的革命，它打破了中国诗酝酿的传统，它出力出奇，复杂变化，缺乏弦外之余韵，是心物矛盾的产物，近似西洋文学。相对于传统的"韵的文学"，它是革命派。它的代表作家是李白、杜甫、韩愈和李贺。向上追溯，叫嚣的汉代文学，使力的曹操诗，乃至近似西洋文学的楚辞，是它的源头。

关于楚辞，顾随说：

楚辞，尤其是《离骚》，近于西洋文学。余直觉地感到，中国文学中多不能翻为西文，但《离骚》可以，其艰深晦涩处颇与西洋文学相近。(《中国经典原境界》，第84页)

与中国诗简单而神秘不同，楚辞是艰深晦涩；与中国诗之氤氲不同，楚辞是夷犹；与中国诗传统相比，楚辞近似西洋文学。

顾随论汉代文学，反复指出它的发皇和叫嚣。他说：

愤慨、沉静，汉魏两朝之文章分野即在此。汉人文章使"力"……盖汉人注意事功，思想亦基于事实，是"力"的表现。总欲有所作为，向外的多。至魏文帝曹丕不是"力"，而是"韵"。(《中国古典文心》，第187页)

汉代文学是愤慨、发皇、叫嚣，是力的表现。与沉静的"韵的文学"异趣。

顾随论曹操，说他这个人"一点也不竭蹶，真是坚苦卓绝，不向人示弱"，有"铁的精神、身体、神经"；说他的诗"以锤炼气力胜"，"含蓄稍差，而真做到了发皇的地步",以为"老曹发皇是力的方面"(《顾随全集》卷五《传诗录一》之《魏武与陈王》,第184~191页)。曹操坚苦卓绝、锤炼气力、发皇叫嚣,亦是力的表现,是"力的文学"的代表。

"韵的文学"是中国诗的主流,是中国诗的传统,是中国诗的特色。顾随说:

然论中国诗,神韵一名,终为可取而不可废。盖神者何?不灭是。韵者何?无尽是。中国之诗,实实有此境界……谓之玄妙,谓之神秘,谓之禅寂,举不如神韵二字之得体。(《顾随全集》卷三《论著》之《稼轩词说》,第40页)

宋人说作诗言有尽而意无穷,此语实不甚对。意还有无穷的?无论意多高深亦有尽,不尽者乃韵味。最好改为言有尽而韵无穷。在心上不走,不是意,而是韵。(《顾随:诗文丛论》,第122页)

到底何谓"韵"?顾随在1947年8月2日与叶嘉莹信里谈到读冯友兰《新原道》,悟出"韵"的含义。他说:

年来不佞于堂上论文，时时说及"韵"与"品"，而于"韵"之一字，尤为再三致意。不过横说竖说，始终达不到向上关捩子，所以终竟也不是末后句。读此书后，方觉有转语可下。夫天、道、自然三者（亦即是一体），同时是智慧底，亦是道德底。文心之合乎三者之道德底方面者有品，其合乎智慧底方面者则有韵。此语若为钝根人说，苦水尚须再自下若干注脚始得，但为迦陵说，便已足够足够，再多，即为不智了也。[《顾随全集》卷九《书信二》之《致叶嘉莹（迦陵）》，第253页]

顾随此论或有深意，我是顾随所说的"钝根人"，不太能够理解。转录于此，以俟方家解惑。

顾随对"韵"没有直接下定义。他的一些侧面看法，可以帮助我们对"韵"的理解。如，他认为诗"以淡而弥永为佳，刺激不好"。他说：

故事中凡有人情味者，淡而弥永；鬼怪故事，刺激，毛骨悚然……鬼怪故事不如人情故事之淡而弥永，刺激性最不可靠。（《中国经典原境界》，第337页）

我感觉,"韵"就是"淡而弥永"。"淡而弥永"的"韵"不是刺激来的,是酝酿来的。"情韵"是酝酿出来的,"机趣"是刺激出来的。顾随说:

> 情韵与性灵、机趣不同。性灵和机趣是短暂的——是外物与我们接触的一刹那,是捕鼠机似的一触即发,而且稍纵即逝。后来诗人多是如此,只仗了哏、巧、新鲜。古人是有"情韵",一唱三叹,悠长的,愈旧而弥新,其味愈玩味而弥长。这种情韵终朝每日盘桓在作者的心头,并不曾想不忘,是想忘都忘不了,此即所谓酝酿、涵养。(《中国经典原境界》,第152页)

机趣或性灵,是一触即发,稍纵即逝,由突发的刺激而产生,不能持久。而情韵是愈旧而弥新,愈玩味而弥长,是一唱三叹,是由长久的酝酿而养成,经久不息。顾随发现:杜甫的诗,"十篇中九篇无韵"(《顾随全集》卷六《传诗录二》之《杂谭诗之特质》,第220页),便因为他"打破了历来酝酿的传统"。苏轼是才人,"诗成于机趣,非酝酿"(《中国古典诗词感发》,第203页),所以乏韵。顾随说:

> 技术愈巧，韵味愈薄。古人虽笨，韵却厚。韵，该怎么培养……只有涵养。(《中国经典原境界》，第72页)
>
> 作五言古诗最好是酝酿……五言诗必有神韵，而神韵必酝酿，有当时的机缘，意思久有酝酿。(《中国古典诗词感发》，第188～190页)

只有长久的酝酿和涵养，才能写出有韵的诗。他批评宋人根本不会写五言诗，便是由于他们没有酝酿和涵养的功夫，写出来的五言诗就无韵味。

韵可修养而得，可涵养而成，修养和涵养的功夫，体现在酝酿的过程中。酝酿的过程，需要诗人有余裕的心境。顾随说：

> 有人提倡性灵、趣味，此太不可靠，应提倡韵的文学。性灵太空，把不住，于是提倡趣味，更不可靠。不如提倡神韵……韵最玄妙，而最能用功……韵可用功得之。自后天修养得之，韵与有闲、余裕关系甚大。宋理学家常说"孔颜乐处"，孔子疏食饮水，颜子箪食瓢饮，所谓有闲余裕即孔颜之乐，（孔、颜言行虽非诗，而有一派诗情，即从余裕中来。）如此才有诗情，诗才能有韵。韵是修养

来的，而非勉强来的。修养需要努力，而要泯去努力的痕迹，即，使人力成为自然，即韵。(《顾随：诗文丛论》，第 131～132 页)

性灵或机趣，需要天分，才人可为。而"韵"可用功得之，可修养而成，可涵养而致。有闲余裕的心境是涵养情韵的前提，但必须是自然而然，不可勉强。顾随说：

中国诗可以气、格、韵分。中国诗至少在气、格、韵中占一样……韵：玄妙不可言传。弦外馀韵，先天也不成，后天也不成，乃无心的。王渔洋论诗主神韵，太玄妙，而且非常有危险。神韵必须水到渠成，瓜熟蒂落，莫之为而为，所得始可。神韵必发自内，不可自外敷粉。神韵应如修行证果，不可有一点勉强，故又可说是自然的（非大自然之自然），无心的。王渔洋乃故意造作，作诗时心中先有"神韵"二字，故不好。韵是后天用功可得，而又有用一世功不得者。(《顾随全集》卷六《传诗录二》之《杂谭诗之特质》，第 219～220 页)

韵是有心酝酿，无心养成。有用功的涵养，但又是自然而然，是水到渠成、瓜熟蒂落，是"人力成为自然"。所以，"先天也不成"，先天的是性灵和机趣；"后天也不成"，后天的有努力的成分，有勉强的痕迹。

总之，"凡事留有馀味是中国人常情"（《顾随全集》卷六《传诗录二》之《杂谭诗之特质》，第 217 页）。其表现于文学，就是"中国诗必有神韵"。

二〇二一年九月三十日

019

孔门诗法重在兴

《诗》之六义,"兴"居其一。"孔门诗法重在兴"(《中国经典原境界》,第38页)。孔子论诗,一再言"兴",或曰"诗可以兴",又云"兴于诗"。

顾随说:"兴,妙不可言也。"(同上,第35页)。因妙不可言,故歧义纷呈。顾随说:

前人讲赋、比、兴,往往将"兴"讲成"比"。毛、郑俱犯此病。毛、郑传诗虽说赋、比、兴,是知其然而不知其所以然。《文心雕龙》有《比兴》篇,然说比、兴不甚明白。兴绝不是比……兴是无意,比是有意,不一样。既曰无意,则兴与下二句无联络,既无联络何以写在一起?此乃以兴为引子,引起下两句……兴是无意,说不上好坏,不过是为凑韵,不使下面的话太突然。(《中国经典原境界》,第34~35页)

《诗》之六义,争议最多的是"兴"。"兴绝不是比",可以肯定。若"兴"即"比",毋需另列。"兴"为凑韵,"兴"是无意,见于"诗三百",后不复见,偶见于儿童歌谣里。顾随说:

兴,独以"三百篇"最多。后来之诗只有赋、比而无兴,即《离骚》、"十九首"皆几于无兴矣。(同上,第36页)

顾随论"兴",创意不在此。他最有创意,并一贯坚持者,是以"生发""感发"释"兴"。他说:

夫子说诗,"兴""观""群""怨""事父""事君""多识于草木鸟兽之名"七项,不是并列的,而是相生的……人只要"兴",就可以"群""怨""事父""事君""识草木鸟兽之名";若是不"兴",便是"哀莫大于心死"(《庄子·田子方》)。只要不心死就要兴,凡起住饮食无非兴也。吾人观乞者啼饥号寒,不禁惕然有动,此兴也,诗也,人之思无邪也。若转念他自他、我自我,彼之饥寒何与我?这便是思之邪,是心死矣。(《中国经典原境界》,第32页)

朱熹释"兴"为"感发志意"。顾随释为"生发",更简明。有"生发",人心便是活的,诗心由此而生。有"生发",便有诗心,诗才是活的,不是死于句下的。他说:

兴,发之义。兴,即灵感(inspiration)。作诗时要有心的兴发,否则不会好……灵感(不是刺激,不是印象,刺激、印象仍只是物,灵感是另外生出一种东西)。(《顾随全集》卷六《传诗录二》之《杂谭诗之特质》,第210~211页)
诗有心的兴发,方能有韵。兴,灵感(inspiration)。灵感"来不可遏,去不可止"(陆机《文赋》),然灵感并非奇迹。"兴"(灵感)之来,是要有闲、有馀裕。……诗人心情必须有闲,才能来"兴"(灵感)。(同上,第214~215页)

以灵感释"兴",别开生面,但符合原旨。"兴"发生灵感,因为"兴"即生发,物物而不物于物,睹物而能生出另外一种东西来，就是"兴"，就是灵感。睹物是"格物"，睹物而另外生发出一个东西，是"物格"。"物格"是"兴"，产生灵感（参见"从格物到物格"条）。此就创作灵感言"兴"。他又说：

中国诗不是和盘托出，而要你从感觉中生出东西来。（《中国经典原境界》，第327页）

老杜之诗有的没讲，他就堆上这些字来，让你自己生成一个感觉。诗原是使人感觉出个东西来。它本身成个东西，而使读者读后又能另生出个东西来……诗的写实必是新的写实派。所以只说山青水绿、月白风清不成，必须说了使人听了另生一种东西。（《中国古典诗词感发》，第84～85页）

中国诗贵含蓄，不是和盘托出。中国诗重言外之意，追求言已尽而韵无穷，故需要"生发"。诗没有"生发"，就是言尽韵止。诗有"生发"，便能另外生出个东西来，使读者自己生成一种感觉。"旧写实主义"是写什么像什么。诗的写实，是"新写实"，"新写实"重兴，重生发。因为，

生发与铺叙不同，生发是因果、母子。(《中国古典诗词感发》，第299页)

"旧写实"是铺叙，是写什么像什么；"新写实"是生发，是因果，是母子，能使人听了另外生出一种东西，或者生发出自己的感觉，有言外之意、韵外之味。所以说："诗有心的生发，才能有韵。"顾随说：

吾人读诗只解字面固然不可，而要千载之下的人能体会千载而上之人的诗心。然而这也还不够，必须要从此中有生发。天下万事如果没有生发早已经灭亡。……吾人读了古人的诗，仅能了解古人的诗心又管什么事？必须有生发，才能发挥而光大之。……可以说吾人的心帮助古人的作品有所生发，也可以说古人的作品帮助吾人的心有所生发。这就是互为因缘。……夫子说"告诸往而知来者"，便是生发，便是兴。不了解古人是辜负古人，只了解古人是辜负自己，必要在了解之后还有一番生发。(《中国经典原境界》，第26～27页)

此就文学欣赏讲"生发"。顾随对汉人说《诗》不满意，便是因为汉人解诗不懂"兴"，不明白"生发"。他说：

> 汉儒之说《诗》真是孟子所谓"固哉，高叟之为诗也"（《孟子·告子下》），"固"是与"兴"正对的。孔子之所谓"兴"，汉儒直未梦见哉！（《中国经典原境界》，第43页）

总之，兴是"感发志意"，是"生发"。"天下万事如果没有生发早已经灭亡"，人心不"生发"就是心死。文学创作要"生发"，文学欣赏要"生发"。"生发"产生灵感，"生发"产生情韵。"生发"是顾随论诗的关键词。叶嘉莹论诗重"感发"，"感发"是叶氏论诗的关键词。其实，叶氏"感发"自顾随"生发"来。

二〇二一年十月二日

020

学问之道在培育情操

顾随有一句名言:

一种学问,总要和人之生命、生活(life)发生关系。凡讲学的若成为一种口号(或一集团),则即变为一种偶像,失去其原有之意义与生命。(《中国古典文心》,第287页)

顾随这样说,亦这样做。他说文谈艺,重视诗文的生机和生的色彩。虽然他不完全反对"为艺术而艺术"的唯美派,但却特别推崇"为人生而艺术"的现实派。他构建的"情操诗学理论",以为人和文均须有情操,人的情操决定诗的情操。围绕生活、生命、生机谈文说艺，是"情操诗学"的显著特点。

顾随论学，亦是如此。他总是围绕生活、生命谈学问，围绕人生修养谈学术。他说：

> 学问虽可由知识中得到，却万万并非学问就是知识。学问是自己真正的受用，无论举止进退、一言一笑，都是见真正学问的地方。做人处世的学问也就是感情与理智的调和。（《中国经典原境界》，第7页）

学问从知识中来，但学问不等于知识，有知识的人不一定有学问。真正的学问，体现在言谈举止、做人处世中。求学问就是求做人，学问要和生命、生活发生关系。概言之，要为人生而学问，非为知识而学问。

顾随说：

> 学问的最高标准是士君子。士君子就是温柔敦厚（诗教），是"发而皆中节"。（同上，第11页）

所谓学问，浅言之，不会则学，不知则问。有学问的人其最高的境界就是吾人理想的最高人物，有胸襟、有见

解、有气度的人。(《中国经典原境界》，第 10 页)

学问与知识的丰俭无关，学问就是做人，做士君子，做有胸襟、有见解、有气度的人，做温柔敦厚的人，做有情操的人。顾随说：

中国说"诗教"，也不是教作诗，是使做好人。我虽不识一个字，也要堂堂地做个人！不会诗、不识字，都不要紧，难道不能温柔敦厚么？(《顾随全集》卷五《传诗录一》之《说〈诗经〉》，第 114 页)

"做人处世的学问也就是感情与理智的调和"，"感情与理智的调和"就是温柔敦厚，就是情操。有情操的人，就是温柔敦厚，就是士君子。无论是学问，还是诗教，皆为使人的感情与理智调和，皆为达成情操修养。

人和文均须有情操。"情操修养"是"情操诗学"的前提和基础。有情操的人，才能写出有情操的诗。即便不做诗人，做人亦要有情操。有情操的人，本身便是诗。顾随说：

宗教家与道家以为，吾人之感情如盗贼，如蛇虫；古圣先贤却不如此想，不过以为感情如野马，必须加以羁勒，不必排斥，感情也能助人为善。(《中国经典原境界》，第12页)

人不可心如死灰，麻木无情。人当有情，人必须有情，但不可滥情，当以诗心节制诗情，应以理智节制感情，达到调和，得到情操。顾随说：

吾人之好高骛远、喜新立奇，乃是引吾人向上的，要好好保持、维护，但不可不加操持；否则，小则可害身家，大足以害天下。如王安石之行新法，宋室遂亡也矣。(同上，第12页)

千言万语，回到孟子那句话，就是"学问之道无他，求其放心而已矣"(《孟子·告子上》)。

二〇二一年十月三日

021

调和是诗与人生的最高境界

"调和"是中国哲学的核心理念。中国人在人生观上讲中庸,在美学上讲中和,在诗学上讲温柔敦厚。概言之,便是"调和"。

"调和"是中国艺术的最高境界。顾随说:

无论什么样的诗,其最高的境界也总是调和。(《顾随全集》卷三《论著》之《小说家之鲁迅》,第355页)

那么,何谓"调和"?顾随解释说:

好诗是复杂的统一、矛盾的调和，如烹调五味一般，香止于香，咸止于咸，便不好。喝香油、嚼盐粒，有什么意思？（《中国经典原境界》，第308页）

文学所追求的即矛盾的调和，是一，是复杂的单纯。说此是一也成，一以贯之；说是佛家的禅也成；道家的玄也成。总之，在文学上、哲学上矛盾的调和乃是很要紧的一点。（《中国古典诗词感发》，第266页）

"调和"是矛盾的调和，是复杂的统一。"调和"是一，是禅，是玄，是道。顾随说：

常言之动静、是非、善恶是相对的，而诗之最高境界是绝对的，真、善、美三位一体。（《顾随：诗文丛论》，第138页）

绝对的，就是调和的，就是单纯的。在日常生活中，有是非，有善恶，有美丑，有真伪。日常是相对的，是矛盾的，是复杂的。诗则是绝对的，是调和的，是单纯的。诗是调和，是矛盾统一，是复杂的单纯。

没有矛盾的调和，没有复杂的统一，不是真正的调和，不是真正的单纯，亦就没有诗。真正的调和与单纯，是经历矛盾、冲突的复杂局面后形成的。顾随说：

> 一个诗人抱着悲哀愁苦走进美丽的大自然去得到调和，虽然二者是矛盾的。一切文学皆从此出发，真正的调和便没有诗了。如融入父母之爱中，便没有诗，写父母的爱，赞美之，多于父母不在时；又如歌咏儿童的诗，外国多，中国少，尤其是带有赞美的诗，盖觉得不必说。……然而一个人没入大自然，如同没入父母之爱中，大自然对我的抚摩，同时我心与大自然合二为一，不但是扩大，而且是混合，如此便无诗了。真正冲突、矛盾的结果是破裂，没有作品，组织不成，作品要组织；真正的调和也没有作品，如糖入水，无复有糖矣，真正的调和，便没有材料可组织作品。只有在冲突之破裂与调和之消融的过程中，才能生出作品来，于此才能言语道尽。（《中国古典诗词感发》，第24～25页）

建立在矛盾、复杂基础上的调和，才是真正的调和。诗所以要调和，是为单纯，是为求真。顾随说：

人世间是一个矛盾，吾人欲将此矛盾转为调和；人世间是一个虚伪，吾人欲将此虚伪转成真实；人世间是一个无常，吾人欲将此无常转成不灭，天地间一切学问皆是此三意，总言之即求真。既曰真，无不调和，无不真实，无不不灭，诗所求亦真。(《顾随全集》卷六《传诗录二》之《论王静安》，第138页)

诗之本是"思无邪"，即求真。诗心要诚，诗心诚则诗真。真即调和，调和便真。顾随说：

不要以为虚伪外另有真实，矛盾外另有调和……所谓矛盾即调和，丑恶即美丽，虚伪即真实，无常即不灭。一而二，二而一，在人世间何处可求调和美丽、真实不灭？而调和美丽、真实不灭即在矛盾丑恶、虚伪无常之中。……鲁迅先生说读某人作品如看罗丹的雕刻，泯去美丑善恶的痕迹。此乃最大的调和、最大的美丽、最真的真实、永久的不灭。(《顾随：诗文丛论》，第121页)

观察人生、批评人生("批评"不如改为"说明")，批评是有是非善恶之见。而中国诗没有，不但无善恶，且无喜乐，这是顶好的修养，也许是中国的中庸吧。……应该不是无是非、无善恶之见，是不生是非善恶之见；不是无喜怒哀乐之情，是不发喜怒哀乐之情。(《顾随全集》卷五《传诗录一》之《说陶诗》，第228页)

人生或诗到了泯去美丑善恶痕迹的地步，到了不生是非善恶之见的境地，到了不发喜怒哀乐之情的境界，才是真正的调和，才是最高的统一，才是真正的单纯，亦才是最高的真，才是真正的诗。

调和的，就是单纯的；单纯的，就是真实的。因纯而真，是谓"纯真"；因真而纯，是谓"真纯"。调和是中国诗的最高境界，真诚是中国诗的显著特征，单纯是中国诗的理想追求。顾随说：

中国有世界各国所无之唯一美德，即玉润珠圆。此种美德唯在中国之文艺上、道德上才有，故中国文艺同思想是单纯的。珠玉之美即是单纯的。(印度之佛，复杂；到中国来后变成禅，则单纯。中国人之衣服亦简单。)中国文艺思想是单纯的，是由复杂而成为单纯，是由含蓄而成为蕴藉。(《中国经典原境界》，第1～2页)

顾随举杜诗为例说：

"干戈满地客愁"与"破"，"云日如火炎天"与"凉"，是矛盾的调和。面对武侯祠堂，客愁自破，松柏参天，炎天自凉，真是矛盾的调和。（《中国经典原境界》，第308页）

以上讲得比较抽象。蒋勋的话，可以做一个简明补充。他说：

好的文学里没有好人与坏人，有的只是生命的不同状态。（《蒋勋说文学：从〈诗经〉到陶渊明》，第30页）

日常里有是非善恶，生活中有好人坏人。但诗里没有，诗是单纯的，诗是调和的。诗里泯去了是非善恶，诗里不发喜怒哀乐，诗里不分好人坏人。

诗是调和，诗是单纯，诗是美，诗是真。诗人的职责，便是化复杂为单纯，化矛盾为调和。顾随说：

人是矛盾的，在矛盾中找到调和就是诗人；在矛盾中找不到调和，学道将成矣。（《中国经典原境界》，第175页）

调和的人是诗人，单纯的人是诗人，真诚的人是诗人。做到调和、单纯、真诚，即便不写诗，他的生活本身就是诗，是伟大的诗人。儿童是天才诗人，童心即诗心，便是因为儿童单纯、真诚，能调和。顾随说：

世人有思想者多计较是非，无思想者多计较利害。无论是非或利害都是苦，只有小儿无是非、利害，只是兴之所至，尽力去办，此是最富于诗味的游戏。小儿游戏很天真，很坦白，而且是很真诚的。（《顾随全集》卷六《传诗录二》之《稼轩词心解》，第90页）

所以，中外文论家都认为，即使最伟大的艺术家亦应当向儿童学习，学习儿童的调和，学习儿童的单纯，学习儿童的无是非善恶，学习儿童的真诚。顾随说：

诗人对人生极富同情心，而另一方面又极冷酷，能言人之所不能言，欣赏人之所不敢欣赏，须于二者（同情心、冷酷）得一调和。极不调和的东西得到调和，便是最大成功、最高艺术境界。后人作诗，不是"杀人不死"，便是"一棍棒打死老虎"。后来诗人之作品单调，便是不能于矛

盾中得调和。(《顾随全集》卷五《传诗录一》之《初唐三家诗》,第249页)

顾随所谓"后来诗人",指唐以后诗人。他说:

唐以后诗人常以为诗有不可言。……彼亦知调和美丽、真实不灭之好,而不知调和美丽、真实不灭即出于矛盾丑恶、虚伪无常。(《顾随:诗文丛论》,第121页)

因此,顾随与鲁迅一样,不看好唐以后的诗。他较少谈论唐以后诗,即便谈及,亦多持否定态度,因为他认为"一切东西自唐以后便毁了"。

顾随以为:调和不仅是中国诗的最高境界,亦是中国人修养的最高境界。他说:

向来哲学家忒偏理智,文学家忒重了感情,很难得到调和。感情与理智调和,说虽如此说,然而若是做来,恐怕古圣先贤也不易得。……做人处世的学问也就是感情与理智的调和。(《中国经典原境界》,第7页)

顾随"情操诗学理论",是以诗人修养为核心的诗歌理论。诗人的修养,情操是关键。以诗心节制诗情而得情操,情操是感情与理智的调和。情操是"思无邪",是"乐而不淫,哀而不伤",是"好色而不淫,怨诽而不怒"。情操根本就是调和。调和即情操,是诗人的修养。诗人必具"情操修养",顾随说:

若心有不快必有抵触,不是调和。所谓调和是"无入而不自得"(《中庸》十四章),是最大调和,如家人父子之间毫无成见,是无入而不自得。调和一切皆是,矛盾一切皆非。苦即从矛盾、虚伪、无常而出,而把苦写成诗时,则不是矛盾、虚伪、无常了。至少心里是调和,才能写出诗;心里矛盾时,不能写。心,方寸之间,顷刻万变。写矛盾时内心亦须调和,心能调和写矛盾也得,不写矛盾也得。内心调和,则字句自然调和,转虚伪为真实。(《顾随全集》卷六《传诗录二》之《论王静安》,第138~139页)

"调和一切皆是,矛盾一切皆非",此乃顾随"调和论"的基本观点。调和是健康的情操,他说:

一个人要健康，健康指灵、肉两方面（或曰心、物），有此健康才能生出和谐（调和），不矛盾，由此才能生出力量（集中）来。此点与宗教之修养同。此种力量才是真正力量。如放翁之愤慨、自暴自弃，是不健康、不调和的，但他也有力量，而他的力量不是矛盾的，便是分裂的。没有一个矛盾不是分裂的，分裂的力量较集中的力量为小。特别是一个诗人，必要得到心的和谐，即使所写是矛盾、是分裂，而心境也须保持和谐。（《中国古典诗词感发》，第227页）

灵和肉都健康的人，才能调和。有调和情操的诗人，才有力量，写出来的诗，自然调和。顾随说：

观察事情先于混沌中看出矛盾来……然混合成美，美是调和。文章法如烟海，从何处下手、下口？渐渐于混沌中看出矛盾，得到调和，文章始自然而然而出。（《中国经典原境界》，第203页）

在混沌中看出矛盾，然后调和为美，唯诗人能，因为他们有调和的情操。

一般人怎样做到调和？顾随指示门径说：

一个人无论怎样调和，即使是圣、是佛，也有其烦恼……余劝同学如在实际生活或思想上得不到调和，则须注意"变化"。人要对付实际生活，所说"变化"，就是要"转"它而不为所"转"。……如何能不为"变化"所使？而诗人能之。诗人观察变化、描写变化。生活变化摧残了我们的生命，但我们仍要看你怎样把它压倒，怎样把它摧残。……当你能看它、能写它时，就是你心作得它主时；若不能作它的主，便不能看、不能写了。故要正眼看得它，作得它主。人写兴奋感情只能写概念，便因没有正眼去看，故不能描写。……老杜也没有调和，他是变化。陶亦然。（《顾随全集》卷五《传诗录一》之《说陶诗》，第203～204页）

调和并不玄虚，通过"变化"可以达到调和。所谓"变化"，即是物物而不物于物，就是要转它而不为它所转，便是以心为主，正眼看它，做得它主。

二〇二一年十月四日

022

好诗如忠厚长者说老实话

顾随说:"后人作诗唯恐不深刻。"(《中国经典原境界》,第114页)其实,据顾随的看法,把诗写得深刻不难,难的是把诗写得平实。诗深刻,便有力,近似西洋文学。中国诗人亦有把诗写得深刻有力的,如曹操、杜甫,但这不是中国诗的主流,不是中国诗的特色,亦不是中国诗的传统。

中国诗的传统是平实,中国诗的特色是如忠厚长者说老实话。所谓"平实",就是忠厚长者说老实话。顾随说:

若谓屈原为有天才之伟大的说谎者,则"三百篇"为忠厚长者的老实话。(同上,第85页)

一部《论语》就是"平实",易知易行。(《中国古典文心》,第 305 页)

顾随以为,《论语》尽管平实,但它是很好的散文诗。"三百篇"如忠厚长者说老实话,是平实诗风的源头和典范。他说:

要我们如忠厚长者说老实话,不难;但要老实话篇篇是文学、句句是诗,却不易得。"三百篇"的好处即在此,与《离骚》的最大分别也在此。(《中国经典原境界》,第 86 页)

把"忠厚长者的老实话"写成诗,是中国诗的最高境界。"三百篇"能做到,他说:《诗经·柏舟》首章"写得沉痛但是多么安闲",次章"亦沉痛,但写来安详","把迫切的事写得这么安闲,又是奇迹;然而安详的文字又可以把迫切的心情表现出来,这又是奇迹"(同上,第 114 页)。又说"《周南》中的《汉广》,真老实,而真好"(同上,第 87 页)。"《诗经·豳风·七月》真是一篇杰作","《七月》所写是老百姓平常人的平常生活"(《顾随:诗文丛论》,第 2 页)。总之,屈原是"伟大的说谎者",近似西洋文学;

《诗经》作者是"忠厚长者",《诗经》是"老实话"。《诗经》了不起,在于其把"老实话"写成了诗,写成了好诗。

把"说谎"写成诗,容易;把"老实话"写成诗,不容易。他说:

说老实话目去较易,而写成诗且写成好诗,则很难。(《中国经典原境界》,第87页)

为什么呢?顾随没有解释。但是,他说过,"抒情诗最易写",最难写的是叙事诗。叙事诗难写得好,因为少幻想。他举《长恨歌》为例,说《长恨歌》前半段"勉强凑合,几不成诗",后半段写得好,因为有幻想。他认为传奇亦容易写好(《顾随:诗文丛论》,第2页)。实话难说,鬼话易编。抒情诗和传奇易写好,因为它近似鬼话,有幻想。叙事诗不易写好,因为它是实话,无幻想。依此推之,把老实话写成诗,不容易,因为它无幻想。顾随说:

唯有《七月》一类诗难写,没有一点幻想色彩,也没有一点传奇色彩,全是真实的,故难写成诗。(同上,第2页)

把没有幻想色彩和传奇色彩的老实话写成诗，写成好诗，是有真功夫，是奇迹。一般人做不到，因为他们总是想把诗写得深刻。"三百篇"做到了，所以顾随称道《七月》"真是一篇杰作"。

顾随说："'三百篇''十九首'老实、结实。"(《中国古典诗词感发》，第45页)"后人的文章在'结实'方面，往往不及秦汉魏晋。"(《顾随：诗文丛论》，第255页)"老实""结实""平实"，意义大体相近。"三百篇"是平实诗风的源头和典范，汉魏古诗承其余绪。汉魏以后，中国诗歌日趋精致，日渐深刻，渐失平实之风，渐趋典雅之致。

二○二一年十月四日

卷三

023

诗中必须有"多馀的附加"

蒋勋评《诗经·氓》说:

"淇水汤汤,渐车帷裳。"这一句非常漂亮。文学里最美的,其实是离开情感后突然出现的一个画面。那一天车子过河的时候,帘幕都被打湿了,这完全与情感无关,却蕴含着最深的情感。《红楼梦》里林黛玉听到贾宝玉和薛宝钗结婚的消息,大概已经决定了要焚稿断痴情,但她回到家里,把帘子拉开,看到架子上的鹦鹉,与鹦鹉讲话,一句都没有提贾宝玉多么负心,多么坏。曹雪芹真是一个了不起的作家,在关键时刻换移到看上去和贾宝玉完全无关的事物,这是很惊人的笔法。侯孝贤的电影中拍到情感最深的时候,也会忽然转开镜头去拍一些看上去毫无关系的东西,比如一棵树,而且能拍好久,因为此时人的情感需要转移。(《蒋勋说文学:从〈诗经〉到陶渊明》,第32～33页)

蒋勋说的这种艺术现象,即在关键时刻去写与文章主旨无关的东西,确是"惊人的笔法",且古今通贯,从《诗经》到《红楼梦》到侯孝贤的电影,都有这种"惊人的笔法"。这种笔法,很漂亮,很有艺术感。

顾随称这种"惊人的笔法",为"突起奇峰",为"多余的附加",为"题外文章"。他说:

〔《氓》〕第三章,题外文章。这真是神韵、神来之笔。要紧地方说不要紧的话,不要紧的话成为最要紧的文章,突起奇峰。这是"断"。《长恨歌》能"连",而不能"断"。(《中国经典原境界》,第156页)

"要紧地方说不要紧的话",是"断",是"题外文章",是"突起奇峰",是"神来之笔"。文章的神韵,由此而生。所以,文学固然需要"连",但亦需要"断",需要"多余的附加"。顾随说：

在文章中有一段"没有也成，非有不可"的，这就是诗，是文学。不吃饭不成，没茶、没烟、没糖、没点心满可以，然而非有不可。人要没有这个，凭什么是人？凭什么是万物之灵？无论精神、物质、具体的、象征的，都要有"没有也成，非有不可"的东西，大而至于文明、艺术，皆如此也。不然，和禽兽有什么区别！这不是思想，不是意识，只是感觉。诗人特别富于此种感觉，"如饥思食，如渴思饮"（明朝温纯《与李次溪制府》）。别人看着"没有也成"，而诗人看着"非有不可"……《谷风》第四章正是"没有也成，非有不可"。（《中国经典原境界》，第137～138页）

"没有也成，非有不可"的东西，正是"突起奇峰"的神来之笔。文学之所以为文学，便需要这个东西。人之所以为人，就欣赏这个东西。诗人之所以为诗人，就感觉这个东西。

在诗中，尤其在叙事诗里，加入这种"突起奇峰"的神来之笔，便更有诗意，更有远致，更有艺术感。顾随说：

叙事诗不要只给人事实,要给人印象,故需要一点儿技术,要有天外奇峰,特别是写长篇的大文章要有此本领……好的长篇叙事诗要前说、后说、横说、竖说甚至乱说,然而层次井然,读之才能特别受感动……然叙事诗往往过于平板,虽《长恨歌》未能免此。而老杜写诗尚有此"天外奇峰"之本领。(《中国经典原境界》,第135~136页)

顾随不满意《长恨歌》,因为它"过于平板","能连而不能断",因为白居易缺乏"突起奇峰"的本领,"只能按部就班地说,不敢乱脚步,故非第一流伟大作品"。顾随欣赏杜甫的叙事诗,因为"老杜尚有此本领",其《北征》《自京赴奉先县咏怀五百字》,就不乏"天外奇峰"。如关于《北征》写还家路上欣赏沿途景致一段,他说:

大诗人毕竟不凡,大诗人虽在极危险时,亦不亡魂丧胆;虽在任何境界,仍能对四周欣赏。(《中国古典诗词感发》,第119~120页)

在叙事诗中插入"天外奇峰",加入"题外描写",表面看是"没有也成"的琐事,实际是"非有不可"。因为它能增加诗意,使诗有远致和神韵。顾随说:

> 写诗,虽然写伟大的叙事好,最好是写琐事而有远致,如《孔雀东南飞》《木兰辞》("将军百战死,壮士十年归")。(《中国经典原境界》,第135页)

他称道《诗经》,说"《谷风》一篇真是写琐事而有远致"(同上,第135页),说"《谷风》第四章正是'没有也成,非有不可'"(同上,第138页),说《氓》"第三章,题外文章。这真是神韵、神来之笔"(同上,第156页)。

常人以为"没有也成"的东西,在诗人看来则"非有不可",因为它更有远致,更有诗韵。这不是理智,亦没有逻辑。从逻辑看,题外文章没道理。从理智讲,琐事实在多余。诗乏理智,亦不太讲逻辑。诗人只重感觉,并且特别富于这种感觉。这种感觉的养成,在于诗人有余裕的心境。顾随说:一个伟大的艺术家,

> 他们的天才、心境、力量、技术,无一不是有余裕

的。……我之所谓有馀裕,质言之,即是宽绰有馀,创作的时候,不至于力竭声嘶地勉强完卷的。为了注意到作品的完整而又有馀裕的原故,在必要的部分之外,常常有些多馀的附加。而这附加就使那作品更为艺术化,更为有诗意。(《顾随全集》卷三《论著》之《小说家之鲁迅》,第358 页)

馀裕的诗心涵养成诗人的感觉。诗人的感觉,注定"没有也成"的"多馀的附加",是"非有不可"。如此,丰富诗之诗韵和远致,亦是有迹可循,并不玄虚。

二〇二一年十月四日

024

中国诗在于引起印象

顾随论诗，自出机杼，自成体系，对时人和前人，皆少有称许。于他素来推崇的静安先生，亦常有批评。于古代中国数百种诗话、词话，亦少见称引。而对英国散文家列顿·斯特雷奇（Lytton Strachey）关于中国诗的评论，高度评价，以为"其见解甚好，值得参考"。他说：

S氏先说希腊抒情诗都是些警句。他所言之警句，非好句之意，乃是说出后读者须想想，不可滑口读过……S氏批评中国诗，说中国诗是与警句相反的，他以为中国诗乃在于引起印象。S氏此言是对的……中国诗尚非止得一印象便完了，还要进一步。这即是S氏又言及者："此印象又非和盘托出，而只做一开端，引起读者情思。"这说法真好。（《中国经典原境界》，第321～322页）

顾随说："S氏只读过少数中国诗，而有此批评（见解），其感觉真锐敏，岂外人理智之发达？"（同上，第323页）对S氏的见解，他高度评价，或曰"此言是对的"，或曰"这说法真好"。

S氏的见解，有两层含义：一是引起印象，二是只做一开端。于中国诗，真是入木三分之见。国人习焉不察，S氏是旁观者清，把中国诗最本质的属性揭示出来了。所以，顾随说：

平常说诗，皆举渔洋之"神韵"、沧浪之"兴趣"、静安之"境界"，余之说诗又好用"禅"，这都太靠不住。虽然对，可是太玄，太神秘。人若能了解，则不用说；若不了解，则说也不懂。所以S氏的话说得好，只需记住中国诗是"引起印象"，"又非和盘托出，而只做一开端"。（同

上，第 322～323 页）

国人说诗，左说右说，横说竖说，都没说到点子上，不是太玄，太神秘，便是太实，太死板，说了亦没说清楚，听了亦未听明白。还是一个西洋文学家 S 氏，说得准确、简单、明了，真是了不起。

中国诗是"引起印象"，S 氏用的是"引起"这个词。细心的顾随注意到"引起"与"给予"的不同。他说：

中国诗不是给予我们一个印象，而是引起一个印象，它只是个开端。……中国诗都是这样。引起与给予不同。"杨柳依依""雨雪霏霏"（《诗经·小雅·采薇》）、"桃之夭夭，灼灼其华"（《诗经·周南·桃夭》），"依依"，杨柳之貌；"霏霏"，雨雪之貌；"夭夭"，少好之貌；"灼灼"，盛貌，皆是引起印象。……不但抒情如此，写景亦然。曹子建"明月照高楼"（《七哀》）、大谢"池塘生春草"（《登池上楼》），好。怎么好？传统的写法，引起印象。……若是想，是哲学的事；文学是用感觉，感——生。……中国诗不是和盘托出，而要你从感觉中生出东西来。(《中国经典原境界》，

第 326～327 页）

"给予"与"引起"有区别。给予，我是被动，被动地接受"他者"给我的印象，仅此而已。"引起"则不同，我是主动，主动接受"他者"的刺激，进而生发出另一个东西来。"给予"没有生发；"引起"是引而起之，有生发。"他者"传导的印象，是"引"，但它只是开端，没有和盘托出。关键在于"我者"获得"他者"传导的这个印象，有了这个开端，便将"他者"没有和盘托出的东西生发出来。这就是诗，这就是中国诗，这就是中国好诗。

中国诗"引起印象"，就是引起感觉，包括诗人的感觉和读者的感觉。好的诗人和好的读者，感觉都很锐敏。感觉是艺术感觉，感觉是文学修养（参见"顾随的'感觉论'"条）。有感觉才能生发，感觉是生发的基础。由感而生，是诗的路径（参见"孔门诗法重在兴"条）。诗歌没有和盘托出，便是期望读者的生发。有生发则有余味，有余韵。中国诗的秘密，就在此。顾随说：

如"采菊东篱下，悠然见南山"，无意义，而能给人一种印象。若读了之后找不到印象，便是不懂中国诗。(《中国经典原境界》，第 322 页)

这个判断，我赞同。

二〇二一年十月五日

025

中国诗的"姿态"

顾随说：中国诗在"讲修辞、句法外，更要看其'姿态'"。陆机《文赋》最早以"姿"论文。陈世骧曾著专题论文，论中国文学中的"姿"（《姿与GESTURE——中西文艺批评研究点滴》，见《陈世骧文存》，辽宁教育出版社1998年版）。

顾随所谓"姿态"，又称"风致"、"境界"或"韵味"。我以为，都不如"姿态"形象可感。姿态，近似教科书里讲的风格。顾随以为：中国诗的姿态，有夷犹、锤炼、氤氲三种，或称缥缈、坚实、混沌三种。

先说夷犹。源出《九歌·湘君》"君不行兮夷犹"。夷犹即缥缈。顾随说:"中国文学不太能表现缥缈,最好说'夷犹'。"(《中国古典诗词感发》,第124页)所谓"夷犹",如凫在水中,如人在空气中,是自得。顾随说:

"夷犹"表现得最好的是楚辞,特别是《九歌》,愈淡,韵味愈深长;散文则以《左传》、《庄子》为代表作。屈、庄、左,乃了不起天才,以中国方块字表现夷犹,表现得最好,前无古人,后无来者。(同上,第124页)

顾随以为,"用夷犹笔调,须天生即有幻想天才。此在中国,大哉屈原!屈原以前无之,以后亦无之","夷犹之笔调适合写幻想意境,屈原之《九歌》多为幻想"(同上,第126页)。我以为:夷犹虽为中国诗姿态的一种,但不是中国诗之主流。把夷犹表现得最好的《楚辞》,顾随就说它近似西洋文学,不是典型的中国诗。顾随说:

至于夷犹、缥缈,中国方块文字、单音,不易表现此种风格,不若西洋文字,其音弹动有力。《离骚》、《九歌》,夷犹缥缈,难得的作品;屈原,千古一人。(同上,第135页)

用夷犹笔调，表现缥缈姿态，须有幻想天才，中国诗人恰恰缺乏幻想。所以，用夷犹表现缥缈姿态，屈、庄、左之外，后无来者。

再说锤炼。夷犹是天赋，须有幻想天才。顾随说："吾人虽无夷犹、幻想天才，而亦可成为诗人，即靠锤炼。"（《中国古典诗词感发》，第127页）锤炼是后天功夫。顾随说：

走"锤炼"之路成功者，唐之韩退之，宋之王安石、黄山谷及"江西派"诸大诗人。（同上，第127页）

夷犹的结果是缥缈，锤炼的结果是坚实。缥缈则有韵，坚实则有力，但不是弹力。夷犹的诗有弹性，坚实的诗无弹性。顾随说：

中国人诗到老年多无弹力，即过于锤炼。……夷犹与锤炼之主要区别，亦在弹力。（同上，第130页）

中国诗讲锤炼，追求炼字炼句。坚实为中国诗姿态的一种，但不是中国诗之传统。"力从锤炼来，每字用时皆有衡量。"(《中国古典诗词感发》，第135页）坚实的姿态，是有力，但不是弹力，没有弹性，是"力的文学"，不是"韵的文学"。顾随亦说过，"韵的文学"是中国诗的传统派，"力的文学"是中国诗的革命派，"力的文学"近似西洋文学（参见"韵的文学和力的文学：中国诗的两种类型"条）。

又说氤氲。顾随说：

中国文字是糊里糊涂明白的，混沌玄妙，故选"氤氲"二字。氤氲乃介于夷犹与坚实之间者，有夷犹之姿态而不甚缥缈，有锤炼之功夫而不甚坚实。氤氲与朦胧相似，氤氲是文学上的朦胧而又非常清楚，清楚而又朦胧。锤炼则黑白分明，长短必分；氤氲即混沌，黑白不分明，长短齐一。故夷犹与锤炼、氤氲互通，全连宗了。矛盾中有调和，是混色。(《中国古典诗词感发》，第131页）

氤氲即混沌。庄子说：中央之帝为混沌。严羽说：汉诗气象混沌，难以句摘。混沌是"矛盾中有调和，是混色"，是清楚而又朦胧。混沌即调和，是氤氲，是中国诗的最高境界，是中国诗的传统，亦是中国诗的特色。顾随说：

"曲终人不见,江上数峰青。"(钱起《湘灵鼓瑟》)若不懂此二句,中国诗一大半不能了解。此二句是混沌。(《中国古典诗词感发》,第131页)

此二句是混沌,是氤氲,是调和,亦是中国诗的传统特色。

夷犹、锤炼、氤氲三种姿态的差异,顾随比喻说:

若夷犹是云,则锤炼是山;云变化无常,山则不可动摇,安如泰山,稳如磐石。(同上,第130页)

若说夷犹是云,锤炼是山,则氤氲是气。(同上,第131页)

将此比喻比附中国哲学,中国哲学不是变化无常的云,亦不是安如泰山的山,而是气。气最能代表中国哲学,中国思想就是气论。夷犹和锤炼不是中国艺术的传统。夷犹姿态仅表现于屈、庄、左,之后便失传,构不成中国传统,反与西洋文学近似,中国文字不易表现此种姿态。顾随说:"锤炼宜于客观的描写,锤炼亦甚有助于客观的描写。"(同上,第137页)中国诗人不擅长客观描写,热衷主观抒情,故多为氤氲姿态。锤炼不是中国传统，坚实亦不是中国诗的传统姿态，"力的文学"的代表曹操、杜甫、韩愈等，是中国诗的革命派，亦近似西洋文学。

夷犹过于缥缈，锤炼过于坚实，皆是过极。唯有氤氲，"有夷犹之姿态而不甚缥缈，有锤炼之功夫而不甚坚实"（《中国古典诗词感发》，第 131 页），是混沌，是调和，是中和，是温柔敦厚，是中国诗的传统姿态。

二〇二一年十月五日

026

中国诗由女性变男性

对于中国诗的特点和演变,顾随有一个判断:

诗是女性,偏于阴柔、优美。中国诗多自此路发展,直至六朝。至杜甫已变,尚不太显。至韩愈则变为男性,阳刚、壮美……唐宋诗转变之枢纽即在"芭蕉叶大栀子肥"一句。唐诗之变为宋诗,能自杜甫看出者少,至韩愈则甚为明显,到"江西诗派"则致力于阳刚。(《中国古典诗词感发》,第142～143页)

"芭蕉叶大栀子肥"是韩愈《山石》中的诗句,芭蕉、栀子本属阴柔之物，经韩愈一"大"一"肥"的描写，则成阳刚之美。顾随以为，从这里可以看到唐宋乃至中国诗风的变迁。他说：

"诗缘情而绮靡"，"绮"，美也……"靡"，柔也。凡缘情之作，无不美、无不柔者。诗是软性的，而在诗史上，诗是由软性发展成为硬性，由缘情而变为理智。宋诗是理智，硬性。文由硬性变为软性。六朝文是绮靡，软性。（《中国古典文心》，第77页）

在顾随"情操诗学理论"里，唐宋之际是中国诗的一个转折点。以此为界，中国诗由女性变为男性，从软性变为硬性。或者说，从"韵的文学"发展为"力的文学"。此就大体趋势言，实际情况要复杂得多。两种风格的诗，或者此起彼伏，或者交替推行。

在传统中国语境中，诗的传统，或者说诗的主流，应当是女性的，是软性的，是"韵的文学"，偏于阴柔和优美。男性的、硬性的、偏于阳刚和壮美的诗歌，是"力的文学"，不是中国诗的传统，亦不是中国诗的主流，而是对中国传统诗的革命。这是由温柔敦厚的"诗教"传统所决定，亦是由"孔门诗法"的影响所致，更与中国人的国民性有关。

顾随说中国诗，一再指出其柔性特征。他说：

中国诗太优美，太软性，缺乏壮美。[《顾随：诗文丛论》（增定版），第147页]

中国诗人的确太弱了，一点强的东西装不进去。……中国文人有的爱说自己病，其一以自己病要挟人同情，其二以病炫耀自己是文人。（同上，第290～291页）

中国诗人多是病态的。由生理身体之不健康，影响到心理之不健康，此乃中国诗人最大毛病。（同上，第146页）

中国诗以温柔敦厚为理想品格。相对而言，温柔敦厚是柔性而非刚性。所以，概括地说，中国诗以柔性为理想状态。钱穆说：

不论中西，在人生道路上，一张终该有一弛。如果说母亲是慈祥可爱，而父亲是严肃可畏的。西方宗教是母亲，文学戏剧是父兄。在中国儒家伦理是父兄，而文学艺术是慈亲。（《中国京剧中之文学意味》，见《中国文学论丛》第

174页，生活·读书·新知三联书店2002年版）

此于中西文化特征差异之比较，可谓入木三分；而于中西文学特质区别之呈现，亦至为恰当。以"慈亲"比拟中国古典文学，即是呈现其温柔敦厚的柔性特征。

中国诗以温柔敦厚为理想品格，有明显的女性化特征。实际上，在中国文人的心目中，女人如诗，诗似女人。美人"以诗词为心"。女性就是诗性，女心就是诗心。古代中国文人"爱诗如爱色"，"选诗如选色"。他们关于女性气质的设计，与他们关于诗歌的美学理想，基本上是如出一辙。或者说，中国文人是按照诗歌的美学标准来设计女性的气质神韵；中国女性的气质神韵，亦影响着中国诗歌的审美趣味。中国女性，最能体现文人的诗学趣味和审美理想；中国文人的诗学理想，最能说明女性的气质特征。中国诗歌具有明显的女性化特征，具有柔性特质的女性化题材，是中国诗歌的理想题材。无论是诗学理想，还是审美趣味，大体都有女性化的特点。反过来说，中国人的女性美观念，又有艺术化、诗意化的特征。

中国文人在诗学理想和审美趣味上的女性化特点，由其心性特征和思维方式所决定。林语堂说：

中国人的心灵的确有许多方面是近乎女性的。"女性型"这个名词为唯一足以统括各方面情况的称呼法。心性灵巧与女性理性的性质，即为中国人之心之性质。中国人的头脑近乎女性的神经机构，充满着"普通的感性"，而缺少抽象的辞语，象妇人的口吻，中国人的思考方法是综合的，具体的而且惯用俗语的，象妇人的对话。他们从来未有固有的比较高级的数学，脱离算术的阶段还不远，象许多受大学教育的妇女，除了获得奖学金的少数例外。妇女天生稳健之本能高于男子，而中国人之稳健性高于任何民族。中国人解释宇宙之神秘，大部依赖其直觉，此同样之直觉或"第六感觉"，使许多妇女深信某一事物之所以然，由某某故。最后，中国人之逻辑是高度的属"人"的，有似妇女之逻辑。(《吾国与吾民》，第64～65页，陕西师范大学出版社2002年版)

在林语堂看来，中国人的心灵、头脑以及思考方式、稳健性格和逻辑思维，甚至语言和语法，都显示出女性化特点。在这种心性特征和思维方式影响下形成的审美趣味，亦必然具有显著的女性化特征。所以，潘知常说：

中国美感心态的深层结构的基本特色其实又可以称之为一种女性情结。说得更形象一些，在中国美感心态的深层结构中，我们不难体味到一种充满女性魅力的"永恒的微笑"。（《众妙之门——中国美感心态的深层结构》，第126页，黄河文艺出版社1989年版）

樊美筠对"中国传统美学中的女性意识"进行过专门探讨，她认为：在中国文化的诸多领域中，中国传统美学领域具有女性意识的人最多，是女性意识的云集荟萃之地。女性意识不仅体现在美学家、文学家、诗人、艺术家的思想和意识中，而且还凝结在中国传统美学的一系列基本概念、范畴和命题中。（《中国传统美学的当代阐释》，第95页，北京大学出版社2006年版）

二〇二一年十月六日

027

中国诗简单而神秘

一般言，神秘者必高深，高深者必神秘。能够做到既简单而又神秘，既神秘而又简单，是一种境界，是一种高深的境界。中国诗便有这样的境界。顾随说：

中国字难写，中国文学难学，盖亦因其神秘性。(《中国经典原境界》，第82页)

中国字和中国诗神秘，是因中国人神秘。顾随说：

中国真是一个神秘的民族，神秘到自己不知其神秘了。

说中国人爱和平，而中国的内战最多。神秘。(《顾随全集》卷五《传诗录一》之《说陶诗》，第230页)

仅有神秘性不算什么，只是神秘性不能概括中国诗，只有神秘性不能代表中国诗。顾随亦说过，"《离骚》神秘性较丰富"，"《楚辞》更富神秘性"（同上，第83、84页）。但是，我认为，《楚辞》或《离骚》确实神秘，然是因高深而神秘，因神秘而高深，代表的是神秘的一般情况。《楚辞》近似西洋文学，《离骚》不能代表中国诗。

中国诗的神秘，不是因高深而神秘，而是由简单而神秘。顾随说：

中国文艺是简单而又神秘。然所谓简单非浅薄，所谓神秘非艰深。中国文学对"神秘"二字是"日用而不知"（《易传·系辞》），而又非"习矣而不察焉"（《孟子·尽心上》）。（《中国经典原境界》，第82页）

简单而又神秘，是中国诗的境界，是中国诗的特色。顾随举例说：

"杨柳依依""雨雪霏霏",绝不浅薄,清清楚楚,绝不暧昧,绝不鹘突,简单而神秘。(《中国经典原境界》,第83页)

《周南》最能代表中国文字的简单而神秘。(同上,第85页)

陶渊明平凡而伟大,简单而神秘。(《顾随:诗文丛论》,第130页)

中国诗简单而神秘,不错。但是,"神秘"不是本土化表述,"神秘"的本土表述,是玄或玄妙。玄妙亦是玄,因玄而妙。顾随注意到这一点,对"玄妙"和"神秘"做了区分。他说:

玄妙、神秘,二名词不同,神秘是深的,而玄妙不必深。神秘并非跳开人生之神秘,而是在人生中就有神秘……佛教之涅槃亦神秘,而传到中国来后皆变为玄妙。神秘是人生深处,玄妙则超出人生到混沌境界,二者有出入之别……神秘之发展无限,而尚在人生内;玄妙则跳出人生,宁置生命于不顾而仍吸毒,其乐亦黑甜之乐……玄妙近于涅槃……实则涅槃乃佛家最高境界,是寂,而绝不是死,中有生机。(此即中国诗之好处。)实则说生机并不

太恰，应说"寂"，中有"真如"。(《顾随全集》卷六《传诗录二》之《杂谭诗境》，第199～200页)

简言之，神秘是入于人生深处，"神秘并非跳开人生之神秘"，而是入于人生深处才有神秘。玄妙是跳出人生，玄妙近于涅槃。顾随以为，"吾国人对人生入得甚浅"(《中国古典诗词感发》，第55～56页)。他说：

中国民族性若谓之重实际，而不及西洋人深，人生色彩不浓厚。中国作家不及西欧作家之能还人以人性，抓不到人生深处。(同上，第126页)

因为中国人于人生入得甚浅，"抓不到人生深处"，所以，中国人不是入于人生深处的神秘，而是跳出人生的玄妙。顾随说：

中国文学神秘性不发达。中国文学发源于黄河流域，水深土厚，有一分工作得一分收获。神秘偏于热带，如印度、希腊。西洋大作家的作品皆有神秘性在内，而带神秘色彩之作品并不一定为鬼神灵异妖怪。如中国《封神榜》

之类,虽写鬼神而无神秘性;但丁(Dante)《神曲》、歌德(Goethe)《浮士德》亦写鬼神灵怪,则有神秘性。中国作品缺少神秘色彩,带神秘色彩的作品乃看到人生最深处。看到人生最深处可发现"灵",此种灵非肉眼所能见,带宗教性,而西洋有宗教信仰,看东西看得"神"。中国则少宗教信仰,近世佛教已衰,而宗教之文学又不发达。中国佛教虽有一时"煊赫",而表现在文学中的不是印度式极端的神秘,而是玄妙。中国人之实际生活加上佛教思想即成为玄妙。(《顾随全集》卷六《传诗录二》之《杂谭诗境》,第199页)

据此,中国人和中国诗真不是神秘,只能称作玄妙。中国人缺乏产生神秘的地理空间和信仰基础,甚至神秘的佛教传入中国,亦要变成玄妙的禅宗。"玄"才是中国人和中国诗的特色。西洋文学的神秘,中国人不懂,不能完全理解,因为中国人没有理解神秘的地理空间和信仰基础;因为中国人入人生不深,"抓不到人生深处"。但是,"中国人若'玄'起来,西洋人不懂"(《中国古典诗词感发》,第126~127页)。"中国玄妙境界没法讲,一讲就不对"(《顾随全集》卷六《传诗录二》之《杂谭诗境》,第202

页），但它确实存在，就在中国诗里。顾随说：

> 诗本身即带有一点"玄"，微妙，神秘。"玄"乃智慧聪明达不到的，文字语言说不出的，然而的确是有。（《顾随：诗文丛论》，第68页）

顾随举钱起诗句"曲终人不见，江上数峰青"为例说：

> 曲、人、江、峰，是实物，而凑在一起，神秘。峰是否人？江是否曲之馀音？是欲再见其人还是不见？是否有一点悲哀？是，又不是；也不是西洋所谓对比，乃玄妙。韦应物的诗句："落叶满空山，何处寻行迹。"（《寄全椒山中道士》）是悲哀，还是什么？是超脱，单为一种境界，跳出人生。（《顾随全集》卷六《传诗录二》之《杂谭诗境》，第202页）

这种玄妙的诗句，无法逻辑分析和理性阐释，西洋人真不懂。这种诗句，亦无法译成西洋文字。

西洋文学神秘、复杂，中国诗玄妙、简单。复杂的东西好讲，可条分缕析；简单的东西不好讲，不易讲，讲了反而不对，只可意会，不可言传。顾随说：

> 中国思想非玄不可。别国"玄"是复杂，而中国玄妙在简单中。（《中国古典文心》，第47页）

西洋文学因艰深复杂而神秘，中国文学的玄妙却是以简单的面目呈现。中国文学的玄妙为何是简单？玄妙如何以简单的方式呈现？顾随说：

> 日用为"常"，此"常"与"玄"并无二意。诗原是"常"，惟吾人不体之耳。"日用而不知"里有体认即——"玄"，如车夫休息时将"尘劳"一旦放下即诗……有"玄"而无"常"，是精灵、鬼怪；有"常"而无"玄"，是苦人、罪人。（《顾随全集》卷六《传诗录二》之《论王静安》，第132页）

玄妙并不高深，玄妙就体现在日常日用里。玄妙就是日常，"玄"就是"常"，有"玄"无"常"或者有"常"无"玄"，皆非中国精神。所以，玄妙不复杂，不高深，它就在包括衣、食、住、行的日常生活里。它原本就很简单，它亦只能以简单的方式呈现。中国人既不愿做精灵鬼怪，亦不愿做苦人罪人，他只想安分守命，乐天知命，他只愿温柔敦厚，故其生活是玄而有常，常而有玄；其艺术是简单而玄妙，玄妙而简单。

二〇二一年十月六日

028

中国诗不要油滑，不宜豪华

中国诗以温柔敦厚为理想品格，这是由"孔门诗法"相沿而成的传统。故有违"孔门诗法"，有违温柔敦厚者，皆非中国诗的正统。顾随虽受西洋思想和文学影响甚深，但是，他建构的"情操诗学理论"，却是纯正的中国传统。他对违背温柔敦厚诗学理想品格者，多持批评态度。

如油滑与晦涩两种风格，他都不喜欢。相对言，他觉得晦涩比油滑好一点。他说：

韩愈言"气盛则言之短长与声之高下者皆宜"（《答李翊书》），然此易成油滑，要有涩味。《汉书》有点儿涩，此对"滑"而言。"气盛言宜"之文在六朝并不难得。(无论何代，只要略有修养，作者皆可做到。)然六朝长处不在此，当注意其涩。涩比滑好，滑是病；其实涩亦病，而亦药，可以治滑。现在文章连"滑"也够不上。涩与凝炼有关，但凝炼不等于涩。(《中国古典文心》，第170页)

油滑和晦涩都有违温柔敦厚的理想品格，都是病。所以，油滑不好，晦涩亦非诗之上层，亦是病。但晦涩比油滑好，晦涩可以治疗油滑。顾随说：

作诗"滑"不好，而治一经，损一经，太涩也不好。放翁诗就滑。有志于诗者应十年不读放翁诗。诗甜滑，容易得人爱，而易使人上当；涩，有一点不好，而无当可上。学诗学滑易，学涩难，但太涩就干枯了。(《中国古典诗词感发》，第122页)

晦涩。晦，不易懂；涩，不好念。诗本应该念着可口，听着适耳，表现易明了。……晦，可医浅薄；涩，可医油滑。(同上，第152页)

诗油滑，容易得人爱，初学诗者往往一见倾心，以为好诗便是如此，故容易上当。实际上，油滑的诗，浅薄，经不起咀嚼，无余味，无余韵，不是温柔敦厚。诗晦涩，亦算不上好诗，但比油滑好。晦涩由锤炼而来，有凝练功夫，有深意，经得起咀嚼，有生发的空间，有余味。晦涩可以医治诗中油滑、浅薄的毛病。故作诗，宁要晦涩，不要油滑，更不要浅薄。

诗之所以浅薄，是由于诗人有豪气，诗人追求豪华。诗人不要豪气，诗歌不宜豪华。有豪气的诗人，写的诗便豪华。豪华的诗，不是浅薄，便是轻薄。总之，是薄。中国诗追求的是厚，是温柔敦厚。杜牧名篇《遣怀》，顾随便说："此诗不好，过于豪华，变成轻薄，情形如太白，不好。"（《中国古典诗词感发》，第157页）杜牧名句"商女不知亡国恨，隔江犹唱后庭花"（《泊秦淮》），顾随则说："他人谓为沉痛，余仍谓为轻薄。以后所讲不选此等诗。"（《中国古典诗词感发》，第157页）

顾随常常颠覆我们的成见，诸多名篇名句，如杜牧《遣怀》《泊秦淮》，他都认为不好；许多著名诗人，如曹植、李白、苏轼等，他亦认为不行；甚至对杜甫，他亦多有批评；宋以后诗，他根本不提。这种做派，近似刘师培讲汉魏六朝文。我想，是由于他有主见，有一套私属的诗学评价体系,即"情操诗学理论"。他的主见颠覆了我们的成见。

油滑的诗,陷于浅薄;豪华的诗,不免轻薄。浅薄也好,轻薄也罢,皆是薄,薄则不厚。中国诗的传统是追求厚,讲温柔敦厚。厚则有韵,厚则有味;至于薄,不是浅,便是轻,既无韵,亦无味。

诗是这样,人亦如此。油滑的人,机智,灵趣,有小聪明,无大智慧,故其为人浅薄。豪华的人,豪气,虚张声势,讲排场,说大话,故其为人轻薄。中国人的传统亦是追求厚,崇尚厚道。厚道则真诚,实在,可靠。故中国人不喜欢浅薄、轻薄的诗,亦看不上浅薄、轻薄的人。温柔敦厚,不仅是中国诗的理想品格,亦是中国人的理想人格。

二〇二一年十月六日

029

学诗入门以境界为先

过去学习古典文论，常被一些概念搞得很迷糊，如兴趣、神韵、境界、意境、意象、性灵、格调等，牵扯含混，不知所云。读顾随论静安先生境界论，始明其大概。

严羽论诗重"兴趣"，王士禛论诗说"神韵"，王国维论诗讲"境界"。顾随以为，"'境界'二字高于'兴趣'、'神韵'二名"（《顾随：诗文丛论》，第67页）。他解释说：

境界是"常"，即"常"即"玄"。只要有境界，则所谓兴趣及神韵皆被包在内。且兴趣、神韵二字，"玄"而不"常"，境界二字则"常"而且"玄"，浅言之则"常"，

深言之则"玄"，能令人抓住，可作为学诗之阶石、入门。(《顾随全集》卷六《传诗录二》之《论王静安》，第133～134页)

严羽讲"兴趣"，王士祯讲"神韵"，皆过于玄，让人抓不住，可以想象，无法言说，难以操作。静安先生讲"境界"，即诗的边境、界限或者范围，包括景物与喜怒哀乐。静安先生说："境非独谓景物也，喜怒哀乐亦人心中之一境界。"顾随说："大诗人所写亦不过此二境界。如此言之，则人人皆可成诗人。"(同上，第133页)他说：

境界是诗的内容，境界以外的不是诗。(同上，第134页)

以体认、体会、体验为工具，以境界为对象（先不必管兴趣、神韵），以工具治对象，功行圆满，兴趣、神韵自来。……抓住静安"境界"二字，以其能同于兴趣，通于神韵，而又较兴趣、神韵为具体。(同上)

"境界"亦玄，但是玄而能常，既可想象，又可操作。抓住了"境界"，"兴趣"和"神韵"自然而来。所以，"境界"可作为作诗之阶石,学诗之入门。悟透"境界",则人人皆可成为诗人。

关于境界、兴趣和神韵之区别,顾随说:

> 余以为兴趣乃诗之动机,但有兴趣尚不能使诗成为"无迹可求"或"言有尽而意无穷"。兴趣(动机)在诗本体之前,而非诗。若兴趣为米,诗则为饭,是二非一,不过有关系。王渔洋所谓神韵与严同意,亦玄。兴趣、神韵,名异而实同……然神韵亦非诗,神韵由诗生。饭有饭香而饭香非饭。"兴趣"、"神韵"、"境界",三者总名之为"诗心"。严之兴趣,乃诗之成因,在诗前;王渔洋之神韵,乃诗之结果,在诗后,皆非诗之本体。王静安之境界非前非后,是诗的本体。诗之本体当以静安所说为是……吾辈学人欲求入门,还当以境界为先。(《顾随全集》卷六《传诗录二》之《论王静安》,第132〜133页)

"兴趣"在前,是诗之动机;"境界"居中,是诗之本体;"神韵"居后,是诗之结果。这个区分,很得体,很清晰。"兴趣"是米,"境界"是饭,"神韵"是饭香。这个比喻,很生动,很形象。

"境界"具体，是"常"，故可作为学诗入门之阶石。"境界"是诗之本体，故学诗当以境界为先。

二〇二一年十月七日

030

顾随的"因缘说"

顾随和叶嘉莹师徒都推崇静安先生。顾随著《人间词话评点》(1930年)和《人间词话疏义》(1943年),或是残稿,或是未完稿。叶嘉莹著《王国维及其文学批评》(河北教育出版社1997年版)。叶氏研究静安先生及其文学批评,是受顾随影响。

在诗学领域,静安先生以《人间词话》名世,以"境界说"称名。顾随对静安先生的"境界说"深有研究,以"心物一如"论修正静安先生"有我之境"和"无我之境"说;在与"兴趣""神韵"诸说的比较中,提出"境界"是诗之本体(参见"学诗入门以境界为先"条);对静安先生所说不圆满处加以补充，创为"因缘说"，以补正"境界说"。

何谓"因缘说"？顾随说：

> 因：种子（谷粒是米的种子），是内心；缘：是扶助（下谷粒于土未必长稻，必假之雨露、人的耕种、土地的滋养，方能发生滋长。凡此土地、人力、雨露皆"缘"也），是外物。"因"是内在的，"缘"是外在的。只有外在的"缘"，是不能发生的；只有内在的"因"而无外在的"缘"，也不能发生滋长。诗人之自命风雅者，其"因"既不深，"缘"亦甚狭，故其发生滋长亦不会茂盛。往古来今之大诗人，盖其"因"甚深，其"缘"甚广，其根基深，故能成就大……诗之境界不但不能摆脱外缘，恐怕一切有缘。然而有缘无因则不可。"因"是什么？就是"诗心"……诗心是本有，本有不借缘，不能发生……无缘则不显因，诗心本有而要假之万缘……因，本，种子；缘，扶助。若没有"因"、"缘"，境界根本不能成立。（《顾随全集》卷六《传诗录二》之《论王静安》，第134～136页）

静安先生"境界说"，包括外物和内心。他说："境非独谓景物也。喜怒哀乐，亦人心中之一境界。"（《人间词话》）

如何将外物和内心熔铸成境界？外物与内心关系如何？静安先生未明言，顾随"因缘说"解决了这个问题。顾随断言："若没有'因'、'缘'，境界根本不能成立。"这是对静安先生"境界说"的补充。其义有二：第一，"因"是种子，"缘"是扶助；"因"是内心，"缘"是外物。其中有主次之别。"因"是主，"缘"是次。第二，"因"浅"缘"狭，"因"深"缘"广，主动性乃在"因"的一方。

顾随说：

所谓境界，包括外物、内心二者。静安先生语是，而少一"转语"。王先生似以外物、内心二者对举（如甜苦、长短），既曰对举，则非一而二。今下二转语：其一，心为主而物为辅，不是对举……若此心健全、洁净且旺盛之时，则"譬如北辰"，众星自来"共之"……既曰"主"、曰"辅"，自有轻重之分，而非对举。本因愈强，则外缘愈富（盛）。老杜诗"缘"富即以其"因"强。天地间万物加以本心哀乐，无一非诗。别人诗比老杜总显贫弱，即以其对外物有"是诗"、"非诗"之主见，故范围狭；老杜则无不可入诗，即以其本因（心）强……只要内心旺盛，外物不但不能减损之，且能增加之……天地间非心即物……心若不能转物，物绝不会入诗。心的喜、怒、哀、乐是本分上事，心若不能转物，不但物不能入诗，喜、怒、哀、乐亦不能入诗。(《顾随全集》卷六《传诗录二》之《论王静安》，第136～137页)

静安先生"境界说"，以内心与外物对举，故有"有我之境"和"无我之境"之分。顾随以为静安先生于内心与外物的关系，"少一转语"。此"转语"，即须重新界定二者关系。顾随的看法：内心与外物不是对举，而是"心为主而物为辅"，不仅"将心逐物"，更要"以心转物"。这是顾随对静安先生"境界说"的修正。其要义有三：一是心为主、物为辅，心为重、物为轻。二是因愈强而缘愈富，本因强大，内心旺盛，外缘丰富，万物皆可入诗。三是不仅要"将心逐物"（格物），更须"以心转物"（物格）。"心若不能转物，物绝不会入诗"，"以心转物"，物皆可入诗。

"以心逐物"和"以心转物"，即"心与物游"，心与物"会"。顾随说：

作诗需因缘相应。欲使因缘相应（相合、呼应），须

"会"。(《顾随:诗文丛论》,第128页)

所谓"会",即"因缘相会"。质言之,即"心物相会",或者说"心与物游"。比较而言,"游"比"会"好。顾随以为,"会"有三义:一是聚合,即"心与物聚合,不能有此无彼",或者说,"因借缘生,缘助因成"。二是体会,"聚合后必有体会"。三是能,"能有本能之意",包括学习之能和本有之能。他说:"由此三义成'会',由'会'始能相应,不能轻视物亦不能轻视心,二者缺一不能成诗。"(《顾随全集》卷六《传诗录二》之《论王静安》,第128～129)即不执不离,正是一种"游"的状态。

静安先生的"境界",高于严羽的"兴趣"和渔洋之"神韵",亦同于"兴趣",通于"神韵",是"诗的本体",是学诗入门之阶石。然尚有不圆满处,顾随以"因缘说"补充之,修正之,使之臻于完善,达于圆满。所以,中国古典诗学理论,除严羽之"兴趣"、渔洋之"神韵"、静安之"境界",尚须重视者,便是顾随的"因缘"。

叶嘉莹论王国维文学批评,评说"境界"是重点。但是，叶氏绝口不提恩师顾随的"因缘说"，不知是无意还是有意。"因缘说"之于顾随，犹如"境界说"之于静安。"因缘说"对"境界说"有补充和修正，叶氏不可不知，亦不能不知。

二〇二一年十月七日

031

中国诗之高与好

顾随说:

放翁、右丞二人之诗,可代表中国诗之两面。若论品高、韵长,放翁诗是真,而韵不长。……〔右丞诗〕其诗格、诗境(境界)高。……放翁所表现不是高、不是韵长,而是情真、意足……放翁一派好诗情真、意足,坏在毛躁、叫嚣。右丞写诗是法喜、禅悦,故品高、韵长。……写快乐是法喜,写悲哀亦是法喜。……不动感情,不动声色。(《中国古典诗词感发》,第34～35页)

中国诗有两面：一面是品高、韵长，以王维为代表；一面是情真、意足，以陆游为代表。品高者"不动感情，不动声色"，情真者"毛躁、叫嚣"。顾随论王维诗，反复言及者，是其诗之"高"。他说：

在表现一点上，李、杜不及王之高超。杜太沉着，非高超；李太飘逸，亦非高超，过犹不及……王摩诘诗法在表现一点上，实在高于李、杜。(《中国古典诗词感发》，第28页)

右丞诗以五古最能表现其高。(同上，第33页)

杜诗其实并不"高"。(同上，第34页)

杜甫诗不高，李白诗不高，陆游诗亦不高。只有王维诗，顾随一再言其高，是真高。那么，王维诗高在何处？顾随说：

诗的最高境界乃无意，如"雨中山果落，灯下草虫鸣"(王维《秋夜独坐》)，岂止无是非善恶，甚至无美丑，而纯是诗。如此方为真美，诗的美。(《顾随全集》卷六《传诗录二》之《漫议N、K二氏之论诗》，第195页)

佛是出世法，无彼、此，是、非，说伤心皆不伤心，说欢喜皆不欢喜。王诗亦然……王摩诘是调和，无憎恨，亦无赞美……王维即在生死关头仍有诗的欣赏。(《中国古典诗词感发》，第29页)

王诗味长如饮中国清茶，清淡而悠美，唯不解气；放翁诗带刺激性，如咖啡。王维写的无人我是非，喜怒哀乐。(同上，第31页)

王右丞心中极多无所谓，写出的是调和，心中也是调和，故韵长而力少。(同上，第37页)

概言之，王维诗无是非善恶，无憎恨赞美，无喜怒哀乐，不动声色，不动感情，是法喜，是禅悦，清淡而优美，韵长而力少。这些特征，就是顾随所谓的"高"，代表中国诗两面（高与真）中的一面。

中国诗的"高"与"真"不同。"真"是情真意足，"高"是品高韵长。又与关注日常的平实或结实诗风迥异，它追求超脱，有远致，显得玄妙，有超越性。

"高"既是中国诗的一种品格，亦是中国诗人的一种情怀，有深远的文化思想背景。顾随说：

中国庄、列之说主虚无，任自然，其影响是六朝文人之超脱。唐代王、孟、韦、柳所表现的超脱精神，乃六朝而后多数文人精神。……"三百篇""十九首"老实、结实，佛教精神与庄、列思想相合是学术上的"结婚"，产生此一种产品。(《中国古典诗词感发》，第44～45页)

中国固有的庄、列思想，本有超脱品格。中国固有之庄、列思想与西来之佛教思想结合，产生了以超脱、远致为核心的"高"的风尚。

"高"有超越性，老实、结实、平实都不高。老杜太沉着，不高。"高"有远致，毛躁、叫嚣，不高。放翁诗太真实，亦不高。"高"超越现实，但不坠入玄虚，故有仙气的李白诗亦不高。

作为中国诗两面之一面，"高"很特别，很特殊，很能体现中国人、中国文化和中国文学的气质。估计他国亦有，但不一定是国粹。顾随说：

高与好恐怕并非是一个东西……古书中所谓"高人"，未必是好人，也未必于人有益。高是可以的，高尽管高，而不可以即认此为好，不可止于高。(同上，第34页)

"高"未必都好，高人未必都是好人，这是对的。如顾随说王维诗"真是无黑白、无痛痒，自觉不错，算什么诗？无黑白、无痛痒，结果必至不知惭愧"（《中国古典诗词感发》，第 32 页）。"高"到不知惭愧，便不好。还有，一个人高，可以；少部分人高，亦还好；大部分人高，全民族都高，则不可。这样的民族虽然很高，但会很快灭亡。另外，并不是每个人、每个时代都有条件追求这种高的生活和高的品格。顾随说：

现在不允许我们写这样超世俗、超善恶美丑的诗了。因为我们没有暇裕。现在岂止不能写，就是欣赏也须有有心的暇裕方能欣赏。因此，古人作诗可以无意，而我们现在作诗要有意。这不但是抗战八年给我们的教训，而且是抗战之后给我们的教训，不允许我们再写那样无意的作品了。(《顾随全集》卷六《传诗录二》之《漫谈 N、K 二氏之论诗》，第 195 页)

顾随是理想主义者，但他亦很现实。正如他欣赏"为艺术而艺术"的唯美派，但他又总是联系人生讲文学，赞成"为人生而艺术"的现实派。他欣赏中国文学的"高"，但又睁开醒眼正视国破家亡的社会现实。面对现实，创作不能"无意"，要"有意"，不能一味地"高"。

中国诗中实有"高"的一面，尽管它不一定好，但它客观存在，代表中国文化传统的一个方面，不能忽视。顾随说：

> 老杜乃诗之革命者。诗之传统者实在右丞一派，"春草明年绿，王孙归不归"，皆此派。中国若无此派诗人，中国诗之玄妙之处则表现不出，简单而神秘之处则表现不出；若无此种诗，不能发表中国民族性之长处。此是中国诗特点，而不是中国诗好点。（《中国古典诗词感发》，第34页）

"高"是中国诗的特点，不是中国诗的好点，这个判断，切合实际。诗的最佳状态，当是既高且好，如同人格之最佳状态，当既是高人又是好人。但，这是很难达到的状态。顾随说：

> 中国诗人唯陶渊明既高且好，即其散文《桃花源记》一篇，亦真高、真好。（同上，第33页）

既高且好,是中国诗歌的理想品格。"高"是出,是超脱;"好"是入,是世法,是接地气。一出一入,方能既高且好。

二〇二一年十月八日

032

中国诗的最高境界是无意

顾随论诗重"无意"。他说:"文学中的最高境界往往是无意。"(《中国古典诗词感发》,第235页)"诗的最高境界乃无意。"(《顾随全集》卷六《传诗录二》之《漫谈N、K二氏之论诗》,第195页)我理解顾随之"无意",是分别就诗的内容和形式说的。

就诗的内容言,顾随说:

文学不是口号、标语,文学中的最高境界往往是无意。《庄子·逍遥游》所谓"无用之为用大矣",无意之为意深矣——意,将就不行,要有富裕。无意之为意深矣,

愈玩味，愈无穷；愈咀嚼，味愈出。有意则意有尽，其味随意而尽。要意有尽而味无尽。(《中国古典诗词感发》，第235页）

在内容层面讲"无意"，是指无是非善恶，无喜怒哀乐。从艺术效果讲，"无意"而韵无穷，"有意"而意有尽。中国诗追求言已尽而韵无穷，当然要"无意"最好。

如何才能做到"无意"？顾随以为：须有"富裕"，才能"无意"。他说：

诗的最高境界乃无意，如"雨中山果落，灯下草虫鸣"（王维《秋夜独坐》），岂止无是非善恶，甚至无美丑，而纯是诗。如此方为真美，诗的美……但现在不允许我们写这样超世俗、超善恶美丑的诗了。因为我们没有暇裕。现在岂止不能写，就是欣赏也须有有心的暇裕方能欣赏。因此，古人作诗可以无意，而我们现在作诗要有意。(《顾随全集》卷六《传诗录二》之《漫谈N、K二氏之论诗》，第195页）

有"富裕"或"暇裕"，才具备无是非善恶、无喜怒哀乐的"诗心"，才能创作和欣赏"无意"的诗。"无意"之诗,是真诗,是纯诗,亦是好诗。

就诗的形式言,顾随说:

> 天下之勉强最不持久,是什么样就什么样,勉强最要不得,其实努力也还是勉强……美是好,不美勉强美便不好了。力好,而最好是自然流露,不可勉强。诗最好是健康,不使劲,如"昔我往矣,杨柳依依"(《诗经·小雅·采薇》),如"芳洲之树何青青"。晚唐病在不美求美,老杜病在无力使力。(《中国古典诗词感发》,第100～101页)

形式上"无意",就是不使劲,不勉强,不有意去做。简言之,就是自然流露。不美求美,无力使力,就是勉强,就是有意,就是病。顾随说过,"有意时往往不易写成好诗","古代无意之诗多"。无意为诗往往能写成好诗,写成健康的诗。或者说,无意的诗,才是健康的诗。顾随说:

> 《水经注》是自然而然,如生于旷野沃土之树木;柳氏游记是不自然的,如生于石罅瘠土中的树木,臃肿蜷曲。柳氏游记是受压迫的,如生于严厉暴虐父母膝下的子

女;《水经注》条达畅茂,即如生于慈爱贤明父母之下的子女……《水经注》是健康的,柳子厚游记是病态的。(《中国古典文心》,第229页)

"无意",是自然而然,所以健康。"有意",是不自然,是受压迫,所以病态。近代文人,顾随最推崇王国维和鲁迅。但不为贤者讳,他说过,"鲁迅先生文章是病态的"。当然,这没有妨碍他喜欢阅读鲁迅先生的文章。鲁迅先生曾自言他的文章如挤牛奶,一滴一滴地挤出来。这当然是勉强,是压迫。所以不健康,是病态。

顾随论中国诗的"姿态",其中一种是"锤炼",因"锤炼"而坚实,是"力的文学"。顾随欣赏"力的文学",因为中国诗往往乏力。但是,他认为"力的文学"不是中国诗的传统,亦不是中国诗的特色,而是对中国诗的革新。因为它不是"无意",是"有意";不是健康,是病态。中国诗的传统,中国诗的特色,无论内容还是形式,都是"无意",不是"有意"。

二〇二一年十月八日

033

中国诗含蓄蕴藉

中国诗最本质的特征，是含蓄蕴藉。其他温柔敦厚、言外之意、韵外之味，皆由此而来。诗歌创作、文学欣赏，皆不妨从此入手。顾随说：

> 中国诗偏于含蓄、蕴藉，西洋诗偏于沉着、痛快。
> （《中国古典诗词感发》，第239页）

与西洋诗的沉着痛快相比，中国诗的含蓄蕴藉更加明显。与中国文学中赋、文、词、曲、小说相比，尤其是与诗之关系最近的词相比，中国诗的含蓄蕴藉更加显著。

顾随说：

　　词比诗含蓄性差……词比诗显露，不含蓄。(《中国古典诗词感发》，第 237 页)

　　含蓄蕴藉，含蓄是手段或工具，蕴藉是效果或目的，通过含蓄手段实现蕴藉目的，达成蕴藉效果。所谓"蕴藉"，就是不张扬，不显露，不动感情，不动声色，饱满丰富而内在地存在着。顾随说：

　　中国艺术得"缩"字诀，是含蓄，非发泄。……好像有好多东西要告诉你，但又不说出来，即蕴藉。(《中国经典原境界》，第 327 页)
　　王摩诘诗是蕴藉含蓄，什么也没说，可什么都说了。(《中国古典诗词感发》，第 49 页)

　　这两段话讲"蕴藉"，说得很直白，讲得极清楚。我还没有发现比顾随说得更好的。
　　蕴藉是中国诗的基本特征，亦是评价中国诗的重要标准。顾随说：

老杜诗有的病在和盘托出，令人发生"够"的感觉。（《中国经典原境界》，第322页）

"缩"字诀是书法上的事，古人说，写字用笔要"无垂不缩"。垂者向外，缩者向内；垂者表现，缩者含蓄。太白的诗，读了痛快，但嫌其大嚼无余味，便是少"缩"字诀……李杜"垂而不缩"，太白飞扬跋扈，老杜痛快淋漓，都有点发泄过甚。（同上，第327页）

顾随精书法，通书艺，故常以书论说诗，颇通款曲。书论"缩"字诀与诗论含蓄蕴藉相通。李、杜，尤其是杜甫，是顾随最推崇的伟大诗人之一。李、杜二人，或飞扬跋扈，或痛快淋漓，或仙于诗，或圣于诗，在顾随看来都是发泄过甚，都有"够"的感觉，他们是中国诗的革命派。唐代诗人里，最能做到含蓄蕴藉的，是王、孟、韦、柳，他们才是中国诗的传统派。

顾随评诗重蕴藉，论文亦如此。他说：

《红楼》有时太细，乃有中之有，应有尽有；《水浒》用笔简，乃无中之有，余味不尽。《史》《汉》之区别亦在此。《汉书》写得兢兢业业，而《史记》不然，其高处亦在此，

看似没写而其中有。(《中国古典文心》,第266页)

《红楼梦》太细,《汉书》兢兢业业,就是缺乏蕴藉。《水浒传》简,就是蕴藉。顾随说过,他不喜欢《红楼梦》,喜欢《水浒传》,原因可能在此。

如何才能做到含蓄蕴藉?顾随讲了两点:一是不使力,少使力,自然最好。他说:

陶渊明十二分力量只使十分,老杜十分力量使十二分,《庄子》十二分力量使十二分。《论语》十二分力量只使六七分,有多少话没说出来。词中大晏、欧阳高过稼轩,便因力不使尽。文章中《左传》比《史记》高,便因《史记》有多少说多少。(同上,第231页)

文章有的痛快淋漓(老杜诗痛而不快),有的蕴藉缠绵,有的晦涩艰深。蕴藉不是半吞半吐,不是含糊,不是想做不做,也不是做而不肯干,是适可而止……蕴藉是自然;痛快、晦涩皆是力,一用力放,一用力敛。(同上,第232～233页)

用力过多,用力过猛,不是痛快,就是晦涩。蕴藉是自然，虽亦用力，但不使尽。渊明高于老杜，《论语》高于《庄子》，《左传》高于《史记》，大晏、欧阳修高于稼轩，便是由于他们用力但不使尽，留有余地。

二是酝酿功夫。诗人有酝酿功夫，作诗才含蓄蕴藉。顾随不看好东坡诗，便因其诗缺乏酝酿功夫。他说：

苏东坡思想盖不能触到人生之核心。苏公是才人，诗成于机趣，非酝酿……思想是平日酝酿含蓄后经一番滤净、渗透功夫，东坡只是灵机一动。（《顾随全集》卷六《传诗录二》之《宋诗说略》，第8~9页）

灵机一动是机趣，不是酝酿，才人大多如此。才人一般"不能触到人生之核心"，故不能酝酿，只有机趣。东坡是才人，以机趣为诗，故其诗缺乏蕴藉。顾随说：

机智可引人发笑，而绝非是诗。机智只有"垂"而无"缩"。（《中国古典诗词感发》，第336页）

酝酿是诗心的培育，诗人的酝酿需要暇裕。顾随说：

近世是散文时代，已不是诗的时代，因为我们现在没有富裕的时间、精力去安排词句，写东西只能急就，没有工夫酝酿，没有蕴藉。酝酿是事前功夫，酝酿便有含蓄。大作家是好整以暇，而我们到时候便不免快、乱。(《中国古典诗词感发》，第111页)

"酝酿便有含蓄"，着急的时候，灵机一动，机趣忽来，写下的不是蕴藉的诗，不是有中国特色的好诗。尤其是五言古诗，必须蕴藉，必要有酝酿的功夫。顾随说：

〔余〕对宋人五古，尤其是苏、黄，特别不原谅，他们似乎根本不懂五言古诗的中国传统作风。作五言古诗最好是酝酿。素常有酝酿，有机趣，偶适于此时一发之耳……七言诗因字多，开合变化多，再利用一点锤炼功夫，很容易写出像样作品……五言诗字少，其开合变化成功者仅杜工部一人。五言诗静，容易看出漏洞……七言略薄，尚无碍；五言必厚，即须酝酿。七言诗可兴至挥毫立成，五言诗必须酝酿，到成熟之时机，又有机缘之凑泊，然后成立。(《顾随全集》卷六《传诗录二》之《杂谭诗之创作》，

第246页）

相对言，五言诗厚，七言诗薄；五言诗静，七言诗躁；五言诗蕴藉，七言诗飞扬。写作纯厚、沉静的五言诗，必要有酝酿的功夫。

中国文学诸文体，主要有诗、文、赋、词、曲、小说，最能代表中国文学特色和成就的，是诗；最能显现中国文化传统的，亦是诗；最能体现中国国民性的，还是诗。中国诗含蓄蕴藉，与中国国民性有关。顾随说：

中国民族德性上讲"谦"，今欲将德性上的"谦"与文学上之"蕴藉"连在一起。中国古代安土重迁，人情厚重，不喜暴露发扬……德性是谦，文学是蕴藉含蓄……明乎此，可知中国文学之好处何在、坏处何在，而且可知此种作风是否可供我们参考、采取。（《中国古典诗词感发》，第112～113页）

中国人德性上的谦，与文学上的含蓄蕴藉互为表里。德性上的谦，决定文学上的含蓄蕴藉。文学技艺上的含蓄蕴藉，决定文学风格上的温柔敦厚。文学上的含蓄蕴藉和温柔敦厚，教化出国民性格上谦的德性和温柔敦厚的品性。中国人和中国诗的好处在此，坏处亦在此。

二〇二一年十月八日

034

中国诗有诗味无思想

诗情与哲理通。既有诗味又有思想,便是好诗。顾随说:

诗人达到最高境界是哲人,哲人达到最高境界是诗人,即因哲理与诗情最高境界是一。好诗有很严肃的哲理,如魏武、渊明,"譬如朝露""人生几何"等,宋人作诗一味讲道理,道理可讲,唯所讲不可浮浅;若严肃深刻,诗尽可讲道理,讲哲理,诗情与哲理通。(《中国古典诗词感发》,第198页)

曹操和陶渊明诗好，好在诗情与哲理的融合。东晋玄言诗和宋人说理诗不好，因为只有哲理没有诗情。融合诗情与哲理写诗，是伟大诗人。顾随说：

伟大的抒情诗人的作品，俱都是情感结合着思想，思想结合着情感；一句话，情感和思想水乳交融。倘不，那作品便不能成为伟大的诗篇，而那作者也不能成为伟大的诗人。(《顾随全集》卷三《论著》之《朗诵了杜甫〈自京赴奉先县咏怀五百字〉以后写给中文系三年级同学的一封公开信》，第266页)

诗人与哲人是一个，诗情与哲理一致，所以，"诗人达到最高境界是哲人，哲人达到最高境界是诗人"。

但是，一般言，中国大诗人有神韵，小诗人有机趣。在顾随看来，在中国，无论是大诗人，还是小诗人，皆乏思想，皆缺哲理，皆少智慧。他说：

中国文学表现思想难，大作品甚少，唯屈高杜深。……中国诗缺乏高深，小诗人多自命风雅，沾沾自喜。(《中国古典诗词感发》，第127页)

中国诗玄妙，玄妙不是高深；中国诗是简单而玄妙，愈简单愈玄妙。高深的东西可能玄妙，但高深主要还是思想有深度。在中国，思想家和诗人分途前行，思想家不写诗，即便写，亦不是好诗；诗人不思想，即便思想，亦很浮浅。中国诗有诗味而无思想。神韵、机趣，皆有诗味。中国诗有诗味，甚至太有诗味，不是好事（参见"诗太诗味了便不好"条）。顾随说：

诗人有两种：一为情见，二为知解。中国诗人走的不是知解的路，而是情见的路。然任何一伟大诗人即使作抒情诗时亦仍有其知解。陶公之诗与众不同，便因其有知解。（《顾随全集》卷五《传诗录一》之《说陶诗》，第205页）

"情见就是情，知解就是知"，能"知解"，便有思想，有智慧。有"情见"，便有诗情，有韵趣。中国诗人长于"情见"而短于"知解"，故中国诗有韵趣而乏思想。顾随以为：这可能与中国文学的表达方式有关，与中国文字的特点有关。他解释说：

中国后世文章，只知往横里去，不知往竖里去。横的是联想，竖的是思想。中国诗词对句有联想而无思想……联想是干连，思想是发生。联想如兄之于弟……思想如子之于父……中国对句完全是联想，不是思想；是干连，不是发生。中国诗最有诗味，也许就因为联想多、对句多。如《镜花缘》中由"云中雁"想到"水底鱼"，是联想，平行的。老杜"穿花蛱蝶深深见，点水蜻蜓款款飞"（《曲江二首》其二）二句，是平行的，无论引多长，二者绝不相交，亦犹云中雁之于水底鱼。"浮世本来多聚散，红蕖何事亦离披"（李义山《七月二十九日崇让宅宴作》），这两句是竖的，是散文的，是发生的，是父子的。（《中国古典文心》，第109～110页）

实话实说，这段话我没读得太懂。中国诗，"只知往横里去""横的是联想""中国诗词对句有联想""联想是干连""联想如兄之于弟"等等，这些话，我明白。我以为，这种往横里去的干连，是联想，如同兄弟，是传统儒家"推"的方法所影响，推类而言，推己及人，自然是联想，是干连。我不明白的有三：一是为何中国诗词的对句有联想便无思想？二是为何中国诗词联想多、对句多便有诗味？三是为何中国文章之表现，横的是诗的，竖的是散文的？

我们再看看顾随接下来说了些什么：

因为中国文字整齐，有平仄，有格律，且联想发达，结果便把中国文字给毁了……诗中对仗，文中骈偶，皆是干连，而非发生，所以中国多联想而少思想。后来骈文内容多空洞；四六与骈体不同，四六简直是魔道。中国文字只能表现联想的情感，不能表现发生的思想……文字原是一种工具。中国文字似乎只便于写联想，而不宜于写思想。中国译经是受印度文影响，只好那样写，故另成一体，看惯中国古文看佛经别扭。还有就是联想，文章跳过一两句不懂，没关系；至于思想，则非全篇明白不可。联想浮浅。中国文第一次受外国文影响是译经，再就是欧化。……一句一句往下顶，如骨牌"顶牛"。中国文字写不好是堆砌……中国文字能不能保存着旧的横的联想的文字美（如此可使文字整齐，音节调和），而加上竖的思想？（《中国古典文心》，第110～112页）

反复玩味这段文字，我大体明白：其一，中国诗词有联想，因为它讲对仗，讲骈偶，是干连关系。其极端，如骈文是"空洞",四六是"魔道"。其二,中国诗词有联想,与中国文字之重整齐、讲平仄、重格律有关。其三,中国诗词有联想,是面上的推衍,营造出一种气氛,虽然缺乏逻辑关系,但有氛围,有诗味。其四,中国诗词多联想而少思想,有诗味而乏智慧,与中国人"推"的思维方式有关,只有面上的"推"而乏纵深的"掘"。面上的"推"是诗,纵深的"掘"是文。顾随说:

> 散文是因果相生,纵的;骈文是并列的。骈,甲乙并立,无因果关系;散,因果相生。(《中国古典文心》,第267页)

因果相生,纵深掘进,一句一句往下顶,是文,有推衍的逻辑,故有思想。甲乙并立,推己及人,推而广之,面上的干连,是诗,无推衍的逻辑,有氛围的营建,故有韵趣。要之,文是纵深的开掘,诗是横向的推衍。文有思想,诗有韵趣。

中国诗有诗味而乏思想,与中国诗人的修养有关,与中国文字的特点有关,更主要的,与中国诗的表达方式有关。因为他们总是把思想的表达置于文里,把韵趣的呈现放在诗中。

中国诗有诗味而乏思想,这是它的优点,亦是它的缺点。

二〇二一年十月十五日

035

诗之好在于有力

顾随把中国诗分为"韵的文学"和"力的文学"两类。中国诗的传统是"韵的文学","力的文学"近似西洋诗,是对"韵的文学"的革命。但是,"韵的文学"走向极端,便是软弱无力,顾随亦不喜欢,他提倡用"力的文学"来拯救"韵的文学"的软弱无力。

中国诗不是迷恋过去,便是幻想未来,总是悠忽当下。这样的诗,有韵有趣,是"韵的文学"。悠忽当下,便是不接地气,不与实际生活打成一片,总是在梦幻中想象过去与未来。这样的诗,缺乏生气和力量,于诗人和读者皆无益处。顾随说:

余是入世精神，受近代思想影响，读古人诗希望从其中得一种力量，亲切地感到人生的意义。(《中国古典诗词感发》，第52页)

他还说：

一种作品，内容读了以后令人活着有劲，有兴趣，这便是好的作品。(同上，第262页)

这种令人活着有劲、有兴趣的诗，能让人感到人生的意义，并从中获得一种力量。这样的诗，有力量，是好诗。

所以，虽然顾随提倡"韵的文学"，以为"韵的文学"才是中国诗的主流和传统，但是，他反对软弱无力、死气沉沉的"韵的文学"，希望在"韵的文学"中增加生机，注入力量。他说：

晏同叔之"昨夜西风凋碧树。独上高楼，望尽天涯路"(《蝶恋花》)……真是悲壮、有力。此可代表中国文学之最高境界。张炎"折得一枝杨柳，归来插向谁家"(《朝中措》)，未尝不表现人生，非纯写景，而所表现是多么没出

息、多么软弱之人生；大晏所写，是多么有力、上进、有光明前途的人生。(《中国古典诗词感发》，第235页)

就中国诗之发展历程言，"自上古至两汉是生与力的表现，六朝是文采风流"（同上，第46页）。中国诗经过六朝文采风流的洗礼，渐趋优美，渐显柔弱。自唐宋以后，中国诗需要力量，但不是蛮力和横劲，而是在温柔敦厚中呈显忍性和劲道。顾随说：

> 诗之好在于有力。天地间除非不成东西，既成东西本身必是皆有一种力量，否则必灭亡，不能存在。有"力"，然而一不可勉强，二不可计较。一勉强，便成叫嚣；不计较，不是糊涂。不勉强不是没力，不计较不是糊涂……有力而不勉强，不计较，这样不但是自我扩大，而是自我消灭（与其说"扩大"，不如说"消灭"）。文人是自我中心，由自我中心至自我扩大，再至自我消灭，这就是美，这就是诗；否则但写风花雪月，专用美的字眼，仍不是诗。（同上，第127页）

诗之好在于有力，但不是蛮力和强力，不是叫嚣。一叫嚣，便是蛮力。不是计较，一计较，便是强力。中国诗的理想品格是温柔敦厚，不能勉强，不能计较，不能使蛮力和强力，要刚柔相济，柔中有刚，刚中有柔。诗之好在于有刚柔相济之力。不勉强、不计较便是自我扩大，自我消灭。自我中心是小我，自我扩大是大我，自我消灭是无我。从小我到大我到无我，便有力。从小我到大我到无我，便是美，就是诗。

中国诗不是迷恋过去便是幻想未来，但以迷恋过去居多。相对言，迷恋过去，容易失去力量；幻想未来，可能会给人勇气，带来力量，激发进取心，鼓励你去追求。所以，有理想者有追求，有追求者有力量。顾随说：

> 有力量，则可以担荷现实的苦恼；诗中有理想，则能给人以担荷现实的力量。人说文学给人以力量，而中国旧诗缺乏理想，易于满足……李白诗只是幻想、梦想，而非理想。义山对情操一方面用的功夫很到家，就因为他有观照、有反省。这样虽易写出好诗，而易沾沾自喜，满足自己的小天地，而没有理想，没有力量。老杜是伟大的记录者，已尽了最大义务、责任，而尚缺少理想。（李白诗是幻想、梦想。）理想可使人眼光、精神向前向上。（《中国

古典诗词感发》，第 323 页）

  有理想便有力量，便能进取，能担荷。但必须是理想，不是幻想，亦不是梦想。
  总之，诗之好在于有力。诗之力来自诗人对现实生活的观照，来自诗人对理想人生的追求。

二〇二一年十月十六日

036

诗太诗味了便不好

顾随关于诗之诗味,有几段话,发人深省。他说:

余平时上堂说诗,尝谓唐以后人所作诗多似诗而非诗,其所以非诗,正以其太似诗也。(《顾随全集》卷三《论著》之《跋知堂师〈往昔〉及〈杂诗〉后》,第258页)

作诗是为"似诗",写一篇不像诗的诗,还能叫诗吗?可是,顾随以为,诗太似诗了便非诗。这话很令人费解。

顾随下面两段文字还说到这个问题,有助我们理解。他说:

诗句不能似散文，而大诗人的好句子多是散文句法，古今中外皆然，如"芳洲之树何青青""白云千载空悠悠"……诗，太诗味了便不好，Poem is not poetic。读晚唐诗便有此感，姑不论其意境，至少在文法上已是太诗味了。如义山"五更疏欲断，一树碧无情"(《蝉》)，好是真好，可是太诗味了。"白云千载空悠悠""芳洲之树何青青"，似散文而是诗，是健全的诗，(《中国古典诗词感发》，第86～87页)

作诗太诗味了，是因为诗的情调太多而生的色彩太少。陶渊明、杜工部诗，生的色彩浓厚、鲜明而生动。晚唐诗生的色彩未尝不浓厚、鲜明，而不生动。如李义山有诗的情调，也有生的色彩，但不太生动，只是静止。(同上，第210页)

这两段文字，涉及几个问题，以下一一辨析。

其一，"太似诗"的诗，是"太诗味"的诗。诗写得"太诗味"，便是"太似诗"。这种诗，不是诗，至少不是好诗。好诗必须有诗味，但不能"太诗味"。好诗必须像诗，但不宜"太似诗"。

其二，"太似诗"的诗，"太诗味"的诗，其表现之一，是"诗的情调太多而生的色彩太少"。顾随论诗，以为"诗之好在于有力"，诗要有生机，要有生的色彩。"太诗味"的诗，诗的情调太多，显得过于柔弱，过于静。柔中无力，静中无生机，生的色彩太少。所以，"太诗味"的诗反而不是诗，至少不是好诗。

其三，"太似诗"的诗，"太诗味"的诗，其表现之二，是在文法上"太诗味"。顾随发现，"大诗人的好句子多是散文句法，古今中外皆然"。一般言，诗有诗的句法，文有文的句法。六朝人把文写成诗，不好；宋朝人把诗写得像文，颇遭诟病。这种诗，读起来确实有点别扭，不像诗的感觉。如杜甫的"岱宗夫如何，齐鲁青未了"（《望岳》），读起来就别扭，可真如顾随所说："大诗人的好句子多是散文句法。"他举了不少例子证明。顾随说：

"诗缘情而绮靡"，"绮"，美也……"靡"，柔也。凡缘情之作，无不美、无不柔者。诗是软性的，而在诗史上，诗是由软性发展成为硬性，由缘情而变为理智。宋诗是理智，硬性。文由硬性变为软性。六朝文是绮靡，软性。（《中国古典文心》，第77页）

在传统中国，诗偏于阴柔、优美，文偏于刚硬、壮美。六朝人把文写得像诗，故六朝文是绮靡、软性。宋人以文为诗，故宋诗是理智、硬性。大诗人的好句子用的都是散文句法，实际上，便是在"太诗味"的诗句中注入散文的刚性和力量。所以，这种诗句，顾随以为是"似散文而是诗，是健全的诗"。它的健全，就来自散文句法产生的生机和力量。顾随说：

> 写诗，其中如无散文的技巧亦不能成为好诗，老杜的诗有好多简直是散文。散文没有诗意，则将流于轻燥、公式；若诗不具散文技巧，则会疲软萎靡。(《中国古典文心》，第317页)

散文技巧入诗，散文句法入诗，是为避免诗"疲软萎靡"。把诗意注入散文，使散文有诗韵，是为避免散文"轻燥、公式"。此为顾随创作的经验之谈。

其四，顾随所谓"太似诗"的诗，"太诗味"的诗，主要指晚唐诗。他以为"唐以后人所作诗多似诗而非诗"，是指晚唐诗，因为"读晚唐诗便有此感（太诗味）"。宋人诗不是"太诗味"，是太文气。李商隐诗便是如此，他"太满足于自己的小天地,太过于沾沾自喜,缺乏理想和力量",在他的诗集中"寻不出向前向上、能担荷苦恼的诗来"。顾随认为:"这样的诗人可以成一'唯美派'的诗人,可以写出很精致的诗来。"(《中国经典原境界》,第318页)"精致的诗"不一定是好诗,写出"精致的诗"的诗人不一定是伟大诗人。"精致的诗"可能"太似诗",可能"太诗味",缺少理想和力量,缺乏生机和生的色彩,似诗而非诗,肯定不是好诗。中国好诗以温柔敦厚为理想品格。

"太似诗"的诗,"太诗味"的诗,有诗法而无世法。"诗法离开世法站不住。"有诗法而无世法的诗,生的色彩不鲜明,不浓厚,没有生机,所以站不住。它是诗,甚至"太似诗","太诗味",但不是好诗。

晚唐人所作诗多似诗而非诗。似诗,是一般意义上的诗;非诗,不是有理想和力量的诗,非健全的诗。"太似诗"的诗和"太诗味"的诗非诗。"太似诗"的诗和"太诗味"的诗,是一般意义上的诗;非诗,非有生机和生的色彩的诗。中国诗,顾随理想的中国诗,是有生机和生的色彩的诗,是有理想和力量的诗,是健全的诗。

二〇二一年十月十七日

037

诗以健康为美

健康，包括身体的健康和心理的健康，是人类生活的最低诉求，亦是基本诉求。

顾随论诗，重视诗的健康，包括诗人身体的健康、诗心的健康以及诗歌内容的健康，以为诗以健康为美。他说：

诗人应感觉锐敏，神经如琴弦，但应身体如钢铁，二者合起来才是诗人的健康，缺一不可。前一条件不容易，而诗人凡成功者多能如此；而后者，则中国诗人多是病态的。由生理身体之不健康，影响到心理之不健康，此乃中

国诗人最大毛病。陶公心理健康，在这一点上，连老杜也不成。老杜就不免躁，躁是变态。(《顾随：诗文丛论》，第138页)

诗的健康，首先是诗人的健康；诗人的健康，首先是诗心的健康；诗心的健康，与诗人身体的健康有密切关系。中国诗人最大的毛病，便是身体的不健康和诗心的不健康。所以，顾随断言：中国诗人多是病态的。在这一点上，连他最推崇的两个文人——杜甫和鲁迅——都不成。他在多个场合表示：杜甫是变态，鲁迅不健康。

理想状态的诗人，是"身体如钢铁"。有钢铁般的身体，才能有担荷意志和挑战精神，其诗才有生的色彩，有力量，有生机，亦才健康。诗人必须有健康的身体和灵魂，才能创作出健康的诗歌，这便是所谓的"文如其人"。

"文如其人"，是老生常谈，是文学研究的基本准则。我认为，学者谈论"文如其人"，多侧重于以人心论文心，即以作者的思想感情和品德情操作为理解作品思想内容和风格特点之依据，或者以作品的思想内容和风格特点推论作者的思想感情和品德情操，这是典型的"知人论世"，其重要性、必要性和正确性，皆毋庸置疑。但是，我觉得：这只是"文如其人"的一个层面，它的另一个层面被普遍忽略了，即文学艺术家的身体、疾病与文学创作的关系。我深信：作者的思想、感情和性格，对文学作品有决定性影响。但是，我亦同时坚信：作者的身体状态和疾病情况，必然会对作品的特征产生重要影响。简言之，作品的思想内容和艺术风格，与作者内在的思想感情和外在的身体疾病，均有密切的对应关系。如此理解"文如其人"，才是全面系统的。比如说，李白的豪迈奔放与杜甫的沉郁顿挫，是否与他们的身体有关？杜甫沉郁顿挫风格，或许与他长期所患疾病有关系。鲁迅先生如投枪、如匕首的犀利杂文，亦许与他长期患肺病所形成的尖刻性格有关。还有，我深信：王粲诗歌"文秀而质羸"，一定与他"体弱"有关。美国临床心理学专家凯·雷德菲尔德·贾米森写过一部书，名叫《疯狂天才：躁狂抑郁症与艺术气质》，发现古今艺术家多患有躁狂症。另外，桑塔格的《疾病的隐喻》，研究欧洲十八世纪的浪漫主义诗人，发现他们都普遍患有肺病；并且，作为浪漫诗人，常常以患肺病为荣，以为没有患过肺病，就不配做一个浪漫诗人，这实在是令人惊讶的事情。无独有偶，中国明清时期的江南才女，亦热衷于疾病的书写，普遍患有肺痨，亦视患病为"清欢"，以患病作为成就一位才女的必要条件。据此，我则进一步推论，是肺病成就了诗人；或者说，肺病状态中的人最有诗心，最易发生诗情。诗人进入创作境界，需有一种特别的精神状态，它既非激越飞扬的亢奋状态，亢奋状态只有呐喊，不是诗，必须等到激情（过分的高兴或过分的悲伤）稍趋平静，才是写作的最佳时刻；但亦非心如止水的平静，平静状态过于理性，适于作散文。一定是在不冷不热的中间状态，才是写诗的最佳精神状态。肺病正是促成这种中间状态的诗人病或富贵病。患有肺病的人，身体常常处于低烧状态。此种身体上的低烧状态，导致人的精神状态处在亢奋和平静之间，最易激发诗情，是写作诗歌的黄金时段。因此，不是说诗人都容易患肺病，事实上亦很少有人是做了诗人才患肺病的；而是说肺病成就了诗人，身体上的肺病状态，是诗歌创作的最佳身体状态和精神状态。这个问题很有趣，我曾经在一次面向医科大学的研究生的讲座上讲过，可惜一直没有时间诉诸文字。我曾经有一个计划，就是遴选古今中外数十位有代表性的艺术家做个案，研究他们一生中所患疾病与其创作之关系，进而归纳出其中有共性或规律性的东西。因为我深信：不同的疾病，必然造成不同的心理；不同的心理，必然影响艺术家对题材、手法的选择和思想、感情的表达，必然会有不同的艺术风格。可惜我不懂疾病心理学，故而至今尚未开展起来。

中国人不太注重身体的健康，中国诗人尤其如此，身体素质差，到后来，便成为"东亚病夫"。缺乏健康的身体，心理亦跟着衰弱起来，最终导致诗心的不健康。顾随说：

中国诗人的确太弱了，一点儿强的东西也装不进去。尼采（Nietzsche）、契柯夫（Chekhov）身体虽坏，但心是健康的。身体虽渺小，但心是伟大的。吾人可以病我们的身，不能病我们的心；可以衰弱我们的身体，不可狭小我们的心。中国文人有种毛病，爱说自己病，其一以自己病要挟人同情，其二以病炫耀自己是文人……现在文人应多读老杜、魏武之作。人高兴时做事也多、也快，便因心是宽的。人心一窄就什么也做不出来了。（《中国古典文心》，第83～84页）

高兴是健康。人在高兴时，精神是爽朗的，心态是和

谐的。顾随说:

人当高兴之时，对于向所不喜之人、之物皆能和谐。(《中国经典原境界》，第18页)

身体的健康决定心灵的健康。对个人、对民族，心灵的健康最重要。鲁迅、郭沫若等人当年赴日本留学，后来弃医学文，以文解剖民族心理，救治民族心灵，促进民族心灵健康。鲁迅先生说:"惟有民魂是最宝贵的，惟有他发扬起来，中国才有真进步。"(《华盖集续编·学界的三魂》，人民文学出版社1973年版)

健康的诗心，创作出健康的诗文；健康的诗文，培育出健康的国民。传统中国温柔敦厚的诗教，便是为此。孔子说:"入其国，其教可知也。其为人也温柔敦厚，《诗》教也。"(《礼记·经解》)进入一个国家，老百姓的教养可以看得出。如果他们的为人是温柔敦厚，那一定是诗歌教化的结果。中国人相信：温柔敦厚是理想的，亦是健康的。温柔敦厚是中国人和中国诗歌的健康追求和理想品格。温柔敦厚的诗人，写出温柔敦厚的诗歌；温柔敦厚的诗歌，教化出温柔敦厚的国民。这是中国人的诗学逻辑。中国人重视诗教，仰望诗人，赋予诗歌"经夫妇，成孝敬，厚人伦，美教化，移风俗"（《毛诗序》）的使命和责任，在世界各民族中，是独一无二的。要能担荷起如此使命，诗人必须健康，诗心必须健康，诗歌必须健康。健康，不仅系于诗人和诗歌，还关系到民族和国家的当下和未来。

顾随说：

但愿中国的诗人与其作品从此日臻康强，毫无病态。诸君不要以为诗心只是诗人们自己的事，与非诗人无干；亦不可以为诗心只是作诗用得着，不作诗时便可抛掉：苟其如此，大错，大错。诗心的健康，关系诗人作品的健康，亦即关系整个民族与全人类的健康；一个民族的诗心不健康，一个民族的衰弱灭亡随之；全人类的诗心不健康，全人类的毁灭亦即为期不远……我们虽不识一个字，不能吟一句诗，也要保持及长养一颗健康的诗心。我们不必去做一个写了几千首诗而没有诗心的诗匠……诸君再放眼去看社会的黑暗岂不俱是因了没有诗心的原故吗？（《顾随全集》卷三《论著》之《关于诗》，第265页）

这段话有几层意思，需要我们记住。尤其是诗人，当铭记于心。

其一，从过去到现在，中国诗人病态的居多，中国诗歌不健康的居多。希望将来"日臻康强，毫无病态"。

其二，诗心不仅是文学修养，亦是人格修养。诗人必有诗心，常人亦当有诗心。诗人创作时有诗心，不创作时亦要有诗心。

其三，诗心的健康，关系甚大。它不仅关系到诗人的健康和诗的健康，还关系到全民族和全人类的健康。

其四，民族的衰弱、人类的毁灭和社会的黑暗，皆是因为诗心不健康，或者没有诗心的缘故。

二〇二一年十月二十三日

038

读中西文学的不同感受

1930年3月29日，顾随在与卢伯屏信里说到阅读小泉八云英文诗讲义的感受时说：

昨夜又读小泉八云英文诗讲义两小时，读时虽兴奋，而读罢则甚觉疲惫：此亦不尽由于读英文诗吃力之故。盖西洋人之作品，尽多镂心刻骨之语；不似吾国诗教乐而不淫，哀而不伤。以故读后，每感到心"伤"也。(《顾随全集》卷八《书信一》之《致卢伯屏》，第361页)

这段话说得很有意思，还没见别人这样讲过。这段话说得亦很真切，没有亲身体验，说不出这种感觉。这段话说得亦很深刻，由此可见中西方诗歌风格的不同。他在1927年9月9日日记里说：

我究竟是东方人，尤其是中国人。所以看见了西洋作家正言厉色、雷厉风行的文字，精神上总感觉得一种压迫。（《顾随全集》卷二《小说·散文·日记·译作》，第195页）

说得有意思且真切的，顾随还有一句：

余性急躁，不宜讲"三百篇"，犹杨小楼不肯唱《独木关》。（《中国经典原境界》，第116～117页）

性情急躁的人，不宜讲"三百篇"。依此，性情急躁的人，亦不宜读"三百篇"。

实际上，这几段话讲的是一件事：读者的阅读感受，读者阅读中西文学的不同感受。据顾随说：读西洋诗伤人，因为西洋诗"多镂心刻骨之语"。西洋诗浪漫激情，或大喜，或大悲，读者跟着大喜大悲，故有镂心刻骨之感。读时兴奋激动，读后"每感到心伤"，或"甚觉疲惫"，可以想见。

与西洋诗的浪漫激情不同，中国诗是温柔敦厚，是"乐而不淫，哀而不伤"，是"好色而不淫，怨诽而不怒"。西洋诗是动态的，中国诗是静态的。西洋诗是"力的文学"，中国诗是"韵的文学"。西洋诗是刺激，刺激你的情感，让你大喜或大悲。中国诗是引起一种印象，引发一种感觉，不是刺激你的情感，而是引起你的生发。中国诗是调和，所以，阅读中国诗，读者的心态亦是调和。诗中的情绪是平和，读者的心态亦是平和。没有大喜大悲，亦无刻骨镂心。如果说，读西洋诗如饮酒，那么，读中国诗则如吃茶。饮酒过量，当然伤人，吃茶则不会。

性情急躁的人，不宜读"三百篇"。"三百篇"中正平和，温柔敦厚。性情急躁的人，读起来不过瘾，不来劲，因为它"温"。性情急躁的人，适宜读西洋诗，西洋诗的大喜大悲、镂心刻骨，最对性情急躁人的胃口。读"三百篇"，读中国诗，要情绪平静，心态平和，就像吃茶一样。

阅读中西诗歌的不同感受，正可说明中西诗歌在情感特征上的差异。

二〇二一年十月三十一日

卷四

039

诗人博物且格物

孔子论诗，或曰"诗可以观"，又云"多识鸟兽草木之名"。"诗可以观"，就阅读言，读诗可以观时代盛衰，可以观风俗得失。就创作言，诗人必须观。诗人博物，且要格物。顾随说：

> 不论飞、潜、动、植，世界上一切事皆要观，不观便不能写诗。(《中国经典原境界》，第18页)

诗人不但博物——"多识于鸟兽草木之名"，而且格物——通乎物之情理……诗人不但识其名，而且了解其生活情形。诗人是与天地日月同心的，天无不覆，地无不载，日月无不照临，故诗人博物且格物。《桃夭》即是如此，诗人不但知其形、识其名，且能知其性情、品格、生活状况。（《中国经典原境界》，第65页）

〔诗人〕必要博物、格物，方才能有创作，方才有幻想。所谓抄袭、因袭、模仿，皆非创作。"桃之夭夭，灼灼其华"，必是诗人亲切的感觉。（同上，第66页）

诗总不外乎情理，即是人情物理。所谓格物，通情理之谓。诗人是必须格物……鲁迅说，你所了解不清楚的字你不要用。是极。（同上，第78页）

"观"即博物。诗人必须观，不观便不能写诗。诗人必须格物，通物之情理，方才有创作。博物、格物是创作的前提，因为写诗作文，好坏高低不论，首要是清楚，对描述的对象观察清楚。顾随说：

文章美，第一要以清楚为基础。如写字，首要横平竖直；作文，首要清楚。（《中国古典文心》，第157页）

中国诗笼统总合，西洋是清楚分别，中国流弊是模糊不清。而吾国祖先如"三百篇"所写，真清楚，感觉锐敏，分析、观察清楚。（《中国经典原境界》，第150～151页）

文人需要脑筋清楚，有层次、条理、步骤……（《中国经典原境界》，第202页）

诗要清楚，当然必须博物，更要格物。诗人要有格物的功夫，才能通人情物理，才能创作。诗人通人情物理，才能与人、物同情同理。顾随说：

"多识于鸟兽草木之名"，何谓也？要者，"识""名"两个字，识其名则感觉亲切，能识其名则对于天地万物特别有忠、恕、仁、义之感，如此才有慈悲、有爱，才可以成为诗人。（同上，第20页）

多识于鸟兽草木之名，意思是说因为丰富了人的知识，而滋生了爱，引起同情心，引起诗情。[《顾随全集》卷四《讲义》之《魏晋南北朝文学批评选读（第一部分）》，第45页]

"诗可以观"，观是成就诗人的前提。不观便不能写诗，有观才可以成为诗人。诗人必须清楚，凡清楚皆出于观。有观才有慈悲，有同心和同情。诗人必须与人同心、与物同情，如此方才有诗心和诗情，才能创作。与人同心，与物同情，当通物之情理。欲通物之情理，则须博物和格物。

有观可以成为诗人，但不能成为大诗人。仅限于观，则是"作诗必此诗"。苏轼说："赋诗必此诗，定知非诗人。"（《书鄢陵王主簿所画折枝二首》其一）"必此诗"，是把诗看成"必然"。"必然"之诗无言外之意，无余味，无余韵，不是好诗。孟子主张"以意逆志"。顾随认为："孟子把诗看成了必然。"他说：

唐诗与宋诗，宋诗意深（是有限度的）——有尽；唐诗无意——意无穷。所以唐诗易解而难讲，宋诗虽难解却比较容易讲，犹之平面虽大亦易于观看，圆体虽小必上下反复始见全面也。（《中国经典原境界》，第28页）

唐诗之所以高于宋诗，便因为唐诗常常是无意的——意无穷——非必然的。（同上）

宋诗是"必然"，唐诗是"无意"；宋诗意深而意有尽，唐诗无意而意无穷；宋诗难解而易讲，唐诗易解而难讲；宋诗是平面，唐诗是圆体。此为唐宋诗之别，又增加一个理解的视角。之所以如此，顾随说：

唐人重感，宋人重观，一属于情，一属于理智。宋人重观察，观察是理智的……"蛛丝闪夕霁"句太清楚，凡清楚的皆出于观。"暗飞"句〔即杜甫"暗飞萤自照"〕则是一种憧憬，近于梦，此必定是感，似醉，是模糊，而不是不清楚……宋人作诗必此诗，唐人则有一种梦似的模糊。宋人诗有轮廓，以内是诗，以外非诗。唐人诗则系"变化于鬼神"，非轮廓所可限制。(《顾随全集》卷六《传诗录二》之《宋诗说略》，第4～5页)

宋人重观，所以宋诗清楚，宋诗"必然"，宋人"赋诗必此诗"，宋诗有"轮廓"；所以宋诗虽意深而意有尽，虽难解而易讲。但此非诗之佳境。诗之佳境，是由观而感，因感而观，亦观亦感，观感结合。观是客观，感是主观。观是理智，感是情感。观是理解，是认识；感是体会，是感觉。观是格物，感是物格。

诗人博物且格物，进一层，诗人格物且物格。诗人必须感觉锐敏，诗人既观且感。有观而无感，或者有感而无观，皆非好诗人。

二〇二一年十月二日

从格物到物格

《礼记·大学》说:

欲诚其意者,先致其知,致知在格物,物格而后知至,知至而后意诚,意诚而后心正,心正而后身修,身修而后家齐,家齐而后国治,国治而后天下平。

学者阐释这段文字,一般归纳为格物、致知、正心、诚意、修身、齐家、治国、平天下这样一个渐次展开的修为逻辑,而常常忽略物格这个环节。顾随论诗人之修为,重物格,建构起从博物到格物到物格的修为程序。顾随以为:诗人必须博物,仅为博物还不够;诗人必须通物之情理,故诗人必须有格物的功夫;仅有格物的功夫还不够,诗人必须有感兴,有生发,故诗人必须物格。

顾随说:

"物格",本义是说明了事物之理后而获得知识。从"诗六义"说,物格者,兴之义。(《顾随全集》卷六《传诗录二》之《杂谭诗之特质》,第210页)

前一句是对"物格而后知至"的解释。要紧的是后一句,以"物格"释"兴",以"物格"论诗,这是顾随的发明。他说:

老杜那两句"种竹交加翠,栽桃烂漫红"是格物,不是物格。竹翠,桃红是格物,由此"竹翠"、"桃红"引出自己心中的东西是物格。"格物"是向外的,"种竹交加翠",见竹而说;"栽桃烂漫红",见桃而说。"物格"是向内的,然后再向外,其"物"给我们一种灵感(不是刺激,不是印象,刺激、印象仍只是物,灵感是另外生出一种东西)。格物无兴发,只是反射。能"格物"且能"物格",

这样看东西、作诗，才能活起来。(《顾随全集》卷六《传诗录二》之《杂谭诗之特质》，第 211 页)

大谢之"花上露犹泫"(《从斤竹涧越岭溪行》)……只是刻花，不是自己长出花来。……除"花上露犹泫"之外，没给我们什么。大谢所写一点不差，只是一点不差。科学上对就是好，文学上可不成，只是对不见得好，好也是二等。大谢只是格物。将心（精神）逐物（物质），此乃学道人大忌，精神不能随物质跑，如此不能学道。凡哲学、宗教皆不能"将心逐物"。……学文亦如学道，不可将心逐物。（同上，第 212 页）

格物是"将心逐物"，没有生发，只是反射，虽做到一点不差，如实反射，是科学，但不是艺术。民国学者称科学为"格致学"。文学艺术不仅格物，还要物格。不仅"将心逐物"，还要以物动心。"物格"是"兴"，是生发，产生灵感，生发出另外的东西。顾随论诗重"兴"，重兴发（参见"孔门诗法重在兴"条）。他说：

学文有对象——"物"，故须格物。既是物，非逐不可，而又不可止于逐物。……"物色之动，心亦摇焉"（《文心雕龙·物色》），此"物色之动"，是生发之意，如草之绿、花之红、树木之发芽。诗人所以写，不仅写花、写草，"心亦摇焉"。中国古老民族传下风俗习惯，不仅要格物，而且要物格。仅有"格物"，没有"物格"，不能活动。（《顾随全集》卷六《传诗录》之《杂谭诗之特质》，第212～213页）

文学创作，便是从格物到物格。格物而止于物，是"以心逐物"，是科学。物格是"兴"，是以物动心，是生发。从格物到物格，是艺术，因为如此便有兴，有灵感，有生发，有余味。

二〇二一年十月二日

041

从"心与物游"到"心物一如"

诗人从博物到格物到物格,从"将心逐物"到"心与物游",最终目标是达致"心物一如"。"心物一如"是中国诗人的最高修养,是中国诗的最高境界。

中国诗人追求"心物一如"的修养,中国诗歌追求"心物一如"的境界。顾随说:

> 文学要"心物一如",生活亦然,物质、心灵打成一片。(《中国古典诗词感发》,第232页)

博物是"观",格物是"将心逐物",物格是"心与物游"。通过"心与物游"实现"心物一如",将外物与心灵打成一片。这是中国诗人和诗歌的理想追求,亦是中西诗人和诗歌的区别所在。顾随说:

> 所谓"心物一如",心——内,精神;物——外,物质。平常心与物总是不合,所谓不满意,皆由内心与外物不调和。大诗人最痛苦的是内心与外物不调和,在这种情形下出来的是真正的力。外国诗人好写此种"力",中国诗人好写"心物一如"之作,不是力,是趣。(《顾随全集》卷五《传诗录一》之《说陶诗》,第215~216页)

> 自文艺复兴而后至十八世纪末成世纪末现象,人谓为文人之病态……此病态之发生,即因物心摩擦过甚。……西洋似乎不太留意无我,自我中心。中国曰心转物亦自我中心,而与西洋世纪末之自我中心不同。彼为矛盾,此为调和;彼为分离的,此为浑融的。(《顾随全集》卷六《传诗录二》之《论王静安》,第144页)

中国诗尚韵,西洋诗重力。中国诗亦不乏表现力者,如曹操、杜甫、韩愈等,但这不是中国诗的传统,而是中国诗中近似西洋文学者。中国诗重韵,因为中国诗人是

"心物一如","心物一如"时生韵。西洋诗尚力,因为西洋诗人是心物矛盾,心物矛盾时生力。西洋诗人痛苦,因为内心与外物不能调和。中国诗人安闲,因为内心与外物调和浑融。在中国诗人眼里,西洋诗人是病态的,因为"物心摩擦过甚"。中国人和中国诗的"心物一如",与中国思想"万物皆备于我"(《孟子·尽心上》)和"万物与我为一"(《庄子·齐物论》)相通。

"心物一如"是修养,是境界。"平常人心与物总是不合",唯诗人能修养到这种境界。顾随以为:"'心物一如'〔《楞严经》〕,只陶渊明如此。"(《顾随全集》卷六《传诗录二》之《杂谭诗人之修养》,第234页)做到"心物一如",确实不易。

"心物一如"为诗人所必需,为大诗人所必具。顾随说:

> 诗,包含"心"与"物"。心,心到物边,是格物,如此才非空空洞洞的心;物,物来心上,是物格。心与物,如做饭,只有米不成,没有米也不成。即心即物,即物即心——心物一如,毫无扞格,毫无抵触、矛盾。(《顾随全集》卷六《传诗录二》之《杂谭诗之特质》,第210页)

王静安先生"有我之境"、"无我之境"不能成立,故不能自圆其说。盖王先生总以为心是心，物是物，故有"有我"，有"无我"。余则以为是心即物，是物即心，即心即物，即物即心，亦即非心非物，非物非心，必将心与物混合为一，非单一之物与心。(《顾随全集》卷六《传诗录二》之《论王静安》，第143页)

所谓"心物一如"，是"将心与物混合为一"，是"是心即物、是物即心，即物即心，即心即物，亦即非心非物，非物非心"。静安先生"有我之境"和"无我之境"说，是"心是心，物是物"，顾随不赞成。

如何达成"心物一如"之境界？顾随的观点，是从博物至格物，从格物到物格，最终达到"心与物游"，实现"心物一如"。格物是"将心逐物"，是"心到物边"，物为主而心为辅；物格则是"物来心上"，是"心与物游"，是心为主而物为辅。他说：

静安先生自己解释："境非独谓景物也。喜怒哀乐，亦人心中之一境界。"所谓境界，包括外物、内心二者。静安先生语是，而少一"转语"。王先生似以外物、内心二者对举（如甜苦、长短），既曰对举，则非一而二。今下二转语：其一，心为主而物为辅，不是对举。……既曰"主"、曰"辅"，自有轻重之分，而非对举。……天地间万物加以本心哀乐，无一非诗。……天地间非心即物……心若不能转物，物绝不会入诗。心的喜、怒、哀、乐是本分上事，心若不能转物，不但物不能入诗，喜、怒、哀、乐亦不能入诗。(《顾随全集》卷六《传诗录二》之《论王静安》，第136～137页)

此为顾随所谓"新唯心论"，其要义是"心转物为圣"，是"物物而不物于物"；其核心是心为主、物为辅；其关键是由格物到物格。心为主，物为辅，以心转物，物来心上，物物而不物于物，则可致"心与物游"和"心物一如"的境界。

二〇二一年十月三日

042

诗中并非必须写美

王国维《人间词话》说:"词能言诗之所不能言,而不能尽言诗之所能言。"意谓诗、词题材有区别。从理论上讲,举凡诗人所见所闻所思所感,皆可入诗。但对一般中国诗人言,何种题材适合入诗,何种题材适合入词,区分得很清楚,宋人便是如此。

一般言,中国诗含蓄蕴藉,温柔敦厚,以和为美,以中为贵。一切极端倾向和偏激言行,都有悖于中、有乖于和,不美;过于高昂和特别低沉的情绪,没有美感,因为它有失温柔,不够敦厚,亦不美;那种特别有刺激性的声音和物象,亦不美,因为它既不中亦不和。中国诗温柔敦厚,所以中国诗的题材必须中和。中国诗唯美,所以中国诗的题材必须美。此就一般情况言。

对于大诗人,他却有能力、有胆量把丑写入诗,还能写成好诗。顾随说:

如杀人的事、老年父母哭其子女,或者是残忍的、鄙俗的事,虽然多半的诗人不敢写;而如杜工部他也写,写出诗来不但硬,而且使我们能忍受、使我们能欣赏。大诗人真能夺造化之功。(《中国经典原境界》,第116页)

老杜敢写苦痛,即因能担荷。诗人爱写美的事物,不能写苦,即因不能担荷。(《中国古典诗词感发》,第322页)

中国诗传统精神不说丑恶之事(丑,形;恶,神、心),陶诗不然。(《顾随全集》卷五《传诗录一》之《说陶诗》,第213页)

陶渊明敢写丑恶,杜甫敢写残忍、鄙俗和苦痛。这些题材,一般诗人不敢写。一般诗人多写春花秋月、春恨秋愁。大诗人陶渊明、杜甫敢写,而且写成了好诗。说得玄一点,他们有夺造化之功。实际一点说,他们有担荷精神,扛得起丑恶、残忍和苦痛,敢面对,敢书写。一般诗人没有这种精神，便只有逃避、躲开。

当然，以丑恶、残忍入诗，艺术上的功夫，亦不可缺少。将丑恶、残忍美化，艺术地表现出来，便是诗，是好诗。顾随说：

凡天地间事没有不能写进诗的，就怕你没有胆量，但只有胆量写得鲁莽灭裂也还不行。便如厨师做菜，本领好什么都能做。所以创作不仅要胆大，还要才大。胆大者未必才大，但才大者一定胆大。俗说，艺高人胆大。二三流作家所写都是豆腐、白菜。(《中国古典诗词感发》，第99页)

所说胆量，便是面对丑恶、残忍和苦痛的担荷精神。敢担荷，便敢面对，就敢写。但这还不够，还必须有才力，能艺术地驾驭丑恶、残忍和苦痛，才写得好，写出来才是好诗。二三流作家不成，只有一流诗人才能办。这个才力，就是将丑恶、残忍和苦痛诗化或美化的能力。顾随说：

诗中并非必须写美，如菜中之臭豆腐也能好吃，可是要味好。诗中也能写丑，但要写的是诗。孟浩然《宿建德江》:"移舟泊烟渚,日暮客愁新。野旷天低树,江清月近人。"明明点出愁来,但经过诗化了,不但能入口,而且特别有味。是凄凉、是冷,但诗味给调和了,能忍受了。"野旷天低树"一句是荒凉,但并不恐怖,经过美化了。"夕阳无限好,只是近黄昏"二句有其悲哀,但也诗化了。读"夕阳"二句,总觉爱美情调胜过悲哀。(《中国古典诗词感发》,第102～103页)

把凄冷、荒凉或悲哀写进诗里,若能将其诗化、美化,使人能忍受,让人能欣赏,就是好诗。顾随说:

柳子厚诗写愁苦,而结果所写不但美化了,而且诗化了。(常人写愁苦不着痛痒,写杀头都不疼。)说愁苦是愁苦,而又能美化、诗化。此乃中国诗最高境界,即王渔洋所谓"神韵"。(同上,第47页)

〔韩偓《别绪》〕"菊露凄罗幕",五字多美;"梨霜恻锦衾",太冷,是凄凉,本使人受不了,但这种凄凉是诗化了的、美化了的,不但能忍受且能欣赏。说凄凉,其实是痛苦,但这痛苦能忍受,便是把它诗化了、美化了,且看到将来的希望了。(同上,第193页)

这样的例子不少。

如此说，理论层面的万物皆可入诗，但能否落实到实践层面，主要看诗人自己，看诗人是否具备担荷精神和美化能力。克罗齐《美学原理》说：

丑要先被征服，才能收容于艺术。

伟大的诗人具备征服丑、收容丑于艺术的能力。顾随说：

细看诗人的情感也同我们一样，但我们不能把它作成诗，作成诗亦不能那么美。诗人即是把他的情感和想说的美化了。（《中国经典原境界》，第115页）

诗人不同于常人，便在于他有诗化、美化日常生活的能力。

二〇二一年十月九日

043

中国诗写夏的少

顾随说：

中国旧诗写夏的少，纵有也只是写天之舒长、人之安闲；要不然就是对不得安闲者的怜悯。程垓《小桃红》从春归写到夏至，写到天之舒长、人之安闲。天气可影响人的性情、思想，冬天虽有严寒压迫，还可干点什么，夏天人精神易涣散，故有此等作。写夏天的词，即如东坡之《洞仙歌》，也只是天之舒长、人之安闲。（《中国古典诗词感发》，第308页）

这段文字不长，但信息量大，需要阐释的地方多。研究文学与气候关系的曾大兴先生，不知注意到这段文字否？

"中国旧诗写夏的少"，是事实。中国旧诗写冬天亦不多，亦是事实。为什么呢？我以为，夏天太热，冬天太冷，在温度上，是两个极端，过于刺激，既不中，亦不和，不具备温柔敦厚特点，不适合做中国诗的题材。除非有大诗人的担荷精神和诗化力量，能担荷夏天的酷暑和冬天的严寒，把酷暑和严寒美化、诗化，才能写成诗，写成好诗。

夏、冬不适合做中国诗的题材，春、秋适合。中国诗写季节，写得最多的，写得最好的，是春、秋二季。春、秋二季适合诗。春、秋二季，在温度上，既不冷，亦不热，是中和，是温柔敦厚，符合中国诗的理想品格，适合做中国诗的题材。一般诗人写季节，多写春、秋，即因此。

诗与生命联系在一起，诗中有生命，诗必须有生的色彩和生命力量。否则，再好亦不成诗，更不是好诗。这是顾随的一贯观点，我很赞成（参见"好诗有生机和生的色彩"）。夏、冬二季，纯然季节气候，缺乏生命力量，没有生命色彩，亦缺乏情感色彩。或者说，人类没有赋予夏、冬二季生命力量和情感色彩，故夏、冬二季不适合作诗的题材。春、秋二季，有生命力量。春天，万物复苏，蓬勃生长，暗喻生命的复苏和成长，充满生机和活力。秋天，秋风萧瑟，草木摇落，万物枯萎，隐喻生命的枯萎和沉寂，充满凄凉和衰败。无论是生命的复苏和成长，还是生命的枯萎和沉寂，显示的是生命的过程，亦是生命的力量。《淮南子·谬称训》说："春，女思；秋，士悲。"春、秋二季，有情感色彩，春花秋月，悲秋伤春，是文人墨客的惯常套路。春、秋二季，既有生命力量，又有情感色彩，故适合诗，是中国诗的好题材。

中国诗写夏，写夏之舒长和人之安闲，这亦是事实。顾随举有不少例证。要补充一点，中国诗写夏，一般不写夏的炎热，多写夏的清凉。用冷色调冲淡夏的炎热。如杨万里的写夏天，"芭蕉分绿与窗纱"，是清凉；"闲看儿童捉柳花"，是安闲；"日长睡起无情思"《闲居初夏午睡起》，是舒长。我以为，这是诗人"欣赏"的心情，亦是诗人诗化、美化的才力。

中国诗少写冬，即便写，亦不是突出冬的寒冷，往往是用春天的和煦来平衡它，用温暖的炉火来冲淡它。如岑参写冬天的雪景，"忽如一夜春风来，千树万树梨花开"

(《白雪歌送武判官归京》)，是温暖，是和煦。这亦是诗人"欣赏"的诗心和诗化的才力。

中国诗写夏，不是写夏的酷暑，而是写夏的安闲、舒长；中国诗写冬，不是写冬的严寒，而是写冬的温暖和和煦。这是诗人的才情，亦是中国诗温柔敦厚理想品格的要求。

天气影响人的心情，气候影响人的思想，这亦是事实。炎热的夏天，人的精神易涣散，集中不起精神做事，做不成事。严寒的冬天，人的精神易集中，可以集中精神做事，做得成事。但是，无论是冬天，还是夏天，不是太冷，便是太热，都是让人不舒服的季节。在这时，不是让人想着如何面对严寒，就是让人想着怎样躲避酷暑，不是做事的季节，不是让人心情余裕的季节，因而亦不是容易生发诗情和涵养诗心的季节。

诗人的创作，必有余裕的诗心。夏天汗流浃背，冬天瑟瑟发抖，哪有作诗的心情？我没有统计过，我猜测，大诗人的优秀诗篇，可能多写于春、秋二季。冬、夏不适合作诗，春、秋适合作诗。春、秋二季可以为诗人提供培育余裕诗心的条件。

概言之，在中国传统诗学语境中，春、秋是诗的好题材，春、秋二季是诗人作诗的好季节。冬、夏不是诗的好题材，冬、夏二季不是诗人作诗的好季节。

二〇二一年十月九日

044

人在恋爱时最有诗味

顾随说：

人在恋爱的时候，最有诗味。……何以两性恋爱在古今中外的诗中占此一大部分？人之所以在恋爱中最有诗味，便因恋爱不是自私的。自私的人没有恋爱，有的只是兽性的冲动。何以说恋爱不自私？便因在恋爱时都有为对方牺牲的准备。……恋爱如此，整个人生亦然，要准备为别人牺牲自己。而这样的诗人才是最伟大的诗人。(《中国古典诗词感发》，第249页)

在这段文字里，顾随提出两个问题：一是人在恋爱中为何最有诗味？顾随有回答，但不周全。二是在古今中外的诗中，恋爱为何占一大部分？顾随没有回答。其实，回答第一个问题，第二个问题便有了答案。

人在恋爱时为何最有诗味？因为爱情是一种诗意化、审美化的情感，爱情是一种具有超越性的情感，人类天性中的超越意识和诗性追求，决定人类对爱情有执着不懈的追求。爱心如诗心，诗心即爱心。恋爱是诗，恋爱的过程犹如诗的创作过程。瓦西列夫对爱情与艺术审美的关系做过深入探讨，他说：

爱情是作为男女关系上的一种特殊的审美感而发展起来的。爱情创造了美，使人对美的领悟能力敏锐起来，促进对世界的艺术化认识。（瓦西列夫《情爱论》，第42页，赵永穆等译，生活·读书·新知三联书店1997年版）

审美化，作为爱情的成分和因素，其职能特别重要。陶醉于理想化中的情侣，彼此把对方看作审美的形象。两人都会在对方身上看出美的特征，它体现在对方的独一无二的个性中，具有一种征服力量。（同上，第248页）

奥克塔维奥·帕斯亦对爱情与诗歌的关系做过讨论，他特别注意到诗歌与色欲之间的密切关系，他说：

诗歌的证言向我们揭示出此世界里的彼世界，彼世界即此世界。感觉既不丢失原有的能力，又变成了想象的仆人，让我们听到不可听之物，见到不可见之物。可是这一切难道不是梦幻和性交中所发生的事情吗？当我们做梦和做爱时，我们拥抱幻象。交合的一对人都拥有一个肉体，一张脸，一个名字，但是他们真正的现实就在拥抱最热烈的那一刻消散在感觉的瀑布中，而瀑布也随之消逝。所有恋人都互相追问一个问题，性爱的奥秘就凝缩在这个问题中：你是谁？一个没有答案的问题……感官既是这个世界里的，又不是这个世界里的。……色欲与诗歌之间的关系是如此密切，因此可以毫不夸张地说，色欲是肉体之诗，诗是语言之色欲。它们是对立互补的关系。（奥克塔维奥·帕斯《双重火焰——爱与欲》，第2页，蒋显璟、真漫亚译，东方出版社1998年版）

他发现"诗歌的证言"与"性爱的奥秘"非常相似。所以，他断言："色欲是肉体之诗，诗是语言的色欲。"

我们认为：诗心如爱心，爱心即诗心，爱情与艺术审美之间有很近似的关系，爱情的发生、发展和保持，与艺术创作的各个环节很相似。

首先，想象和联想，是艺术创作构思中不可或缺的环节，亦是男女爱情萌芽时的重要心理活动。想象力是人类固有的一种基本能力，这种能力在艺术创作和爱情生活中得到最充分的展示。艺术创作因想象而具有理想化特征，恋爱亦是如此。其实，处于创作状态中的艺术家和沉溺于恋爱里的男女一样，皆不免顾影自怜的"自我恋"，而想象正是实现"自我恋"的重要手段。艺术家因"自我恋"之推广，因想象的作用，其所写之人与物，皆著"我之颜色"，是自我的理想化，此即王国维所谓的"有我之境"。恋爱中的男女，因"自我恋"的推广，常常把情人理想化，此即所谓"情人眼里出西施"，亦即精神分析学家说的"性的过誉"。

其次，进入创作状态的作家，和沉溺于爱情中的男女一样，皆有一种迷醉感和梦幻感。作家进入创作境界后，往往如痴如醉，忘乎所以，产生迷醉感和梦幻感。恋爱亦是如此。瓦西列夫说："爱情产生的第一个表现是迷醉。""一个人如果没有体验到由于迷醉而产生的战栗，他

就不会坠入情网。"(瓦西列夫《情爱论》，第183页)

第三，爱情与艺术审美一样，皆遵循距离产生美感原则。"距离"说是一种关于审美态度的学说，自从英国美学家爱德华·布洛首次提出并加以阐释后，它在西方美学史上产生了重要影响，至今仍然被很多美学家用来解释审美经验特征。爱情亦遵循距离产生美感的原则。相爱的男女双方，只有保持适当距离，才能保证长久的吸引力，爱情亦因此而具有诗意化、审美化特点。爱情是一种激情，恋爱中的男女，以距离节制激情，使之转化为温情。只有温情才能长久，才有厚度，才有美感意味。爱情的艺术化、审美化特点，就在于它是脉脉的温情，不是激情。

爱情的这个特点，又与顾随的"诗心"论或"诗情"论相似。顾随"情操诗学理论"，主张以诗心节制诗情，以理智控制冲动，以观照态度和欣赏心情控制情感冲动，做到既能"入乎其内"，亦能"出乎其外"；既有激情之冲动，而又能控制其泛滥，进入恬静、宽裕的有闲之境。这与以距离节制恋爱激情而使之变成温情的举措，异曲同工。经过诗心节制过的诗情，是温情；经过距离节制过的爱情，亦是温情。此种爱心上的温情与诗心上之温情，是诗意化、审美化的情感，符合中国古典美学理想化的情感特征。

顾随说：

中国诗写爱，多是对过去的留恋。写对未来的爱，对未来爱的奋斗，是西洋人。(《中国古典诗词感发》，第193页)

中西爱情文学确有这样的区别。何以如此？顾随解释说：

诗人的幸福不是已失的，便是未得的，没有眼下的。若现在正在爱中，便只顾享受，无暇写作。中国人写爱多是对过去的留恋。……《锦瑟》诗之美，便因其所写为回想当年情事。(同上，第294页)

中国诗确有此种特点。顾随的解释有理，但不全面。恋爱中的人，只顾享受，无暇写作。恋爱激情降温或结束后再写，当然只能是对过去的留恋。其实，根据顾随"情操诗学理论"，恋爱中人不能写诗，无法写诗；即便写出来，亦不是好诗。华兹华斯说：

诗起于沉静中回味得来的情绪。

顾随赞同这个看法，他说：

无论写多么热闹、杂乱、忙迫的事，心中也须沉静。假如没有沉静，也不能写热烈激昂。因为你经验过了热烈激昂，所以真切；又因你写时已然沉静，所以写出更热烈、激昂了。悲哀、痛苦固足以压迫人，使人写不出诗来，太高兴也写不出来。(《中国古典诗词感发》，第116页)

狂喜极悲时无诗，情感灭绝时无诗。写诗必在心潮渐落时。盖心潮渐高时则淹没诗心，无诗；必在心潮降落时，对此悲喜加以观察、体会，然后才能写出诗。(《顾随：诗文丛论》，第77页)

中国文学中的恋爱诗，好诗多是对过去恋爱的留恋和追忆，事实是这样，理论上亦讲得通。不只是"只顾享受，无暇写作"，根本是不能写作，无法写作。如潘岳之爱情诗、苏轼之恋爱诗，多是妻子亡故后的写作。如杜甫之于妻子、义山之于王氏，亦是在分别后才有无尽的思念。其原因就在此。

"写对未来的爱，对未来爱的奋斗，是西洋人"，中国诗人不写或少写对未来爱情的追求和奋斗。一则中国人缺乏幻想，想象力不发达（参见"诗人的幻想"条）。西洋人向前看，富于幻想，想象力较中国人发达。中国人向后看，喜好追忆，历史意识较西洋人发达。在中国人的观念里，回忆是有诗意的情绪，追忆是有诗性的行为（参见"过去和将来：人生的两大诗境"条）。二则中国人缺乏追求意志和斗争精神，安于现状，乐天知命，安分守命。与其去追求不可预知的未来爱情，不如沉浸在对往日爱恋的追忆里。即使有对未来爱情的追求，亦多半是取"意淫"态度，较少有实际行动。

二〇二一年十月十日

045

过去和将来：人生的两大诗境

大体言，人生时序，由过去、现在、未来三部分构成。一般言，中国人迷恋过去，希冀将来，忽略现在。顾随说：

> 人生最留恋者过去，最希冀者将来，最悠忽者现在——现在在哪儿？没看见。人真可怜，就如此把一生断送了。（《中国古典诗词感发》，第233页）

这话是对中国人说的。西洋人不像中国人那样留恋过去，他们更在乎现在，关注当下。西洋人亦希冀将来，但与中国人不同。中国人希冀将来，是为死后不朽，立德、立功、立言,皆为此。"不孝有三,无后为大",亦是为此。中国人关注死后不朽,超过关注当下生活。中国人关注过去,留恋往昔,怀旧情绪浓厚,历史意识发达,这是西洋人不能比的。中国人最悠忽的是现在,最忽略的是当下,这与西洋人完全不一样。

所以,顾随认为中国人对人生入得甚浅。他说:

中国民族性若谓之重实际,而不及西洋人深,人生色彩不浓厚。中国作家不及西欧作家之能还人以人性,抓不到人生深处。(《中国古典诗词感发》第126页)

中国诗人生的色彩不浓厚,抓不到人生深处,可能就是因为他们悠忽现在,忽略当下人生之缘故。

顾随说:

人生一切好的事情都是不耐久的,人生所以值得留恋(流连)。努力,为将来而努力;留恋,对过去而留恋——这是人生两大诗境。这两种境界都是抓不住的,而又是最美的时期。无论古今中外写爱写得美的散文,他所写的不是对过去的留恋,就是对将来的努力。诗人的幸福不是已

失的，便是未得的，没有眼下的。(《中国古典诗词感发》，第294页)

过去和将来，是人生的两大诗境。因为它是抓不住的，与现实人生有距离，距离产生美，它是美的。相对于当下日常生活，它是人生的两大诗境。对于诗人，过去值得追忆，未来可以想象。过去和未来，与当下有距离，都是诗性的，有诗意的。唯有当下，没有距离，没有美感，鄙俗不堪。所以说，诗人的幸福，不在眼下，而在过去和未来。

顾随说："回忆是最有诗味的。"(《中国经典原境界》，第228页)因为经过时间过滤过的过去，是有美感的。朱光潜说：

年代久远常常使最寻常的物体也具有一种美。……"从前"这两个字可以立即把我们带到诗和传奇的童话世界。甚至一桩罪恶或一件坏事也可以随着时间的流逝而逐渐不那么令人反感。(《悲剧心理学》，第23页，人民文学出版社1985年版)

年代久远的寻常之物或者寻常之事，所以美，所以有诗性，是由时间距离所造成。童庆炳说：

> 任何一种寻常琐屑之物，一旦年代久远就会获得美的价值，引发人的美感……这就是因为有了时间距离，是时间把它美化了。亲人死亡是最痛苦不堪的事，但岁月的流逝竟可以将其变为深沉的诗。(《换另一种眼光看世界——谈审美心理距离》，见《中国古代心理诗学与美学》第146页，中华书局1992年版)

> 诗人如何去获得艺术情感的快适感呢？想办法，把艺术世界（"乐"、"哀"）与生活世界（"淫"、"伤"）分隔开来，不使两者混淆。中国历代诗人的创作实践证明，通过回忆这一心理过程，使情感经过时间的过滤，就有可能把艺术世界和生活世界分隔开来，并进而寻找到诗的情感的快适度。(《寻找艺术情感的快适度——"乐而不淫，哀而不伤"新解》，见《中国古代心理诗学与美学》第49页，中华书局1992年版)

回忆，是追忆过去的人、事、物。过去的人、事、物与当下有时间距离和空间距离。正是距离，使之获得美的价值，产生艺术情感的快适度。宇文所安说：

在中国古典文学里，到处都可以看到同往事的千丝万缕的联系。……如果说，在西方传统里，人们的注意力集中在意义和真实上，那么，在中国传统中，与它们大致相等的，是往事所起的作用和拥有的力量。……记忆者同被记忆者之间也有这样的鸿沟：回忆永远是向被回忆的东西靠近，时间在两者之间横有鸿沟，总有东西忘掉，总有东西记不完整。回忆同样永远是从属的、后起的。文学的力量就在于有这样的鸿沟和面纱存在，它们既让我们靠近，与此同时，又不让我们接近。（《追忆——中国古典文学中的往事再现》，第1～2页，郑学勤译，生活·读书·新知三联书店2004年版）

在中国传统里，"往事追忆"备受关注，在于"往事所起的作用或拥有的力量"。往事的力量，来源于它与当下的鸿沟和面纱；往事的魅力，在于它"既让我们靠近，又不让我们接近"。所以，宇文所安说：追忆是一种片断场景的再现。"艺术的力量恰恰来源于这样的不完整。"（同上，第4页）

回忆是对过去的回忆，回忆过去亦叫怀旧。怀旧与回忆一样，亦是一种诗性的展开。季羡林说：

怀旧是一种什么情绪，或感情，或心理状态呢？我还没有读到过古今中外任何学人给它下的定义。恐怕这个定义是非常难下的。……人类有一个缺点或优点，常常觉得过去的好，旧的好，古代好，觉得当时天比现在要明朗，太阳比现在要光辉，花草树木比现在要翠绿，总之，一切比现在都要好，于是就怀，就发"思古之幽情"，这就是怀旧。……怀旧就是有"人味"的一种表现，而有"人味"是有很高的报酬的：怀旧能净化人的灵魂。……古代希腊哲人说，悲剧能净化（katharsis）人们的灵魂。我看，怀旧也同样能净化人们的灵魂。这一种净化的形式，比悲剧更深刻，更深入灵魂。(《怀旧集·自序》，北京大学出版社1996年版)

以上几段文字，足以说明人们为何留恋过去，过去为何成为人生的诗境，人们为何喜欢回忆，文学为何热衷追忆过去。对于当下的我们，过去是诗的世界，是传奇的世界。时间的过滤，让过去变得很美。过去是片断场景的再现，过去的片断场景通过回忆获得美感。过去是有时空距离的过去，距离产生美。回忆是甜蜜的，回忆或怀旧皆是充满诗性和美感的心理过程。此种心理过程本身就是诗，它同悲剧一样，能净化人的灵魂。

以上几段文字，于我颇有启发。十多年前，受其影响，我计划做回忆和想象的诗学研究。当时，在笔记本上写下一个题目——孤独之美——传统中国语境中的孤独诗学研究，时间是2012年1月18日，稍后做过一些读书笔记，拟出了研究提纲，中西方关于回忆或记忆研究的书买了不少，亦读了不少，遗憾的是至今尚未动手。

我以为，诗人孤独，诗人寂寞。孤独寂寞的诗人，最喜欢回忆，追忆过去；最擅长想象，想象未来。"存而不在"是诗人理想的生活状态。"存而不在"的诗人获得身体的自由和灵魂的自由，因自由而孤独。孤独是诗人的常态。诗人因孤独而想象，幻想未来；诗人因想象而孤独，孤独意识是一种诗性精神。诗人在孤独中回忆，因孤独而思念，因寂寞而怀旧。过去是美的，是诗性的，回忆、思念和怀旧便是追求这个诗性往事的心理过程。未来是美好的，充满希望，有诗意和美感，憧憬未来，想象将来，这个憧憬和想象的过程，便是追寻诗性生活的心理过程。

二〇二一年十月十日

046

诗里的眼耳鼻舌与声色香味

眼之于色、耳之于声、鼻之于香、舌之于味，是人必有的感官和必具之感觉；若无，便不是正常人的生活。于诗，则可有、可无。或者说，有的适合诗，有的不适合诗。顾随说：

感觉中最发达的乃是眼，诗人写眼（色），写得最多而且好。"六根"中眼最容易写，容易写得好。耳则稍差，声音尚易写，有高低、大小、宏纤、长短，只要抓住这个字，就是那声音。鼻不易写。……味最难写。……而诗人最不爱写味，因舌与身太肉感了……眼之于色，耳之于声，鼻之于香，中间是有距离的，并非真与我们肉体发生直接关系。至于舌、身则不然，太肉感了，没有灵，只剩肉了，一写就俗。舌，吃东西是俗事倒不见得，总之难把它写成诗。感觉愈亲切，说着愈艰难，还不仅是因为俗，太亲切便不容易把它理想化了……因眼之于色有相当距离，故容易把它理想化了。(《中国古典诗词感发》，第302～303页)

眼耳鼻舌，声色香味，感官、感觉入诗，声色最好，故易写成好诗；舌味入诗，最难写得好。声色之易写成诗，是因为有距离；舌味之难写成诗，是因为没有距离。

声色是诗的好题材，声色易写成好诗。顾随说：

文学写感官、感觉。写耳之所闻、目之所见者多，而耳闻并未进入吾人耳中，目见并未进入吾人目中，是隔离的。至于鼻之所嗅、口之所尝，则真进入吾人鼻中、口中，是亲切的。何以写前者的反多而易好？……在创作上，作者与社会要保持一点隔离。(《中国古典文心》，第66～67页)

眼耳鼻舌——感官，声色香味——感觉。有感官便有感觉。感官人人皆具，感觉人人皆有，但有锐敏、迟缓之别。

诗人的感官最发达，诗人的感觉最锐敏。所有感觉，最适宜于诗，最适合做诗歌题材的，莫过于声和色。顾随说：

> 文人对声、色感觉特别锐敏。（《中国古典文心》，第157页）
>
> 感人显著，莫过于色；而感人之微妙，莫过于声。（同上，第156页）
>
> 盈天地之间皆声、色也，与吾人"缘"最密切。若对声、色无亲密感，不能做精密观察。如此则连普通人都不够，何能做文人？（同上，第158页）

感人最显著、微妙者，莫过于声、色。文人对声、色感觉最锐敏。声、色最适宜于诗，是由于声、色与人的身体有适当的距离。

舌及其味不适宜于诗。顾随说：

> 不必去查书，只把自家所记忆的诗句子统计一下，便知道吃与味觉在韵文中占了怎样不重要的位置。视，听，嗅，三者之中，视觉最易写，也最多，虽然赶不上听觉嗅觉的深玄。我们再把白乐天写的音乐的诗，老杜的"心清

闻妙香"的句子一咀嚼，则听与嗅之境界，便清楚地高出乎视觉之上了。然而我们的诗人，总不大肯写吃。吃酒是例外。我于吃酒亦是门外汉，但总以为酒之味，似乎不在舌，而在喉，下喉之后，意味更深，因为是全身的感觉了。……古人之诗不大写吃，是有原故的。吃是不雅观的一件事……灯光之下，一张一合的嘴，与明晃晃的额上的汗，加之腮的鼓动，唇的响声，令我想到猛兽的扑食。……友人武枕生君曾说："倘不是非吃不可，我真不想吃。老是下巴骨一抖一抖的，有多单调。"岂止单调而已么？我以为还有点儿蠢哩。……吃之不足贵，而不为诗人所写，未必不以是故；虽然是一件要紧的事。（《顾随全集》卷二《小说·散文·日记·译作》之《春天的菜》，第134～135页）

对于人，吃真是最要紧的一件事，眼可失明，耳可失聪，鼻可失香，生命尚在。若不能吃，只有饿死。告子说："食色，性也。"（《孟子·告子上》）食才是最要紧的本性，不吃饭，身体不好，想色亦难。

吃真不适合入诗，顾随说得很明白。倒不完全是因为吃相不雅。人的吃相确实不好看，单调，愚蠢，像猛兽扑食，难看。但我以为，主要还是要看吃什么。大口吃肉，狼吞虎咽地吃米饭，呼啦呼啦地吃面条，满口油腻，满脸汗珠，真是不雅，不为诗人所写，不适合做诗的题材，是情理中事。

若是吃茶，或者饮酒，则要另当别论。常言总说喝茶，不好，茶应当是吃，不是喝。《红楼梦》里常说吃茶，这个"吃"字用得很有分寸。"吃"与"喝"不是一回事，感觉不同。可以喝水解渴；若喝茶解渴，是暴殄天物。茶须品，吃茶是为品茶。品茶是雅。诗人常品茶，诗歌常写茶。

饮酒，有人说吃酒，亦不好，应该是喝酒。茶是静态，酒是动态。品茶要有点虚静的功夫，饮酒则要有点豪情，"喝"把豪情表现出来了。酒适合诗，在古代，有酒则有诗，有诗则有酒。诗离不开酒，像陶渊明那样，诗中篇篇有酒；像李白那样，斗酒诗百篇，亦不是个例。清人论诗，以酒喻诗，以饭比文，亦很恰当。所以，顾随说："吃之不足贵，而不为诗人所写。"但"吃酒是例外"。我以为：吃适不适合入诗，主要还是看吃什么。若吃茶、喝酒，却正是诗的好材料。

顾随自称于喝酒是门外汉，但他懂酒，好谈酒。这与苏轼有点像。苏轼酒量不大，或者根本不能喝，但他喜欢看人喝，在家里招待朋友喝，客人散去后，他"把盏为乐"。顾随懂酒，他发表过两点对酒的意见，让人佩服。一是他说：

中国的醇酒，并非西洋的酒精，中国常所谓酒曰"陈绍"、曰"女贞"（最好的绍酒），极醇厚。一个民族的文明如何，看他造的酒味道如何即可。舌端、喉头、胃囊及至发散到全身四肢是什么味道，只有自己感觉去。（《中国经典原境界》，第153页）

真是高见。我在一次论坛上发挥过他的观点，讲"茅台品格与中华精神"，就茅台酱香的纯厚品格与中华精神温柔敦厚的关系做过演讲。二是前边引用过的，"酒之味，似乎不在舌，而在喉"，通过喉，进入胃，发生"全身的感觉"。这个描述很对，喝酒就是"全身的感觉"，不像吃饭吃肉，只装在胃里。没有喝过酒、没有醉过酒的人，说不出这样的话。顾随说他于喝酒是门外汉，这个话，我不信。

吃饭吃肉，是为养身子，非吃不可，要不就饿死，或者营养不良。吃茶喝酒，以及喝咖啡、吃糖，不是非有不可，但没有不成。顾随论诗，说诗里必有"多馀的附加"。

吃茶喝酒，便是生活里"多馀的附加"。诗里有"多馀的附加"，使诗更有诗味。生活里有吃茶喝酒这些"多馀的附加"，使生活更有诗意。吃茶喝酒本身便带有点诗性，诗人以它为题材写诗，便是自然的事。

所以，吃能否入诗，不能一概而论，主要还是看吃什么。

"感觉中最发达的乃是眼"，没错。眼睛是心灵的窗户。眼睛之于人的心灵，犹如脸之于人的身体。眼睛又是人脸上最生动、最有灵性的器官。眼有神，一个眼神，便能体现人的喜怒哀乐。画龙需要点睛，龙才是活龙，不是死龙。又如，"回眸一笑"的魅力，在于眼神；"倾城倾国"的魅力，在于"一顾"，回头看，亦在眼神。眼波似秋波，是女性特有的诱惑。古今中外文学写女人的美，几乎都离不开女人的眼。最美的女人，必有一张漂亮如桃花的脸，必有一双如秋波的眼。正因此，诗人写美人之五官，写得最多。写得多，不一定写得好。诗人写美人的眼，写得多，亦写得好。用顾随的话说，是"最容易写，容易写得好"。

为何诗人都指着眼去写，而冷落了舌呢？回答这个问题容易。因为写眼容易写好，所以指着眼去写。因为写舌不容易写好，所以都不去写舌。为何写眼容易写好？写舌就那么难呢？回答这个问题不容易。顾随给出一个答案，即"感觉愈亲切，说着愈艰难"。这是美学上讲的"距离"。距离产生美；太亲近，没有距离，不能理想化，便没有美感。舌及其味，与身体发生直接关系，太切近，不能理想化，没美感。而眼之于色，甚至耳之于声、鼻之于香，皆与身体有相当距离，故易发生美感，可以写出好的诗来。这样的解释，大体可信。

二〇二一年十月十日

047

中国诗里的人伦

表现人际伦理，是诗的重要题材。人际伦理，其要有五：君臣、父子、夫妇、兄弟、朋友，统称"五伦"。诗表现五伦，有难易之别。顾随说：

写朋友之爱也许还易，写兄弟爱难；写兄弟爱尚易，写亲子爱难；写两性尚易，写夫妻难。在创作上，作者与社会要保持一点隔离。（《中国古典文心》，第66～67页）

前半段描述诗表现五伦的难易，准确。结尾句是对前述现象的解释，亦通。然尚须进一步说明。

顾随用距离解释诗表现五伦的难易，确有道理。我过去撰写《中国传统人伦关系的现代诠释》，拟用美学上的距离说解释人际五伦及其衍生关系，后因种种原因而放弃。但我依然相信，距离是解释人伦关系的重要视角，是解释艺术与人伦关系的重要角度。

诗歌对人际伦理的反映，有所选择。通览中国古典诗歌，我们发现：友情（朋友）和爱情（情人）题材占有极大比重，反映母子情的作品亦占有一定分量，书写父子之情和兄弟情谊的作品就比较少，反映夫妻恩爱的作品亦不多。对于君臣之义，又常常是将之转化为情人之爱来表现。由此给人的印象是：友情和爱情是诗意化、审美化的情感，最适合做古典诗歌的题材，母子情次之。夫妇、兄弟、君臣之情与义，则不符合古典诗歌温柔敦厚的审美要求，因而不适合做古典诗歌的题材。

蒋寅《权德舆与唐代的赠内诗》讨论"作为题材的妻子"，发现诗歌里"妻子形象的缺席"问题（《百代之中——中唐的诗歌史意义》，第74～75页，北京大学出版社2013年版）。其实，中国诗歌写的女性，主要是采桑女和织女，作为妻子角色的女性，则较少出场。还有，男性诗人抒发对妻子的爱恋，一般都不是在与妻子朝夕相处的日常家庭生活里，像沈复《浮生六记》那种描写夫妻间朝夕相处的爱慕之情，只是个案。在通常情况下，或者是夫妻天各一方，如杜甫《月夜》诗里对妻子的思念；或者是在妻子死后才发出刻骨铭心的思念，如潘岳之与杨氏、李商隐和苏轼之与其妻。更有意味的是，中国诗人抒发对妻子或情人的爱慕，一般都是以女性的口吻发出，或者是借写妻子或情人对自己的思念来表达自己的爱恋。罗兰·巴特说：

> 要追溯历史的话，倾诉离愁别绪的是女人：女人在一处呆着，男人外出狩猎，四处奔波；女人专一（她得等待），男子多变（他扬帆远航，浪迹天涯）。于是，是女人酿出了思夫的情愫，并不断添枝加叶，因为她有的是时间……由此看来，一个男子若要倾诉对远方情人的思念便会显示出某种女子气。（《一个解构主义的文本》，第5页，汪耀进、武佩荣译，上海人民出版社1997年版）

这个说法，或可解释中国诗歌里普遍存在的"男子作闺音"现象。

另外，中国诗歌里亦不乏反映君臣之义的作品，但是，一个明显的事实是，中国诗人一般是将君臣之义转化为男女之情来描述，大臣企望君王的眷顾，被转喻为女人企望情夫的关切。中国诗歌里源远流长的"美人幻象"，大抵皆可作这样的解释。即便创作者本人描述的"美人幻象"并无此意，而诠释者亦要把它附会到这样的意义上去。因此，我们在中国诗歌里，的确很少看到直接描述君臣之义的作品。

中国诗歌里关于人伦题材的这种倾向性特征，是可以解释的。我认为：在传统人际五伦中，君臣、父子、兄弟、夫妇皆是有尊卑等级的、不平等的伦理，唯有朋友一伦，是平等的、相互对待的伦理。朋友关系和情人关系一样，是以平等对待的、艺术化的、能够引起心灵愉悦的伦理，是有超越性的、审美性的伦理，因此符合中国诗学的审美趣味，是诗歌的最佳题材。如顾随说：

人在恋爱的时候最有诗味，从"三百篇"、《离骚》及西洋圣经中雅歌、希腊的古诗直到现在，对恋爱还有赞美、实行。何以两性恋爱在古今中外的诗中占此一大部分？便因恋爱是不自私的，自私的人没有恋爱，有的只是兽性的冲动。[《顾随：诗文丛论》（增定版），第120页]

"写两性之爱尚易"，因为它本身就是诗性审美的关系；写君臣之义难，因为它有尊卑等级，是缺乏审美意味的关系；写夫妇关系难，因为它是有等级的、物质性的关系。因此，比较普遍的情况，是"妻子形象的缺席"，或者是夫妇天各一方，或者是在妻子去世以后，夫妇之间才可能发生缠绵悱恻的诗性情怀，亦才能成为中国诗歌的题材。明乎此，亦才能理解为什么大部分明清才女都惧怕婚姻。（参见高彦颐《闺塾师——明末清初江南的才女文化》，江苏人民出版社2005年版）

二〇二一年十月十一日

中国诗里的恐怖和惊悸

恐怖产生惊悸，惊悸多半是因为恐怖。无论是恐怖还是惊悸，皆有刺激性，打破生活的平衡，让人产生不适感。顾随说：

诗写惊悸的少。（《中国经典原境界》，第162页）

诗中写惊悸者少，"三百篇"真写得好，波澜起伏。（《顾随：诗文丛论》，第6页）

这是说中国诗，中国诗写惊悸者真少。"三百篇"有，但不常见。"三百篇"后，很少见；即便有，亦被人们视为异端。

西洋诗相反，写惊悸的多。进言之，古典美的中国诗写惊悸的少，现代性的中国诗有不少写惊悸的作品，如中晚唐韩孟诗派的诗，便有不少让人惊悸的作品。惊悸由于恐怖。古典美的中国诗写惊悸的少，写恐怖的亦不多。顾随说：

恐怖也是一种诗境，惟中国诗写此境界、情调者极少。西洋有人专写此境界，如法国恶魔派诗人波特莱尔（Baudelaire），写死亡之跳舞，但写的是诗。恐怖是一种诗情。人对没经验过的事，多怀有又怕又爱的心理，故能有诗情。但此种诗情在中国诗歌中缺少发展。大诗人不写此。（《顾随全集》卷六《传诗录二》之《杂谭诗境》，第202页）

恐怖是诗境，是诗情，这是西洋人的观念，崇尚古典美的中国人不喜欢，有现代性的中国人或者有兴趣，如晚唐的韩孟诗派，因为它过于惊险，特别刺激，不符合中国人温柔敦厚的审美观念。

恐怖、惊悸不适合中国诗，因为它不符合中国人的审美趣味。顾随说：

神奇、刺激、惊吓之感情最不易持久。(《中国经典原境界》,第 332 页)

恐怖是惊吓,惊悸是神奇,都太刺激。刺激之情不能持久,亦不可靠。顾随说:

故事中凡有人情味者,淡而弥永;鬼怪故事,刺激,毛骨悚然(the hairs stand on the head),鬼怪故事不如人情故事之淡而弥永,刺激性最不可靠。(同上,第 337 页)

中国人欣赏的是酝酿,以及由酝酿带来的蕴藉和神韵,他们连灵机一动的机趣都看不上,喜欢的是持久的韵味。所以,对于最不能持久的神奇、刺激、惊吓之类的东西,注定不喜欢。

要紧的是,在美学上,在诗学上,在人生中,中国人都不喜欢刺激性太强的东西,追求的是温柔敦厚,向往的是中和或中庸。即便是丑恶和残忍,他们亦设法把它诗化和美化;或者是矛盾对立,他们亦设法调和。和,是中国人的人生观、世界观和艺术观。在生活中,有恐怖,他们设法化解;有刺激,他们设法平衡。在艺术上,亦是如此。

我以为，理想的诗篇必须维持情感上的平衡，避免情感失衡导致惊吓和刺激。优秀的诗人或者负责任的诗人带领读者进入情感探险的体验，最终必须让读者回到安全状态，达成情感上的平衡。读者有情感探险的欲望，诗人有义务满足读者这个欲望。负责任的诗人不能把读者放在悬崖峭壁上或刀山火海中就撒手不管，他必须把读者带离险境，回到正常的生活状态或情感状态。

王之涣《登鹳雀楼》和柳宗元《江雪》，展现的就是人类情感的探险历程，亦体现诗人对读者的负责态度。"白日依山尽，黄河入海流"，诗人一下子便把读者带入一个雄浑壮丽、阔大无边的境界中，白日、高山、黄河、大海，无一不显其大，无一不呈其壮。而渺小软弱的个体生命，置身如此场景，犹如宇宙中一粒尘埃。无限大与无限小、特别壮与尤其弱之间，构成巨大反差，读者心灵在此巨大反差中倍感压抑，随之而来的是恐惧和绝望。"千山鸟飞绝，万径人踪灭"，亦是类似境界。千山、万径，宇宙空间如此寥阔，与人的渺小构成强烈对比。一个"鸟飞绝""人踪灭"的场景，一点生命迹象都没有的死寂之境。诗人把读者带入寥阔死寂的生命绝境，使读者陷入极大的孤独和深刻的绝望中。无论是前者的恐惧，还是后者的绝望，皆是陷入生命绝境中的情感高峰体验。区别亦有，前者雄浑壮阔，是盛唐气象；后者寥阔死寂，是中唐境界。读者渴望情感高峰体验，但陷入这种恐惧或绝望中，又很无助，他需要提升，渴求拯救。此时此境，负责任的诗人不会袖手旁观，他得把读者从悬崖峭壁上或刀山火海里拯救出来，方才完成诗人的使命。"欲穷千里目，更上一层楼"，这是王之涣对陷入恐惧中的读者的提升。"孤舟蓑笠翁，独钓寒江雪"，这是柳宗元对陷于绝境中的读者的拯救。有了诗人的提升和拯救，读者走出恐惧或绝望，情感得到平衡，重新回到正常的情感状态和生活场景。当然，这个提升或拯救亦有区别。读者置于"白日依山尽，黄河入海流"构成的雄浑壮丽之境，因大小、强弱的巨大反差而陷入恐惧，作者以"欲穷千里目，更上一层楼"给予激励和提升，从受控到掌控，从被动到主动，积极进取，昂扬向上，确为盛唐人特有的风范和气度。读者置于"千山鸟飞绝，万径人踪灭"构成的寥阔死寂之境，沉陷于孤独绝望中。"独钓寒江"之"孤舟蓑笠翁"的出现，让绝境中的读者看到生命，亦看到希望；虽然生命很微弱，希望亦很渺小。这是中唐式的提升和拯救，虽然不如盛唐强大有力，但总算得到安慰，重新获得生命之光。中晚唐后，在那些"现代性"诗人那里，这种微弱的提升和拯救都没有，有的只是把你引到悬崖峭壁前，或者投入刀山火海中，便弃置不顾，撒手不管。或者说，古典诗人将你托向空中，然后又将你轻轻放下；"现代性"诗人把你推向绝境，然后转身离去。这是古典诗人与"现代性"诗人的重要区别之一。

二〇二一年十月十二日

中国诗里的怨恨与哀愁

诗人喜欢哭穷叫苦,诗歌多穷苦之言和悲怨之辞。在中国诗史上,这是一个普遍现象,亦是一个悠久传统。如孔子说:

诗可以怨。(《论语·阳货》)

"怨"是诗的功能之一。王微说:

文词不怨思抑扬,则流澹无味。(《与从弟僧绰书》)

反过来说,"怨思抑扬"的诗,才有诗味。韩愈说:

夫和平之音淡薄,而愁思之声要妙;欢愉之辞难工,而穷苦之言易好也。是故文章之作,恒发于羁旅草野。(《荆谭唱和诗序》)

诗多写愁思、穷苦,是因为愁思要妙、穷苦易好。诗少写和平、欢愉,是由于和平淡薄、欢愉难工。欧阳修说:

予闻世谓诗人少达而多穷……盖愈穷则愈工。然则非诗之能穷人,殆穷者而后工也。(《梅圣俞诗集序》)

"诗穷而后工",是古典诗人的共识,故历史上出现不少装穷假哭的诗人。钱锺书著《诗可以怨》,对中国诗人的穷苦和中国诗歌的悲怨有精到分析和深入阐释。顾随虽然发现《诗经》的"'大雅''小雅'中也有很好的写愉快的诗"(《中国经典原境界》,第162页),但是,他还是认为:

中国诗人成了传统——一作诗就说穷。……中国诗的传

统就是穷，就是悲哀，就是伤感。(《中国经典原境界》，第161～162页)

顾随的价值，不在指出中国诗人喜欢说穷和中国诗歌擅长写悲哀、伤感的现象，而在他对中国诗歌里怨恨的区别和分析。他把怨恨分为恨、怨、悲哀、忧愁、感伤等类型，并分析它们在诗中的表现。

首先，顾随明确指出：中国诗缺乏愤怒与憎恨。他说：

> 愤怒是中国民族性所缺乏的。中国古圣先贤温柔敦厚的诗教、老庄哲学、印度哲学，都教我们逆来顺受。……故中国诗文中无"恨"，只是"怨"。《谷风》和《氓》只是哀怨，没有愤怒。(同上，第155页)

> 中国文学缺乏恨 (hate, hatred)。恨是憎恶、厌恶，进而诅咒；平常说"恨"只是悲哀……中国文学经过六朝太柔美了，缺乏壮美。(同上，第178页)

愤怒、憎恨，是有力量的感情，中国诗里不多见。中国诗里常见的，是哀怨或悲伤之类的柔情。顾随以为"太

史公颇有恨意"(《中国经典原境界》,第 157 页),可能与司马迁的遭遇有关。他发现:

《诗经》写恨,只此一篇〔按,即《相鼠》〕,还看不见报复,虽不像西洋热烈,已超出哀怨。(同上,第 149 页)

的确,大多数中国人和中国诗缺乏愤怒和憎恨。这与温柔敦厚的中国国民性有关,由温柔敦厚的诗教精神决定。中国人的国民性决定了中国诗歌的情感特征。

中国人没有愤慨,少见愤世嫉俗。中国人是乐天知命,是温柔敦厚。不过,顾随以为,中国人缺乏愤慨精神,亦许正是他们的长处。他说:

一个人老在愤慨情形(矛盾、撑拒)之下,往往成为左性,成为变态。此种人至社会,往往生出一种不良影响。……这种人先不用说他给世人不良影响,他自己便活不了;先不用说活着苦,压根儿就不能活长。一个人性情不平和与吃东西不消化一样。(《中国古典诗词感发》,第 223 页)

愤慨不好，是左性，是变态，于人于己于社会皆不好。温柔敦厚与和平中正才是人生的正常状态，亦是人生的健康状态。

其次，顾随的贡献，还在于他对恨、怨、哀做了精细区分。他说：

恨，阳刚，积极；怨，阴柔，消极。中国所谓怨恨，恐怕是有怨而无恨。若《谷风》《氓》，恐怕"怨"都少，而是"哀"；怨尚可及于他人，哀只限于自身。恨较怨更进一步，最积极。恨，报复。（《中国经典原境界》，第157页）

这个辨析，精致细微，符合实情。恨，如同愤怒，因恨而怒，怒是为恨，因恨和怒，发生报复，产生复仇文学。恨和愤怒，发生复仇精神、抗争精神和挑战精神。复仇、抗争和挑战，是阳刚，是积极。"中国文学缺乏恨""愤怒是中国民族性所缺乏的"，所以，中国人缺乏复仇精神和斗争意志，中国没有复仇文学。

中国文学阴柔，缺乏壮美，是温柔敦厚，只有怨和哀，甚至怨都没有，只有哀。怨与哀不同，"怨尚可及于他人，哀只限于自身"。怨，必有怨的对象。而哀，仅是个人内心的情感，与他人无关。中国人和中国诗怨少而哀多，可见中国人之内敛和中国诗之宽厚。

悲哀是中国人的常情，悲哀是中国诗的基调。悲哀有独特价值。顾随说：

在娱乐上，人类往往以悲哀安慰自己……此乃悲哀之音乐、戏曲、小说易感动人之原因。……最伟大的作品必是最能感动人的，故戏剧中以悲剧感人最深。人生满意时少，不满意时多，即悲哀之事多于快乐。……人喜悲剧，看到悲哀，仿佛看见自己，对悲剧中主角可怜、表同情，乃是同情了自己的、可怜了自己的。……一个人如果不了解悲哀之价值，则其为人必极肤浅，但不能不承认其快乐。凡是肤浅之人皆快乐。小孩最肤浅、幼稚，而最快乐。在现实社会中，追求快乐者必是极肤浅之人。(《中国经典原境界》，第 203 ～ 205 页)

中国人以悲为美，是因为悲哀比欢喜更能感动人，悲剧比喜剧感人更深。悲哀亦有它不可忽略的正面价值。欢乐之人肤浅，悲哀之人深刻。顾随在 1923 年 12 月 11 日与卢继韶信里说：

余近日以为悲哀同快乐，不但有一样之价值，而且对于人生，有一样之影响。[《顾随全集》卷八《书信一》之《致卢季韶（继韶）》，第428页]

快乐固然是人人所向往，悲哀虽是负面情绪，但不全是负面价值。悲哀让人深沉，使人深刻。悲哀和快乐一样，对人生有积极意义和正面价值。人类悲天悯人情怀，来自悲哀，而不是快乐。"追求快乐者必是极肤浅之人"，稍显极端，但说"一个人如果不了解悲哀之价值，则其为人必极肤浅"，则是千真万确。悲哀有如此价值，中国人热衷表达悲哀，中国诗歌擅长表现悲哀，其原因可寻，其意义可见。

文学中表现的悲哀，与生活里的悲哀不一样。顾随说：

诗人写自己的穷愁悲哀，切不可有"叫花"相，应该泯去"我"的痕迹。（《顾随全集》卷六《传诗录二》之《杂谭诗境》，第205页）

悲哀不是叫花相。悲哀如同孤独，是一种伟大的情感

（详后）。生活里体现的悲哀，"我"的痕迹重，则不免叫花相。文学中描写的悲哀，应该泯去"我"的痕迹，表达普遍的人性。

孤独是一种伟大情怀，诗人和哲学家最孤独。蒋勋《孤独六讲》，说孤独，很精彩。与孤独有关，但又有区别的，是寂寞。孤独是伟大的，寂寞则是由于无聊，是渺小的，有点叫花相。泯去"我"的痕迹的悲哀，是伟大的。与悲哀相关，但又有区别的，是伤感。顾随说：

伤感是暂时的刺激，悲哀是长期的积蓄，故一轻一重。诗里表现悲哀，是伟大的；诗里表现伤感，是浮浅的。屈原、老杜诗中所表现的悲哀，右丞是没有的。（《中国古典诗词感发》，第36页）

伤感之与悲哀，如同寂寞之与孤独，如同机趣之与神韵，前者是"暂时的刺激"，后者是"长期的积蓄"。前者轻，后者重。大诗人是悲哀，大诗人是孤独，大诗人的诗有神韵。小诗人伤感，小诗人寂寞，小诗人的诗有机趣。

顾随不喜欢文学中的伤感，认为"伤感易轻浮"（同上，第241页），伤感堕人志气。他说：

文学应不堕人志气，使人读后非伤感、非愤慨、非激昂，伤感最没用。如《红楼梦》便是坏人心术，最糟是"黛玉葬花"一节，最堕人志气，真酸。几时中国雅人没有黛玉葬花的习气，便有几分希望了。……有理说理，有力办事，何必伤感？何必愤慨？见花落而哭，于花何补？于人何益？一个文学家不是没感情，而不是伤感，不是愤慨，但这样作品真少。伤感、愤慨、激昂，人一如此，等于自杀；而若不如此，便消极了，也要不得。……非伤感、非愤慨、非激昂，要泛出一种力来才行。(《中国古典诗词感发》，第86页)

因此，人宁可悲哀，亦不要伤感。因为伤感没用，坏人心术，堕人志气。但是，"抒情诗人多带伤感气氛"（同上，第241页）。他说：

诗写伤感者最多，伤感如伤风，最易传染，诗人最爱做此。(《顾随：诗文丛论》，第6页)

抒情诗人有伤感的传统。若涉世渐深，思想渐高，情感渐厚，亦可由伤感发展至悲哀。他说：

伤感，盖中国诗人传统弱点。伤感不要紧，只要伤感外还有其他长处；若只是伤感，便要不得。抒情诗人之有伤感色彩是先天的、传统的，可原谅，唯不要以此为其长处。……人一生伤感时期有二：一在少年，一在老年。中年人被生活压迫，顾不得伤感，而有时就干枯了。伤感虽是短处，而最滋润，写出最诗味。（《中国古典诗词感发》，第244页）

抒情诗人的伤感不可避免。但是，如果"伤感外还有其他长处"，亦有可取，如《离骚》。顾随说：

《离骚》固有奋斗精神，而太有点伤感。诗有伤感色彩乃不可避免，盖伤感性乃诗之元素之一，占多少，今尚难说。……我们读《离骚》，易因其伤感忽略其诗的美，又因其伤感而妨害了我们了解它的战斗精神。而《离骚》的动人又在其伤感。（《顾随全集》卷六《传诗录二》之《杂谭诗境》，第204～205页）

所以，伤感并非一无是处，中国诗的"滋润"和"诗味"，便因了中国诗人的伤感。如《离骚》的动人处，在其伤感。《离骚》伤感而不至于浮浅，在其有战斗精神。若停留在伤感，只是伤感，就不免叫花相。中国的伟大诗人，是从伤感到悲哀，伤感中有悲哀，悲哀中伤感。诗的最佳境界，如孔子所说，是"哀而不伤"。

孔子说："诗可以怨。"可以怨，但不止于怨，当由怨而哀，由及于他人的怨发展到只限于自身的哀。抒情诗人多带伤感气氛，可以伤感，但不止于伤感，当由伤感到悲哀，是"哀而不伤"。

二〇二一年十月十二日

050

中国诗写兴奋只能写概念

顾随说：

中国诗的传统就是穷，就是悲哀，就是伤感。……其实"大雅""小雅"中也有很好的写愉快的诗。（《中国经典原境界》，第162页）

"诗穷而后工"，中国诗的传统是写穷，因穷而悲哀，而伤感。所以，中国文学里总是弥漫着悲哀和伤感气氛。中国诗写愉快的有，但很少。顾随说：

诗中写愉快者少,"三百篇"尚有,后人便不能写了。(《顾随:诗文丛论》,第6页)

中国诗写得最好的是穷苦之言。韩愈说:"欢愉之辞难工,而穷苦之言易好也。"(《荆谭唱和诗序》)欧阳修言:"诗穷而后工。"(《梅圣俞诗集序》)欢愉之辞为何难工?穷苦之言为何易好?顾随说:

人写兴奋情感只能写概念,便因没正眼去看,故不能描写。(《顾随全集》卷五《传诗录一》之《说陶诗》,第204页)

写诗只能写概念,显然不好。文学的表述手段是形象。用概念说话,是哲学的表达方式。文学的最高境界与哲学通,但不宜以哲学的表达方式传达文学的境界。用概念写出的诗,不是好诗。顾随说:

文学好,是要给人印象,不是概念。(《中国古典诗词感发》,第301页)

为何只能用概念写兴奋情感的诗？顾随的解释是，"因没正眼看，故不能写"。"没正眼看"，即没有用心去体验和感觉。诗人于兴奋或愉悦情感，不是不想正眼看，而是没法正眼看。没法正眼看，不能有细致的体验和感觉，只能写成概念，或者干脆就不写。诗人这样做，有不得已的隐情。

梁启超《中国韵文里头所表现的情感》说：

凡诗写哀痛、愤恨、忧愁、悦乐、爱恋，都还容易，写欢乐真是难，即在长短句和古体里头也不易得。(《中国现代学术经典·梁启超卷》，河北教育出版社1996年版)

诗人为何不能对兴奋或欢乐的情感正眼看？为何写欢乐这么难？这与兴奋或欢乐情感的特点有关。

钱锺书《诗可以怨》对这个问题有很好的解释，他说：

虽然在质量上"穷苦之言"的诗未必就比"欢愉之词"的诗来得好，但是在数量上"穷苦之言"的好诗的确比"欢愉之词"的好诗来得多。……古代评论诗歌，重视"穷苦之言"，古代欣赏音乐，也"以悲哀为主"；这两个类

似的传统有没有共同的心理和社会基础？（《七缀集》，第109、113页，上海古籍出版社1985年版）

从心理角度分析欢乐情感和愁苦情绪的不同特征，是解决问题的有效途径。钱锺书引用明末清初两位文人的言论来回答这个问题，一是明末孤臣烈士张煌言，他在《曹子霖诗序》里说：

甚矣哉！"欢愉之词难工，而穷苦之音易好也！"盖诗言志，欢愉则其情散越，散越则思致不能深入；愁苦则甚情沉著，沉著则舒籁发声，动与天会。故曰："诗以穷而后工。"夫亦其境然也。（《张苍水集》卷一）

另一位是清初文学侍从陈兆伦，他在《消寒八咏序》里语：

"欢娱之词难工，愁苦之词易好。"此语闻之熟矣，而莫识其所由然也。盖余主散，一发而无余；忧主留，辗转而不尽。意味之浅深别矣。（《紫竹山房集》卷四）

这两段话虽然简短，但说得精微透彻。简言之，欢愉的特征是散越、轻扬，愁苦的特征是沉着、凝聚。欢愉之情，"一发而无余"，故"思致不能深入"，想挽留也留不住，不能用心感觉，没法正眼看，没法深度体验，故而不易写好，或者只能写出概念。愁苦之情，"辗转而不尽"，长久停留在心上，想消除也除不掉，可以用心感觉，深度体验，思致深入，故而容易写好，或者能够真切表现。

二〇二一年十月十五日

051

说理绝不妨害诗的美

诗当抒情还是说理，不可一概而论。但是，中国诗则以抒情为主，叙事和说理不是主流。中国诗写得最好的是抒情诗，不是叙事诗和说理诗。中国文化自身即有一脉相承的"抒情传统"，从"诗言志"到"诗缘情"，到"诗本情志"，便是这个"抒情传统"。

中国诗人亦有叙事诗和说理诗，但总体不好，缺乏上乘之作。尤其是说理，如玄学家的玄言诗、理学家的说理诗，皆受后人诟病，入不了大诗人的法眼。

中国诗能否说理？如何说理？说什么理？听听顾随的意见，会有帮助。他说：

诗中不但可以说理，而且还可以写出很名贵的作品、不朽之作，使人千百年后读之尚有生气。……诗中可以说理，然必须使哲理、诗情打成一片，不但是调和，且要成为"一"，虽说理绝不妨害诗的美。(《顾随全集》卷五《传诗录一》之《初唐三家诗》，第252页)

诗可以说理，惟不可有一分勉强，否则是散文——其实，若勉强连散文也写不成。真正得道圣贤所说理皆是诗，大诗人成功即是哲人。(同上，第212页)

玄言诗说理，仅止于说理，不是好诗。玄言诗没有将哲理与诗情调和起来打成一片，所以不好。诗可以说理，但不能勉强说理，要无意说理，而理在其中；要将理融入情中，情中有理，理中有情，情与理成为一个，打成一片。顾随说：

诗人有两种：一为情见，二为知解。中国诗人走的不是知解的路，而是情见的路。然任何一伟大诗人即使作抒情诗时亦仍有其知解。陶公之诗与众不同，便因其有知解。(同上，第205页)

"知解"明理,"情见"重情。一般诗人缺乏"知解",故只能走"情见"的路。伟大诗人有"知解",故能说理,且说得好。好诗可以说理,应当说理。一般抒情诗人起于情,止于情,有韵味,乏深度。寓哲理于诗情中,诗便有深度,亦有韵味。古今诗人,唯陶渊明能做到。

诗可以说理,诗能够说理。诗中之理,不是一般的理,是绝对的理。顾随说:

> 诗所讲"意",应是绝对的,无是非短长。……意=理。世俗所谓"理",都是区别人我是非,是相对的。……诗可以说理,然不可说世俗相对之理,须说绝对之理。……陈氏此诗〔按,即陈子昂《登幽州台歌》〕读之可令人将一切是非善恶皆放下。此诗可为诗中用意之作品的代表作。(《中国古典诗词感发》,第15页)

诗即道。诗中之理,不是相对的世俗之理,而是绝对之理,是泯灭一切是非善恶的理。不仅是哲理,还是比哲理更高的智慧。顾随说:

> 智慧中有哲理,而哲理非纯智慧。智慧如铁中之钢。

思想、感情皆有流弊，唯智慧永远是对的。……哲学有时是混沌，智慧是透明的火焰，感情是"无明"。(《中国经典原境界》，第 80 ~ 81 页)

古今诗人，唯陶渊明能说理，能把说理写成好诗。因为他有"知解"，他有高于哲理的智慧。顾随说：

诗人中唯陶氏智慧。(同上，第 82 页)
渊明很理智，他有他的经验与观察，他简直是有智慧，比理智好得多。(老杜有时糊涂，太白浪荡。)理智绝不妨害诗。(同上，第 145 页)

"诗三百"后，顾随最推崇的诗人是陶渊明，恐怕就在于他有智慧，在于他能把诗情与智慧打成一片。

二〇二一年十月十六日

052

诗与人生

顾随最让人感动、最值得尊重的地方，就在他总是结合人生讲学问，联系生命谈文学。他说：

一种学问，总要和人之生命、生活（life）发生关系。（《中国古典文心》，第287页）

在顾随所处的二十世纪三四十年代，文坛上有所谓"为人生而艺术"的文学研究会和"为艺术而艺术"的创造社两派。虽然顾随不轻薄后者，但他显然更倾向于前者。他宣称"文学是人生的影像"。他说：

文学是人生的反映，吾人乃为人生而艺术，若仅为文学而文学，则力量薄弱。(《顾随：诗文丛论》，第111页)

他认为：人生需要艺术，艺术离不开人生。他说：

人生、人世、事事物物，必须有了诗意，人类的生活才越加丰富而有意义。(《顾随全集》卷三《论著》之《小说家之鲁迅》，第363页)

在他看来，人生与艺术是相互依存的关系，人生因有艺术而呈现诗性，实现诗意栖居；艺术因基于人生而有实在意义，有生命价值。他说：

如车夫休息时将"尘劳"一旦放下即诗。然如此，则诗为享乐；而彼吟弄风月者绝非诗人，不合乎人生的意义。古圣贤教训，没有许人白吃饭的，然工作完了之后亦须有一种休息享乐的心情，这样生活才算完成，更丰富，更有意义、有力量。诗之存在，即以此故。(《顾随全集》卷六《传诗录二》之《论王静安》，第132页)

正因此，顾随一再直言他在艺术上对人生的倚重。他在 1921 年 7 月 11 日与卢继韶信里说：

> 我以前作文，喜欢写天然之美，自然之善；说一句简单话：是客观的。这就是你那第一个印象——自然。后来我又觉得，美、善，能存在世界上，全是为着"人"。假如没有人，这些"美"，往哪里去美；"善"，往哪里去善呢。所以我又觉得人在世界上，应该有人的价值。这就是你所得的第二个印象了。[《顾随全集》卷八《书信一》之《致卢季韶（继韶）》，第 387 页]

从喜欢写自然之美，到喜欢写人生之美，这是基于个人经历和感受，把艺术根蒂扎在人生上，不是人云亦云地顺应潮流时势。所以，他对艺术与人生的关系，理解得比一般人透彻。他说：

> 余不太喜欢自然，而喜欢人事，对陶诗"采菊东篱"非极喜欢，而老杜之二句〔按，即"星垂平野尽，月涌大江流"〕好，以其中有人，气象大，"星垂"句尤佳。（《中国古典诗词感发》，第 139～140 页）

中国以前文学创作总是把人站在第二位,自然站第一位,我们现在要把它调过来,人第一,自然第二。但此点又须注意,不可变为狭义的个人主义。我们该走向客观一方。(《中国古典文心》,第107页)

人生与自然,均为诗歌的书写对象。顾随不喜自然,喜欢人事,在自然与人生二者间做出主次、轻重之分,以人生为主、为重,以自然为次、为轻。

顾随喜欢写人生。他在1925年7月12日与卢继韶信里说:

近中最恶闻"人生"二字,每有人谈及,聆之便思作呕,不知何故。然而在写东西一面,则又日趋于"艺术为人生"之目标。……余之主张为:在生活上竭力表现"人生"之真谛,而不必去谈,以言语皆糟粕也;至于文字,则为高尚之言语,而其所表现之人生真谛,有时在生活上,反不能实践。此或余之所以厌谈人生而喜写人生也。[《顾随全集》卷八《书信一》之《致卢季韶(继韶)》,第445页]

喜欢写人生,不喜欢谈人生,是由于文字比语言更能表现人生之真谛。他尤其擅长拿人生讲文学。他说：

> 文学要与生活打成一片，有什么生活写什么文章。……文学最能表现作者，文学最能代表人格。所以余常拿人生讲文学。(《中国古典文心》，第129页)

> 境界之定义为何？静安先生亦尝言之。余意不如代以"人生"两字，较为显著，亦且不空虚也。(《顾随：诗文丛论》，第82页)

> 中国咏梅名句是"疏影横斜水清浅，暗香浮动月黄昏"（林逋《山园小梅》）。林氏此二句实不甚高而甚有名。余不是不欣赏静的境界，但不喜欢此二句。此二句似鬼非人，太清太高了，便不是人，不是仙便是鬼，人是有血有肉有力有气的。(《顾随全集》卷六《传诗录二》之《稼轩词心解》，第86页)

顾随不喜欢林逋的"疏影"名句，亦不是很喜欢陶渊明的"采菊东篱"二句，因为其中无人生、无人事，过于清高。他甚至认为以"人生"两字代替静安先生的"境界"更妥当。

当然，理想的状态，是把人生与自然调和。他说：

人生最不美、最俗，然再没有比人生更有意义的了。抛开世俗眼光、狭隘心胸看人生，真是有意思。神秘，与大自然同样神秘，不及大自然美。然写诗时常因人生色彩破坏了大自然之美。……有时自然将其人生色彩破坏了。……将人生与自然调和了。（《中国古典诗词感发》，第162页）

顾随不喜欢脱离人生的写作。比如，诗人好幻想，幻想是诗人的本分。一般言，幻想远离人生。但是，顾随认为，幻想要结合人生，才是最好的。他说：

诗人之幻想颇关紧要，无一诗人而无幻想者。……但诗人的幻想非与实际的人生连合起来不可，如能连合才能成为永不磨灭的幻想；否则是空洞，是空中楼阁，Castles in air。（同上，第150页）

长吉有幻想，而幻想与人生不能成为一个，不能一致。若能，则真了不起。吾国人没幻想，又找不到人生。老杜抓住人生而无空际幻想，长吉有幻想而无实际人生。幻想中若无实际人生则不必要，故鬼怪故事在故事中价值最低。（同上，第146页）

创作需要幻想，但这个空际幻想必须与实际人生结合，打成一片，才有意义，才有价值。

二〇二一年十月十六日

053

诗与生活

顾随论诗,常常拿人生讲文学,属于"为人生而艺术"一派。他论诗,重人生、人事和人情,以为"诗人需个性强而又通达人情"(《中国古典诗词感发》,第123页)。且生活有诗味。诗人的个性都强,但不能偏激。要直达人生,练达人情,通达人事。这样的生活有诗味,能写出好诗。他直接说:"余不太喜欢自然,而喜欢人事。"(同上,第139页)

诗人富幻想,但诗人不能仅在幻想中生活,诗人的幻想要与实际生活打成一片。诗要有烟火气,要有人情味,要接地气。这是顾随的一贯观点。他说:

在作品中我们要看出其人情味，而黄山谷诗中很少能看出其人情味，其诗但表现技巧，而内容浅薄。"江西派"之大师，自山谷而下十九有此病，即技巧好而没有意思（内容），缺少人情味。功夫到家反而减少诗之美。《诗经·小雅·采薇》之"杨柳依依"……千载后生气勃勃，即有人情味。(《中国古典诗词感发》，第128页)

优秀作品流传千古而仍有勃勃生气，就因为它有人情味。他觉得，"文学要与生活打成一片，有什么生活写什么文章"(《中国古典文心》，第129页)。这样的诗，才有烟火气和人情味。他说：

抓不住实际生活，这样作品是虚幻的，没实在东西，也就没有力量……没有实际东西，虽有许多名词：月、霞、花，但这里没有人事。我们要抓住人事这一点，当时创作便有可观。(同上，第107页)

这个"实际东西"，就是实际生活，就是人事。有了它，诗才有力量。着眼现实，关注当下，直面生活，是诗人的出路，亦是诗人的使命。顾随说：

053 诗与生活

〔晏殊〕"满目山河空念远，落花风雨更伤春"是希冀将来、留恋过去，而"不如怜取眼前人"是努力现在。"无可奈何花落去，似曾相识燕归来"二句，像小可怜儿，不如此三句。这样作品不但使你活着有劲，且使你活着高兴。……你不要留恋过去，虽然过去确可留恋；你不要希冀将来，虽然将来确可希冀。我们要努力现在。尽管要留恋过去、希冀将来，而必须努力现在。这指给我们一条路。（《中国古典诗词感发》，第234页）

过去和将来，是人生的两大诗境。中国诗人，不是留恋过去，便是希冀将来，当然更多是留恋过去，对当下生活，则普遍忽略。所以，总觉得他们缺乏面对现实的勇气和力量。关注现实，需要勇气，需要力量。他说：

读书是为的锻炼字法句法，最要紧还是实际生活上用功。宋以后文字功夫深，而实际生活的功夫浅了，所以觉得它总不像诗。学诗至少要有一半精神用于生活，否则文字部份好，作来也不新鲜。（《顾随：诗文丛论》，第128页）

晚唐诗，肺病一期；两宋，二期；两宋而后，肺病三期，就等抬埋了。中国诗要复活是在技术外，要有事的创作，有事才能谈到创作。老杜比起歌德（Goethe）等人还有愧色，但在中国诗上不失其伟大者，便因其诗中有事。鲁迅先生文之所以可贵，便在他把许多中国历来新旧文学写不进去的事写进去了。（《中国古典文心》，第90～91页）

所谓"事"，即人事。歌德、杜甫、鲁迅之所以伟大，就因为他们的作品中有事。晚唐以后的诗，死气沉沉，了无生气，就是由于诗中无事。他断言："我们中国民族向来不注意事。"（同上，第91页）他说：

> 中国诗人一大毛病便是不能跳入生活里去，所以一读其诗便觉得离生活远了。曹、陶、杜其相同点便是都从生活里磨炼出来，如一块铁，经过锤炼始能成钢。……曹、陶、杜三人之所以伟大，就是他们在实际生活中确实磨炼了一番才写诗。（《顾随全集》卷五《传诗录一》之《说陶诗》，第210页）

"在实际生活中确实磨炼了一番才写诗"，这是伟大诗人的路径。因此，他强调："吾人必先于实际生活中确实锻炼，好好生活一下。"（《中国古典诗词感发》，第152页）"诗人的修养是整个的生活,要在行住坐卧上下功夫。"(《中国古典诗词感发》,第211页)顾随认为:"不但律诗,一切东西自唐以后便毁了"(《中国古典文心》,第111页),便是因为唐代以后的诗人远离生活写诗,诗中无事,把诗给毁了。他发现:

近代青年不肯实际踏上人生之路,不肯亲历民间生活,而在大都市中梦想乡民生活,故近代文学难以发展。(同上,第291页)

他把近代文学难以发展的原因,归结为近代作家"不肯亲历民间生活"。他的结论是:

一切伟大的诗篇,与其说是写出来的,毋宁说是"活"出来的。所谓"活"出来的,即是从生活、特别是斗争实践中获得的。而诗篇的境界之高低、大小、广狭和深浅,即是诗人生活实践程度的高低、大小、广狭和深浅。(《诗词散论》,转引自《顾随年谱》第280页)

诗篇境界的高下,与人生实践程度的深浅,是成正比例关系。他不喜欢大谢诗，不认可王维诗，便是因为他们的诗"太飘飘然"，虽然很美，但不接地气，没有烟火气和人情味。可做精美诗歌之标本，而不能做读者的精神食粮。按照顾随的观点，太精美、太诗味的诗，反而不是诗，不是好诗。

二〇二一年十月十七日

054

好诗有生机和生的色彩

何为好诗？或者说，顾随理想中的诗是什么样子？他有两段重要表述：

一种作品，内容读了以后令人活着有劲，有兴趣，这便是好的作品。(《中国古典诗词感发》，第262页)

余是入世精神，受近代思想影响，读古人诗希望从其中得一种力量，亲切地感到人生的意义。(同上，第52页)

这不是顾随个人的理想，是中国古典诗学的理想品格。前述"太似诗"的诗和"太诗味"的诗，是精致的诗，是唯美的诗，但不是好诗。因为这样的诗，不能令人读着有劲，不能让人从中获得力量，感觉到人生的意义。简言之，就是没有生的色彩，没有生机。

顾随理想中的好诗，要有生机，有生的色彩。他说：

平常人在不愉快时，心是没有生机的。……心静止时是诗的本体，动是后起的，非本体，然必动而后能生（表现出来）。由小到大、由有到无是生，动不一定是生。诗人的话也是平常的，而说出来却生动美丽，复杂动人。平常人之简单不能动人，只因其只是动而未生，心不愉快时只能动不能生，故没有生机。诗人写悲哀、痛苦，照样复杂动人，何以故？有生机也。（《中国古典诗词感发》，第23页）

写出东西后有生的色彩，方能动人。（同上，第46页）

生，包括生命和生活，诗中必须有作者的生命（参见"诗与人生"条），诗人必须与生活打成一片（参见"诗与生活"条）。诗人必须动，必须由动而生。如此，诗有生机，有生的色彩。顾随说：

物的描写表现，即心的描写表现，即生与力之表现。（《中国古典诗词感发》，第120页）

盖凡文学作品皆有生命。凡艺术作品中皆有作者之生命与精神，否则不能成功。古人作诗将自己的生命精神注入其中（其实此说不对），盖作品即作者之表现。（同上，第133页）

凡天地间有生之物皆有情……有生便有力。生、力，合而为有情。（同上，第163页）

生的色彩不鲜明、浓厚，便只有诗法没有世法。……诗法离开世法站不住。（同上，第212页）

凡文学作品皆有生命，有生便有情，有情便有生，有生机和生的色彩。有生机，便有力，故曰"有生便有力"。

"诗之好在于有力"，在传统中国文化语境中，有力，并非叫嚣，亦不是急躁，不是蛮力，不是横劲；而是柔中有刚，是静中有生机。顾随说：

静与死不同，静中要有生机……寂静中有生机，即中国古典哲学所谓"道"，佛所谓"禅"，诗所谓"韵"。（同上，第140～141页）

中国诗重韵，韵是柔，是静。"寂静中有生机"是中国哲学和中国艺术的最高境界。若柔中无力，静中无生机，则是死寂死静，亦不会有韵。但又不是蛮力，不是急躁，不是叫嚣，不是横劲。顾随说：

一切事业躁人无成绩，性急可，但必须沉住气。学道者之入山冥想即为消磨燥气。盖自清明之气中，始生出真、美，合而为善，三位一体。退之思想虽浮浅而感觉锐敏，感觉锐敏之人往往躁，如何能从感觉锐敏中得到平静，而非迟慢、麻木？韩不能平静，故无清明之气，思想浮浅而议论亦不高。（《中国古典诗词感发》，第141页）

退之虽为有心人，但"客气"不除，"清明之气"不生。"客气"即佛所谓"无明"，"清明之气"即孟子所谓"平旦之气"（《孟子·告子上》）。（同上，第316页）

诗的生机和生的色彩，来自诗人的"清明之气"。"清明之气"不生，或为死寂，或为躁气，皆非佳境。"清明之气"是诗人的修养，诗人修得或养成"清明之气"，则能避寂免躁，则能合真、善、美三位一体，进入艺术和人生的佳境。顾随以此论人，亦以此评诗。他说：

〔王维诗〕立自己于旁观地位……只是旁观，未能将物与心融成一片，也未能将心放在物的中间。……不能将心物融合，故生的色彩表现不浓厚。(《中国古典诗词感发》，第42页)

老杜诗中有力量，而非一时蛮力、横劲（有的蛮横乃其病）。……乃生之力、生之色彩，故谓老杜为一伟大记录者。(同上，第91页)

中国一切都是技术成熟，冲动不够。生的色彩浓厚、鲜明、生动，在古体诗当推陶公、曹公，近体诗则老杜。(同上，第211页)

生机和生的色彩是顾随评价诗人和诗歌的重要标准，以上是就个体诗人的评价。对整个中国古代诗歌的发展，顾随亦有一个基本判断。他说：

中国文学缺少"生的色彩"。……缺少生的色彩，或因中国太温柔敦厚、太保险、太中庸（简直不中而庸了），缺乏活的表现、力的表现。(同上，第39～41页)

中国自上古至两汉是生与力的表现，六朝是文采风流。(同上，第46页)

中国六朝以后诗人生的色彩多淡薄。(《中国古典诗词感发》,第46页)

这几句话要连起来讲:总体上,中国文学缺乏生的色彩,或是受温柔敦厚诗教的影响;具体看,上古至两汉的文学有生的色彩,六朝是文采风流。唐以后的诗,或"太似诗",或"太诗味",缺乏生机和生的色彩。顾随不喜欢这种诗。

好诗当有生机和生的色彩。这是诗人的理想和追求,亦是读者的希冀和向往。那么,如何能做到呢?顾随提出了建议,他说:

欲使生的色彩浓厚:第一,须有"生的享乐"。此非世人所谓享乐,乃施为,乃生的力量的活跃。人做事要有小儿游戏的精神,生命力最活跃,心最专一。第二,须有"生的憎恨"。憎恨是不满,没有一个文学艺术家是满意于眼前的现实的,唯其不满,故有创造;创造乃生于不满,生于理想。憎恨与享乐不是两回事,最能有生的享乐,憎恨也愈大,生的色彩也愈强。有憎就有爱,没有憎的人也没有爱。……憎得愈强,爱得愈强,爱得有劲,憎也愈深。此外第三，还要有"生的欣赏"。前二种是真实生活中的实行者，仅只此二种未必能成文人、诗人，前二者外更要有生的欣赏，然后能成大诗人。……因为太实了，便不能写出，写不出来，不得不从生活中撤出去欣赏。不能钻入不行，能钻入不能撤出也不行。(《中国古典诗词感发》，第46页)

这个建议实在，可操作。实际上，这亦是顾随一再言说的关于诗人的"出入论"(参见"顾随的'出入论'"条)。"生的享乐"和"生的憎恨"是入，诗人与生活打成一片，在诗中表现人生，表达人生的享乐和憎恨，呈现真实的人生，这是诚，是真，是"孔门诗法"。所以，有生机，有生的色彩。"生的欣赏"是出，是从生活中撤离出来，观照、反省、欣赏，如此，才能写出有生机的诗，有生的色彩的诗。或入而不出，或出而不入，都不好。如前举王维诗，生的色彩不浓厚，是出而不入。前举韩愈诗，是躁气，不是清明之气，是入而不出。至于陶渊明、杜甫诗，有生机，有生的色彩，是入而能出，出而能入。但杜甫诗有时有点躁，唯陶渊明诗，才是既高又好，才是真正做到了入而能出、出而能入。

二〇二一年十月十七日

读顾随札记

（下）

汪文学◎著

贵州出版集团
贵州人民出版社

卷五

055

诗人的类型和等级

诗人成就有高低，影响有大小。顾随把诗人分为大诗人、真诗人、写诗的人和不写诗的人几种类型。其中有灼见，分述如下。

一是大诗人，或称伟大的诗人。伟大的诗人必有伟大的人格、伟大的心灵、伟大的力量、伟大的感情和伟大的诗篇。顾随说：

一个诗人，特别是一个伟大天才的诗人，应有圣佛不渡众生誓不成佛、我不入地狱谁入地狱之精神。出发点是小我、小己，而发展到最高便是替各民族全人类说话了。

正如王国维《人间词话》所说:"有释迦基督担荷人类罪恶之意。"(《顾随:诗文丛论》,第 111 页)

伟大的诗人必须有替全人类说话的精神,为全人类担荷的力量,为全人类牺牲的意志。顾随说:

要准备为别人牺牲自己,这才是最伟大的诗人。(同上,第 112 页)

伟大的诗人,必须有与天地同体的伟大心灵。顾随说:

必须恬静宽裕始能成为大诗人,小诗人是真诗人而绝不能大。……大诗人上下与天地同体,而万物皆备于我,诗人之心无不覆、无不载,岂非宇宙观与人生观混而为一?(《顾随全集》卷六《传诗录二》之《论王静安》,第 147 页)

伟大的诗人,还必须有与万物同情的伟大情感。顾随说:

不是任何人都能在穷苦之中,生出伟大情感来的。老杜却能。此其所以为伟大的诗人。(《诗词散论》,转引自《顾随年谱》第283页)

伟大诗人的伟大感情,还必须结合着伟大的思想。顾随说:

抒情诗,特别是伟大的抒情诗人的作品,俱都是情感结合着思想,思想结合着情感;一句话,情感和思想水乳交融。倘不,那作品便不能成为伟大的诗篇,而那作者也不能成为伟大的诗人。(《顾随全集》卷三《论著》之《朗诵了杜甫〈自京赴奉先县咏怀五百字〉以后写给中文系三年级同学的一封公开信》,第266页)

伟大的诗人,必须有我,必须从"小我"到"大我"。顾随说:

中国后世少伟大作品便因小我色彩过重,只知有己,不知有人。(《顾随:诗文丛论》,第111页)

诗人从"小我"扩展到"大我",便能做到既忧生又忧世,将"小我"与"大我"打成一片,将忧生与忧世打成一片。顾随说:

> 多半诗人是忧生,只有少数的伟大诗人是忧世。故说中国的诗缺乏伟大,除非在说个人时也同时是普遍的。但不要藐视忧生的人,他了解悲哀和痛苦,故虽然只是忧生,也能作出很好的诗来。……忧生的诗人能把自己的悲哀、痛苦写得那样深刻,能不说他是诗人吗?而且伟大的忧世的诗人也还是从忧生做起,因为他了解自己的痛苦、悲哀,才会了解世人的痛苦、悲哀。虽则似乎二者有大小优劣之分,实是同一出发点。……而忧世的出发点亦即是忧生,后来扩大了、生长了,不然不会有那样动人、那么好的忧世的诗。(《中国经典原境界》,第 121 页)

诗人从"小我"到"大我",从忧生到忧世,才能有担荷意志和牺牲精神,才具备伟大人格、伟大心灵、伟大力量和伟大感情,才能写出伟大诗篇,才能成为伟大诗人。

古今诗人,称得上伟大诗人者,首选杜甫。杜甫不仅在穷苦中有担荷精神,还能从"小我"到"大我",从忧生到忧世，生发出伟大感情、伟大力量和伟大人格。顾随说：

> 老杜的诗是有我，然不是小我，不专指自己，自我扩大，故谓之大我。（《顾随：诗文丛论》，第113页）
>
> 老杜诗真是气象万千，不但伟大而且崇高。……老杜诗苍苍茫茫之气，真是大地上的山水。常人读诗皆能看出其伟大的力量，而不能看出其高尚的情趣。（同上，第19页）

二是真诗人。陆游是真诗人。顾随说：

> 放翁虽非伟大诗人，而确是真实诗人，先不论其思想感染，即其感情便已够得上真的诗人。忠实于自己感情，故其诗有激昂的，也有颓废的；有忙迫的，也有缓弛的。……放翁忠于自己，故其诗各式各样。因他忠于自己，故可爱，他是我们一伙儿。（《中国古典诗词感发》，第218页）
>
> 放翁诗方面很多，虽不伟大，而是一诚实诗人。（同上，第224页）
>
> 放翁诗一触即发，可爱在此，不伟大亦在此。（同上，第225页）

真诗人，品格可能不高，可能不是伟大的诗人。但他忠于自己，忠诚于自己的情感，有什么说什么，作诗常常是一触即发，故其人可爱。其诗数量多，样式多，品类多。陆游就是这样的诗人。

三是写诗的人。以韩愈为代表。顾随说：

韩退之非诗人，而是极好的写诗的人。小泉八云（L.Hearn）分诗人为两种：一是诗人，二是诗匠（poem maker）。吾人不肯比退之为诗匠，然又尚非诗人，可名之曰 poem-writer，作诗者。（《顾随全集》卷五《传诗录一》之《退之诗说》，第 349 页）

顾随于韩愈诗，总体评价不高，侧重肯定其锤炼功夫和修辞技巧。他说：

看韩诗应注意其修辞：一为下字（下字准确），二为结构（组织分明）。（同上，第 361 页）

修辞是写诗的基本功夫，但要成为诗人，必须有诗心。在顾随看来，韩愈缺乏诗心。他说：

韩思想浮浅，"韩公真躁人"（陈简斋《书怀示友十首》其九）。一切事业躁人无成绩，性急可，但必须沉住气。学道者之入山冥想即为消磨躁气。盖自清明之气中，始生出真、美，合而为善，三位一体。退之思想虽浮浅而感觉锐敏，感觉锐敏之人往往躁，如何能从感觉锐敏中得到平静，而非迟慢、麻木？韩不能平静，故无清明之气，思想浮浅而议论亦不高。（《顾随全集》卷五《传诗录一》之《退之诗说》，第363页）

韩愈写诗长于修辞，但为人急躁，思想浮浅，缺乏清明之气，缺乏诗心。故其为写诗的人，非真诗人，更不是大诗人。不是顾随有意贬损韩愈，而是基于"情操诗学理论"得出的结论。

四是不写诗的诗人。从根本言，人人皆有诗心，人人皆有诗情，人人皆有成为诗人的先天条件，故世间有不写诗的诗人。顾随说：

盖做诗人甚难。但虽不作诗亦可成为诗人，如《水浒传》鲁智深是诗人，他兼有李、杜之长——飘洒而沉着（林冲乃散文家）。别人是将"诗"表现在诗里，鲁智深把

"诗"表现在生活里，乃最伟大诗人。(《顾随全集》卷五《传诗录一》之《退之诗说》，第349页)

鲁智深不仅是诗人，还是最伟大的诗人。因为他有极高明的诗心，他把诗写在生活里，表现在行动上，他的生活和行为就是一首诗。同样，项羽虽然只留下一首《垓下歌》，但不妨碍他成为诗人，成为伟大的诗人。和鲁智深一样，他亦是把诗写在生活里，表现在行动上。"霸王别姬"就是一首荡气回肠的抒情诗。比较而言，"鸿门宴"则只能算是刘邦写的一篇散文。在刘邦的衬托下，项羽才是真正的大诗人。

二〇二一年十月八日

056

诗人的同情

"同情"一词,古今用法有差异。今人说:某人处境艰难,值得同情。此"同情",是怜悯之意。古人所谓"同情",不是怜悯,是"推己及人",近似同心同意,或者一般所谓之"将心比心"。虽然怜悯亦有"推己及人"之意,不能"推己及人",便不会有怜悯之心。但古人所谓"同情",确无怜悯之意。

先秦诸子,儒家最具"同情"。此与儒家重"推"的思维方法有关。顾随说:

《论语》有"闻一以知十"(《公冶长》)、"举一而反三"

(《述而》)之言，皆推而广之、扩而充之之意。孟子言"推恩足以保四海，不推恩无以保妻子"(《孟子·梁惠王上》)，孔子所谓"仁"，即孟子所谓"推"。人、我之间，常人只知有我，不知有人；物、我之间，只知有物，忘记有我，皆不能"推"。(《中国古典诗词感发》，第3页)

"推"是儒家最基本的思维方法，儒学思想体系便是依照"推"的方法建构起来的。何谓"仁"？孔子说："仁者，爱人"，是推。仁，就是"同情"。"己所不欲，勿施于人"，是推。"老吾老以及人之老，幼吾幼以及人之幼"，是推。"刑于寡妻，至于兄弟，以御于家邦"，是推。正心、诚意、修身、齐家、治国、平天下，亦是推。受儒家思想影响的文人创作，如汉赋，讲"推类而言"，亦是推。如中国诗之"物色之动，心亦摇焉"，亦是推。儒家重"推"，故最具"同情"。

顾随论诗，本儒家温柔敦厚的诗教传统，最重"同情"，以为伟大诗人必有"同情"。他说：

诗根本不是教训人的，只是在感动人，是"推"、是"化"——道理、意思不足以征服人。……做人、作诗实则

"换他心为我心，换天下心为我心"始可。王国维《人间词话》曰："诗人必有轻视外物之意，故能以奴仆命风月。又必有重视外物之意，故能与花鸟共忧乐。"与花鸟共忧乐，即有同心，即仁。感觉锐敏，想象发达，然后能有同心，然后能有诗心。（《中国古典诗词感发》，第3～4页）

此"同心"，即"同情"。"仁者，爱人"，仁即同心或同情。所谓"同情"，简言之，便是"换他心为我心，换天下心为我心"。"同情"，非仅是"推己及人"，还要推己及物。不仅与他人同忧乐，还要能"与花鸟共忧乐"。

顾随把"同情"作为成就大诗人的前提条件，故反复言说：

创作不能只顾自己，抒情诗人是自我中心，然范围要扩大。小我扩大有两方面：一为人事，多接触社会上人物。……另一方面，是对大自然的欣赏，此则中国诗人多能做到。……以天地之心为心，自然小我扩大。（同上，第24～25页）

诗人不但要写小我的情，且要写他人的及一切事物的一切情，同情。花有花情，马有马情。人缺乏诗情即缺乏

同情。诗人固须有大的天才，同时亦须有大的同情。(《中国古典诗词感发》，第147页)

说情，莫如自己亲切，而一大诗人最能说别人的情，故伟大。……一诗人不但要写小我的情，还要写他人的情、事物的情，于是乃有同情。此乃后之诗人缺乏的。诗人要天才，也要同情。(《中国经典原境界》，第334页)

情莫切于自己，然而一大诗人最能说别人，说别人即说自己，说自己即说别人。(《中国古典诗词感发》，第328页)

普通的抒情诗人所抒写的情感常常是"悲欢不出于一己；忧乐无关乎天下"。大诗人则不然。大诗人不但是人民的儿子，而且是人民的喉舌：他的自我作为"个体"是血肉般密切地联系着，不，混合在全人民的"整体"之中的。他在其诗篇里所抒的情是全人民要说而说不出来，要说而说不清楚的情。就因此，他所抒写的悲欢、忧乐也正是全人民的悲欢、忧乐。总而言之，一句话，他表白了他自己，同时，也就表白了全人民。(《顾随全集》卷三《论著》之《朗诵了杜甫〈自京赴奉先县咏怀五百字〉以后写给中文系三年级同学的一封公开信》，第273页)

我以为一个大的抒情诗人不能一任情感的冲动，而需要能支配情感，尤其是需要把小我从一己的情感里解放出来：于是他写了自己，同时也写了别人；他说他自己的话，同时也就成为一般的喉舌。（《顾随全集》卷三《论著》之《诗三首》，第 252 页）

顾随的问题是，他有很好的理论、一贯的见解，可他只是在课堂上随便讲讲，没有专门的著述集中阐发，致使他这些本来很系统的理论观点，散见在略显零乱的讲义中，因而被读者忽略。比如，关于"同情"，就是很好的见解。若不是将这些散见的段落集中起来，便无法获得系统的认识，以为他是随便说说，而把它忽略。我的工作，便是做"文抄公"，把它们集中起来，让读者看明白。

同心即诗心，"同情"即诗情。诗人因有同心，便有诗心；因有"同情"，便有诗情。"同情"是一种境界，诗情是一种修养，并非人人皆有，只有大诗人才有"同情"，才有诗心。顾随说：

人最难得是个性强而又了解人情。诗人多半个性强，而个性强者多不了解人情，只知有己，不知有人，如老杜即不通人情。诗人需个性强而又通达人情，且生活有诗味——然若按此标准，则古今诗人不多。所谓了解人情非顺流合污，乃博爱，了解人情才能有同情。(《中国古典诗词感发》，第123页)

"同情"是博爱，非常人所能做到，唯大诗人能。大诗人的特点，是自我扩大，从小我扩展到大我。从小我到大我，便是既知有己，又知有人；既能写小我之情，又能写大我之情。在顾随看来，老杜虽然不通人情，但与其他诗人比，老杜有"同情"，从小我到大我，最能写大我之情，是伟大诗人。叶嘉莹说：

说到杜甫集大成的容量……我以为最重要的，乃在于他生而禀有一种极为难得的健全的才性——那就是他的博大、均衡与正常。杜甫是一位感性与知性兼长并美的诗人，他一方面具有极大且极强的感性，可以深入于他所接触的任何事物之中，而把握住他所欲攫取的事物之精华；而另一方面，他又有着极清明周至的理性，足以脱出于一切事物的蒙蔽与局限之外，做到博观兼采而无所偏失。……此种优越之禀赋……在他的修养与人格方面，也凝成了一种集大成之境界，那就是诗人之感情与世人之道德的合一。

在我国传统之文学批评中,往往将文艺之价值依附于道德价值之上,而纯诗人的境界反而往往为人所轻视鄙薄。……而另外一方面,那些以"经国"、"奖善"相标榜的作品,则又往往虚浮空泛,只流为口头之说教,而却缺乏一位诗人的锐感深情。即以唐代最著名的两位作者韩昌黎与白乐天而言,昌黎载道之文与乐天讽谕之诗,他们的作品中所有的道德,也往往仅只是出于一种理性的是非善恶之辨而已。而杜甫诗词中所流露的道德感则不然,那不是出于理性的是非善恶之辨,而是出于感情的自然深厚之情。是非善恶之辨乃由于向外之寻求,故其所得者浅;深厚自然之情则由于天性之含蕴,故其所有者深。所以昌黎载道之文与乐天讽谕之诗,在千载而下之今日读之,于时移世变之余,就不免会使人感到其中有一些极浅薄无谓的话,而杜甫诗词中所表现的忠爱仁厚之情,则仍然是满纸血泪、千古常新,其震撼人心的力量,并未因时间相去之久远而稍为减退,那就因为杜甫诗中所表现的忠爱仁厚之情,自读者看来,固然有合于世人之道德,而在作者杜甫而言,则并非如韩白之为道德而道德,而是出于诗人之感的自然之流露。只是杜甫的一份诗人之感,并不像其他一些诗人的狭隘与病态,而乃是极为均衡正常,极为深厚博大的一种人性之至性。这种诗人之感与世人之道德相合一的境界，在诗人中最为难得，而杜甫此种感上的健全醇厚之集大成的表现，与他在诗歌上的博采开新的集大成的成就，以及他的严肃与幽默的两方面的相反相成的担荷力量，正同出于一个因素，那就是他所禀赋的一种博大均衡而正常的健全的才性。[《论杜甫七律之演进及其承先启后之成就（代序）》，见《杜甫秋兴八首集说》书首，河北教育出版社1997年版]

杜甫"圣于诗"，有"诗圣"之称，或如梁启超冠以"情圣"之称，就在他持有"博大均衡而正常的健全的才性"所创作的诗歌，将"诗人之感情"与"世人之道德"合二为一，有效调和一般诗人通常面临的"情礼冲突"或"情理冲突"。将个体情感与社会情感合二为一，将"一时之性情"升华为"万古之性情"，既能写小我之情，又能写大我之情。简言之，就是有"同情"。

二〇二一年十月十三日

057

中国诗人缺乏挑战精神

顾随以为:"中国诗人缺乏恨","愤慨是中国民族性所缺乏"。中国人重调和,乐天知命,安分守命,温柔敦厚。所以,中国文学缺乏复仇文学,中国诗人缺乏挑战精神、斗争精神和担荷意志。

顾随说:

中国中正和平、温柔敦厚,没有歌咏战斗的作品,全民族亦缺乏战斗精神。中国的诗缺少筋骨,肉太多。《离骚》比"诗三百篇"有点奋斗、战斗精神。"路曼曼其修远兮,吾将上下而求索","三百篇"无此等句子。(《顾随全

集》卷六《传诗录二》之《杂谭诗境》，第 204 页）

相对言，《离骚》有战斗精神和求索意志。但是，顾随认为，《离骚》近似西洋文学，不能代表中国文学的传统特色。

顾随说：

中国只是到世弃、弃世而已，这样与己无益、与世无用。西方颇多与社会挑战者，这样世界才能有进步，鲁迅先生即有此精神。中国有见道的、自得的陶渊明，却少有挑战精神，总以为帝王将相既惹不起，贩夫走卒又犯不上。鲁迅先生不管这些，猫子、狗子也饶不过。（《中国经典原境界》，第 170 页）

鲁迅先生有挑战精神，面对论敌，一个都不放过，一个也不宽恕，特别尖刻。但是，顾随说过，鲁迅的文章是病态，亦不能代表中国文学的传统。

顾随以为，"西方诗人认真，干上没完"。中国诗人缺乏的就是这种"干上没完"的认真精神。他说：

中国诗人放纵，但也是在可能范围中放纵。中国诗人还没有到挺身与社会挑战，而多是站在云端里看厮杀、上了高山看虎斗、隔岸观火或者隔山骂知县，多是明哲保身，骂黑街。(《中国经典原境界》，第174页)

明哲保身是一般中国人的人生观；安于现状，乐天知命，是一般中国人的人生状态。这种人生观和人生状态，决定了中国诗人的中正和平、中国诗歌的温柔敦厚。

其实，顾随是矛盾的。他一方面提倡"情操诗学"和"情操修养"，建构"情操诗学理论"，以为人和诗均须有情操，以诗心节制诗情构成情操，情操就是"乐而不淫，哀而不伤"。所谓"情操诗学"，近似儒家温柔敦厚的诗教；所谓"情操修养"，即中正和平的人格理想。"情操诗学"是中国诗学的传统，亦是中国诗学的特色。"情操修养"是中国人的人格理想。所以，他推崇"诗三百"，欣赏陶渊明，因为他们是"情操诗学"和"情操修养"的典范。

但是，另一方面，顾随又觉得中国诗太柔弱，缺少力量，没有生机和生的色彩，一点强的东西都装不进去，他认为不好。诗歌必须有力量、有生机、有生的色彩。他亦觉得中国诗缺乏愤怒和怨恨，太柔弱，是病态，缺乏战斗精神和担荷意志，这亦不好。所以，他欣赏曹操的坚苦卓绝、杜甫的担荷意志、鲁迅的斗争精神。同时，他又觉得曹操是发皇，杜甫是病态，鲁迅不健康。总之，他对曹操、杜甫、鲁迅其人其诗其文，是既欣赏又不欣赏。他发自内心真正欣赏的，只有"诗三百"和陶渊明。

这种矛盾心态，反映的正是理想与现实的不调和。从理想状态看，他提倡"情操诗学"，欣赏"韵的文学"，主张温柔敦厚、中正和平。从现实状态说，处在国破家亡、世事纷扰之际，需要振奋民族的精神，需要坚苦卓绝的精神，需要战斗精神和担荷意志。理想与现实的不调和，导致顾随诗学思想和人生理想上的矛盾。

顾随论诗歌论人生，主张调和，其实他本人亦未能调和。

二〇二一年十月十四日

顾随的"出入论"

顾随诗学,我名之曰"情操诗学理论"。这个理论,由一系列子论构成,如因缘论、调和论、诗心论、出入论、同情论、生发论、感觉论等,出入论是其中比较重要的一个。

顾随"出入论",明显是受静安诗学影响而立论。王国维《人间词话》里有这样两段文字:

> 诗人对宇宙人生,须入乎其内,又须出乎其外。……入乎其内,故有生气;出乎其外,故有高致。
>
> 诗人必有轻视外物之意,故能以奴仆命风月;又必有

重视外物之意，故能与花鸟共忧乐。

这两段文字，意思是一个。"轻视外物"，是"出乎其外"；因"轻视外物"而"出乎其外"，故能"以奴仆命风月"，故有高致。"重视外物"，是"入乎其内"，因"重视外物"而"入乎其内"，故能"与花鸟共忧乐"，故有生气。顾随据此阐发，创立贯穿"情操诗学理论"的"出入论"。他说：

身临其境者难有高致，以其有得失之念在，如弈棋然。太白唯其入人生不深，故有高致。然静安"出乎其外"一语，吾以为又可有二解释：一者，为与此事全不相干，如皮衣拥炉而赏雪，此高不足道；二者，若能著薄衣行雪中而尚能"出乎其外"，方为真正高致。情感虽切而得失之念不盛，故无怨天尤人之语。人要能在困苦中并不摆脱而更能出乎其外，古今诗人仅渊明一人做到。（老杜便为困苦牵扯了。）陶始为"入乎其中"，复能"出乎其外"……陶入于其中，故亲切；出乎其外，故有高致。……太白的高致是跳出、摆脱，不能入而复出；若能入污泥而不染方为真高尚，太白做不到。（《中国古典诗词感发》，第56～58页）

"出入论"关乎诗人的修养和情操。诗人入于宇宙人生,"与花鸟共忧乐",是"重视外物",其诗有生气。诗人出于宇宙人生,"以奴仆命风月",是"轻视外物",其诗有高致。诗有生气,好;诗有高致,高。既高且好,是中国诗的最高境界。有的诗人,能入而不能出,诗好而不高;有的诗人,能出而不能入,诗高而不好。陶渊明能入能出,其诗既高且好,代表中国诗的最高境界。

"出入论"发端于王国维,阐释于顾随,但其渊源甚早,是中国古典诗学传统。如司空图《诗品》有"超以象外,得其圜中"语,顾随解释说:

"得其圜中"是"入",西洋人只做到此;中国人则更加以"超以象外"。"超以象外"并非拿事不当事做,拿东西不当东西看,而有拿事不当事、拿东西不当东西的神气,并非不注意,而是熟巧之极。胜固欣然,败亦可喜,即"超以象外,得其圜中",绝非拿事情不当事情。不是不认真,而是自在。西洋人认真而不能得自在,中国真能如此的人亦少。(《中国古典诗词感发》,第47页)

"超以象外",是出;"得其圜中",是入。能出能入,方臻佳境。西洋人入而不出,中国人出而不入,此就大体言。

其实,西洋人亦有"出入论","出入论"是中西艺术创作的共同规律。如弗洛伊德说:

> 艺术家就像一个患有神经病的人那样,从一个他所不满意的现实中退缩下来,钻进了他自己的想象力所创造的世界中;艺术家不同于精神病患者,因为艺术家知道如何去寻找那条回去的路,而再度把握现实。(《创作家与白日梦》,上海译文出版社1983年版)

美国临床心理学家凯·雷德菲尔德·贾米森写过一部《疯狂天才:躁狂抑郁症与艺术气质》,指出艺术家皆有躁狂症,都有点神经质。艺术家"从一个他所不满意的现实中退缩下来,钻进了他自己的想象力所创造的世界中",是"出乎其外"。艺术家又不同于精神病患者,他能够"寻找那条回去的路,而再度把握现实",是"入乎其内"。弗洛伊德这段话,与中国诗学"出入论",可谓异曲同工。只是如顾随所说,无论是中国人还是西洋人,"真能如此的人亦少"。或者说,比较而言,中国人更能"出",西洋人更能"入"。顾随曾反复说过:中国人入人生甚浅,抓不住人生,不如西洋人入得深，抓得住。他说：

吾国人没幻想，又找不到人生。（《中国古典诗词感发》，第146页）

吾国人对人生入得甚浅。（同上，第55～56页）

中国民族性若谓之重实际，而不及西洋人深，人生色彩不浓厚。中国作家不及西欧作家之能还人以人性，抓不到人生深处。（同上，第126页）

西洋大作家的作品皆有神秘性在内。……中国作品缺少神秘色彩。带神秘色彩的作品乃看到人生最深处。看到人生最深处可发现"灵"，此种灵非肉眼所能见，带宗教性，而西洋有宗教信仰，看东西看得"神"。（《中国古典文心》，第298～299页）

此就一般情况言。但是，伟大的诗人，是能出能入。顾随说：

一个哲人、诗人，至少在他创作时是旁观者，也许当他未创作前是一个活在生活核心者，但到他写时，便已撤出到人生阵线之外了。（《顾随全集》卷五《传诗录一》之

《说陶诗》,第 228 页)

诗人"活在生活核心",是入,诗人非入不可,否则诗没有生气,没有生机,没有生的色彩。诗人作为旁观者,"撤出到人生阵线之外",是出,诗人非出不可,否则没有诗心,没有情操,诗没有高致。顾随说:

若夫诗人则为自外转内,而又自内向外。陆士衡《文赋》常剀切其言之曰:"收视反听,耽思旁讯,精骛八极,神游万仞。"前四句是自外而内,至后三句则自内而外。(《顾随全集》卷三《论著》之《禅与诗》,第 384 页)

"收视反听,耽思旁讯",是入;"精骛八极,神游万仞",是出。能入能出,先入后出,这是诗的创作过程。

一般言,"对生活不钻进去,细处不到;不跳出来,大处不到"(《中国古典诗词感发》,第 209 页)。优秀诗人,他既能钻进生活里去,又能从生活里撤离出来,故能写出好诗。顾随说:

古之作者,其入之深也,常足以探其源而握其机。故能操纵杀活，太阿在手。其出之彻也，又常冥然如无觉，夷然如不屑。故能左右逢源，行所无事。于是而所谓高致生焉。(《顾随全集》卷三《论著》之《稼轩词说自序》，第7页)

后之作者或能入而不能出，或能出而不能入，故其诗或有高致而乏生气，高而不好；或有生气而乏高致，好而不高。顾随说：

吾国之作家，自魏晋六朝迄乎唐宋，上焉者自有高致；其次知求之，有得不得；其次虽知求之，终不能得；若其未梦见者，又在所不论也。(同上)

于诗之高致，求而不得，或者根本"未梦见者"，是入而不能出。所以，顾随亦告诫说：

写诗也莫太想得深，以至于能入而不能出。(《中国经典原境界》，第69页)

想得太深，便是入得太深，就可能是入而不出。

顾随说：

　　愈到后世，对人生愈进不去，不能入；不能入，也不能出。进，需要点力量；出，需要点才气。吾辈凡人既无进去的力量，又无出来的才气，陈简斋即如此。末流诗人多是未能入，何论出？……进入得愈深，出来得愈高。只在人世浮沉，入得也不深，出来得也不会高。(《中国古典诗词感发》，第213页)

　　对人生进不去，写不出好诗；进去了出不来，亦写不出好诗。进去或者出来，皆非易事。进去需要力量，出来需要才气。古今诗人，具备这种才气和力量者，首推陶渊明。李白能出而不能入。杜甫有时是入而不出，因为他常"为困苦牵扯了"。他的诗，生气没问题，但有时缺乏高致，便是由于他进去得太深，出来得不高。唯有陶渊明，"站在旁观地位去写人生，能入能出"(《中国古典诗词感发》，第213页)，进去得很深，出来得亦很高。

二〇二一年十月十八日

059

顾随的"欣赏论"

顾随"欣赏论"之"欣赏",非一般意义上的文学欣赏,而是特指诗人的一种修养和能力。这个意义的上"欣赏",据顾随说,是借用厨川白村的说法。其"欣赏论",或许便是受了厨川白村的启发。我没读过厨川白村的书,不好说,不便下结论。

何谓"欣赏",顾随没有明确解释。但他下面这两段文字,能让我们认识到"欣赏"的含义。他说:

严格的批评,可以成哲学家、道学家,拉长面孔,摆起架子,可敬。……然欣赏的诗人,光明可爱,"胜固欣然,

败亦可喜"(苏轼《观棋》)。……哲学家就是要批评,诗人是欣赏。(《中国经典原境界》,第133页)

诗人不想批评、不想讽刺,只是欣赏玩味,所以在夫妻决裂感情断绝之后〔按,指《诗经·谷风》〕,仍能写出这样平和的诗句。(同上,第134页)

综合言之,其一,欣赏不是批评,不是讽刺,是玩味。其二,哲学家批评,思想家讽刺,而诗人是欣赏。顾随说:

诗人和哲人,反省是一样的,而结果不一:诗人反省是欣赏自己、暴露自己的缺点;哲人反省是发现、矫正自己的缺点。(同上,第173页)

或者说,诗人是玩味自己,哲人是批判自己。其三,哲学家、思想家的批判、讽刺,严肃、认真,可敬;诗人的欣赏、玩味,轻松,拿得起,放得下,可爱。其四,哲学家、思想家,是愤激、尖锐;欣赏的诗人,是沉静、和平。即便夫妻决裂、情感断绝,依然有和平的心态、沉静的心情欣赏玩味。顾随说:

诗人，特别是大诗人，在悲哀的心情之下，往往写出很幽默的句子来。(《中国经典原境界》，第129页)

如晚清贵州诗人郑珍便是这样，即便困苦至极，悲伤至极，他还有心情幽默一下。换了常人，或者小诗人，早已呼天抢地，哭爹叫娘。诗人不，尤其大诗人不会这样。大诗人为何能够做到这一点？因为他们有沉静的欣赏和玩味的心情。所以，顾随说：

欣赏的心情是诗人所不可缺少的，无论是古典派、传奇派、神秘派、未来派。(同上，第355页)

要想成为大诗人，先得培养欣赏的心情和沉静的心胸，具备欣赏的修养和玩味的态度。

顾随有时亦称"欣赏"为"观照"，或者两者混用。我以为，称"欣赏"比称"观照"好。"欣赏"之"赏"，主观；"观照"之"照"，客观。"欣赏"之修养和能力，是一种主观性的修养和能力，或者说是一种心情。顾随说：

从"世法"讲，心往外跑，即"放心"，没有返照。曾子"三省吾身"(《论语·学而》)是收"放心",做返照。凡能称得起诗人、哲人者,皆须有此返照功夫,且此为基础功夫。(《中国古典诗词感发》,第17页)

"返照",即观照,即反省,即欣赏。反省是途径,欣赏或观照是目的。论说法,"观照"不如"欣赏"好。顾随说:

诗人必须有冷静观察的功夫。持身在己,不是放纵,是约束。由于约束便有反省功夫,反省是进德修业之路。学道的人反省,发现自己缺陷想法补充。发现而补足之,使之完成完美人格。诗人发现自己缺憾,有时不是反省补足而是暴露,此与学道之人反省截然二事。……诗人哲人,反省内向,观察向外。对天地间万物,须先有检点观察功夫,然后始可言反省。否则反省自何入手?以何对照?观察反省此二步诗人哲人同,至第三步则不同:哲人是修正完成,诗人是自己欣赏。诗人哲人第四步又相同,都是满足。(《顾随:诗文丛论》,第136页)

简言之,诗人:观察—反省—欣赏—满足;哲人:观察—

反省—修正—满足。诗人与哲人的主要区别，便是一欣赏，一修正。所以说，欣赏是诗人的基础功夫。顾随说：

> 一个诗人过着观照的生活，他是欢喜是烦恼，他自己要看看，把他自己分为二者：一个在喜欢、烦恼，一个在那里观、在那里欣赏，所以他专以自持。并非无喜怒，但不为喜怒所压倒，不为自己的感情所炸裂。……这是情操、是自持，诗人总要有此套功夫。观照、欣赏的生活得到了情操自持的结果，而成为韵的文学。（《中国经典原境界》，第316页）

诗人当然有欢喜，有烦恼，但他有情操，能够自持。诗人有情操修养，有自持功夫，所以尽管欢喜，尽管烦恼，但他亦能欣赏玩味。正因为诗人有欣赏玩味的心情，故能写成"韵的文学"。

诗人必须具备欣赏玩味的心情。欣赏玩味的对象有别，有对大自然的欣赏，有对人生的欣赏。"中国诗人对大自然是最能欣赏的"（《中国古典诗词感发》，第320页），于是写成很好的山水诗和山水游记。"吾国人对人生入得甚浅"（同上，第55～56页），或找不到人生，或抓不到人生深处，故对人生的欣赏很浅。对人生的欣赏，既有对他人的欣赏，亦有对自己的欣赏。欣赏他人易，欣赏自己难。顾随分析李商隐《夜雨寄北》一诗说：

"君问归期"后若接"情怀惆怅泪如丝"便完了。义山接"巴山夜雨涨秋池"，好，自己欣赏、玩味自己（欣赏还不是观察研究）。欣赏外物容易，欣赏自己难。诗人之艺术但有"觉"（感觉）还不成，还要有自我欣赏。平常自赏是自喜，风流自赏（喜），孤芳自赏。余所说自赏，有自觉、自知的根基。……义山写此诗有热烈感情而不任感情泛滥。写诗无感情不成，感情泛滥也不成。所以诗人当能支配自己感情，支配感情便是欣赏。……后两句〔即"何当共剪西窗烛，却话巴山夜雨时"〕绕弯子欣赏，把感情全压下去了。太诗味儿了，不好。感情热烈还有工夫绕弯子？冲动不够，花样好，欣赏多。（《中国古典诗词感发》，第210～211页）

自我欣赏不是风流自赏，亦不是孤芳自赏，而是自我玩味。晚唐诗人最能自我欣赏，自我玩味，李商隐是代表。

李商隐诗很精致，很美，很有诗味。但是，顾随以为,"太诗味儿了,不好"。李商隐诗便是"太似诗""太诗味",不好。因为没有生机和生的色彩,没有力量。(参见"诗太诗味了便不好"条)可能是因为李商隐过于自我欣赏、自我玩味。顾随说:

如果一个诗人完全抛弃了欣赏的态度和心情,则大可怀疑其是否能成为一个诗人,虽然只欣赏是不能够成为一个好诗人的。……一个诗人如果专欣赏他自己的生活,便难以打出自我的范围,总在自己的小天地中,并且自满于自己的小天地……这样的诗人可以成一"唯美派"的诗人,可以写出很精致的诗来。(《中国经典原境界》,第317～318页)

虽然古今中外的诗人都要有此套功夫〔按,即欣赏或观照〕,但却非即此已足;若以此自足,便是作茧自缚,是没出息,不会有发展。所以晚唐到了李义山、韦端己,要革新。西昆体要灭亡,亦是如此。自足、自缚,没有发展,诗人万万不可陷在这小天地里。(同上,第316页)

诗人必须有自我欣赏和玩味的心态,但又不能作茧自缚,局限于欣赏自己的生活,满足于自己的小天地。李商隐

诗正有这个毛病。顾随说:

> 义山虽能对人生欣赏,而范围太小,只限自己一人之环境生活,不能跳出,满足此小范围。……此类诗人可写出很精致的诗,成一唯美派诗人。(《中国古典诗词感发》,第320页)

> 义山诗好,而其病在"自画",虽写人生,只限于与自己有关的生活。此类诗人是没发展的,没有出息的。(同上,第321页)

> 〔义山〕太满足于自己的小天地,太过于沾沾自喜,缺乏理想和力量。……在义山集中寻不出向前向上、能担荷苦恼的诗来。(《中国经典原境界》,第317页)

李商隐的问题,就是过于重"自画",过于沾沾自喜,过于自我欣赏玩味,缺乏斗争精神和担荷意志。

欣赏是一种心情,更是一种修养和能力,需要培育,需要涵养。顾随说:

> 文学作品是要表现热烈的感情,但热烈的感情也足以毁灭文字。……宋玉没有那样热烈的感情、丰富的幻想,

所得只是欣赏一面的、现实一面的。既曰欣赏，便非热烈；既曰现实，便非幻想。(《中国经典原境界》，第87页)

将热烈感情转化为和平欣赏和沉静玩味，是修养，是功夫，亦是能力，非一般人能做到。如何修养成这种欣赏心情和玩味态度，顾随给出了路径。他说：

无论多么愤慨、悲哀、烦恼，绝不能狭小，狭小的心绝不能成为一个成功的诗人，特别是伟大的诗人。当感情盛时，可以愤怒、伤感，但不能浮躁，一浮躁便把诗情驱除净尽，绝写不出诗。写诗，非有余裕不可；如此，方能风行水流。(同上，第136～137页)

"观"必须有余裕。……在力使尽时不能观自己；只注意使力则无余裕来观，诗人必须养成在无论任何匆忙境界中皆能有余裕。(同上，第134页)

所谓"观"，即欣赏、观照。培养欣赏心情和玩味态度，首先要心胸开阔、宽广，绝不能狭小。心胸开阔，能包容，故少愤慨、烦恼，能和平。心胸狭隘，拘于喜怒哀乐，不能超越，不能和平。其次是不能浮躁，顾随不喜欢韩愈其人其诗，就是因为他浮躁。他说："一切事业躁人无成绩，性急可，但必须沉住气。"(《中国古典诗词感发》，第141页)浮躁者性急，沉不住气，不可能有欣赏心情和玩味态度。顾随说：

最怕急躁，一急躁便不能欣赏。一个诗人、文人什么都能写，只是要保持欣赏的态度、有闲的精神。(《中国经典原境界》，第358页)

精神上有闲，是培育欣赏心情和玩味态度的前提条件。第三是必须有余裕，包括时间的余裕和空间的余裕、精神的余裕和物质的余裕。总之，心胸开阔，心境和平，沉得住气，精神有闲，有余裕，便有欣赏心情和玩味态度。

欣赏的心情是诗人不能缺少的，修养成欣赏的心情，确非易事。顾随说：

观此〔按，即义山《二月二日》末二句——新滩莫悟游人意，更作风檐夜雨声〕，心情之悲苦可知。……心境不平和，在此心情下能写出"二月二日江上行，东风日暖闻吹笙。花须柳眼各无赖，紫蝶黄蜂俱有情"这般美丽的诗来，真是观照、欣赏得到的"情操"的功夫。于诗人有此般修养功夫，实当予以重视，表示敬意，诚非常人所能及者。(《中国经典原境界》，第318页)

在任何状态下皆能保持欣赏心情和玩味态度的诗人，值得重视，值得尊敬。

二〇二一年十月十九日

060

顾随的"感觉论"

有些东西,从道理上讲不通,从理论上道不明,可他就在那里,还很有意思,还能吸引你,可你无法把握它。怎么办?靠感觉。诗人特别富于这种感觉。顾随说:

在文章中有一段"没有也成,非有不可"的,这就是诗,是文学。……这不是思想,不是意识,只是感觉。诗人特别富于此种感觉,"如饥思食,如渴思饮"(明朝温纯《与李次溪制府》)。别人看着"没有也成",而诗人看着"非有不可"。(《中国经典原境界》,第137～138页)

写诗如同恋爱，感觉很重要，不可理喻，但必须有。男女相处，没找到感觉，爱情不能发生，恋爱谈不下去。诗人写诗，没找到感觉，诗写不出来，勉强写出来，是文字游戏，不是好诗。

顾随下面这段话，专门讨论了感觉在写作中的意义。他说：

> 作诗最要紧的是"感"，一、肉体的感觉，一、情感。……古人写诗非无感情、思想，而主要还是感觉。从感触中自然生出情来，带出思想来。只要感触感觉真实，写出后自有感情、思想。若没有感触、感觉，虽有思想感情也写不出太好的诗。（《顾随：诗文丛论》，第129页）

思想和感情很重要，是写诗的基础。但没有感觉，写不出来；即便勉强写出来，亦不是好诗。他认为：诗之所以能感动人，"虽因感情思想真实，其美还在赖其真实感觉为媒介"（同上，第129页）。

思想和感情是写诗的材料，感觉是写诗的动因。诗人有创作冲动，是因为有感觉；诗之动人，是因为有感觉；诗之美，还是因为有感觉。顾随说：

古人作诗有感情、有思想，要紧的还是感觉。（眼耳鼻舌身——色声香味触。）有感觉，自然生感情，自然带出了思想来，假使你的感觉是真实的话。春风吹面觉得很好，这即是你的感情、思想。若无感觉，虽写感情与思想，不能成为很好的诗。借了感情把这思想表现出来，非要锐敏的感觉不成。……感觉锐敏而真美。（《中国经典原境界》，第333页）

一个诗人不必有思有情，主要有觉就照样可成诗人，而必有觉，始能有情思。（《顾随全集》卷五《传诗录一》之《魏武与陈王·力与美》，第188页）

诗人有感情和思想，但不一定有写诗的冲动，那是因为还没有感觉。诗人有了感觉，有了写诗冲动，思想和感情亦会随之而来。顾随认为诗的写作有三个环节：诗感、酝酿和表现。所谓"诗感"，便是诗人的感觉。他认为："诗感是诗的种子。"（《中国古典诗词感发》，第215页）他说：

诗人写诗的条件有三：一知（智慧），二觉（感觉），三情。三者中：知，冷静；觉，纤细；情，或温馨或热烈。（《中国经典原境界》，第332页）

他把感觉作为诗人写诗的三个基本条件之一。平常学者论诗论文,一般强调感情真挚动人,思想深刻有理。其实,这些都不是主要的,尤其是中国诗。中国诗最要紧的是感觉。有感觉,便有感情;有感觉,自然带出思想。感觉是决定性的。若按先后和主次排序,是感觉、感情、思想。感情带出思想,感情本身亦在于感。或者说,情因感而生,无感哪来情?

感觉这东西很神奇,很难描述它,只可意会,难以言传。顾随以为,"感觉是要从脑子里泛出来的","是从他心里泛出来的"(《中国经典原境界》,第333页)。"泛"字用得好,它不是冒出来的,不是涌出来的。冒出来或涌出来的,是灵机一动的机趣。满之后溢出来,是"泛"。感觉好像是突然发生,实际上有长期的孕育。有长期的孕育,满了,才会溢,才会"泛"。在这个意义上,感觉近似灵感。顾随说:

锐敏你的感觉,启发你的灵感。读古人文章得到灵感甚难,需有感觉,始有灵感。(同上,第208页)

表面上看,灵感是突发的。事实上,灵感如同感觉,有一个长期酝酿的过程。

有感觉，才能写成诗。感觉锐敏，才能写成好诗。顾随说：

> 花本身是诗，然无知写不出诗。人有知故能写花，然但有知不成，须有知且有觉。知是理智的，觉是感官。……必须有感，始能成诗。……只有知，不能成诗；能成诗，亦须有觉动之。但有觉倒能成好诗，如韩偓《香奁集》中"手香江橘嫩，齿软越梅酸"（《幽窗》）二句，没意义，可是好。（《中国古典诗词感发》，第325～327页）

有的诗，没意义，可是好。好得没理由，可就是好，因为它有感觉。顾随说：

> 中国诗，最俊美的是诗的感觉，即使没有伟大高深的意义，但美。如"杨柳依依""雨雪霏霏"（《诗经·小雅·采薇》），若连此美也感觉不出，那就不用学诗了。（同上，第278页）

> 再如"采菊东篱下，悠然见南山"（陶渊明《饮酒二十首》其五），无意义，而能给人一种印象。若找不到印象，便是不懂中国诗。（同上，第331页）

所谓"给人一种印象",即引起人的感觉。严格说,是引起感觉,不是给人感觉。顾随说:"文学好,是要给人印象,不是概念。"(《中国古典诗词感发》,第301页)读如此优美的中国诗,而找不到感觉,或者说感觉不到美,那便是真不懂诗,亦不能学诗。

中国诗人,即便没有高深的思想,亦能把诗写得很美,就是因为有感觉。顾随一再指出,有感觉的诗很美。他说:

唯美派之感觉特别发达,注重感觉。……凡注意感觉之作家,不论散文、韵文,皆属唯美派。(《中国经典原境界》,第215页)

唯美派诗人,感觉最发达。杜甫虽然不是唯美派,但他有时感觉亦特别锐敏。顾随说:

或曰:杜诗粗。莫看他"粗",实在是感觉锐敏之极——敏、细。如其"……嫩蕊商量细细开"……"细细开",还罢了;"商量",二字真妙!人与花"商量",花与花"商量",其感觉之锐敏、之纤细真了不得,何尝粗?(同上,第302～303页)

可见大诗人都很有感觉,只是唯美派诗人比一般诗人的感觉更锐敏。还有,感觉不能粗,感觉一定是锐敏的,一定是纤细的。顾随说:

说到感觉,需要细,体会时如此;创作时也需如此。(《中国古典诗词感发》,第 281 页)

诗人力如牛、如象、如虎,好,而感觉必纤细。老杜感觉便不免粗,晚唐诗人感觉纤细。(同上,第 252 页)

晚唐诗人最有感觉,尤其是李商隐的感觉,最锐敏,最纤细,他是中国诗中唯美派的代表。

特别纤细的感觉,可以写出特别唯美的诗。但是,感觉过于纤细,诗歌过于唯美,往往容易失去力量,缺乏生机和生的色彩。顾随说:

凡作精美之诗者必是小器人(narrow minded),如孟襄阳、柳子厚,诗虽精美,但是小器。(《中国经典原境界》,第 44 页)

粗犷者一般大器,精美者往往小器。晚唐诗人就是过于精美，特别小器，李商隐是代表。顾随说：

> 晚唐诗人特点是感官发达，感觉锐敏，易生疲倦的情调。就生理说易感受刺激，结果是疲倦；就社会背景说，国家衰乱，生活困难，前途无望，亦使人疲倦。晚唐诗带了疲倦的情调，可以说是唯美派，近似西洋的颓废派（decadent）。（《中国经典原境界》，第363～364页）

创作要有感觉，读诗亦要有感觉。诗之美，诗之动人，亦是因为感觉。研究诗人，首要看其感觉。有感觉的读者才能读懂有感觉的诗，有感觉的诗人才能写出有感觉的诗。顾随说：

> 我们研究诗人的心理，就看他的感觉和记忆。诗人都是感觉最锐敏而记忆最生动的，其记忆不是记账似的、死板的记忆，是生动的、活起来的。诗人之所以痛苦最大，亦在其感觉锐敏、记忆生动。（同上，第166页）

二〇二一年十月二十日

061

诗人的豪气

顾随论诗，不喜欢诗人的豪气，正像他不喜欢诗歌的豪华一样。他说：

晋左思太冲、宋鲍照明远、唐李白太白，说话皆不思索冲口而出，皆有豪气。有豪气，始能进取。……豪气如烟酒，能刺激人的神经，而不可持久。豪气虽好，诗人之豪气则好大言，其实则成为自欺，故诗人少成就。……文学作品不可浮飘，浮飘即由于空洞。太白诗字面上虽有劲而不可靠，乃夸大，无内在力。(《中国古典诗词感发》，第72～73页)

中国诗人里确有豪气一派，如曹植、左思、鲍照、李白，以及以苏、辛为代表的豪放词人。顾随不喜欢，对大诗人李白亦没说过几句好话。他以为，豪气之于人，于诗人，于诗，皆无益处。他说：

子桓言气，授自先天，韩氏曰盛，苏氏曰养，尽须乎养，养之始盛。……及其末流，乃复鼓努为势，暴恣无忌，自命豪气，实则客气。施之于文，既无当于立言，存乎其人，尤大害于情性。吾于论词，不取豪放，防其流弊或是耳。（《顾随全集》卷三《论著》之《东坡词说后叙》，第78页）

顾随所论的"豪气"，乃"鼓努为势"之气、"暴恣无忌"之气。他反复说豪气不可靠，于人不可靠，于诗亦不好。于人，他说：

豪气，少年人皆有豪气。但只恃豪气不可靠，精力可恃，豪气不可恃。（《中国经典原境界》，第183页）

年少轻狂，自有豪气。豪气之人，虽精力旺盛，果于进取，但不能持久。豪气非但不可靠，还"大害于情性"，故"豪气不可恃"。顾随说：

> 豪气不可靠，颇近于佛家所谓"无明"（即俗所谓"愚"）。一有豪气则易成为感情用事，感情虽非理智，而真正感情亦非豪气。因真正感情是充实的、沉着的，豪气则颇不充实、不沉着，易流于空虚、浮飘。（《中国古典诗词感发》，第69～70页）

豪气之人，好大言，感情用事，暴恣无忌，表面上豪情万丈，豪气干云，气势如虹，其实是浮躁，是浮飘，是叫嚣。一遇挫折和困难，便坠入深渊，若丧考妣。表面上有力量，其实软弱无力。豪气之人做不成事，因为他空虚浮飘，不是充实沉着。真正的力量来自充实沉着。顾随说：

> 一切事业躁人无成绩，性急可，但必须沉住气。学道者之入山冥想即为消磨燥气。盖自清明之气中，始生出真、美，合而为善，三位一体。（同上，第141页）

顾随说豪气是客气，是浊气，是躁气。豪气或躁气，就是沉不住气，故不能成大事。与豪气相反的，是清明之气。清明之气，即孟子所谓"平旦之气"。

诗人不应该有豪气，而必须有欣赏的心情，有诗心的修养。诗人养气，但养的不是豪气，是清明之气。豪气不宜作诗，豪气亦不宜入诗。顾随说：

> 诗中之气势，读者不可为其所煽动（鼓动），取快于一时则可，不可便认为诗法在此。自鲍明远、李白便有此一派："天生我材必有用，千金散尽还复来。"（李白《将进酒》）诗人是返照的，哲人是反省的，此句没有诗人的返照，也没有哲人的反省，是"客气"、"无明"。放翁"老子犹堪绝大漠，诸君何至泣新亭"（《夜泊水村》），亦如此。（《顾随全集》卷六《传诗录二》之《杂谭诗人之修养》，第230页）

有豪气的诗，能取快一时，如烟酒之刺激神经，不能持久。中国诗法重神韵，重持久的言外之意、韵外之味，故不欣赏取快一时的豪气诗。李白诗为中国诗之异端，即因此。豪气诗人作诗，皆不假思索，喷薄而出，有叫嚣气。中国诗法讲蕴藉，委婉含蓄，以诗心节制诗情，重情操，不欣赏狂躁叫嚣。豪气之诗人，没有反省功夫，没有欣赏心情，沉不住气，缺乏余裕，与中国诗法重虚静修养和情操功夫异趣。

顾随以为：豪气"施之于文，既无当于立言；存乎其人，尤大害于情性"。这话说得精警，可谓知言。此与温柔敦厚的中国人格理想和诗学品格相关，亦与他的"情操诗学理论"相应。

二〇二一年十月二十日

诗人的幻想

顾随论诗人的修养，有理想、幻想、想象、联想几个词。他曾试着区分这几个词，但讲得没有太清楚，不是很明白。他说：

幻想——说严肃一点儿——便是理想。人生总是有缺陷的，而理想是完美的。诗人不满于现实，故要求理想之完美。（《中国经典原境界》，第338页）

想象盖本于实际生活事物，而又不为实际生活事物所限，故近于幻想而又与之不同。（《中国古典诗词感发》，第203页）

象征非幻想，而必须有幻想、有联想的作家才能有象征的作品。象征多是幻想，譬喻是联想……幻想又非理想。理想是推理，有阶段性；幻想无阶段，是跳跃的。幻想非理想，而其中又未尝不有理想，否则不会成为象征。诗人笔下之幻想若无象征意味，不成其为诗。(《中国古典诗词感发》，第215～216页)

一个人不能说谎，就是创造力缺乏。……其实幻想不发达，就是没有说谎本领，没有创造性。(《中国古典文心》，第87页)

顾随讨论前述几个词的异同，主要便是这几段话。首先说明，前引第三段文字，讲幻想和象征的关系，我没有读得太明白。说"象征多是幻想，譬喻是联想"，这个好懂。联想，是由此物想到彼物；象征和譬喻，是以此物象征或譬喻彼物。这意思容易明白。有联想才能有象征，讲得通。我不太明白的是：为何必须有幻想才能有象征的作品？我完全没明白的是：为何幻想无象征就不成其为诗？

对这几个词的关系，我的理解是："想象"是个总括词，幻想、理想和联想皆包括在其中。或者说，想象包括幻想、理想和联想三个类型。想象，就是由此物想到彼物。根据此物与彼物之间关系的显晦程度和关联程度，分为幻想、理想和联想三个类型。大概言，联想，因联而想，如同譬喻，彼物与此物的关联紧密，关系显明。理想，因理而想，有依据、有理由的想，称理想。顾随说："理想有推理，有阶段性"，或为此意。所以，理想是完美的、完善的。如果说，理想是有理的想，彼物与此物之间连接的是理，是推理，彼与此之间的关系较显明。那么，幻想则是漫无边际的乱想。虽然顾随以为，"严肃一点"说，幻想亦是理想，彼物与此物之间依然有关系，但是，"幻想无阶段，是跳跃的"。因为是跳跃的，所以，其彼物与此物之间的关系，不如理想那样紧密，不如联想那样直接。概括言：想象，是由此物想到彼物；此物与彼物之间关系直接，是联想；此物与彼物之间关系显明，是理想；此物与彼物之间关系隐晦，是幻想。这是我的理解，可能不完全符合顾随的意见。

幻想近似说谎，因为此物与彼物的关系隐晦，一般人看不到这种关系，便以为是谎话。所以，顾随说："幻想不发达，就是没有说谎的本领。"我以为，想象力与创造性成正比例关系，想象力发达的人，创造性便强。培育创造性，首先要激发想象力。想象，是想人所未想；创造，是造人所未造。皆是前无古人，前所未有。幻想作为想象的极端形式，富于创造性。所以，顾随说："说谎话也是创造。""一个人不能说谎，就是创造力缺乏。""人生的创造是一个伟大的说谎。"（《中国古典文心》，第 86～87 页）

温柔敦厚的中国人，最不擅长的就是说谎。顾随说：

中国民族太老实，不会说谎，连佛教那样夸大的说谎也没有。（同上，第 87 页）

原因便在于"吾国人幻想不高"，或者说"中国幻想不发达"（《中国古典诗词感发》，第60页）。温柔敦厚的人是老实人，老实人不会说谎，亦不会幻想。顾随说：

幻想之路自《庄子》、楚辞后几茅塞，至唐而有长吉。（《中国经典原境界》，第 337 页）

中国幻想不发达，千古以来仅屈原一人可为代表，连宋玉都不成。汉人简直老实近于愚，何能学《骚》？……屈子之后，诗人有近似《离骚》而富于幻想者，不得不推太白。（《中国古典诗词感发》，第 60 页）

中国文人的幻想，前有庄子、屈原，后有李白、李贺，真不多，真不发达。儒家系统里，确实找不出一个幻想发达的诗人，这与儒家温柔敦厚的诗教有关系。

常拿人生讲文学，是顾随论诗的特色。他论诗人的幻想，亦联系着人生来讲。他说：

> 长吉有幻想，而他的幻想与人生不能一致，不能成一个。若能一致，则真了不起。老杜是抓住人生而无空际幻想，长吉是有幻想而无实际人生。幻想中若无实际人生，则没意义，不必要……幻想若不与实际人生打成一片，则是空的，我们决不能感觉亲切、有味。（《中国经典原境界》，第338～339页）

现实的诗人，重视实际人生；浪漫的诗人，偏向空际幻想。将空际幻想与现实人生打成一片，则亲切有味，但是两难。若能打成一片，是真了不起。这是顾随的诗学理想。

二〇二一年十月二十一日

063

寂寞心即诗心

顾随说：

诗人最易感到的是孤独，因孤独而感到寂寞。(《顾随全集》卷五《传诗录一》之《说〈诗经〉》，第154页)

大体言，孤独是一种行为，寂寞是一种状态，所以是"因孤独而感到寂寞"。诗人所追求的，如海德格尔所说，是一种"存而不在"的状态。"存"是入，"不在"是出，"存而不在"是既入而出，入而能出。(参见"顾随的'出入论'"条)"存而不在"是孤独行为，是寂寞状态，亦是诗人的写作行为和创作状态。

人是孤独的动物。顾随说：

过去的笔记里又有这样几句话："人生最流连者过去，最希冀者将来，最悠忽者现在。"[《顾随全集》卷四《讲义》之《魏晋南北朝文学批评选读（第二部分）》，第111页]

流连过去，希冀将来，是人生的常态。顾随说过：过去和将来，是人生的两大诗境。（参见"过去和将来：人生的两大诗境"条）人是诗性的动物。诗性的人往往流连过去，常常希冀将来。人是孤独的，同时亦是诗性的。无论是人生，还是诗，都是悠忽现在。人的诗性是必需的，人的孤独是必然的。蒋勋说：

人本来就是孤独的，犹如柏拉图在两千多年前写下的寓言：每一个人都是被劈开成两半的一个不完整个体，终其一生在寻找另一半，却不一定能找到，因为被劈开的人太多了……孤独是人类的本质……孤独绝对是我们一生中无可避免的命题。（《孤独六讲》，第17～18页，广西师范大学出版社2009年版）

人与动物的区别,在于他的诗性。孤独是人类的本性,具有诗性的人必然是孤独的。孤独是一种诗性行为,寂寞是一种诗化状态。关于孤独,周国平说:

有两种孤独。灵魂寻找自己的来源和归宿而不可得,感到自己是茫茫宇宙中的一个没有根据的偶然性,这是绝对的、形而上的、哲学性质的孤独。灵魂寻找另一颗灵魂而不可得,感到自己是人世间的一个没有旅伴的漂泊者,这是相对的、形而下的、社会性质的孤独。前一种孤独使人走向上帝和神圣的爱,或者遁入空门。后一种孤独使人走向他人和人间的爱,或者陷入自恋。(《情感体验》,第19页,上海辞书出版社2012年版)

诗人和哲人的孤独,是绝对的、形而上的,属于前者,即"哲学性质的孤独";一般人的孤独,是相对的、形而下的,近于后者,即"社会性质的孤独"。无论是前者还是后者,于人而言,皆是二律背反。帕斯卡尔说:

我们由于交往而形成了精神和感情,但我们也由于交往而败坏着精神和感情。(同上,第20页)

他以为，世俗的交往，"羞辱了孤独"，故而"败坏着精神和感情"。换言之，孤独可以提高人的精神境界，可以提升人的精神和感情。所以，孤独是伟大的，是崇高的。人必须学会孤独，欣赏孤独。周国平说：

人生面临种种二律背反，爱与孤独便是其中之一。个体既要通过爱与类认同，但又不愿完全融入类之中而丧失自身。……爱诚然使人陶醉，孤独也未必不使人陶醉。(《情感体验》，第19页)

人害怕孤独，或"感到自己是茫茫宇宙中的一个没有根据的偶然性"，或"感到自己是人世间的一个没有旅伴的漂泊者"。但是，人同时又需要孤独，需要孤独来提升自己的精神和感情。"孤独既是一种痛苦，也是一种享受"，这是周国平的结论，我认同。相对于痛苦的负面价值，因孤独而享受的正面价值，更值得重视。周国平说：

孤独中有大快乐，沟通中也有大快乐。两者都属于灵魂。一颗灵魂发现、欣赏、享受自己所拥有的财富，这是孤独的快乐。如果这财富也被另一颗灵魂发现了，便有了

沟通的快乐。所以，前提是灵魂的富有。对于灵魂贫乏之辈，不足以言这两种快乐。（《爱与孤独》，人民文学出版社2009年版）

一颗平庸的灵魂，并无值得别人理解的内涵，因而也不会感受到真正的孤独。相反，一个人对于人生和世界有真正独特的感受，真正独创的思想，必定渴望理解，可是也必定不容易被理解，于是感到深深的孤独。（同上）

孤独之所以有大快乐，是因为孤独者有饱满和富有的灵魂。蒋勋亦认为：在孤独中，有一种很饱满的东西存在，孤独就是自己与自己的和谐相处。他说：

孤独是生命圆满的开始，没有与自己独处的经验，不会懂得和别人相处。所以，生命里第一个爱恋的对象应该是自己，写诗给自己，与自己对话，在一个空间里安静下来，聆听自己的心跳和呼吸。我相信，这个生命走出去时不会慌张。相反的，一个在外面如无头苍蝇乱闯的生命，最怕孤独。（《孤独六讲》，第47页）

孤独者有饱满、富有的灵魂，孤独是圆满生活的开始，所以，孤独中有大快乐。

总之，孤独可以提升人的精神和感情，孤独使人陶醉，孤独有大快乐，孤独者的灵魂饱满而富有，孤独就是自己与自己和谐相处，孤独的生命是圆满的生命。

孤独作为一种行为，它导致寂寞，亦可能产生无聊。蒋勋说：

> 孤独和寂寞不一样。寂寞会发慌，孤独则是饱满的，是庄子说的"独与天地精神往来"，是确定生命与宇宙间的对话，已经到了最完美的状态。（《孤独六讲》，第54页）

周国平说：

> 孤独是一颗值得理解的心寻求理解而不可得，它是悲剧性的。无聊是一颗空虚的心灵寻求消遣而不可得，它是喜剧性的。寂寞是寻求普通的人间温暖而不可得，它是中性的。（《情感体验》，第20页）

比较言，周国平的观点较妥帖。要之，孤独是人生的伟大状态，是人生的诗性状态。在世界上，诗人和哲人最孤独。诗人和哲人的反省意识最强，生命意识最重，最能体会孤独，最能展现孤独。对于一般人，你可以说自己无聊，或者说自己寂寞，但不可轻易说自己孤独。因为你是无聊，你还没有达到孤独的条件。

顾随讨论孤独的文字不多，他重点说的是寂寞。他说：

人凡在专一之时，都是一颗寂寞心。青年、中年不甘于寂寞，老年则甘于寂寞，而人在寂寞中未始不有一点小小受用——寂寞中心是静的，可以做事，可以思想。能做轰轰烈烈事业之人，多是冷静的人。……在文人来说，寂寞心是文人的静的功夫。要静，必须清净，由净得到静，而有所受用。(《中国古典文心》，第234页)

寂寞心不是死寂，不是心如死灰。寂寞心是清净，是安静。有寂寞心者，专一，可以做事，可以思想。因为寂寞心有生机。顾随说：

真正寂寞，外表虽无聊而内心忙迫。(《中国古典诗词感发》，第7页)

寂寞心盖生于对现实之不满（牢骚），然而对现实的不

满并不就是牢骚。改良自己的生活,常欲向上、向前发展,也是源于对现实的不满。(《中国古典诗词感发》,第 21 页)

寂寞不是无聊,不是死寂。它对现实不满,有"内心忙迫",故有生机。寂寞心不是牢骚,是向上、向前之心。顾随说:

> 寂寞是文学、哲学的出发点,必能利用寂寞,其学问始能结实。(同上,第 55 页)

故诗人和哲人最有寂寞心。做诗人,做哲人,要耐得住寂寞,要能欣赏寂寞,在寂寞中成就文学和哲学。但诗人和哲人处理寂寞的方式不同。顾随说:

> 诗人是寂寞的,哲人也是寂寞的;诗人情真,哲人理真。二者皆出于寂寞,结果是真。诗人是欣赏寂寞,哲人是处理寂寞;诗人无法,哲人有法;诗人放纵,哲人约束。但大哲人也是诗人,大诗人也是哲人,此乃指其极致言之,普通是格格不入的。(《顾随:诗文丛论》,第 118 页)

对诗人言，寂寞心是诗心。诗心为诗人所必有，寂寞心为诗人所必具。顾随说：

不论派别、时代、体裁，只要其诗尚成一诗，其诗心必为寂寞心。……抱有一颗寂寞心，并不是事事冷漠，并不是不能写富有热情的作品。……必此寂寞心，然后可写出伟大的、热闹的作品来。……若认为一个大诗人抱有寂寞心，只能写枯寂的作品，乃大错。如只能写枯寂作品，必非大诗人。……热烈皆从寂寞心生出。(《中国古典诗词感发》，第20～21页)

诗人最易孤独，诗人追求孤独。"存而不在"是诗意地栖居，诗人追求"存而不在"，就是追求孤独的状态。诗人因孤独而寂寞。寂寞如同孤独，令人陶醉，有大快乐，是人自己与自己相处交流对话的状态。寂寞心有生机，是清净之心。寂寞心就是诗心。任何伟大的诗篇，皆产生于诗人的寂寞状态中。

二〇二一年十月二十二日

064

诗思的选择

顾随在文中提到两件关于诗思的事,很有意思,但不好解释。

第一件,他在《春天的菜》里说:

在一本书上,见到这样意思的几句话:欣赏鱼跃是诗;倘以为那鱼颇肥,想着捉来吃,便不是诗了。(《顾随全集》卷二《小说·散文·日记·译作》,第134页)

第二件,他在《汽车上、火车上、洋车上,与驴子背上》里,说到乡里前辈坐火车看山时有两句诗:"一日看山三百里，古人无此快哉游。"他评论说：

拿上面两句同陆放翁的"细雨骑驴入剑门"相比，还是后者高明。古人曾说"诗思在灞桥风雪中驴子背上"，骑了驴子去看山，总比坐了火车看山是更为 poetic 一点吧。（《顾随全集》卷二《小说·散文·日记·译作》，第 132 页）

他接着说到自己的一段经历：

有一次，是初夏，我坐了洋车进城。看见正午阳光下的西山，是那样的翠蓝……"多么美的夏山啊！为什么我们的诗人只赞美春山与秋山呢？"诗兴大发，我真的想要作诗了。然而一看车夫的脊背上沁出汗来，那诗思便"小鸟似的飞去"了。这首诗自然至今还未曾着笔。倘使我也如古人似的，骑在小毛驴子的背上，诗一定会作成的吧，虽然不知道写出时，究竟是诗与不。……于是我想到一个诗人，一定是想了些什么，同时还忘了些什么。倘不，便不能成为诗人。我之所以不能成为诗人者，即以是故。（同上，第 132～133 页）

前述两件事，涉及三个问题：一是为何观赏鱼跃是诗，而捉肥鱼煮来吃便不是诗？二是为何骑驴看山比坐火车看山更有诗意？三是诗人本来诗兴大发，为何看到车夫脊背上沁出汗来，便写不出诗来？这三个问题，不好回答。

顾随解释说：一个诗人，一定是想了些什么，同时还忘了些什么。好像亦没有完全解释清楚。我的理解是：顾随要表达的，是诗人应该看到他作为诗人应该看到的一面，如坐在洋车上看西山；诗人不应该看到他作为诗人不应该看到的一面，如坐在洋车上不应该去看车夫脊背上沁出的汗。如此，才能写出诗，才能成为诗人。

诗人应该看到他作为诗人应该看到的一面，如看到鱼儿欢快悠闲地在水中游动；诗人不应该想到他作为诗人不应该想到的一面，如观赏鱼跃时不应该想到吃鱼的事。如此，才能写出诗，才能成为诗人。

骑驴看山，坐车看山，看的都是山，都是乘坐交通工具看山。可是，诗意或诗味就有轻重或深浅之别。骑驴看山，更有诗思，更有诗情，亦更有诗味。坐车看山，尤其是乘坐火车或轿车看山，虽亦达到目的，但总有点不伦不类。古典意味的看山与现代色彩的交通，不搭，有点怪，诗思便上不来，诗亦不一定写得好。

如此说，诗思的发生，是有条件的，是有选择的。

二〇二一年十月二十二日

065

顾随的"诗心论"

中国人讲"诗心文胆",意谓以心作诗,以胆著文。此语道出诗、文体式风格之差异,亦说明诗、文创作态度的不同。诗、文各有体。一般言,诗"丽则清越,言畅而意美",文"高壮广厚,词正而理备"。诗是柔性的,文是刚性的。诗是柔性的,所以"丽则清越";诗是感性的,所以"言畅而意美"。创作此种柔性、感性之诗,当以"心"呈"情",以"心"示"意",故称"诗心"。文是刚性的,所以"高壮广厚";文是理性的,所以"词正而理备"。创作此种刚性、理性之文,当以"胆"论"断",以"胆"显"识",故称"文胆"。

顾随诗学，自成体系，总名为"情操诗学理论"，总论下有若干子论，"诗心论"是其中之一，与"诗心文胆"之"诗心"近似。顾随以为：写诗必有"诗情"，但必须以"诗心"节制"诗情"。以"诗心"节制"诗情"，构成"情操"，此乃"情操诗学理论"的大体内容。

顾随"诗心论"，是他在诗学实践中逐渐建构起来的。他说：

> 诗人情感要热烈，感觉要锐敏，此乃余前数年思想，因情不热、感不敏则成常人矣。近日则觉得除此之外，诗人尚应有"诗心"。（《顾随：诗文丛论》，第116页）

情感热烈，感觉锐敏，是写诗的先决条件，此乃一般共识，顾随早期亦持这种看法。诗人与常人的区别，在于他有热烈情感和锐敏感觉。只有热烈情感还不行，常人亦有热烈情感。只有热烈情感，还不能成诗，还要有锐敏感觉。诗人特别富有锐敏感觉。（参见"顾随的'感觉论'"条）诗人与常人之别，主要就在感觉的锐敏上。

感觉锐敏，情感热烈，可以写诗，但不一定能写成好诗。优秀诗人和一般诗人的区别，还在于"诗心"。以"诗心"节制"诗情",构成"情操",是优秀诗人的特点。据顾随说,他是在不断的诗学实践中才逐渐悟到这一点的。可见,以"诗心论"为核心内容的"情操诗学理论",有一个建构的过程。

顾随擅长讲授,不乐著述,较少专题理论研究文章,他的诗学理论散见在课堂讲授和学术讲演中(参见"顾随学术精义在课堂讲授中"条)。"诗心论"亦是这样。顾随在诗词讲授中,谈得最多的是"诗心",讲得自成体系的亦是"诗心",几乎是无处不谈。亦许,他讲得最得意的亦是"诗心",故产生撰写专论的想法,但最终没有写成。他在1943年10月24日与周汝昌信里说:

> 日来时时思写一文,曰"诗心篇",大纲已有,恨时间与精力两不足耳。然亦大细事,吾此刻不患不能写,所患写来无足观也。[《顾随全集》卷九《书信二》之《致周汝昌(玉言、巽甫、巽父)》,第93页]

师徒通信,谈隐私,应是他当时的真实想法。"时时思写",且"大纲已具",可见其迫切。"不患不能写,所患写来无足观",可见其谨慎。至于"时间与精力两不足"，托辞。

顾随于诗论，有精深研究，创获良多，自成体系。但他打算撰成专论的，不多。据其通信和日记，以及师友杂忆，他打算写的专论，是《孔门诗案》和《诗心篇》。于前者，据说已完成十之六七，未写完，残稿下落不明。于后者，"大纲已具"，是否动笔，完成多少，不得而知。连已具之大纲，亦下落不明。

好在顾随在他的诗词讲授里，常说"诗心"，虽然东鳞西爪，零落散乱，但大抵还是可以理出头绪来。把他散见在各种讲义里的这些材料汇聚起来，整理研究，你会发现，他讲得很系统，很透彻，很有创意。

但是，何谓"诗心"，顾随并未给出明确解释。他只是说：

人人有诗心，在智不增，在愚不减，凡身心健康除白痴疯癫之外俱有诗心。吾人日常喝不为解渴的茶，吃不为充饥的糖果，凡此多余的不必需的东西便是诗心。(《顾随：诗文丛论》，第70页)

这段话，没有解释"诗心"是什么，但透露出一些信息。人人有诗心，人人皆有成为诗人的先天条件。但有的人成了诗人，写下的作品被称为诗；有的人却成不了诗人，写不出诗。这是为什么呢？我的看法是：有的人将先天的"诗心"完整地保留着，尽管遭遇各种干扰，仍保守着那份诗心，后来成了诗人。有的人原本有"诗心"，因遭遇外界干扰，先天的"诗心"逐渐磨灭，故成不了诗人，写不出诗来。

"诗心"是什么？不好说。什么是"诗心"？顾随以举例的形式表达了他的意见：凡是在生活中去追求那些不必要的、多余的东西的心，如喝不能解渴的茶的心，吃不能解决饥饿问题的糖的心，便是"诗心"。这样的"诗心"，人人皆有，但不是人人都能长久保持。

与"诗法"相对的，是"世法"；与"诗眼"相对的，是"世眼"；与"诗心"相对的，是"蓬心"。顾随提出"蓬心"这个概念，但他没有解释"蓬心"是什么。我猜测："蓬心"，即蓬草之心、当下之心、现实之心、物质之心、世俗之心。与之相对的"诗心"，则是超越之心、想象之心、精神之心。简言之，"诗心"是超越，是想象，是一种精神状态。

顾随论"诗心"，提出"新唯心论"，作为"诗心论"

的理论基础。他说：

> 禅家有所谓"万法唯心"，心生、神生、法生，心灭、神灭、法灭。尤其我们治文学的更是如此，一切创作皆然。……我们说老杜、鲁迅的诗文有顿挫，我们知道了，但何以我们写时不能成为老杜的诗、鲁迅的文？便因我们没有他们那样的心。……余此所讲自谓为"新唯心论"。……余所讲"有此心始有此文"……但余所说有科学的、唯物的根基。人心是以生活做根基，过此生活便有此心。……余之"新唯心论"有点近于心理学之行为派。……老杜之诗、鲁迅之文，他的思想与生活打成一片，他的思想上有了曲折顿挫，他的诗文自然曲折顿挫。（《中国古典文心》，第80～81页）

这段文字，讲得有点玄。我的理解是：万法唯心，心生而言立，心生而神生、法生，心灭则神灭、法灭。心是根本，无心则什么都不是。老杜、鲁迅诗文曲折顿挫，是由于他们有曲折顿挫之心。我们没有曲折顿挫之心，自然写不出曲折顿挫的诗文，此即所谓"有此心始有此文"。这当然是唯心论。唯心论在现代中国名声不好，近代以来中国主流思想重唯物。为避嫌，顾随称他的唯心论为"新唯心论"。"心生而言立"，没有"心生"，哪来"言立"？这是唯心论。但是事实，没什么不好。顾随"新唯心论"不止于此，他接着说，"人生是以生活做根基，过此生活便有此心"。这样，他的"新唯心论"，又有了"科学的、唯物的根基"。"新唯心论"之"新"，便在此。

"过此生活便有此心""有此心始有此文"，这是顾随"新唯心论"的内容，亦是"诗心论"的基础。说它是唯心，可以；说它是唯物，亦对。折中一点，称"新唯心论"，比较妥当。

二〇二一年十月二十三日

066

诗心是文学修养，亦是人格修养

顾随说：

人可不为诗人，不可无诗心。此不但与文学修养有关，与人格修养亦有关系。(《中国古典诗词感发》，第124～125页)

诗心首先是人格修养，其次才是文学修养。一个人，无论作诗与否，皆当有诗心，都要修养诗心。顾随说：

人人有诗心，在智不增，在愚不减，凡身心健康除白痴疯癫之外俱有诗心。吾人日常喝不为解渴的茶，吃不为充饥的糖果，凡此多余的不必需的东西便是诗心。(《顾随诗文丛论》，第70页)

人人天生皆是诗人，人人天生都有诗心。在后天的生活实践中，有的人失去了诗心，不能写诗；有的人保持着诗心，成了诗人。诗心是人和动物的显著区别。诗心是人格的修养。"人可不为诗人，不可无诗心。"顾随在1943年3月18日与滕茂椿信里说：

大凡吾辈今日生活所最要保持者为诗心。诗之或作与否，及作得成熟与否尚在其次。近来在课室中常发此议论，不知兄以为何如。[《顾随全集》卷九《书信二》之《致滕茂椿（莘园、心圆）》，第48页]

写不写诗，诗写得好与否，都是次要的。主要的是，作为人必须有诗心。他说：

诸君不要以为诗心只是诗人们自己的事，与非诗人无干；亦不可以为诗心只是作诗用得着，不作诗时便可抛掉：

苟其如此，大错，大错。……我们虽不识一个字，不能吟一句诗，也要保持及长养一颗健康的诗心。(《顾随全集》卷三《论著》之《关于诗》，第 265 页)

世上确有不能吟一句诗的诗人，如鲁智深；或者只吟过几句诗的诗人，如项羽。鲁智深和项羽，不仅是诗人，还是伟大的诗人，因为他们有极高明的诗心。(参见"诗人的类型与等级"条)

人人皆有诗心，人人皆要诗心。诗人没有诗心，简直不能写诗，即便写，亦不是诗，更不是好诗。顾随说：

中外古今底诗人更无一个不是具有如是诗心。若不如此，那人便非诗人，那人的心便非诗心，写出来的作品无论如何字句精巧，音节和谐，也一定不成其为诗的作品。……中国旧诗古来原是好的，何以后来堕落到怎般地步。作诗者只晓得怎样去讲平仄，讲声调，讲对仗与格律，结果只是诗匠而并非诗人，因为他压根儿就不曾有过诗心。以此之故，所以他虽然点头晃脑，自命雅人，其实却从头顶至脚跟毫无折扣的一个俗物。(《顾随全集》卷三《论著》之《关于诗》，第 261～264 页)

诗人为何必须有诗心？诗心于诗的写作有何意义？顾随这段话讲得很清楚，其要点有三：一是没有诗心的人是俗物，不是诗人；二是没有诗心，写出的作品不是诗；三是诗的堕落，是诗心的堕落。

顾随论诗，以"诗心"与"诗情"并举。"情感要热烈，感觉要敏锐"是就"诗情"言。诗人具备"诗情"，其"写出作品才能活泼泼的"。但是，优秀诗人必须将"诗情"与"诗心"合而为一，打成一片。他说：

一方面说活泼泼的，一方面说恬静宽裕，二者非二事。若但恬静宽裕而不活泼，则成为死人，麻木不仁。必须二者打成一片。[《顾随：诗文丛论》（增定版），第125页]

顾随所谓"诗情"，是指诗人的喜怒哀乐之情，包括闲情和激情、痛苦与欢乐、悲伤与欣喜，即任何心情都在内。"诗心"就是驾驭这任何心情，使之不溢出边界的手段或工具。因此，具备"诗情"，能否写出好诗，主要依靠"诗心"。顾随以为："只有感情真实没有情操不能写出好诗。"（同上，第56页）这里的"情操"，是指"诗心"。感情真实即有"诗情"。只有"诗情"而没有"诗心"，可以写诗，

但写不出好诗。他说:

吾人尚可学诗,即走晚唐一条路,以涵养诗心。或者浅不伟大,而是真的诗心。写有闲生活可抱此心情写,即使写奋斗扎挣之诗,亦可仍抱此心情,如陶之诗。诗中任何心情皆可写,而诗心不可破坏。写热烈时亦必须冷静。只热烈是诗情不是诗心,易使人写诗而不见得写出好诗。
[《顾随:诗文丛论》(增定版),第37页]

据此,"诗心"是写出好诗之关键,是成就一位伟大诗人的前提条件。有了"诗心",即使成不了伟大诗人,亦可以写出好诗。他说:

常人每以为坏诗是情感不热烈,实则有许多诗人因情感热烈把诗的美破坏了。(同上,第54页)

如果"诗情"没有经过"诗心"的节制而自由泛滥,就会破坏诗的美。

以"诗心"节制"诗情",就是使诗的情感符合温柔敦厚的理想品格,做到"发乎情,止乎礼义",做到"履中蹈和"。傅庚生说：

> 尽情倾注，如火如荼，言悲则泪竭声嘶，心肠酷裂；言喜则淋漓尽致，有如癫痫。虽可以感人，而入之每每不深；虽可以得盛誉于一时，终不能系之于永久。故写悲剧不可以入惨局，写喜剧不可以成狂态，必委曲而有深致，借理智以控制其冲动，然后能感人深也。(《中国文学欣赏举隅》，第33页，北京出版社2003年版)

"诗情"泛滥成诗，虽然亦能感人，但感人不深。傅庚生所谓"借理智以控制其冲动"，即顾随所谓以"诗心"节制其"诗情"。

"诗心"为诗人之必需和必具，亦是成就伟大诗人的前提。顾随建议学诗者"走晚唐一路，以涵养诗心"，以为"吾人不但要像宋人之用功在字句上、锤炼上，且须如晚唐诗人之修养诗情"[《顾随：诗文丛论》（增定版），第39页]。所谓"修养诗情"，就是节制"诗情"，就是培育"诗心"。他以为：晚唐杜牧、李商隐具有最健全的"诗心"。如杜牧，他有"感慨牢骚，然而永远是和谐婉妙地表现出来"（同上，第43页），"感慨牢骚"是"诗情"，能"和谐

婉妙"地表现"感慨牢骚",是因为杜牧有"诗心",是因为其"诗情"受到"诗心"的节制。又如李商隐,顾随说:

> 李(义山)是用观照(欣赏)将情绪升华了。陆、黄一类诗写欢喜便是欢喜,写悲哀便是悲哀,而观照诗人则在欢喜烦恼时加以观照,看看欢喜烦恼是什么东西。一方面观,一方面赏,有自持的功夫。(沉得住气,不是不烦恼,不叫烦恼把自己压倒;不是不欢喜,不叫欢喜把自己炸裂。)此即所谓情操。必须对自己情感仔细欣赏、体验,始能写出好诗。[《顾随:诗文丛论》(增定版),第54页]

所谓"观照的诗人",即有"诗心"的诗人;"用观照将情绪升华",即以"诗心"节制"诗情"。诗人"自持的功夫",即是"诗心"的修养。顾随在这里又称之为"情操"。没有"诗心"或"情操"的诗人,"写欢喜便是欢喜,写悲哀便是悲哀",即没有把欢喜和悲哀节制在一定范围内,便不是好的诗人。他说:

> 义山在不平和的心情下,如何能写出此诗(按,即《二月二日》)前四句那么美的诗?由此尚可悟出"情操"

二字意义。[《顾随:诗文丛论》(增定版),第56页]

换言之,李商隐有"诗心",以"诗心"节制"诗情",故有"情操"。因此,即便在心情不和平的情况下,他亦能写出好诗。

二〇二一年十月二十四日

067

诗心要静

顾随说:

诗心亦有二条件,一要恬静(恬静与热烈非二事,尽管热烈,同时也尽管恬静),一要宽裕。这样写出作品才能活泼泼的。感觉敏锐固能使诗心活泼泼的,而又必须恬静宽裕才能"心"转"物"而成诗。(《顾随:诗文丛论》,第116页)

综合顾随论的"诗心",全面地说,诗心之构成,实有三条件:一是诗心要静,二是诗心要闲,三是诗心要诚。

以静论文，以静说诗，在古代中国，始于刘勰。他在《文心雕龙·神思》中说：

是以陶钧文思，贵在虚静，疏瀹五藏，澡雪精神。……是以秉心养术，无务苦虑；含章司契，不必劳情也。

据此，所谓"虚静"，就是洗濯五脏，清洁精神，进入"无务苦虑"和"不必劳情"的平淡境界。《养气》对此有进一步发挥，其云：

率志委和，则理融而情畅；钻砺过分，则神疲而气衰：此性情之数也。……夫学业在勤，功庸弗怠，故有锥股自厉；和熊以苦之人志于文也，则有申写郁滞：故宜从容率情，优柔适会。……是以吐纳文艺，务在节宣，清和其心，调畅其气，烦而即舍，勿使壅滞，意得则舒怀以命笔，理伏则投笔以卷怀，逍遥以针劳，谈笑以药倦。常弄闲于才锋，贾馀于文勇，使刃发如新，腠理无滞，虽非胎息之万术，斯亦卫气之一方也。

所谓"养气"，即养育精气，使构思主体进入"虚静"

境界。这种"虚静"境界,有"率志委和""从容率情,优柔适会"特点。简言之,就是从容不迫、平淡自然。顾随论诗心的静,是本刘勰"虚静"说而倡言之。

总体言,中国文化是静态,西方文化是动态;中国人尚静,西方人尚动。顾随说:

在不安定的生活中,也要养成安定心情,许多伟人之成功都是如此。(《中国古典诗词感发》,第271页)

这是典型的中国态度。追求安,是中国人的人生态度,故以平安为人生理想,以安逸为人生愿景。因安而静,由静而安。顾随说:

得意时以静处之则心不骄矜,失意时以静处之则心不忧伤,忙时以静处之则心不内乱,闲时以静处之则心不外驰。(《顾随全集》卷二《小说·散文·日记·译作》之《随便谈谈》,第116页)

无论得与失,或者忙与闲,皆以静处之。这是典型的中国经验。

诗的写作，必须有静的功夫，否则不能成诗。太平时代容易培育人静的功夫。顾随说：

诗所以推盛唐，亦因太平时代人容易用静的功夫，故质、量俱优。英国则推维多利亚（Victorian）王朝诗人最多，且各有各的好处，即因此朝乃英国政治最昌明最太平时期。（《顾随：诗文丛论》，第117页）

太平时代出大诗人，出好诗，是由于太平时代社会安定，人心安静。诗人必须有静的功夫，才能写出好诗。顾随说：

做诗人是苦行，一起情绪须紧张（诗感）；又须低落沉静下去，停在一点；然后再起来，才能发而为诗。诗的表现：（一）诗感，（二）酝酿，（三）表现。首先，诗感是诗的种子，佳种；其次，冷下去则为酝酿时期，冷下去酝酿（发酵）；然后，才能表现。（《中国古典诗词感发》，第215页）

写诗三环节，酝酿居其一，且是其中的关键环节。中国诗含蓄蕴藉，有韵味，是"韵的文学"，便因有酝酿。写诗有酝酿，诗才有韵味。诗人酝酿时，须低落沉静下去，须冷下去，即要有静的功夫。要静才能酝酿，有酝酿才能写出有韵味的诗。所以，顾随说：

所谓动、静，非世俗之动、静，动中有静，静中有动，非绝对的动、静。静：酝酿，长养。长使其生，养使其大。酝酿是发酵之意。如发面，亦酝酿，静中之动。（《顾随全集》卷六《传诗录二》之《论王静安》，第148页）

诗人为物所感，发生感觉，引起创作冲动，但不宜立即操笔作诗，必要低落冷静下去，必须在静中酝酿，才能写诗。顾随说：

狂喜极悲时无诗，情感灭绝时无诗。写诗必在心潮渐落时。盖心潮渐高时则淹没诗心，无诗；必在心潮降落时，对此悲喜加以观察、体会，然后才能写出诗。（《顾随：诗文丛论》，第77页）

心潮澎湃时，狂喜极悲，不宜写诗。完全冷静时，情感灭绝，亦不宜作诗。不冷不热的中间状态，即心潮渐落时，最适合写诗。

西方学者桑塔格著《疾病的隐喻》，研究欧洲十八世纪的浪漫主义诗人，发现他们都普遍患有肺病，并且作为浪漫诗人，常常以患肺病为荣，以为没有患过肺病就不配做一个浪漫诗人，这实在是令人惊讶的事情。无独有偶，中国明清时期的江南才女，亦热衷于疾病的书写，普遍患有肺痨，亦视患病为"清欢"，把患病作为成就一位才女的必要条件。我以为，是肺病成就了诗人，或者说，肺病状态中的人最有诗心，最易发生诗情。诗人进入创作境界，需有一种特别的精神状态，它既非激越飞扬的亢奋状态，亢奋状态只有呐喊，不是诗，必须等到激情（过分的高兴或过分的悲伤）稍趋平静，才是写作的最佳时刻。但亦非心如止水的平静状态，平静状态过于理性，适于作散文。一定是在不冷不热的中间状态，才是写诗的最佳精神状态。肺病正是促成这种中间状态的诗人病或富贵病。患肺病的人，身体常常处于低烧状态。此种身体上的低烧状态，使人的精神状态处在亢奋和平静之间，最易激发诗情，是写作诗歌的黄金时段。因此，不是说诗人都易患肺病，事实上亦很少是做了诗人才患肺病的；而是说肺病成就了诗人，身体上的肺病状态是诗歌创作的最佳身体状态和精神状态。

顾随一再指出，情感热烈时不适合写诗。他说：

能说极有趣的话的人是极冷静的人，最能写热闹文字的人是极寂寞的人。写热烈文字要有冷静头脑、寂寞心情，动中之静。或者说热烈的心情、冷静的头脑。（《中国古典诗词感发》，第239～240页）

必须热闹过去到冷漠，热烈过去到冷静，才能写出热闹、热烈的作品。（《顾随：诗文丛论》，第118页）

无论是写热烈文字，抑或是写冷静文字，皆须冷静头脑和寂寞心情。他说：

无论写多么热闹、杂乱、忙迫的事，心中也须沉静。假如没有沉静，也不能写热烈激昂。因为你经验过了热烈激昂，所以真切；又因你写时已然沉静，所以写出更热烈、激昂了。悲哀、痛苦固足以压迫人，使人写不出诗来，太高兴也写不出来。（《中国古典诗词感发》，第116页）

热烈感情不能持久。故只任感情写短篇作品尚好，不能写长篇，以其不能持久。盖情感热烈时，不能如实地去

看……热烈感情一过，觉得幻灭，实则此方为真实。(《中国古典诗词感发》，第125页)

抒情诗人要写他的情感，大约须在心境较为平静之后，才能分析情感的来源，认识情感的过程，而作成诗篇。(《顾随全集》卷三《论著》之《朗诵了杜甫〈自京赴奉先县咏怀五百字〉以后写给中文系三年级同学的一封公开信》，第272页)

情感热烈时不能写诗，一是因为这种热烈情感压迫人，使人写不出诗来；二是因为这种热烈情感不能持久；三是因为诗人被热烈情感左右，"不能如实地去看"。所以，顾随认为：寂寞心才是诗心。(参见"寂寞心即诗心"条)太高兴时写不出诗，太悲伤时亦写不出好诗。必要到心境较为平静时，才能细致体味情感，分析其来源和过程，写出热烈或热闹的作品。

诗心要静，但并非静绝或寂静，并非心如死灰，而是静中有酝酿，静中有长养；在酝酿中发酵，在长养中生发。是由动之静，静中有动，静中有生机。顾随说：

静中有生机，故不是死，死是无生机的。……然必须静中有动，始能写成诗。……静中无动亦不能写成诗。……

动趋于静时而成诗，静中益显其动。(《顾随全集》卷六《传诗录二》之《论王静安》，第 146～148 页)

诗心要静，但不是绝对的静，不是世俗的静，而是静中有生发，静中有生机，才能写成诗。王国维说：

无我之境，人惟于静中得之；有我之境，于由动之静时得之。故一优美，一宏壮。(《人间词话》)

顾随虽然对静安先生"有我之境"和"无我之境"的观点有异议，但他特别欣赏静安先生"由动之静"的提法。他说：

"动之静"三字，静安先生一矢破的，盖前无古人矣。(《顾随：诗文丛论》，第 82 页)

对静安先生"由动之静"说给出"一矢破的"和"前无古人"的评价，可谓至高无上。顾随解释说：

所谓静，静始能"会"，静绝非死。……王先生讲"有我之境"讲得真好。一个诗人必写真的喜怒哀乐。盖常人皆为喜怒所支配，一成诗则经心转，一观一会便非真的感情了。喜怒时有我，写诗时无我，乃"由动之静"。……诗即"由动之静时得之"。游时得感是动，而写时已趋于静。……静中有动，非静中不得见高馆疏桐、微云河汉，然必须静中有动，始能写成诗。(《顾随：诗文丛论》，第74～75页)

诗人写诗，必要"会"，必要"观"。动中有静，才能"会"，才能"观"。所以，绝对的动，不能成诗；绝对的静，亦不能成诗。诗必须是"由动之静"时得之。顾随以为：

恬静然后能"会"，流水不能照影，必静水始可，亦可说恬静然后能观。(同上，第117页)

绝对的动，绝对的静，都不能"观"，不能"会"，不能成诗。必须是动中有静、静中有动，必须是"由动之

静",才能成诗,才能成好诗。顾随的结论是:

> 动中之静是诗的功夫,静中有动是诗的成因。(《顾随:诗文丛论》,第 117 页)

二〇二一年十月二十四日

068

诗心要闲

修养诗心,除了心静、心诚,还要有闲。所谓"闲",用顾随的话说,便是"暇豫""宽裕""敷余""馀裕"等等,包括精力上的敷余、时间上的宽裕、空间上的余裕和心情上的暇豫。

闲与静相关联,因闲而静,由静而闲,故有"闲静"之说。刘勰《文心雕龙》论"虚静",便由"虚静"讲到"委和"与"从容"。他说:

是以陶钧文思,贵在虚静,疏瀹五藏,澡雪精神。……是以秉心养术,无务苦虑;含章司契,不必劳情也。(《文

心雕龙·神思》)

通过洗濯五脏、清洁精神的"虚静"修养，进入到"无务苦虑"和"不必劳情"的闲适境界，是"陶钧文思"的路径。刘勰说：

率志委和，则理融而情畅；钻砺过分，则神疲而气衰：此性情之数也。……夫学业在勤，功庸弗怠，故有锥股自厉；和熊以苦之人志于文也，则有申写郁滞：故宜从容率情，优柔适会。……是以吐纳文艺，务在节宣，清和其心，调畅其气，烦而即舍，勿使壅滞，意得则舒怀以命笔，理伏则投笔以卷怀，逍遥以针劳，谈笑以药倦。常弄闲于才锋，贾馀于文勇，使刃发如新，腠理无滞，虽非胎息之万术，斯亦卫气之一方也。(《文心雕龙·养气》)

只有"率志委和"，才能"理融而情畅"。只有"理融而情畅"，才能"吐纳文艺"。故有志于文者，必须"从容率情，优柔适会"。简言之，闲适的心境，是进入创作的前提条件。顾随论诗心的闲静，便是本刘勰说而倡言之。

有闲是一位优秀诗人必须具备的条件。顾随说：

吾人不但要象宋人之用功在字句上、锤炼上，且须如晚唐诗人之修养诗情。然如此必须有闲，且为精神上有闲。……既为诗人便须与常人不同。一个诗人无论写什么皆须有一种有闲的心情。可以写痛苦、激昂、奋斗，然必须精神有闲，否则只是呼号不是诗。……诗人应养成此有闲心情，否则便将艺术品毁了。(《顾随：诗文丛论》，第39页）

他以为，杜甫"朱门酒肉臭，路有冻死骨"之类的诗，不是好诗，因为"太没有有闲之心情，快不成诗了"。他认为，"此种事可写成诗，而老杜写的是呼号不是诗。可以写而不能如此表现，老杜写时，至少精神上不是有闲的"（同上，第39～40页）。

作为一位有诗心的诗人，必须具备有闲的精神。诗心必须要闲。他说：

精神的有闲、欣赏，是人格的修养。江西派只是工具上——文字上的功夫，只重"诗笔"，不重"诗情"。无论激昂、慷慨、愤怒，要保持精神的有闲、欣赏的态度。（同上，第40页）

破坏了诗心的调和便不能写好诗，最怕急躁，一急躁

便不能欣赏。一个诗人文人什么都能写，只要是保持欣赏的态度，有闲的精神。(《顾随：诗文丛论》，第41页)

急躁是诗人的大忌，只有精神有闲，才能写成好诗。顾随推崇晚唐诗人李商隐和杜牧，建议学诗之人，学晚唐诗人之修养诗情，因为晚唐诗人具备有闲的精神。

陆游有两句诗——山重水复疑无路，柳暗花明又一村，古今传为名句，可是，顾随认为：

"山重水复"十四字太用力，心中不平和。诗教温柔敦厚，便是教人平和。(《中国古典诗词感发》，第49页)

太用力，是因为心中不平和；心中不平和，便是诗人精神不闲，故写出的诗不是调和。心情余裕是写好诗的前提。顾随说：

心若慌乱决不能作诗，即作亦决不深厚，决不动人。宽裕然后能"容"，诗心能容则境界自广，材料自富，内容自然充实，并非仅风雅而已。(《顾随：诗文丛论》，第116～117页)

诗心有闲则宽裕，诗心宽裕则能容，诗心能容则其诗深厚。有闲或调和的心态被打乱，是慌乱，慌乱不是宽裕。心若慌乱，则不能容，亦写不出深厚的诗。顾随说：

某苏联作家说灵感是精力的富裕。……苏作家所说实在，但只说了一半，余又于"精力富裕"上加心情之暇豫，庶近之矣。不仅写风花雪月，就是写慷慨激昂，也要有暇豫。写枪林弹雨、炮火连天，也要心情暇豫。（《中国古典文心》，第123～124页）

精力富裕加上心情暇豫，才是写诗的最佳状态。大诗人的伟大处，就是在特别困顿的时候，亦能保持暇豫心情。如杜甫《北征》，诗人在困顿已极时走在回家路上，仍有暇豫心情欣赏沿途风光。顾随赞叹说：

大诗人毕竟不凡，大诗人虽在极危险时，亦不亡魂丧胆；虽在任何境界，仍能对四周欣赏。（《中国古典诗词感发》，第119～120页）

在极危险时候，仍有暇豫心情，欣赏四周风景。这是修养，亦是诗心。这种境界，只有大诗人能做到。顾随说：

  人要在必需之外有"敷余"、"富裕"，才有诗；到了无"敷余"、"富裕"的地步，吾辈凡人恐怕百分之百是没有诗了。(《顾随：诗文丛论》，第70页)

  那么，什么才叫有闲？顾随解释说：

  "闲"、"馀裕"非即安闲、舒适、自在，安闲、舒适虽可成为有闲、馀裕；而有闲、馀裕并非安闲、舒适。有时安闲的人所感是无聊，并非馀裕。……馀裕＝馀暇（时间）、馀力。在生活有馀裕时才能产生艺术，文学亦然。……"闲情逸致"四字讨厌。余今日所说馀裕与此不同。闲情逸致是没感情、没力量的，今说"馀裕"是真掏出点感情、力量来。……所谓有闲、馀裕，乃唯心的。心之有闲，心之馀裕，不关物质。……所谓有闲、馀裕，即孔颜之乐。孔、颜言行虽非诗，而有一派诗情，诗情即从馀裕、"乐"来。如此才有诗情，诗才能有韵。(《顾随全集》卷六《传诗录二》之《杂谭诗之特质》，第214～215页)

这段文字，于诗心的有闲、余裕，讲得很清楚，界定得很具体。概括起来，有以下几点：

第一，诗心的有闲、余裕，不是安闲、舒适，不是闲情逸致，不是无聊，而是有感情、有力量的人生状态。

第二，有有闲、余裕的诗心，才能发生诗情，产生艺术，写出有韵的诗。

第三，有闲、余裕，虽然包括精力上的富裕、时间上的宽余、空间上的余裕和心情上的暇豫，但主要还是心情上的暇豫。

第四，诗心的有闲、余裕，不关物质，是孔颜之乐。

二〇二一年十月二十五日

069

顾随的"情操论"

在顾随诗学里,"情操"是一个有特定意义的诗学范畴。他常以"情操"论诗人,如评曹丕说:

中国散文家中,古今无一人感觉如文帝之锐敏而情感又如此其热烈者。魏文帝用极冷静的理智驾驭(支配、管理)极热烈的情感,故有情操,有节奏。此需要天才,也需要修养。文帝感情极热烈而又有情操。李陵作人作文皆少情操;曹子建满腹怨望之气。文帝能以冷静头脑驾驭热烈感情。而六朝多只有冷静头脑没有热烈感情,所写只是很漂亮的一些话,我们并不能受其感动。[《顾随:诗文丛

论》(增定版),第 362～363 页]

  顾随以为,曹丕有"情操",曹植、李陵无"情操"。
  "情操"于诗人至关重要。魏晋六朝诗人,顾随首推曹丕、陶渊明,就是因为他们有"情操"。在唐代诗人中,他对杜甫不乏微词,似乎更推尊李商隐,他说:"若举一人为中国诗代表,必举义山,举《锦瑟》。"(《顾随:诗文丛论》,第 55 页)"若令举一首诗为中国诗之代表,可举义山《锦瑟》。若不了解此诗,即不了解中国诗。"(同上,第 49 页)亦是因为李商隐有"情操",其《锦瑟》是有"情操"之作。顾随以为李商隐最有"情操",说他"真是沉得住气""有自持的功夫",其诗"真是蕴藉、敦厚和平,还是情操的功夫",认为"只是感情真实没有情操不能写出好诗"。李商隐"在不平和的心情下,如何写出此诗(按,即《二月二日》)前四句那么美的诗?由此尚可悟出'情操'二字意义。观照欣赏,得到情操。吾人对诗人这一点功夫表示敬意、重视","义山对情操一方面用的功夫很到家,就因为他有观照,有反省"(同上,第 54～56 页)。
  那么,"情操"到底何指?顾随说:

人与文均须有情操。……情,情感;操,纪律中有活动,活动中有纪律,即所谓操。意志要能训练感情,可是不能无感情。(《顾随全集》卷七《传文录》之《〈文选〉选讲》,第 209 页)

有节奏即有纪律——情操。情是热烈的,而操是有节奏的、有纪律的。使热烈的人感情合乎纪律,即诗之最高境界。(同上,第 212~213 页)

据此,"情操"是由"情"和"操"二义构成的一个合成词,前者是"诗情",是热烈的、动态的;后者是"诗心",是纪律,是节奏。"诗心"节制"诗情"而构成"情操",如此便使热烈的情感合乎纪律,从而达到诗的最高境界。在他看来,诗人一方面当具备活泼泼的"诗情",另一方面亦须具备恬静宽裕的"诗心",并且"二者非二事,若但恬静宽裕而不活泼,则成为死人,麻木不仁";若但活泼泼的而不能恬静宽裕,则是躁,是叫嚣。必须是将"诗情"与"诗心"合二为一,将"情"与"操"打成一片,才构成"情操"。

有"情操"的人,既有作诗的冲动,即"诗情",亦有作诗的功夫,即"诗心",这是成就一位伟大诗人的前提和条件。顾随说：

> 文学艺术代表一国国民最高情绪之表现。情绪不如说情操。情绪人人可有，而情操必得道之人、有修养之人。[《顾随：诗文丛论》（增定版），第359页]

有"情操"的诗人，能将"诗心"与"诗情"打成一片，以"诗心"节制"诗情"，既有作诗的冲动，又有作诗的功夫。诗人的这种"情操"，体现在艺术效果上，就是"生气"与"高致"的合二为一。顾随说：

> 王静安说："诗人对宇宙人生，须入乎其内，又须出乎其外。……入乎其内，故有生气；出乎其外，故有高致。"（《人间词话》）身临其境者难有高致，以其有得失之念在。如弈棋然。太白唯其入人生不深，故能有高致。然静安"出乎其外"一语，吾以为又可有二解释。一者为与此事全不相干，如皮衣拥炉而赏雪：此高不足道；二者若能著薄衣行雪中而尚能"出乎其外"，方为真正高致。情感切而得失之念不盛，故无怨天尤人之语。人要能在困苦中并不摆脱而更能出乎其外，古今诗人仅渊明一人做到。老

杜便为困苦牵扯了。陶始为"入乎其中",后能"出乎其外",如其《饮酒》第十六:……此写穷而并不怨尤。寒酸表现为气象态度,怨尤乃心地也。一样写寒苦,陶与孟东野绝不同。孟诗《答友人赠炭》……亲切而无高致。陶入乎其中故亲切,出乎其外故有高致。(《顾随:诗文丛论》,第7~8页)

优秀诗人对于宇宙人生,既能"入乎其内",又能"出乎其外";优秀诗作,既有"生气",又有"高致"。我认为,顾随对王国维名言"入乎其内,出乎其外"的诠释,与他以"诗心"和"诗情"为内容的"情操"论,完全吻合。诗人对于宇宙人生能"入乎其内",故有"诗情",创作便有"生气";能"出乎其外",故有"诗心",创作便有"高致"。既能"出乎其外"亦能"入乎其内"的诗人,是既有"诗情"又有"诗心"的有"情操"的诗人,故其创作既有"生气"又有"高致"。古今诗人能达此境界者,确实唯有陶渊明。李白诗有"高致"而乏"生气",因为他入人生不深,即有"诗心"而乏"诗情",故无"情操"。孟郊诗有"生气"而乏"高致",能"入"不能"出",有"诗情"而乏"诗心",亦无"情操"。杜甫是"为困苦所牵扯了",有时能"入"而不能"出",他有的诗有"生气"而乏"高致",故其"情操"亦略有欠缺。李商隐有"情操",因为他能"出"能"入"。顾随说:

> 若说陆(游)、黄(黄庭坚)的诗是冒出来的,则李(李商隐)之诗是沉下去的,沉下去再出来。冒则出而不入。陆、黄,情绪→,李则情绪⇌。李是用观照(欣赏)将情绪升华了。陆、黄一类诗写欢喜便是欢喜,写悲哀便是悲哀,而观照诗人则在欢喜烦恼时加以观照,看看欢喜烦恼是什么东西。一方面观,一方面赏,有自持的功夫。(沉得住气,不是不烦恼,不叫烦恼把自己压倒;不是不欢喜,不叫欢喜把自己炸裂。)此即所谓情操。必须对自己情感仔细欣赏、体验,始能写出好诗。(《顾随:诗文丛论》,第54页)

"冒出来的"诗,是能"出"不能"入",其作者有"诗情"而乏"诗心",没有"情操";"沉下去再出来"的诗,则是先"入乎其内",再"出乎其外"。优秀诗人能"出"能"入",既有"诗情",亦有"诗心",故有"情操"。所以,顾随说:

天下没有写不成诗的，只在一"出"一"入"，看你能出不能，能入不能。不入，写不深刻；不出，写不出来。（《顾随：诗文丛论》，第153页）

顾随"情操"论，与弗洛伊德关于艺术家与精神病之关系的观点相似。弗洛伊德在《创作家与白日梦》里说：

艺术家就像一个患有神经病的人那样，从一个他所不满意的现实中退缩下来，钻进了他自己的想象力所创造的世界中。

这是"入乎其内"。又云：

艺术家不同于精神病患者，因为艺术家知道如何去寻找那条回去的路，而再度把握现实。（同上）

这是"出乎其外"。艺术家近似于精神病患者，因为他能"入乎其内"，他有"诗情"；又不同于精神病患者，因为他能"出乎其外"，有"诗心"。伟大的艺术家既近似于精神病患者，又不同于精神病患者，因为他既有"诗情"

又有"诗心",既能"入乎其内"又能"出乎其外"。其人有"情操",其创作既有"生气"又有"高致"。

顾随以"诗心"和"诗情"为核心的"情操"论,大体如此。我认为,其"诗心"论,大致相当于中国传统的"虚静"说,略近于西方学者所谓无利害关系的审美心胸理论。无论是从他强调的"诗心"的二条件(即恬静和宽裕),或是他提出的"诗心"的有闲精神和欣赏态度,抑或是他重视的"诗心"的"无伪与专一",还是他提出的"诗心"就是"寂寞心"等观点中,皆可发现他所谓的"诗心",就是无是非、无善恶、无利害的超越之心,与传统学者讲的"虚静"说,并无本质区别。他在区分"诗心"与"诗情"之基础上,将二者打成一片所构成的"情操"论,则是对"虚静"说的发展和提升。把以道家思想为背景的"虚静"说解脱出来,沟通儒道所构建的"情操"论,实与儒家温柔敦厚诗学理论异曲同工。

二〇二一年十月二十五日

070

诗人必须本身是诗

顾随论诗，常有卓见，如"诗人必须本身是诗"，便是。他说：

常人甚至写诗时都没有诗，其次则写诗时始有诗。诗人必须本身是诗。初、盛、中、晚唐大大小小的诗人，多为本身是诗；宋人则写诗时始有诗，不能与生活融会贯通，故不及唐诗之浑厚。……盖诗人本身是诗，故何语皆成诗。……或虽有沉痛情感而不能表现为诗，即因吾人本身非诗。如庄子所言——道在瓦砾，只要本身是诗，无往而非诗，且真实。……故诗人只要本身是诗，则触处成诗。

(《顾随全集》卷六《传诗录二》之《杂谭诗人之修养》，第225～226页）

今人之不能成大文人者，即因作诗文时始有诗文，否则无有。（同上，第234页）

如此说，诗人分三等：上等诗人，本身就是诗；中等诗人，写诗的时候是诗；下等诗人，写诗的时候都没有诗。

诗人本身就是诗，是说真正的诗人，无论是在写诗时，还是不写诗时，他本身就是诗。他站在那里，或坐在那里，本身就是一首诗。他的生活就是诗。他写诗，是将他的生活用文字表现出来。不写诗时，他站在那里，我们亦可以把他当作一首诗来读。这是诗人的最高境界。顾随以为：古今诗人，唯陶渊明堪当此誉。

所谓"写诗时始有诗"，是说有的诗人，在写诗时看起来像个诗人的样子；不写诗时，就是一个凡夫俗子，与常人无异。这种状态下写的诗，还可以读，还值得读，它毕竟还是诗，还是在有状态下写的诗。但它不如前者浑厚，亦不如前者蕴藉。因为它不像前者那样有酝酿的功夫。本身是诗的诗人，他的生活就是诗，他一直生活在诗里，时刻都在酝酿诗情，陶染诗心，写出来的诗，当然浑厚，必然蕴藉。写诗时始有诗的诗人，更像灵机一动，突发机趣。它可能有趣，但肯定乏韵。所以不浑厚，不蕴藉。因为他没有酝酿功夫。

而"写诗时都没有诗"的人，不能称诗人，勉强一点，可以称诗匠。他既无诗情，又无诗心，更无情操。只是觉得诗人的称号好，便跟着作诗。实际上，他根本不会作诗，不配称诗人。他只会玩文字游戏，只晓得讲平仄，讲声调，讲对仗，讲辞藻。这样的文字，不能称作诗，不需要读，不值得读。不读还好，读了可能会败坏你对诗的味口，拉低你对诗的感觉。

学作诗，学做诗人，激发诗情，培育诗心，培养情操，诗意栖居，像诗一样生活，活得像诗一样，即便不写诗，本身就是诗；写出来的文字，一定是好诗。

二〇二一年十月二十五日

卷六

071

诗以美为先，意乃次要

顾随说：

诗有言中之物、物外之言。……要紧的是"物外之言"。大诗人说出来的，正是我们所想而却说不出的，而且能说得好——那即是"物外之言"，是文采、文章之"文"。（《中国经典原境界》，第140页）

从上下文看，顾随所谓"言中之物"，指"意"；"物外之言"，指"文"。他说：

《旄丘》一首真是写得登峰造极……好就是好在物外之言，是"文"，文采、文章之"文"。(《中国经典原境界》，第 141 页)

实话说，以"言中之物"称"意"，好理解；以"物外之言"称"文"，有点别扭，不好理解。顾随以为:《旄丘》之所以登峰造极，不在意，在文。只要文好，便能登峰造极。在"言中之物"与"物外之言"二者间，要紧的是"物外之言"，文比意更重要。这个观点，有点突兀。一般认为，诗由文和意二者构成，通常是以意为主，以文为辅，传统的"文以载道"或"文以明道"，便是如此。反之，则有形式主义嫌疑。

顾随不这样看。他认为：在"言中之物"与"物外之言"二者间，要紧的是"物外之言"。他说：

作品不能无"意"，然在诗文中，文第一，意第二。诗是要人能欣赏其文，不是要人能了解其意。……诗之好坏不在意之有无，须看其表现如何。(《中国古典诗词感发》，第 12 页)

诗以美为先，意乃次要。……说得美，虽无意亦为

好诗，如孟浩然"微云淡河汉，疏雨滴梧桐"。(《中国古典诗词感发》，第 66 页)

看来，这不是他兴之所至，偶尔说说，而是他的一贯观点。他坚持认为："诗之好坏不在意之有无"，"说得美，虽无意亦为好诗"。他甚至认为：

文学不是口号、标语，文学中的最高境界往往是无意。(同上，第 235 页)

诗的最高境界乃无意。(《顾随全集》卷六《传诗录二》之《漫谈 N、K 二氏之论诗》，第 195 页)

他举例说：

如"采菊东篱下，悠然见南山"，无意义，而能给人一种印象。若读了之后找不到印象，便是不懂中国诗。(《中国经典原境界》，第 322 页)

中国诗，最俊美的是诗的感觉，即使没有伟大高深的意义，但美。如"杨柳依依""雨雪霏霏"(《诗经·小雅·采薇》)，若连此美也感觉不出，那就不用学诗了。

(《中国古典诗词感发》，第 278 页）

有觉倒能成好诗，如韩偓《香奁集》中"手香江橘嫩，齿软越梅酸"（《幽窗》）二句，没意义，可是好。（同上，第 327 页）

读这几段文字，或者可能认为顾随是形式主义者，是"为艺术而艺术"一派。其实，顾随是典型的"为人生而艺术"一派，他推崇曹操、杜甫、鲁迅，便是因此。他特别强调诗与人生、诗与生活的关系（参见"诗与人生"条、"诗与生活"条），以为好诗必须有"生的色彩"（参见"好诗有生机和生的色彩"条），便体现了他"为人生而艺术"的观点。

如何理解这个看似矛盾的观点，是个问题。我可能说不清楚，但我感觉顾随是对的，两者不矛盾。诗当有意，完全无意义，便不成诗，只是文字游戏。但诗的写作，主要目标不是追求意的高尚和伟大。有伟大高尚的意，当然好。但写诗不全是为此，读诗亦不全是为此。简单的思想，平凡的意义，表现得好，表现得美，亦是好诗。所以，顾随说："诗之好坏不在意之有无，须看其表现如何。"意当然得有，只是诗之好坏不仅在意之深浅，而在如何表现。把意之深者表现得好，是好诗；把意之浅者表现得好，更是好诗。意之浅者比意之深者更难表现。一句大白话，一个人人皆知、不言自明的道理，一段平平常常的经历，一道平淡无奇的风景，被写成诗，表现得很有诗意，当然是好诗。"诗的最高境界乃无意"，当这样理解。此中关键，可能还是感觉（参见"顾随的'感觉论'"条）。

二〇二一年十月二十六日

072

中国诗以五言最恰

顾随说：

中国古诗以五言最恰，四言字太少，七言字太多。（《中国古典诗词感发》，第111页）

此言有深意，没有对古诗的深度品鉴和创作经验者，不能道出。

大体言，中国诗以四言、五言和七言为主。七言是在五言基础上发展起来的，中国诗的基本形式还是四言和五言。于此两种形式，晋宋以来学者多以四言为正体。如挚虞《文章流别论》说：

> 古之诗有三言、四言、五言、六言、七言、九言。古诗率以四言为体，而时有一句二句杂在四言之间。后世演之，遂以为篇。……五言者，"谁谓雀无角，何以穿我屋"之属是也，于俳谐倡乐多用之。
>
> 夫诗虽以情志为本，而以成声为节。然则雅音之韵，四言为正。其余虽备曲折之体，而非音之正也。（严可均《全上古三代秦汉三国六朝文》之《全晋文》，中华书局1995年版）

刘勰《文心雕龙》说：

> 若夫四言正体，则雅润为本；五言流调，则清丽居宗，华实异用，惟才所安。（《明诗》）
>
> 至于诗颂大体，以四言为正。（《章句》）

所谓"流调"，即流行曲调。刘勰以五言为"流调"，正如挚虞所说，五言"非音之正"，"俳谐倡乐多用之"。钟嵘《诗品序》说：

夫四言，文约意广，取效风骚，便可多得。每苦文繁而意少，故世罕习焉。五言居文词之要，是众作之有滋味者也，故云会于流俗。

颜延之《庭诰》说：

至于五言流靡，则刘桢、张华；四言侧密，则张衡、王粲。若夫陈思王，可谓兼之矣。

李白亦说：

兴寄深微，五言不如四言，七言又其靡也。[丁福保编：《历代诗话续编》（上），第141页，中华书局1983年版]

以上诸家论四言和五言，归纳起来，有以下几点值得注意：

第一，学者论诗歌体式，以四言为正，五言为变。如挚虞所谓"雅音之韵，四言为正"，以为五言"非音之正"。刘勰以为"诗颂大体，以四言为正"。直至四言已经鲜有名作之唐代，李白还依然认为"兴寄深微，五言不如四言"。

可见传统力量之强大和保守观念之深远。我认为，此种"四言正体"之诗学观念，体现的是古代中国人崇经信古之传统观念，在学理上并无多少依据，与中国语言逐渐复音化之发展趋势所造成的诗体形式之变迁现状，颇相扞格。

第二，学者因持"四言正体"和"五言流调"观念，于是便以四言为雅、五言为俗。如挚虞说："雅音之韵，四言为正。"刘勰说："四言正体，则雅润为本。"至于五言，刘勰称之为"流调"，颜延之以为是"流靡"。因"流靡"而成"流调"，故钟嵘以为它"云会于流俗"，挚虞指出"俳谐倡优多用之"。具有"流靡"特征之"流调"，是对雅正传统的背离，因而遭到古典学者的批评。然而，此种"流调"所以流行，能够"云会于流俗"，自有其因语言发展变化而不可不流行的原因。

第三，四言的风格，颜延之谓为"侧密"。所谓"侧密"，即李白所谓"兴寄深微"，刘勰所谓"雅润"。至于五言，则是"清丽居宗"，有"流靡"特点。五言之"流靡"，与四言之"雅润"和"侧密"不一样。故《文心雕龙·知音》说："酝藉者见密而高蹈，浮慧者观绮而跃心。""高蹈"与"跃心"的不同审美效果，似可显示四言和五言在风格上的差异。

四言与五言之长短优劣，钟嵘的看法最为中肯。他认为四言"文约意广"，是就《诗经》时代的四言诗而言。在《诗经》时代，汉语中单音节词占绝对优势，其时以四言写诗，假定在一般情况下，一个音节一个词，四言诗有四个音节，亦就有四个词，能够完整地表达一句话的意思，因而便有"文约意广"的特点，亦有"侧密""雅润"之特征。但是，随着时代之发展，社会生活日渐繁富，人际关系日趋复杂，汉语词汇亦逐渐呈现出复音化发展趋势。在社会生活和人际网络相对比较简单的时代，语言词汇亦相应比较简略，简略的语言词汇可以清晰地描述简单的生活。社会生活和人际网络日趋复杂，简略的语汇不足以准确地传情达意，因此，词汇的复音化，便是一个必然的发展趋势。由一个单音词分化成若干个复音词，以求精准地传情达意，是语言发展的必然结果。可以想象，当汉语词汇的复音化趋势逐渐明显，复音词占汉语词汇较大比重时，再用四言写诗，将必然导致如钟嵘所说的"文繁意少"和"世罕习焉"的状况。汉语词汇的复音化发展，产生于春秋战国，至汉魏，复音词已经占据汉语词汇的较大比重。在这时，假定在一般情况下，两个音节一个词，一句四言诗便只有两个词，那就是《诗经》时代一句四言诗包含的内容，在汉魏时期要用两句四言诗才能表达清楚。其"文繁意少"，便可想而知。"世罕习焉"，亦是理所当然。所以，四言诗创作沉寂于战国以后，五言诗创作兴起于汉魏之际，最主要的原因，就是随着社会生活和人际网络的日趋复杂而导致的汉语词汇复音化发展趋势。

钟嵘说五言诗在汉魏以来是"云会于流俗"，即适合世俗之人的口味。挚虞以为，五言诗是"俳谐倡优多用之"，即五言诗起于俳谐倡优之手。刘勰以为五言诗是"流调"，即流行曲调。这些说法，皆反映出一个事实，即五言诗起源于民间，是社会中下层文人的民间创作。事实上，因汉语词汇复音化发展趋势而导致的四言诗创作难以为继，新的诗体形式又没有创建起来的时候，是民间文人，尤其是汉代的乐府诗人，在积极探索新的诗体形式。可以说，汉代乐府诗人对中国古代诗歌创作的最大贡献之一，就是对五言诗创作的探索与实践。或者说，五言诗就是由汉代乐府诗人在创作实践中探索出来的。两汉乐府诗歌形式，由西汉的杂言，到东汉前期以五言为主的杂言，再到东汉后期以《孔雀东南飞》和《陌上桑》为代表的标准五言，展现了乐府诗人对五言诗创作的探索过程。

来源于民间的五言诗，与虽然同样来自于民间但经过经典化和典范化的四言诗相比，的确有很大的差别。汉魏以后，四言诗是"世罕习焉"，五言诗则是"云会于流俗"。当五言诗成为文人抒情言志之主要载体后，四言诗的创作确是较少受到关注，除了曹操、嵇康、陶渊明等少数几位诗人尚有佳作外，其他创作确是乏善可陈。值得注意的是，当一般文人不再采用四言形式抒情言志，而官方文章，尤其是在朝廷的重大活动，如祭天、祭地、祭祖宗时所唱诵的赞美诗，却无一例外采用四言形式，这是由四言诗的特点决定。一般言，四言诗是静态的，当汉语词汇复音化呈普遍状态之后，一句四言诗常常是由两个名词性的复音词构成，缺少动词谓语，所以是静态的，因而是典雅的，故而适用于庄重严肃之场合。而五言诗是动态的，具有飞扬流动之美。一般情况下，五言诗由两个双音节词和一个单音节词构成，音节上的单双变化，有抑扬顿挫之美，避免了四言诗的单调呆板，富有生机和变化，呈现出动态之美。更为重要的是，这个单音节词常常是置于句子之正中，且往往是动词。这个动词性单音节词的植入，使句子有了生命，富于动感，这是五言诗与四言诗最主要的区别。如"城阙辅三秦，风烟望五津"，诗句中的"辅"和"望"，便是起关键作用的动词性成分。因此，如果说四言诗句因为缺乏动词谓语，还是一个词组的话，那么，五言诗句则因为植入了动词谓语，而成为一个完整的、有生命的、有动感的句子。钟嵘说五言诗"指事造形，穷情写物，最为详切"，以为它"居文词之要，是众作之有滋味者"，正是对五言诗上述优长特点的肯定。

因此，与四言诗之"正"与"雅"相比，五言诗固然是"变"，是"俗"；与四言诗之静态美不同，五言诗呈现的是动态美。但是，若以"圆美流转"之"好诗"标准来衡量，则四言诗不如五言诗。如果说五言诗是"圆美"的，那么，四言诗则是方正的；五言诗是"流转"的，四言诗则是静止的。在汉语词汇复音化趋势比较明显的语言背景下，比较四言诗与五言诗的长短优劣，我认为：五言诗因为"圆美流转"，所以是温柔敦厚的；四言诗因为静态方正，所以有失温柔敦厚。

在新的语言背景下，依照"圆美流转"的"好诗"标准衡量，四言诗不"流转"，故乏"圆美"。依此类推，六言诗、八言诗亦同样不"流转"、不"圆美"。所以，当四言诗的创作因语言环境变迁而难以为继的时候，六言、八言亦不受作者欢迎。顾随就认为六言太俗，不宜入诗。他说：

《西江月》调太俗……盖因六言之故。……以王〔维〕如此之天才，作六言诗也不成。如其《闲居》："桃红复含宿雨，柳绿更带朝烟。花落家童未扫，鸟啼山客犹眠。"俗……同是这一点意思，说得好与不好，有很大关系。"桃红复含宿雨，柳绿更带朝烟。"此境界的确不错，很有诗意，可惜写得俗。若把"复"字、"更"字去了，"家""山"字去了，便不一样。改为"桃红含宿雨，柳绿带朝烟。花落童未扫，鸟啼客犹眠"。这便好得多，何故？此盖因中国诗不宜六言，以王维三十二相写六言尚不免俗，何况我辈？（《中国古典诗词感发》，第282～283页）

五言诗"圆美流转"，在五言基础上发展而来的七言诗，亦有如此特征。故四言诗时代结束后，五言诗和七言诗便成为中国古典诗歌的主要形式。另外，还有三言诗、九言诗，但是，三言诗句式太短，九言诗句式又太长，或过于急促，或过于冗长，从语感上看，皆缺乏舒展自如，不够温柔，亦不能敦厚。不像五言诗那样，句式不长不短，语感舒展自如，故有温柔敦厚之美。

至于杂言，如词、曲，或者现代白话诗，句式或长或短，皆未能充分体现方块汉字写诗的特点，或者说未能将中国汉语文字之美充分地呈现出来，故而不是中国古典诗学理想的最佳形式。

在汉语词汇复音化趋势比较明显的语言背景下，最能体现中国诗在形式上之"圆美流转"理想和内容上之"温柔敦厚"品格的，是五言诗和七言诗，尤其是五言诗。

相对言，五言与七言仍有区别。顾随说：

〔余〕对宋人五古，尤其是苏、黄，特别不原谅，他们似乎根本不懂五言古诗的中国传统作风。作五言古诗最好是酝酿。素常有酝酿，有机趣，偶适于此时一发之耳。……七言诗因字多，开合变化多，再利用一点锤炼功夫，很容易写出像样作品。……五言诗字少，其开合变化成功者仅杜工部一人。五言诗静，容易看出漏洞。……七言略薄，尚无碍；五言必厚，即须酝酿。七言诗可兴至挥毫立成，五言诗必须酝酿，到成熟之时机，又有机缘之凑泊，然后成立。（《顾随全集》卷六《传诗录二》之《杂谭诗之创作》，第246页）

比较言，五言诗厚，七言诗薄；五言诗静，七言诗躁；

五言诗蕴藉，七言诗飞扬。写作纯厚、沉静的五言诗，必有酝酿的功夫。所以，最能体现中国诗在形式上之"圆美流转"理想和内容上之"温柔敦厚"品格的，还是五言诗。

二〇二一年十月二十六日

073

写作注意形容词不如注意动词

顾随说:

写作注意形容词不如注意动词。……中国语文有个特点,就是应当注意动词以及语言的音韵和音律。[《顾随全集》卷四《讲义》之《魏晋南北朝文学批评选读(第二部分)》,第139页]

一般言,在诗文句子里,动词是必需的,形容词则可有可无。无动词,一个完整的句子不存在,只是词组。有形容词,可增加情感色彩;没有,亦能完整表达。

大诗人多不用形容词。顾随说：

形容词最好不用，就把当时情况、景物写出来就是最高的手法了。(《顾随全集》卷四《讲义》之《魏晋南北朝文学批评选读（第二部分）》，第 164 页)

不用形容词，是白描。白描是最高的手法，大诗人如陶渊明，便多用白描。初学为诗为文者，喜欢用形容词。但是，顾随以为形容词最好不用。他说：

现在文章用形容词太多，反足以混乱读者视听，抓不到正确观念。其实用形容词太多，就表示他自己没有正确清楚的观念。比如写粉笔的颜色，他不知道粉笔颜色，是知道许多写颜色的形容词。不要以为用字少就减少文字力量，用字不在多少，在正确与否。(《顾随全集》卷七《传文录》之《〈文赋〉十一讲》，第 105 页)

在形容事物时，应找出其惟一的形容词……用形容词太多，不能给人真切印象。(《顾随全集》卷五《传诗录一》之《退之诗说》，第 351 页)

初学诗文者喜欢用形容词，主观上是好意，怕表达不清楚，不断使用形容词，结果越努力越糟。尽力想表达清楚，反而更加不清楚。一是因为形容词往往是夸大，甚至夸张。用形容词多，反倒显得不真实，浮夸。用顾随的话说，"反足以混乱读者视听"。二是如顾随所说，喜欢用形容词的人，多半是"自己没有正确清楚的观念"，自己没想清楚，没搞明白，弄一堆形容词来虚张声势，结果当然"不能给人真切印象"。所以，文章写得老到的人，阅历丰富的人，想得清楚看得明白的人，一般不大用形容词。即便要用，亦是"找出其惟一的形容词"。不像初学诗文者，一串串地罗列，一堆堆地排比。所以，看一篇文章，可以用形容词的多少这个标准去衡量作者是老到者还是初学者。

在诗文中，形容词可以不用，或者少用，但动词必须有，且要特别注意。一个句子是否有出彩处，往往是看那个动词用得好不好。古典诗词中的诗眼，常常就是那个动词。古典诗人在创作上的锤炼功夫、炼字炼句的功夫，亦多是用在那个动词上。如"推敲"这个典故，是"僧推月下门"好，还是"僧敲月下门"好？用词不同，意义深浅有别。又如王安石"春风又绿江南岸"，"绿"活用为动词，用得好，韵味无穷，诗意无限。这种因动词的妙用而使全句或全诗灵动活络的例子，在古典诗文里，有不少。还有，在古典诗歌里，五言诗比四言诗灵动有韵，亦因五言诗句中的那个动词的妙用（参见"中国诗以五言最恰"条）。

我对取人名有过研究，最有心得处，就是人名中必要有动词才好，这是从五言诗句那个动词的妙用悟出来的。五言诗句里因有个动词，那句子便活了，那诗句便是动态的，有飞扬之美。五言诗句因了动词的运用而有生命，是活的；四言诗句因没有动词而缺乏生命，是死的。当然，说得好听一点，是典雅。一个句子能成为句子，基本成分是主、谓、宾，辅助成分是定、状、补。基本成分必须有，辅助成分可有，亦可无。有，当然好；无，亦无大碍。就如形容词和副词一样，在句中充当定、状等辅助成分。主、谓、宾三个基本成分，亦有区分，有主次轻重之别。主语和宾语一般都有，但有时可以省略，省略了亦无大碍，还是有生命的句子。但是，作为谓语的动词，千万不能省略，不然句子便没有生命，不成句子，只是词组。

人名亦是这个理。人名是人的符号，人是活的，有生命。人名作为人的符号，当然应该是活的，要有生命。人名的活，人名的生命，就看有无动词。中国人名一般是三个字。有个问题我没想明白，就是早期中国的人名，多是两个字。随便数数，便可发现，宋代以前中国的两字名占绝大多数；宋代以后三字名才逐渐多了起来。原因何在？我没有深究过，且不论。今人多取三字名，两字名亦有，但不多。有取四字名者，较少，有点怪异，念起来别扭。通行的还是三字名。我的观点是：三字名的第一个字是姓，相当于句子的主语，无法选择，祖辈上定下来的；关键是第二个字，相当于句子的谓语。我以为这个地方很关键，名字活不活，有无生命，就看它。我的看法，这个字一定要用动词。名字取得好不好，功夫就在这里，在这个字上。有的按辈分取名，中间这个字表示辈分，那就没法选择。现在不按辈分取名更常见，这个字便可选择。可以选择，就应当选动词。第三个字，相当于句子的宾语。一个名字，代表一个生命，必须是活的，一定要有动词。一个名字，三个字，主、谓、宾俱全，便是活的，有生命。

　　我的结论是：写作离不开动词，要高度注意动词。取名字亦然。

二〇二一年十月二十七日

074

中西文字在文学上的表现

文学是语言的艺术,语言是文学的载体。文学大师是语言大师。顾随说:

诗人最要能支配本国的语言文字。(《顾随全集》卷五《传诗录一》之《说〈诗经〉》,第113页)

最了解本国语言文字之特性,最能娴熟运用本国语言文字的人,是文学家,尤其是诗人。顾随说:

每一国的文字有其特殊之长处,吾人说话、作文能够

表现出来便是大诗人。(《顾随全集》卷五《传诗录》之《说〈诗经〉》，第 13 页)

简言之，能够把本国语言文字长处和美表现出来的人，就是大诗人。

顾随早年研习西洋文学，从教后重点研究中国文学，故其于文学乃贯通中西。他从文学角度比较中西语言文字的异同，有卓识，为他人所不见，为他人所不及。

其一，西洋文字有音乐美，中国文字缺乏音乐性。顾随说：

> 中国字是给人一个概念，而且是单纯的；西洋字给人的概念是复杂的，但又是一而非二。如"宫"与 building：中国字单纯，故短促；外国字复杂，故悠扬。中国古代为补救此种缺陷，故有叠字。(《中国古典诗词感发》，第 77 页)

西洋文字复杂，读音亦复杂，故有悠扬之美，富于音乐性。中国汉字单纯，读音短促，无悠扬之美，缺乏音乐性。他说：

中国字方块、独体、单音,很难写成音乐性,而若于此中写出音乐性,便成功了。(《中国古典文心》,第228页)

独体和单音的汉字缺乏音乐性,中国诗人多用叠字、双声、叠韵等联绵词补救,实乃不得已而为之。

其二,西洋文字有弹性,中国文字显凝重。顾随说:

中国方字单音,极不易有弹性,所以能有弹性者,俱在语词用得得当。西方不止一音,故容易有弹性。(《顾随全集》卷五《传诗录一》之《说〈诗经〉》,第43页)

中国文字,方块、独体、单音,故最整齐。因整齐便讲格律,如平仄、对偶,此整齐之自然结果。整齐是美。……中国文字太偏于整齐美,故缺乏弹性。西洋文字不整齐,最富弹性。(《中国经典原境界》,第194页)

中国字单音、单体,故易凝重而难跳脱。(《中国古典诗词感发》,第148页)

"跳脱",即弹性。西洋拼音文字,在形式上不整齐,在读音上不止一音,故易有弹性。中国方块汉字,在形式上整齐,在读音上是单音,故不易有弹性。按照顾随的观点,"诗要有弹性,去掉其弹性便不成诗"(《顾随全集》卷五《传诗录一》之《说〈诗经〉》,第43页)(参见"中国诗的弹性"条)。因此,中国文学有弹性者,多半在恰当使用语词,如楚辞便是。

中国文字过于整齐,过于凝重,读音单调,缺乏弹性,故在抒情上受到限制。顾随说:

写一种生动激昂的情绪以西洋取胜,盖西洋文字原为跳动的音节。(《中国古典诗词感发》,第115页)

西洋诗以浪漫激情取胜,与西洋文字的弹性有关,与西洋文字跳动的音节有关。中国诗以温柔敦厚为特点,与中国文字的凝重、整齐有关,与中国文字的读音单调有关。因此,西洋诗"夷犹",中国诗"氤氲",是由中西文字的特征决定。(参见"中国诗的姿态"条)顾随说:

至于夷犹、缥缈,中国方块文字、单音,不易表现此种风格,不若西洋文字,其音弹动有力。《离骚》、《九歌》,夷犹缥缈,难得的作品;屈原,千古一人。(同上,第135页)

总体看，中国方块字和单音字不易表现"夷犹"。但屈原能，楚辞可以。屈原以汉字写作楚辞，但楚辞与中国文学传统不同，它大量使用语词，以语词增加弹性，故能"夷犹"。因此，顾随说：楚辞近似西洋文学，不是传统的中国文学。

其三，中国文字形、音结合，西洋文字有音无形。顾随说：

欲了解中国文字之美，且要使用得生动、有生命，便须不但认其形，还须认其音。西洋字是只有"音"而无"形"，不要以为中国文字只是形象而无声响。如中国字"乌"，一念便觉乌黑乌黑，一点儿也不鲜明，且字形亦似乌鸦。若西洋之 raven，则就字形看，无论如何看不出像乌鸦来。中国字则"形""音"二者兼而有之。（《中国古典诗词感发》，第 264～265 页）

中国方块字有它好的地方，形、音、义三者结合。（《中国古典文心》，第 331 页）

形、音、义的和谐，在西洋字形中不易表现。如 verdant，春日里草初生之青色，其完美非在字形，是音好，鲜亮；gloomy，阴沉的，字太不美，音亦可憎。形、音、义

的和谐只在中国文字中。(《中国经典原境界》，第349页)

无论中西文字，皆有义。西洋文字体现在文学上的优长，是音节；中国文字体现在文学上的优长，是形体。西洋文字体现在文学上，是音、义和谐，形体根本就不行。中国文字体现在文学上，是形、义和谐，音节美不及西洋文字，但并非完全不好。与西洋文字相比，中国文字缺少的便是由音节之悠扬所产生的那点弹性，而它的单体、单音和凝重，亦是一种美，一种整体美，一种讲平仄、对仗的美。所以，能做到形、音、义三者和谐，是中国文字写成的中国诗，西洋文字做不到。

顾随关于中西文字在文学上的上述三点表现，发前人所未发，可谓深切著明，非学贯中西，于中西文字和文学有深切体味者，不能言此。

二〇二一年十月二十八日

075

中国诗形、音、义和谐

古人论诗，重"形文"、"声文"和"情文"。如陆机《文赋》说"其会意也尚巧"，是"情文"；"其遣言也贵妍"，是"形文"；"暨音声之迭代，若五色之相宣"，是"声文"。刘勰《文心雕龙·情采》说：

> 故立文之道，其理有三：一曰形文，五色是也；二曰声文，五音是也；三曰情文，五性是也。

所谓"情文"，即文章的思想感情；至于"声文"，即文章的音律声韵；而"形文"，则是指文章语言文字之外在形状。"情文"是内在的,可以感知;"声文"和"形文"是外在的,可以闻见。"情文"是根本,"声文"是必需,"形文"亦不可或缺。或者说,优秀的文学作品,不仅其内在是充实饱满的(即"情文"),其外在亦应当是可以闻(即"声文")和可以见(即"形文")的。

中国诗追求形、音、义和谐,亦只有中国文字写成的中国诗,能够做到形、音、义和谐。义是中心,形要表义,做到形、义和谐;义是目的,音要表义,做到音、义和谐。打个比喻,中国诗就像一个形声字。中国文字八成是形声字。形声字之"形",表示字义;形声字之"声",主要表示读音,多数亦表示字义。所以,用中国字写成的中国诗,自然便是形、音、义的和谐统一。

顾随以为,中国诗之美,便在于形、音、义的和谐统一。所以,"作诗主要抓住字之形、音、义"(《中国古典诗词感发》,第136页)。他说:

中国唯美派,是指写出完美之作品来,尤其音节和谐(形、音、义皆和谐)。一首诗有其"形""音""义",此三者皆得到谐和,即唯美派诗。(同上,第160页)

美的作品，必须是形、音、义三者的和谐统一。顾随说：

> 曰义者，识字真，表意恰是，此尽人而知之矣。……曰形者，借字体以辅义是。故写茂密郁积，则用画繁字。写疏朗明净，则用画简字。一则使人见之，如见林木之蓊郁与夫岩岫之杳冥也。一则使人见之，如见月白风清，与夫沙明水净也。曰音者，借字音以辅义是。故写壮美之姿，不可施以纤柔之音；而洪大之声，不可用于精微之致。……以上三者，莫要于义，莫易于形，而莫艰于声。无义则无以为文矣，故曰要。形则显而易见，识字多则能自择之，故曰易。若夫声，则后来学人每昧于其理，间有论者，亦在恍兮惚兮若有若无之间，故曰艰。……凡夫形音义三者之为用也，助意境之表达云尔。是故是三非一，亦复即三即一。一者何？合而为意境而已。一者何？即三者而为一而已。故视之而睹其形，诵之而听其声，而其义出焉。又非独惟是也，听其声而其形显焉，而其义出焉。若是则声之辅义更重于形也。三即一者，此之云尔。（《顾随全集》卷三《论著》之《稼轩词说自序》，第6~7页）

这段文字，于形、音、义三者之关系，及其轻重、主次，讲得很清楚。诗必须有义，其字之形与音，皆为辅义。其形，是"借字体以辅义"；其音，是"借字音以辅义"。即形与音皆有表义的作用。所以，形、音、义三者的关系，是"是三非一"和"即三即一"的关系。

顾随论诗，讲求用字，但非一般所谓"炼字"之意。顾随之"炼字"，是讲求字之声音与形状。他认为：

诗中用字，须令人如闻如见。（《中国古典诗词感发》，第69页）

"如闻"，闻什么？闻声音。"如见"，见什么？见形状。诗中的字，要有形状，亦要有声音，才能如闻如见。顾随说：

诗之色彩要鲜明，音调要响亮。（同上，第68页）

余作诗词主张色彩要鲜明、声调要响亮。（《顾随：诗文丛论》，第132页）

亦是兼顾声音（"音调要响亮"）和形状（"色彩要鲜明"）

两方面言诗和作诗。

顾随说:

> 所谓"美",在文学之创作上,义居第一,次形,次音;而在文学之欣赏上,则一音、二形、三义。(《中国经典原境界》,第219页)

形、音、义之和谐,为诗之必需。但是,在创作和欣赏时,三者的先后、主次有别。在创作时,是先有义,才有创作冲动,故曰"义居第一"。而在欣赏中,是先读其音而后识其形,再知其义,故曰"一音、二形、三义"。

由此,我又想到取名的艺术。一个好的人名,亦要做到形、音、义的和谐。一个好的名字,首先是写出来要好看,有形体美,有视觉美感。三个字的笔画多寡,要匀称,要平衡,既不能头重脚轻(前边一、二字的笔画太多,后边一字的笔画太少),否则站不稳,要倒地的样子;亦不能头轻脚重,虽然站稳了,但不匀称,不平衡,亦不好看。最佳状态是平衡匀称,前后两字的笔画或多或少,要差不多,中间那个字的笔画可多可少,这样看起来就是平衡,就是匀称。三个字的横竖笔画搭配亦要恰当。横的笔画多,竖的笔画少，给人的感觉，是撑不起，立不住，没力量。竖的笔画多，横的笔画少，给人的感觉是棱角太分明，太尖锐，有刺激性，不好。取名字，最好选择方方正正的字。以上是就形体言。取名字还必须讲求读音，不宜拗口，以顺口为准则。男孩子的名字，读音最好响亮一点、高亢一点。女孩子的名字，读音最好柔和一点，温婉一点。或者不刚不柔、不高不低的中音，男女都适合。以上是就读音言。总之，名字就像一首诗，就像一个形声字，必须形、音、义三者和谐统一。

钱锺书说：生小孩子容易，取个好名字难。这我相信。我还相信：名字影响命运，名字决定人生。

二〇二一年十月二十八日

076

中国诗的弹性

顾随说：

诗要有弹性，去掉其弹性便不成诗。(《顾随全集》卷五《传诗录一》之《说〈诗经〉》，第 43 页)

大体言，中国诗和中国文缺乏弹性。中国诗文缺乏弹性，与中国文字方块、独体、单音特点有关（参见"中西文字在文学上的表现"条）。中国文字没有弹性，决定中国诗文缺乏弹性。顾随一再说："中国方字单音，少弹性。"(《顾随全集》卷五《传诗录一》之《说〈诗经〉》，第 13 页)

"中国方字单音,极不易有弹性。"(《顾随全集》卷五《传诗录一》之《说〈诗经〉》,第43页)

但是,中国文学中亦不乏有弹性的作品,特别是早期中国文学,如《诗经》《楚辞》《论语》《左传》《庄子》等,便是顾随称道的有弹性的作品。他说:

中国方字单音,少弹性,而一部《论语》音调仰抑低昂,弹性极大,平和婉转之极。夫子真不可及,孟子不能。(同上,第13～14页)

《论语》之用字最好,"可以兴,可以观,可以群,可以怨",沉重、深厚、慈爱。读此段文章,"可以"二字不可草草放过。夫子之文,字面音调上固其美,而并不专重此。(同上,第15页)

〔"小子何莫学夫诗"一段〕说得真好。无怪夫子说"学文",真是学文。忠厚老实、温厚和平、仁慈、忠孝、诚实,溢于言表。这真是好文章。(《中国经典原境界》,第17页)

《论语》"弹性极大",是由于它有"音调仰抑低昂"的特点。文章的弹性,与语言文字的音调有关,与音节的跳脱有关（参见"中西文字在文学上的表现"条）。前引后两段文字，没有用"弹性"这个词，但说的还是《论语》的弹性。如此看来，并非中国文字写不出有弹性的作品，主要还是看你怎么写、怎么用词。顾随说：

"三百篇"富弹性……含不尽之意见于言外，言有尽而意无穷。陶似较曹有情韵，然弹性仍不及"三百篇"。此非后人才力不及前人，恐系静安先生所谓"运会"（风气），乃自然之演变。（《顾随全集》卷五《传诗录一》之《魏武与陈王·力与美》，第185页）

古之"三百篇"、楚辞虚字多，如"汉之广矣，不可泳思"，故飞动；到汉人实字便多，故凝练，而不飞动，不能动荡摇曳，没有弹性。（《顾随全集》卷五《传诗录一》之《说〈诗经〉》，第61页）

《旄丘》真有弹性，多波动。（《中国经典原境界》，第141页）

以上说"诗三百"有弹性。依顾随之见，中国诗最有弹性的是"诗三百"。陶渊明诗有弹性，但不及"诗三百"。自杜甫以后，中国诗便完全失去了弹性。

除《论语》《诗经》，早期中国文学里有弹性的作品，还有《楚辞》《左传》《庄子》，尤其是《楚辞》，其弹性之强，其文字之"夷犹"姿态，几乎近似西洋文学。顾随论中国文学的"姿态"，其中"夷犹"一种，便是指诗文的弹性。屈原赋最有弹性，最"夷犹"，可谓后无来者，故顾随称屈原是"千古一人"。（参见"中国诗的姿态"条）

中国文字，方字单音，不易有弹性。但早期中国文学，同样是用汉字写作，而写出了弹性，这是为何？顾随说：

鲁迅先生不赞成中国字，因为它死板，无弹性。余初以为然，后来觉得中国文字也能飞动，也能使有弹性。（《中国经典原境界》，第76页）

看来中国字亦能写出有弹性的作品，就看你怎样写。如前所述，弹性与音调有关，与音节的跳脱有关。顾随论诗的弹性，特别强调语词的运用。如《诗经》《楚辞》之飞动和弹性，就在它虚字的运用；汉以后文章，不能动荡摇曳，没有弹性，就在它的虚字少、实字多。顾随说：

中国方字单音，极不易有弹性，所以能有弹性者，俱

在语词用得得当。(《顾随全集》卷五《传诗录一》之《说〈诗经〉》,第 43 页)

《楚辞》的弹性,便在它的语词用得多、用得当。顾随说:

将楚辞上的助词去掉以后,便完全失去了诗的美,这等于去掉了它的灵魂。可以说,助词是增加美文之"美"的。……助词用得太多,有缥缈之概。(《中国经典原境界》,第 55 页)

"缥缈",即"夷犹",即弹性。或者说,缥缈、夷犹的作品,有弹性。顾随说:

盖语辞足以增加弹性,楚辞可为代表。(《中国古典诗词感发》,第 130 页)

要之,中国文字本无弹性,中国文学尤其是早期中国文学有弹性,是语词用得多、用得当。以语词的妙用弥补中国文字之缺陷,写出有弹性的作品。但是,汉代以后,尤其是唐宋以来，诗人追求结实和谨严，驱除语词，使诗文句子变得干净、整齐，弹性亦就随之消失。顾随说：

> 语词之使用，乃中国古文与西文及现代文皆不同者。今天语体文则只剩了句末的语词。(《中国经典原境界》，第53页)

省略语词，追求结实和谨严，句式变整齐，句子变干净。整齐是一种美，是一种中国特色的美。但是，整齐美的缺陷，就是没有弹性。顾随说：

> 中国文字，方块、独体、单音，故最整齐。……中国文字太偏于整齐美，故缺乏弹性。西洋文字不整齐，最富弹性。(同上，第194页)
>
> 整齐字句，表达心气和平时之情感；字句参差者，表现感情之冲动。(太白七古最能表现。)心气和平时，脉搏匀缓；感情冲动时，脉搏急而不匀。言为心声，信然！任其自然，字句参差便生弹性。(《顾随全集》卷五《传诗录一》之《说〈诗经〉》，第48页)

诗文句子参差、不整齐，才有弹性。唐宋以后，中国文学在形式上追求锤炼、干净、谨严，以整齐为美，便不再有有弹性的作品。顾随说：

> 老杜七言律诗之结实、谨严……可惜缺少弹性，去"死"不远矣。(《中国古典诗词感发》，第 105 页)
>
> 黄山谷的诗凝练整齐而不飞动，不能动荡摇曳，没有弹性。这虽不是完全破坏了文字的美，但至少是畸形的发展。所以说诗法大坏。(《中国经典原境界》，第 76 页)
>
> 江西派真是罪魁祸首，把诗之"韧"——音之长短、诗之"波"——音之上下都凿没了，把字都凿死了。(同上，第 141 页)
>
> "江西派"诗自山谷起即过于锤炼，失去弹性，死于句下；若后山诗则全无弹性矣，如豆饼然。(《中国古典诗词感发》，第 131 页)
>
> 林琴南文章实在不高，凝练未做到，弹性一丝也没有。只凝练而无弹性犹俗所谓"干渣窑"，必须凝练、飞动，二者兼到。(《中国经典原境界》，第 78 页)

过于锤炼，过于凝练，虽使文章句式整齐，文字谨严，表达简洁，但弹性亦随之消失。此外，诗之弹性，还与年龄有关。顾随说：

> 青年幼稚，没功夫，但有弹性，有长进；老年功夫深，但干枯了，再甚便入死途了。(《中国古典诗词感发》，第105页)
>
> 中国人诗到老年多无弹力，即过于锤炼。(同上，第130页)

老年人功夫深，是指炼字炼句的功夫深。因过于锤炼，过于凝练，便无弹性。

二〇二一年十月二十九日

077

中国诗的音乐性

古人论诗,甚重"声文"。如陆机《文赋》说:"暨音声之迭代,若五色之相宣。"文章之"音声迭代"如"五色相宣",便是"声文"。刘勰《文心雕龙·情采》说:"故立文之道,其理有三:一曰形文,五色是也;二曰声文,五音是也;三曰情文,五性是也。"以"声文"为立文之道的三要素之一。

所谓"声文",即诗文之音节和韵律。简言之,即诗文的音乐性。诗必须有音乐性,音乐性是构成诗歌艺术美的重要元素。诗原本是拿来唱的,音乐性是诗的基本属性。

顾随以为:"诗本应该念着可口,听着适耳,表现易明了。"(《中国古典诗词感发》,第152页)"如果不借助语言声音的力量,就不能发挥文学的力量。"(《中国古典文心》,第316页)所以,"一切文学皆须有音乐性、音乐美"(《中国古典诗词感发》,第108页)。他说:

凡文学作品皆须有声文。声调铿锵不是文学独有之,而文学必声调铿锵。未有是文学作品而声调不好的。(《中国古典文心》,第104页)

有些人只重字面的美(以为此即物外之言),没注意诗的音乐美——此实乃物外之言的大障。老杜的好诗便是他抓住了诗的音乐美,如其《哀江头》。(《中国经典原境界》,第336页)

作诗最好用音色表现出来,不看字义已先得之。(同上,第328页)

好诗必须声调铿锵,必须有好的声调,必须有音乐美。否则,便不是诗,更不是好诗。即便是散文,如果文字声调铿锵,有音乐性,就有诗意,甚至就是诗。顾随说:

老杜《醉时歌》七古中句:"德尊一代常坎坷,名垂万古知何用。"这不是诗，这是散文，然而成诗了，放在《醉时歌》里一点不觉得不是诗，原因便在其音节好。能抓住这一点，虽散文亦可写为诗。散文写成诗便因其字音是诗，合乎诗的音乐美。……诗中发议论，老杜开其端，而抓住了诗的音乐美，是诗。苏、黄诗中发议论，则直是散文，即因诗的音乐美不足。(《顾随全集》卷六《传诗录二》之《杂谭诗之创作》，第240页)

散文文字音节好，有音乐美，便有诗意。文字有音乐性，散文亦可以写成诗。文字没有音乐性，虽名为诗，实际上是散文。前一种情况，六朝文是代表，尤其是曹丕文最具代表性。六朝人以诗为文，把散文写得像诗，特别注意文中之音节美，故其文颇有诗意（参见"六朝文是美文"条）。后一种情况，宋诗是代表，宋人以文为诗，把诗写成了散文。

诗的基本属性是音乐美。但是，中国文字在表现音乐美上有欠缺。顾随说：

中国字方块、独体、单音，很难写成音乐性，而若于此中写出音乐性，便成功了。三代两汉散文著作是有音乐

性的；文章发展到六朝，有音乐性，而是用骈；至韩愈退之始能用散文写出音乐性。(《中国古典文心》，第228页)

相对言，西洋文字复杂、悠扬，容易写成音乐性；中国文字单音、短促，很难写成音乐性。中国诗人多用叠字，或用双声词、叠韵词，便是为了弥补中国文字的这个缺陷。

中国文字少有音乐性，并非说它完全没有，只是相对西洋文字而言，少点罢了。顾随认为三代两汉文章有音乐性，六朝骈文有音乐性，韩愈文章有音乐性。他说：

欲了解中国文字之美，且要使用得生动、有生命，便须不但认其形，还须认其音。西洋字是只有"音"而无"形"，不要以为中国文字只是形象而无声响。……中国字则"形""音"二者兼而有之。(《中国古典诗词感发》，第264～265页)

中国文字八成是形声字，故曰中国文字形、音二者兼而有之；用中国文字写成的中国诗，亦当是形、音二者兼而有之。

六朝人以骈体表现文的音乐性，唐宋以来诗人以平仄格律体现诗的音乐性。但是，顾随说：

> 对诗只要了解音乐性之美，不懂平仄都没关系。……一个有音乐天才的人作出诗来，自然好听；没有音乐天才的人按平仄作去，也可悦耳。而许多好听的有音乐美的诗并不见得有平仄。……平仄格律是助我们完成音乐美的，而诗的真正音乐美还不尽在平仄。（《中国古典诗词感发》，第109页）

> 诗之美与音节字句甚有关。近体诗有平仄，古诗无平仄而亦有音节之美。（《顾随：诗文丛论》，第132页）

顾随的意见很客观，平仄格律有助于诗的音乐美；诗的音乐美，不尽在平仄格律。近体诗因平仄格律而有音乐美，古体诗无平仄格律亦有音乐美，是自然呈现的音乐美。

好诗是形、音、义三者和谐统一。诗当然有义，无义不成诗。诗之美，在形与音，在鲜明之形和响亮之音。顾随说："诗之色彩要鲜明，音调要响亮。"（《中国古典诗词感发》，第68页）"诗中用字，须令人如闻如见。"（同上，第69页）"余作诗词主张色彩要鲜明、声调要响亮。"（《顾随：诗文丛论》，第132页）"如闻"，闻其响亮声调（即"音"）；

"如见"，见其鲜明色彩（即"形"），甚至鲜明色彩亦是从响亮声调中呈现。顾随说：

> "桃之夭夭，灼灼其华"，不但响亮而且鲜明，音节好。鲜明，常说鲜明是颜色，而诗歌令人读之，一闻其声，如见其形，即是鲜明。要紧的是鲜明；但若不求鲜明独求响亮，便"左"。左矣，不得其中道。对其物有清楚的认识，有亲切的体会，故能鲜明且响亮。（《中国经典原境界》，第66页）

只要音节好，散文亦有诗意。只要音节好，诗就响亮、鲜明。音节好的诗，一闻其声，如见其形；既能响亮，又能鲜明。

散文因音节美而有诗意，诗因音节美而有音乐性。好诗是形、音、义三者的和谐统一。音节特别重要，而又特别困难，包括表现的困难（作者）和理解的困难（读者）。顾随说：

> （形、音、义）三者，莫要于义，莫易于形，而莫艰于声。无义则无以为文矣，故曰要。形则显而易见，识字多

则能自择之,故曰易。若夫声,则后来学人每昧于其理,间有论者,亦在恍兮惚兮若有若无之间,故曰艰。(《顾随全集》卷三《论著》之《稼轩词说自序》,第6页)

〔形文、声文、情文〕三者比较,形、义尚易看出,最难是声文。(《中国古典文心》,第101页)

"最难是声文",而诗之美,最要亦是"声文","声文"重于"形文"。顾随擅长朗诵(参见"顾随的家学"条),此番言论,想必是如鱼饮水,冷暖自知。

二〇二一年十月三十日

078

中国诗声音里有情感

中国诗的声音,不仅是为口吻流利、音节朗畅,呈现音乐美,还有表情达义、呈态象形的作用。此即所谓"借字音以辅义"和"借字音以象形"。

先说"借字音以辅义"。中国诗犹如中国字中的形声字。形声字的声符,不仅表音,亦还表意。中国诗的音节,不仅表音,还能传情达义。顾随说:

曰音者,借字音以辅义是。故写壮美之姿,不可施以纤柔之音;而洪大之声,不可用于精微之致。(《顾随全集》卷三《论著》之《稼轩词说自序》,第6页)

字形、字音皆可代表字义，字音应响亮。……古人是以声音、字形表现意义，不是说明。(《顾随全集》卷五《传诗录一》之《初唐三家诗》，第250页)

古人写诗，"借字音以辅义"。中国诗声音里有意义，声音里还有情感。顾随以为，诗词"音节与诗之情绪甚相关"。他举例说：

胡适言词"借音节述悲壮或怨抑之怀"，其实凡文学皆借音节以表现，岂独词？……如《离骚》之"老冉冉其将至兮"，"冉冉"，感得到，说不出。语言最贫弱，文字亦有时而穷。……其实冉冉、奄奄、晻晻，并没讲，只是以音节代表感觉、感情，如夕阳冉冉。再如"杨柳依依"(《诗经·小雅·采薇》)之"依依"，"雨雪霏霏"(《诗经·小雅·采薇》)之"霏霏"，没讲儿，只是以音节代表感觉、感情。(《中国古典诗词感发》，第264页)

"行道迟迟，中心有违"，好，音节好，形容情感很确切。(《中国经典原境界》，第134页)

"武侯祠堂不可忘"，"不可忘"，三个字平常得很，可若改为"系人思"就糟了，音太细；"不可忘"三个字音壮，

"祠堂不可忘""松柏参天长",伟大、壮丽,衬得住。(《中国经典原境界》,第 307~308 页)

"我心固匪石,君情定何如",与燕子谈心,凄凉已极而不失其恬静者,即因音节关系。音节与诗之情绪甚相关。陶诗音节和平中正,老杜绝不成。(《顾随全集》卷五《传诗录一》之《说陶诗》,第 229 页)

音节与声调对表示感情有关,暗淡音节表示暗淡情调。(《顾随全集》卷六《传诗录二》之《杂谭诗之创作》,第 263 页)

"凡文学皆借音节以表现",中外古今皆如此,古代中国诗尤其突出。音节代表感觉,音节表现感情,这种例子,在古诗中很多,顾随在诗词课堂讲授中举了不少。他总结说:

一个大诗人在写作时,除了留心于字的意义、字的形象之外,尤其留心于字的声音。他不但善于利用字义、字形来表现,而且还利用字音来表现他的情感和思想。(《顾随全集》卷三《论著》之《朗诵了杜甫〈自京赴奉先县咏怀五百字〉以后写给中文系三年级同学的一封公开信》,

第 279 页）

蒋勋对这个问题，亦有极精细的分析。《诗经·黍离》中有这样几句："彼黍离离，彼稷之苗。行迈靡靡，中心摇摇"，蒋勋对其声音有很好的解读，他说：

"离离"是黍子一粒一粒嘟噜嘟噜的样子，叠韵是因为找不到恰切的词来形容那么繁密的黍子粒。这是第一种解释。第二种解释，是离别的意思，所以主人公才会哀伤。中国所有的字都有一个声音，而每一个声音都有情感。"离"的韵母是 i，诗人哀伤的时候，会用到这个闭口音，共鸣音很小。"凄凉"的"凄"、"寂寞"的"寂"、"离别"的"离"、"依靠"的"依"，都有一点悲哀对不对？所以当我们说"黍彼离离"的时候，不仅有对黍子的形容，还有离别的哀伤和声音上的低沉。……"靡靡"也是一种声音，低沉、慵懒、彷徨，都有一点。"靡"还是 i 这个闭口音，有点哀伤，可是又加了一个 m，这个音在汉字中常常与模糊的"模"有关。所以，"靡靡"就产生了一种非常奇怪的感觉，不怎么振奋，有一点拖延，不清楚生命的意义，不知要前往何处。（《蒋勋说文学：从〈诗经〉到陶渊明》，第 35～36 页）

第一种解释，说的是声音里有形态（参见"中国诗声音里有形态"条）。第二种解释，说的是声音里有情感。蒋勋对"离离""靡靡"两个叠词声音里的情感，分析得很透彻细腻。事实确如蒋勋所说，中国字"每一个声音里都有情感"，说话时声音的轻重、清浊、高低，都带有说话者的情感。听话者亦能从说话者的语气、声调、语词里，感受到他的情感态度和情绪变化。这是人所共知，虽村野匹夫亦能表达和感知；可较少有人把这种表达和感知，用在诗的分析和鉴赏上。

从以上所举例子可以发现，声音里有情感的词，多是联绵词。如蒋勋分析的"离离""靡靡"，顾随举出的"霏霏""依依""迟迟""冉冉"，还有"桃之夭夭"之"夭夭"，"灼灼其华"之"灼灼"，"中心摇摇"之"摇摇"，"氓之蚩蚩"之"蚩蚩"，等等。

声音里有情感，首先声音必须是丰富的、悠扬的、复杂的，这是西洋文字的优势。中国文字过于简单、短促的声音，不能表达丰富的情感。所以，对于中国诗人，丰富文字的声音，增强文字的音乐性，是促进用文字声音表达情感的手段。具体方式有两种：

一是使用语词。顾随以为，"助词是增加美文之美

的""语辞足以增加弹性"。他说:

中国方字单音,极不易有弹性,所以能有弹性者,俱在语词用得得当。(《顾随全集》卷五《传诗录一》之《说〈诗经〉》,第43页)

语词的合理使用,能增加诗句的弹性。诗有弹性,便有音乐性。有音乐性的文字,其声音有感情。

二是使用叠字或联绵词。顾随说:

中国字单纯,故短促;外国字复杂,故悠扬。中国古代为补救此种缺陷,故有叠字。(《中国古典诗词感发》,第77页)

中国诗叠字或联绵词的运用,是为克服中国文字字音单纯、短促的缺陷,是为增进文字的音乐性。文字有音乐性,其声音里便有情感。

古人论诗,常说"言为心声""心画心声"。过去,我们更多关注声音传达的意义,而对声音本身的质感缺乏重视,忽略对声音本身的审美,忽略声音里的情感。或者说,过去,声音只是被当作表意的工具,而这个工具本身的美学意义和情感意义则被普遍忽略了。

二〇二一年十月三十日

中国诗声音里有形态

蒋勋分析《诗经·氓》"氓之蚩蚩"句说:

"氓之蚩蚩"的"蚩蚩"两个字实在很好,它是一个声音,可是当中有一种呆相,一个男孩子在爱一个美丽的少女时,肯定是发呆的。……"蚩蚩"没有办法翻译,它呈现的是人看到令人陶醉的东西以后完全被吸引住了的感觉。(《蒋勋说文学:从〈诗经〉到陶渊明》,第6页)

他分析《诗经·黍离》"彼黍离离"句说:

"离离"是黍子一粒一粒嘟噜嘟噜的样子,叠韵是因为找不到恰切的词来形容那么繁密的黍子粒。(《蒋勋说文学:从〈诗经〉到陶渊明》,第35页)

他分析"行迈靡靡"句说:

"靡靡"就产生了一种非常奇怪的感觉,不怎么振奋,有一点拖延,不清楚生命的意义,不知要前往何处。我不太愿意直接翻译,因为这两个字实在太精彩了。"靡靡"是有一点没精神,这个词不是那么清楚,它指的是某种精神状态:走路的步子不那么稳健、确定,不是进行曲,而是缓慢、迟疑的。(同上,第36页)

这三段文字讲的是一件事,即中国诗声音里有形态,即所谓"借字音以象形"。说中国诗声音里有情感,这个好理解。说话者的情感,可以通过说话声音的高低、轻重、大小、长短、清浊等语气或语感表现,这是人所共知的。声音里有形态,有点绕,但并非不能理解。意谓从说话者的声音里,可以想象出物的形态。这个有点难,但并非不可能。如"蛋",不象形,只是一个声音,我们从这个声音里，可以想象"一种呆相"。如"离离"，亦不象形，亦只是一个声音，我们从这个声音里，可以想象"黍子一粒一粒嘟噜嘟噜的样子"，这就是所谓"声音里有形态"或"借字音以象形"。

顾随重视中国诗声音里的形态，亦擅长分析中国诗声音里的形态。他说：

我国语言中的单字和词儿有一个特征：声音里有状态。"大"、"小"两字呼出时，在音色、音量上，就分别有所不同。"大"字就强、就宽、就高、就大；"小"字就弱、就窄、就低、就小。至于两字以上组成的词儿，特别是形容词和副词，其声音与形态之结合，更显而易见。《文心雕龙》的"物色"篇就曾举出"灼灼"是桃花之色，"依依"是杨柳之状，"参差"是形容燕羽，"沃若"刻画桑叶等等；在现代汉语中，则有"花花"之白、"忽忽"之黑、"吊儿郎当"之为松懈散漫，"马里马虎"之为粗心大意等等，皆声音与形象相结合，而且声音突出了形象。（《诗词散论》，转引自《顾随年谱》第281页）

如此，声音里有形象，以声音传达形象，以声音突出形象，把声音与形象融合在一起，在古今汉语中皆常见。相对言，诗人尤其擅长以声音传达形象。顾随举例说：

《卫风·伯兮》有"其雨其雨，杲杲出日"一句，"杲杲为出日之容"（刘勰《文心雕龙·物色》），"杲"是会意字，"日"在"木"（树）上，太阳升起了，表示光明的意思；而"杲"字读音是 gǎo，"杲杲"表现出太阳直往上钻的形象。若把"日"与"木"倒个过儿——"杳"，太阳落到树底下去了，表示昏暗的意思；读 yǎo，也显得幽暗。（《中国古典文心》，第 331 页）

"白日依山尽"，一个"依"字把白日落下山的声音和形象都写了出来。如果不借助语言声音的力量，就不能发挥文学的力量。（同上，第 316 页）

"桃之夭夭，灼灼其华"，不但响亮而且鲜明，音节好。鲜明，常说鲜明是颜色，而诗歌令人读之，一闻其声，如见其形，即是鲜明。（《中国经典原境界》，第 66 页）

"僮僮""祁祁"，念起来真好。……吾人读诗，要从声音中找出作者的意象来。"被之僮僮"，起来；"被之祁祁"，低落。倘寻其意象，则前如日之出海，后如日之落山。……这真的是美的作品，特别是声音，写得蓬勃。（同上，第

92～93页）

《汉书》："间关万里。""间关"，字音好（《诗经》亦有"间关"），字音都带出爬山越陵之况。"焱绝焕炳"，字音欲带出文章之光彩。（《中国经典原境界》，第219页）

老杜"穿花蛱蝶深深见，点水蜻蜓款款飞"（《曲江二首》其二），"深深"，觉得深极了；"款款"，不慌不忙之劲儿都带出来了。（同上，第219页）

《打渔杀家》之"江水滔滔往东流"，唱起来如见。（同上，第85页）

韩偓之《幽窗》："手香江橘嫩，齿软越梅酸。"一念便好，盖不仅说"香"是香，便连"江"字、"橘"字亦刺激嗅觉，甚至"手"字亦鼻音。"齿软越梅酸"，啊，不行，不得了，牙倒了，盖多为齿音，刺激牙。此非好诗而好，便是因诗感好。（《中国古典诗词感发》，第192页）

由于中国诗声音里有形态，使读者"一闻其声，如见其形"。诗的形象性，借助文字的声音得以生动呈现。顾随说：

音律与旋律是互相影响、互相作用的，只有形象与声音配合起来才能动人。中国方块字有它好的地方，形、音、义三者结合。描写形象若不能用语言的声音来表现，不能成为艺术形象。(《中国古典文心》，第331页)

所以，我深信顾随的结论："如果不借助语言声音的力量，就不能发挥文学的力量。"（同上，第316页）

二〇二一年十月三十日

080

中国诗的形体美

就诗的形体美言,西洋诗不能与中国诗相提并论。西洋拼音文字,有音无形,有音乐性,无形体美。西洋字本身不象形,用西洋字写成的西洋诗,长短参差,亦构不成整齐的形体美。所以,谈论西洋诗的美,音乐性很重要,形体美说不上。

中国文字方块、单音、象形、独体。中国字象形,美的东西,其字形自然便美;丑的东西,其字形当然就丑。顾随说:

字之形、音、义是一个,如:黑,模糊;白,清楚。(《中

国经典原境界》，第 57 页）

又如，他在1923年4月8日与卢伯屏信里说"死"字：

"死"是怎样的神秘？我看见这个字，便觉得有些凛凛。一横又一撇，又一撇一点，一勾一点，是怎样的不可测啊！（《顾随全集》卷八《书信一》之《致卢伯屏》，第45页）

这种感觉，西洋字表达不出来。中国字在音乐性上不及西洋字，但在形体美上又是西洋字不可比的。用中国字写成的中国诗，尤其是格律诗，讲平仄、对仗，讲骈偶，这些在西洋诗里都没有办法做到。所以，严格意义上讲，只有中国诗可以讲"形文"，只有中国诗具备"借字体以辅义"的特点。

顾随说：

曰形者，借字体以辅义是。故写茂密郁积，则用画繁字。写疏朗明净，则用画简字。一则使人见之，如见林木之蓊郁与夫岩岫之杳冥也。一则使人见之，如见月白风清

与夫沙明水净也。(《顾随全集》卷三《论著》之《稼轩词说自序》，第6页)

"借字体以辅义"，有两种情况：一是汉字本身就是象形字和形声字，每个字的形状表示的就是这个字的意义。此为一般情况，人所共知。如顾随说：

木华（西晋）之《海赋》，多用水旁字，一看字，即如见水之波浪翻动。(《中国古典诗词感发》，第136页)

"飞兔流星，超山越海"，飞起来了。……"飞兔"，字形即飞蹦。(《中国经典原境界》，第219页)

二是顾随说的这种情况，即用笔画繁多的字表示茂密郁积，用笔画简单的字描写疏朗明净。此与造字法无关，主要是视觉感受。这种情况，在中国诗里亦常见。顾随说：

放翁这两句〔按，即"陇穷苏武餐氊久，忧愤张巡嚼齿空"〕笔画多，写出来，表现得极不平和。"曲终人不见，江上数峰青"，十个字写出来，多疏朗，盖表现心气之平和也。(同上，第315页)

〔杜甫〕《送郑十八虔贬台州司户》，多用笔画多的字，笔画多形象化了内心的复杂与沉重。(《顾随全集》卷六《传诗录二》之《杂谭诗之创作》，第 240 页)

他解读《诗经》之《君子于役》"羊牛下来"句最有意思：

"羊牛"二字比"牛羊"好，"羊"字在中间，似一起，太提，不好。绝对是"羊牛下来"。或曰：羊行快故在牛前。如此解，便死了。……《诗》之《君子于役》"羊牛下来"读其音如见⺧形；若曰"牛羊下来"，则读其音如见⺧形，下不来矣。(《中国古典诗词感发》，第 68～69 页)

无论从声音看，还是就形体讲，都应该是"羊牛下来"，不是"牛羊下来"。

"借字体以辅义"的上述两种情况，是中国诗所独有，西洋诗里没有。

二○二一年十月三十日

081

学文应当朗诵

顾随谈诗的欣赏,有一冷隽之语:

诗让人全懂了,不成;全不懂,亦不成。(《中国古典诗词感发》,第154页)

读诗的感觉,最好在懂与不懂之间。全不懂,没有趣味,读不下去,不成。全都懂,不可能,好诗没有那么容易懂;真全懂了,亦不成,不能再读了。冯至说:"杜诗含变态,一读一回新。"(《祝〈草堂〉创刊》,见《冯至选集》第2卷,四川文艺出版社1985年版)好诗包罗万象,意味无穷，好像会变，值得反复阅读，可以沉潜把玩。每一次重读，都会有不同的感受，所以是"一读一回新"。读诗如同谈恋爱，在懂与不懂之间，在若即若离之间，这种感觉最好。

读诗，有好懂的，有不好懂的。顾随说：

> 文章之意义好懂，而其文章美最难懂。余读《庄子》，先了解其意义，而懂其文章美是近三四年间之事而已。如何使文字美不落于文字障中就成了，这点功夫是一辈子的功夫，不亦重乎？不亦远乎？（《中国经典原境界》，第286页）

这是大实话，有经历作证。一般人对文章的意义或内容，都能说三道四；说起艺术美，不好说，难说。感觉很美，但说不出美在哪里。如孟浩然《春晓》，可谓家喻户晓，妇孺成诵，都觉得它美。美在哪里？即便专家亦未必说得出来，说得清楚。可见，欣赏艺术美，道出艺术美，需要功夫，可能真是一辈子的功夫。

"文章美最难懂"，顾随依据自己的文学实践，指出一条欣赏文章美的路径——朗诵。他首先对文章进行分类：

文章可分为两类：一类，为读诵（朗诵）的文章；一类，为玩味（欣赏）的文章。前者念着好，而往往说理不周，是音乐的，可以催眠。……陶渊明文章好，而切忌滑口读过，是玩味的；柳子厚文也是玩味的，不宜朗诵，眼看心唯，不可用口。……凡说理周密、思想深刻之文章，多不宜朗诵。(《中国古典文心》，第228～229页)

这是对散文言，散文分诵读和玩味两类。刘师培说过，先秦两汉文章，尤其是《史记》《汉书》，皆可诵读，皆须诵读，才能感知其美。散文有适合诵读的，有适合玩味的。于诗歌，皆可诵读。诗歌必须有音节美，必须有音乐性。诗歌的声音里有情感，诗歌的音节里有形态。通过诵读，不仅可以理解诗人的情感，感受诗歌里的形态，更能体味诗歌的艺术美。顾随说：

诚，不论字意，一读其音便知。学文学应当朗读，因为如此不但能欣赏文学美，且能体会古人心情，感觉古人之力、古人之情。(《中国古典诗词感发》，第277页)

朗诵是欣赏诗歌艺术美的重要途径。顾随说：

文章美中音节美最重要，故学文需朗读、背诵。学佛须亲眼见佛，念的好坏可代表懂的深浅。（《中国古典文心》，第195页）

诗歌艺术美涉及的方面多，音节美是其中之一，且是其中最重要的一个方面。其他方面皆可通过音节美获得，通过音节美呈现。所以，对于诗歌，"念的好坏可代表懂的深浅"。音节美是诗的基本属性，音乐美是构成诗歌艺术美的主要元素（参见"中国诗的音乐性"条）。诗之美，最要是"声文"，最难亦是"声文"。中国诗声音里有情感（参见"中国诗声音里有情感"条），中国诗声音里有形态（参见"中国诗声音里有形态"条）。因此，感受中国诗之美，必须从声音出发，必要朗诵。

顾随说："如果不借助语言声音的力量，就不能发挥文学的力量。"（《中国古典文心》，第316页）我们接着这句话往下说：如果不能通过朗诵感受中国诗的音节美和音乐性，就不能体味中国诗的艺术美。

顾随这番言论，有依据。因为他擅长朗诵，喜欢朗诵，对朗诵有研究（参见"顾随的家学"条）。他深明个中三昧，故言之真切，言之凿凿。

二〇二一年十月三十一日

082

"诗无达诂"有至理在

董仲舒《春秋繁露·精华》解诗，有"诗无达诂"说。此论之提出，或赞成，或反对，涉及诗学史上一个大问题：诗有无稳定、公认的解读？诗是有意还是无意？

"诗无达诂"说的提出，在儒家内部首先引发争论。具体言，董仲舒"诗无达诂"说，是对孟子"以意逆志"说的挑战。孟子论诗，主张"知人论世""以意逆志"，提出"不以文害辞""不以辞害意"。认为诗是有意，诗意是客观，是必然，可以通过"知人论世"和"以意逆志"途径获得。董仲舒"诗无达诂"，则认为诗是无意，诗意是主观，是言人人殊，没有稳定的、公认的解读。

诗究竟有无"达诂"？若谓"诗无达诂"，它的意义何在？顾随有看法，他说：

"诗无达诂"（董仲舒《春秋繁露·精华》），此中亦颇有至理存焉。作者何必然，读者何必不然？虽然人同此心，心同此理，而对于相同之外物之接触，个人所感受者有异。越是好诗，越是包罗万象。……伟大之作品包罗万象，仁者见仁，智者见智，深者见深，浅者见浅。……各见其所见，各是其所是，所谓"诗无达诂"也。（《中国经典原境界》，第28～29页）

这段话讲三层意思。

一是从创作角度看，"诗无达诂"是必然。因为人心"对于相同之外物之接触，个人所感受者有异"。不同的感受，体现在诗里，便是不同的内容。

二是从作品角度看，"诗无达诂"是必然。因为"越是好诗，越是包罗万象"，低劣的作品，意义单一。包罗万象的诗，有多重解读。意义单一的诗，只有一种解读。

三是从欣赏角度看，"诗无达诂"是必然。因为对于包罗万象的作品，"仁者见仁，智者见智，深者见深，浅者见

浅","各见其所见,各是其所是"。所以,"一千个读者就有一千个哈姆莱特"。如《红楼梦》,鲁迅说:

单是命意,就因读者的眼光而有种种:经学家看见《易》,道学家看见淫,才子看见缠绵,革命家看见排满,流言家看见宫闱秘事。(《集外集拾遗补编·〈绛洞花主〉小引》,人民文学出版社2006年版)

"诗无达诂"是必然。顾随以为,"诗无达诂"之说"颇有至理存焉"。对于孟子"知人论世"和"以意逆志",顾随说:"孟子把诗看成了必然。"孟子把诗看成"客观",故视诗为"必然"。苏轼说:"赋诗必此诗,定知非诗人。"(《书鄢陵王主簿所画折枝二首》其一)顾随说:"必此诗——必然。"把诗写成"必然"的人,不是诗人。读诗读出"必然"的读者,不懂诗。"必然"之诗没有言外之意,没有韵外之味,不是好诗。诗不是"必然",所以"诗无达诂"。

读诗追求"达诂",就是把诗看成"必然"。这种做法,对诗包罗万象的内涵是损害。顾随说:

唐诗之所以高于宋诗,便因为唐诗常常是无意的——

意无穷——非必然的。……唐诗与宋诗,宋诗意深(是有限度的)——有尽;唐诗无意——意无穷。所以唐诗易解而难讲,宋诗虽难解却比较容易讲,犹之平面虽大亦易于观看,圆体虽小必上下反复始见全面也。(《中国经典原境界》,第28页)

唐诗是"非必然的",宋诗是"必然的",唐诗高于宋诗。"非必然"的唐诗易解而难讲,因为它"无达诂",如圆体;"必然"的宋诗难解而易讲,因为它有"达诂",如平面。

孟子"知人论世"说、"以意逆志"说,虽然受到董仲舒"诗无达诂"说的挑战,但是,在中国诗史上,至今仍有重要影响。今人以时代背景和作家经历解读文学,依据的便是孟子"知人论世"说。英美新批评家研究文学,提出"感受谬见"论和"意图谬见"论,以为诗人的创作意图与诗中体现的思想或感情,不完全一致;读者从诗中获得的认知,与诗本身蕴含的思想或感情,亦不完全一致,这从根本上否定了研究文学作品思想或情感的可能性和必要性,从而将文学研究引向形式主义批评。新批评家的观点,是对"知人论世"说的质疑,与"诗无达诂"论比较接近。

比较而言,"诗无达诂"确有至理在,诗不会为我们提供具有唯一性的答案,我们在诗里亦找不到唯一性的答案。尤其是中国诗,它的目的不是说明,而是引起印象,生发感觉(参见"中国诗在于引起印象"条)。中国诗是无意,以无意为最高境界(参见"中国诗的最高境界是无意"条)。在这种诗里寻找具有唯一性的标准答案,无异于缘木求鱼。蒋勋说:

> 所有对于诗的速食化的答案都不是真正读诗的方法,读诗最怕在诗里找答案。一个爱诗的人,是爱生活的。如果人用一两个字就能说出生命的答案,是会害人的。生命太丰富、太复杂了,以至于到最后连是忧愁还是喜悦都不一定能分清楚。……人们常说的"诗无达诂",就是提醒我们,一首好诗是没有固定解释的。诗是很复杂、很丰富的东西,绝对不要试图给一首诗一个非常固定的答案,而把它限定在不能扩大的意义里。(《蒋勋说文学:从〈诗经〉到陶渊明》,第4页)

"好诗是没有固定解释的""读诗最怕在诗里找答案",

尤其是不能寻求唯一的答案和固定的解释。这个意见好,我赞成。同时,它亦说明,顾随关于"诗无达诂"有至理在的说法,是有依据的。

二〇二一年十月三十一日

083

写作顶好用口语

语言文字是文学的建筑材料,文学是语言文字的艺术。诗人使用本国语言文字创作,诗人创作亦能提高本国的语言文字。文学与语言的关系,大抵如此。

语言文字,合则为一,分则为二。就分言,语言是活的,表现在口头上,近于口语;文字是前人留下来的,体现在书本上,近于书面语。顾随说:

> 文人写作所用语言,所走的有两条路:一是从旧书本子上学的,另一则是活的语言。(《中国古典文心》,第250页)

在中国历史之早期，语言与文字是合二为一的，《诗经》时代可能便是这样。据郭绍虞说：战国至两汉时代，"是中国文学史上一个极重要的时代，因为是语文变化最显著的时代"［《中国语言与文字之分歧在文学史上的演变现象》，见《照隅室古典文学论集》（上册），上海古籍出版社1983年版］。这个语文变化，便体现在语言与文字的分途发展上。从这时起，是采用"语言"写作，还是采用"文字"写作，便是作者的有意选择。如《史记》，便是以"语言"写作。顾随说：

《史记》引古书往往改古书，盖因古书所用乃古代语言文字，司马迁将之译为汉代语言文字，此足以证明《史记》乃当时白话。（《中国古典文心》，第95页）

《汉书》则是用"文字"创作。用"文字"创作，是用"文饰之言"创作，其特点，便是"引书助文"或"以学为文"（参见汪文学《温柔敦厚：中国古典诗学理想》，第58～59页，贵州人民出版社2021年版）。语言与文字分途发展，文人用"文字"写作，由此导致中国文学创作由口语型向文字型之转变。

文学创作，是用"语言"好还是"文字"好，这当然是因人而异。顾随说：

写作顶好用口语，而可惜都被古人抢先了。我们现在只有用现代语言写现代事物。老杜之所以了不起，便在他能用唐代语言写他当时的生活。（《中国古典文心》，第95页）

用口语写作，就是用当时语言写当代生活，其特征之一便是冲口而出。顾随说：

"几日不来春便老，开尽桃花"，并无甚了不起，而一见便记住了，一来就想起来，其妙盖即在冲口而出。此非将文学降低，乃是将活的语言提高。近代白话文即然。古典文学讲格律，而其高处在冲口而出，如"昔我往矣，杨柳依依"（《诗经·小雅·采薇》），"嫋嫋兮秋风，洞庭波兮木叶下"（屈原《九歌·湘夫人》），亦在其接近口语。凡古典文学而能深入人心、流传众口者，皆近于口语，绝无文字障。此与政治同，要在得民心。……太炎先生主张古典，实等于自杀。本身有文字障，等打破文字障已精疲力尽，何暇顾到内容矣？静安先生论词不赞成用代字，其《人间

词话》曰:"意足则不暇代,语妙则不必代。"(《中国古典文心》,第93～94页)

古今文学之高处,即在用口语创作;古今文学之名篇,多是冲口而出;最受大众欢迎的作品,皆近于口语。文学最忌有文字障,"三百篇"即有此忌,但那是时代久远所造成,诗人本意不在制造文字障。汉魏以后,诗人"引书助文"或"以学为文",诗人用典、用代字,则是有意制造文字障。顾随说:

有一个原则:一切伟大的文学作品(当然诗在内),一定是用了活的语言(当时的口语)写成的。(《顾随全集》卷四《讲义》之《关于唐代诗歌的现实性》,第296页)

顾随的结论是:诗人最好用当时语言写当代生活,诗人写作顶好用口语。

"文字"是旧的,是古人留下来的,停留在书本上,是死的。"语言",尤其是口语,表现在口头上,立足于当下现实,是活的。用口语写作,鲜活、生动。顾随说:

诗人最要能支配本国的语言文字。现在的文字是古人遗留的，语言则是活的；恐怕在"三百篇"时语言较文字重要，因为他们用的活的语言，所以生命饱满。(《中国经典原境界》，第122页)

后一句最要紧，很关键。用口语写作，用当下活的语言写作，写出来的东西生命饱满。顾随说：

言语者，有生命的文字；文字者，是雅的语言。(同上，第33页)

用有生命的文字写出来的作品，自然生命饱满。这是顾随提倡口语写作的主要原因。因为他特别重视文学的生机、生命、生活。简言之，一切优秀的文学，皆当要生命饱满，皆当有生的色彩（参见"好诗有生机和生的色彩"条）。顾随说：

古人是用活的语言写其自己心里的感觉，故写出来是活泼泼的。现在我们写诗是利用古书，用古人用了的字，若果能写出一点自己的意思，尚可以；恐怕连这点意思还

是古人的。(《中国经典原境界》，第 115 页)

顾随论诗，重"声文"。他认为，"语言"是有声的。他说：

言〔疑作"文"〕字者，言语之精；言语者，文字之粗。平常是如此，但言语之功效并不减于文字。盖言语是有音色的，而文字则无之。……言语有音波，亦所以传音色，古诗无不入于歌，故诗是有音的。《汉志》记始皇焚书而《诗》传于后，盖人民讽诵，不独在竹帛故也。(同上，第 32～33 页)

用当代活的语言或口语写作，不仅使文学作品生命饱满，有生的色彩，还能提高当代语言的品格。顾随说：

我们用现代语言并非把文学本质降低，乃是将语言提高。凡一大作家用他当时的语言去创作，同时便把当时的语言提高了。(《中国古典文心》，第 95 页)

我们可以用现代语言创造，而须把现代语言提高。吾人之语言即从旧语言解放后又创造出来的新语言。(同上，

第 96 页）

优秀作家，不仅要解放旧的语言，用当代活的语言写作，还要通过写作创造出新语言，提高当代语言。符合这个条件的，在古代，司马迁是一个代表。顾随说：

《史记》与语言尚近，引用古书多所改削，其中多用汉当时俗语。大文人敢用口语中字句去写文，可是他用上去便成古典了。必得有这样本领，才配用俗语，才配用方言。由此点观之，凡作文最善于利用方言俗语的都是身上古典气极重的人。司马迁写《史记》雅洁之至，一切古典皆雅洁，一切美的基本条件便是洁白受采……一个大作家使用俗语用得雅洁，故能成为古典。不知文者，以为是大众化了；知文者看来，是古典。(《中国古典文心》，第 267 页）

在现代，鲁迅先生是一个代表。顾随说：

如今日白话文写成功者仅鲁迅一人。不是能用现代语言就好，是要把现代语言提高了才行。屠格涅夫(Turgenev) 论普希金 (Pushkin) 曰：他的修辞并不高于别人，而他有一天才，即是把俄国语言从传统习惯中解放出来，另创一种新的语言。……鲁迅先生就是把中国旧的语言文字解放了，许多前人装不进去的东西他装进去了。（《中国古典文心》，第 95~96 页）

鲁迅先生解放了中国旧的语言，不仅把白话文写成功了，而且还把现代语言提高了。在现代作家里，顾随最推崇鲁迅先生，即是因此。

要之，用口语写作的好处有二：一是写出来的作品生命饱满，二是提高当代语言的品质。

二〇二一年十一月二十日

文如水流山立

"文如水流山立"(《中国古典文心》，第247页)，是顾随理想的散文。何谓"水流山立"，顾随解释说：

> 散——流动，如水；骈——凝炼，如石。只散不好，只骈亦不成，应骈散相间。大自然中无美过水与石者，而中国人最能欣赏水与石之美。(同上，第214页)

中国文章，有散文、骈文之分。所谓"水流山立"，便是骈散相间。散体如水，是动态的；骈体如山，是静态的。好的文章，均是骈散相间，动静结合，如"水流山立"。

其实，既无纯粹的散文，亦无纯粹的骈文。纯粹的散文不好，纯粹的骈文亦不成。顾随说：

> 散句易于散漫，故白话文不能增长人意气。……排句整饬，然排句玩熟了，易成滥调，当注意。为文须用排句以壮其"势"，用散句以畅其"气"。(《中国古典文心》，第160页)

散句是动态，其优点是可以"畅气"，使文气流畅；其缺点是容易散漫。顾随说：

> 文中散句过多，易于散漫。后人文章散漫，多因不会用骈句。鲁迅、周作人的白话文都有骈句。……而鲁迅、周作人并非有意如此，一写便如此，且便该如此。如《论语》，孔子以为话便该如此说，理便该如此讲。(同上，第213页)

> 文用散句，文气流畅。(同上)

骈句是静态，其优点是整齐凝练，可以"壮势"；其缺点是易成滥调。顾随说：

中国文字整齐、凝炼，乃其特长。如四六骈体，真美，为外国文字所无。可是整齐、凝炼，结果易走向死板，只余形式而无精神。(《中国古典文心》，第184页)

文章过于追求整齐、凝炼，专注形式，就走向死板，成为滥调。顾随说：

为文不可不会利用骈句，此乃中国文字特长，而不可用死。(同上，第212页)

骈句整齐、凝炼。整齐是形式，凝炼是精神。骈句在形式上是整齐，为文用骈句，可救治散句易于散漫的缺点。骈句在精神上是凝炼，为文用骈句，可救治散句不能增人意气之缺点。但必须善用，会用，如《论语》，如鲁迅和周作人，自然而然地用。顾随说：

用骈句成心也不成，须瓜熟蒂落，水到渠成，是人工而又要自然。……然亦不可过熟，过熟易成滥调。(同上，第213页)

骈句和散句之优点与缺点各如上述。另外，散句和骈句在形式与内容上还有因果、并列之别。顾随说：

> 散文是因果相生，纵的；骈文是并列的。散，因果相生；骈，甲乙并立，不但无因果关系，简直无关。(《中国古典文心》，第222页)

散文上下句之间是因果关系，骈文上下句之间是并列关系。单独的并列关系，则易显堆砌，易成死板，易成滥调。在骈文中安插散句，注入"散行之气"，则有因果相生。有因果相生，就不显堆砌。顾随说：

> 六朝文之句子美丽整齐，然病在拆开以后东一片、西一片，气就散了。写得高的则有散行之气。(《中国经典原境界》，第220页)

> 六朝的骈文与唐之"四六"不同，"四六"太匠气。而六朝末庾信已匠气，只注意骈，没有散了。……骈文成为"四六"，实是骈文的堕落。(《中国古典文心》，第224页)

六朝骈文，尚有散句，故有"散行之气"。唐"四六文"，有骈无散，故堆砌，死板，有匠气。

好文章骈散结合。骈散结合有两种办法：一是在骈文中穿插散句，散文中植入骈句。二是在骈句中注入"散行之气"。顾随举杜甫诗句"酒债寻常行处有，人生七十古来稀"为例说：

二句不但"骈"，简直是"对"，但是上下的，不是平行的；字句是平行，意思是上下，亦骈中带散。（《中国古典文心》，第214页）

又如《典论·论文》"遂营目前之务，而遗千载之功"，二句亦是骈中带散。"遂营目前之务"是因，"而遗千载之功"是果，上下句之间，非并列关系，是因果关系（同上，第214页）。如此，骈句中便有了"散行之气"。

综上，骈句、散句各有优点、缺点。解决办法，便是寓散于骈，寓骈于散，骈散相间。寓散于骈，即在骈体中穿插散句，用散句畅其气，使其有流动之美。寓骈于散，即在散体中植入骈句，用骈句壮其势，使其有整饬之致。

散如水流，骈如山立。好的文章，骈散相间，动静结合，便有"水流山立"之美。

二〇二一年十一月二十日

卷七

085

《诗》是最好的情操

中国文学之演进,大体是"同祖风骚"。按照顾随的观点,"骚"近似西洋文学,代表中国文学传统的是"诗三百"。"诗三百"是顾随"情操诗学"的典范,"诗三百"是最好的"情操"。顾随说:

"诗三百篇"含义所在,也不外乎"情操"二字。要了解《诗》,便不得不理会"情操"二字。《诗》者,就是最好的情操。也无怪吾国之诗教是温柔敦厚,无论在"情操"二字消极方面的意义(操守),或积极方面的意义(操练),皆与此相合。(《中国经典原境界》,第10页)

"情操"是"诗三百"的特质,亦是中国人的国民性。"诗三百"是理解中国国民性的最好素材。"情操"的消极意义和积极意义,都体现在"诗三百"里,都表现在中国国民性中。故"诗三百"是"情操诗学"的典范。顾随说:

> 学问的最高标准是士君子。士君子就是温柔敦厚(诗教),是"发而皆中节"。……表现这种温柔敦厚的、平凡的、伟大的诗,就是"三百篇"。而其后者,多才气发皇,而所作较过,若曹氏父子、鲍明远、李、杜、苏、黄;其次,所作不及者,便是平庸的一派,若白乐天之流。乐天虽欲求温柔敦厚而尚不及,但亦有为人不及处。吾国诗人中之最伟大者唯一陶渊明,他真是"士君子",真是"温柔敦厚"。(《中国经典原境界》,第11页)

"诗三百"后的诗人,不是发皇,便是平庸。发皇者如曹氏父子之流,平庸者如白居易之流,其人其诗皆乏"情操"。"诗三百"后,"情操诗学"和"情操修养"的唯一传人,是陶渊明。所以,在顾随"情操诗学理论"中,陶渊明才是真正的"诗圣"。

《诗》是最好的"情操","诗三百"是"情操诗学"的典范，乃因"诗三百"最符合顾随的"情操诗学理论"。概言之，有如下三点：

第一，"诗三百"有"情操"，因为它真，因为它诚。顾随说：

"三百篇"之好，因其作诗并非欲博得诗人之招牌，其作诗之用意如班氏所云之有"其本义"及"不得已"，此孔子所谓"思无邪"。……"三百篇"最是实，后来之诗人皆不实，不实则伪。既有伪人，必有伪诗。(《顾随全集》卷五《传诗录一》之《说〈诗经〉》，第36页)

"三百篇"是有什么就喊什么，想说什么就说什么，想怎么说就怎么说。古人诗是如此，然说出来并不俗、不弱，因为它"真"。(同上，第167页)

诗心要诚（参见"诗心要诚"条），诗必须真。"诗三百"，是真，是诚，是"思无邪"。但情真不一定就是诗，不一定就是好诗。情真与诗美的调和，才是好诗，才是有"情操"的诗。古代诗，唯"诗三百"能做到。顾随说：

诗本是抒情的，但情太真了往往破坏诗之美，反之，诗太美了也往往遮掩住诗情之真。故情真与辞美几不两立，必求情真与辞美之调和。古今诗人中很少有人能做到此点之完全成功。余赞美"三百篇"，并非开倒车，实在是它情既真而写得也美。至于《离骚》，虽千古佳作，而到情感真实热烈时，写的不是诗；到写的是诗的时候，又往往被诗之美遮掩了情之真。（《中国古典诗词感发》，第222～223页）

一般人的写作，或者"情真"，或者"辞美"，往往顾此失彼，几不两立，总得不到调和，故皆乏"情操"。唯有"诗三百"，它既能"情真"，又有"辞美"，故而是最好的"情操"。

第二，"诗三百"有"情操"，因为它温柔敦厚，中正和平，表现了最富于人性和人味的生活。顾随说：

中国人爱和平，故敌不住外来力量，此精神一直遗传。即以"三百篇"言之，只见温柔敦厚，无热烈感情。此确是悲惨、是失败，然非耻辱，是光明的。因"三百篇"所表现乃最富于人性、人味的生活。（《中国经典原境界》，第106页）

"三百篇"……真是温柔敦厚，能代表中国民族的美德。(《中国经典原境界》，第70～71页)

《周南》《召南》不夸大，所以中正和平。(同上，第109页)

〔《柏舟》〕写得沉痛但是多么安闲……诗中也有急的地方，但是没有叫嚣、急迫。……诗人把世俗的事美化了，已经是奇迹(miracle)；再把迫切的事写得这么安闲，又是奇迹；然而安详的文字又可以把迫切的心情表现出来，这又是奇迹。(《顾随全集》卷五《传诗录一》之《说〈诗经〉》，第107页)

顾随所谓"情操"，是以理智操持情感，以理智支配情感。"情操"的表现，是温柔敦厚、中正和平(参见"顾随的'情操论'"条)。"诗三百"的显著特征，是温柔敦厚，是"乐而不淫，哀而不伤"，是中正和平，故最有"情操"。

第三，"诗三百"有"情操"，因为它如忠厚长者说老实话，并且说的是不受时空限制的永久的人性和集体的人性。顾随说：

若谓屈原为有天才之伟大的说谎者，则"三百篇"为忠厚长者的老实话。……要我们如忠厚长者说老实话，不难；但要老实话篇篇是文学、句句是诗，却不易得。"三百篇"的好处即在此，与《离骚》的最大分别也在此。(《中国经典原境界》，第85～86页)

把"忠厚长者的老实话"写成诗，不容易。"诗三百"做到了，因为它真，它诚，它有"情操"。顾随说：

"诗三百篇"向称为"经"，"五四"以后人多不然。"经"者，常也，不变也，近于"真理"之意，不为时间和空间所限。老杜写"天宝之乱"称"诗史"，但读其诗吾人生乱世固感动，而若生太平之世所感则不亲切。……这就是变，就不能永久。"三百篇"则不然，"经"之一字，固亦不必反对。(同上，第13页)

"三百篇"中若谓一篇代表一人，不若谓其代表一时代、一区域、一民族，因其中每一篇可代表集团。集团者，通力合作也。(《顾随全集》卷五《传诗录一》之《说〈诗经〉》，第37页)

《七月》真是集团性的，不是写的一两个人，是写豳地所有人民。《长恨歌》只是杨玉环，《琵琶行》只是商人妇；

而《七月》是豳地所有人民，比前二者伟大。(《顾随全集》卷五《传诗录一》之《说〈诗经〉》，第99页)

"诗三百"写的不是个体的情感，是集团的"情操"；不是一时代的情感，是永久的、普遍的"情操"。

顾随所谓的"情操"，不仅是诗人的修养，亦是大众人格的修养。"情操"要真，要诚。"情操"是温柔敦厚，是中正和平。"情操"是永久的人性，是集体的人性。"诗三百"都具有这些特点。所以，顾随认为：《诗》是最好的"情操"。《诗》之所以成为"经"，成为"五经"之首，原因或在于此。

二〇二一年十一月十九日

086

楚辞近似西洋文学

顾随说：

楚辞，尤其是《离骚》，近于西洋文学。余直觉地感到，中国文学中多不能翻为西文，但《离骚》可以，其艰深晦涩处颇与西洋文学相近。（《中国经典原境界》，第84页）

顾随把中国文学分为"韵的文学"和"力的文学"两类。"韵的文学"是中国文学的传统和主流；"力的文学"在中国有，亦不乏伟大作家和优秀作品，但它不是主流，亦未构成传统。"力的文学"近似西洋文学，楚辞属于"力的文学"一类。

首先，楚辞近似西洋文学，因为楚辞作家与西洋诗人的风格近似。顾随说：

> 屈子"举世皆浊我独清，众人皆醉我独醒"（《楚辞·渔夫》），人、事、物皆看不中，生活只是苦恼，反是自杀为愈也。贾谊虽未自杀，但其夭折亦等于慢性的自杀。（《中国经典原境界》，第18页）

楚辞系作家，皆有浪漫激情，或慷慨激昂，或愤世嫉俗，个性特别鲜明，情感尤其热烈，近于西洋诗人。不像儒家思想涵养出来的中国文人，儒家精神培育的中国文人，温柔敦厚，中正和平，是谦谦君子。

其次，楚辞近似西洋文学，是由于楚辞作品和西洋文学给读者的感受相近。顾随说：

> 楚辞中《离骚》最好，亦最难解，对于它的洋洋大观、奇情壮采，令人蛊惑。……读《离骚》，一被其洋洋大观、奇情壮采所蛊惑，发生了爱，便无暇详及其辞矣。（同上，第30页）

用"蛊惑"这个词描述楚辞对读者的影响,好。西洋诗是蛊惑,楚辞是蛊惑,以洋洋大观、奇情壮采蛊惑读者。蛊惑的力量大,读者陷入其中不能自拔,伤神。所以,顾随说:读西洋诗,"读时兴奋,而读后则甚觉疲惫"(参见"读中西文学的不同感受"条)。读《离骚》亦有这种感觉。

中国诗,尤其是中国"韵的文学",它不是洋洋大观,亦不是奇情壮采;它是温柔敦厚,是调和,是平淡,是平凡。它不像西洋诗那样蛊惑读者,刺激读者,裹挟读者,而是启发读者,引起读者的印象,生发读者的感觉。西洋诗是刺激,中国诗是调和。

其三,楚辞近似西洋文学,因为楚辞的"姿态"与西洋文学相近。顾随说:

> 楚辞去了助词,便是"三百篇"。摇曳是楚辞的特色。……自《左氏传》而后,没有能及其摇曳的散文;屈骚而后,没有能及其摇曳的韵文。盖汉魏六朝而后的文学多取平实一路。(《中国经典原境界》,第86页)

"摇曳",即"夷犹"。顾随论中国诗的"姿态",分夷犹、锤炼、氤氲三种。其"夷犹"姿态,韵文以楚辞为代表，散文以《左传》《庄子》为代表。"夷犹"姿态仅见于先秦，汉以后文学多取平实一路。所以，顾随说屈原是"千古一人"。（参见"中国文学的姿态"条）

"夷犹"或"摇曳"，是缥缈，是飘逸。中国字方块、独体、单音，少有音乐性，难以摇曳生姿，不"夷犹"。西洋字声音悠扬，故西洋诗富于音乐美，摇曳生动，有缥缈之美。中西文字特征的差异，导致中西诗歌之区别。中国诗，总体言，是谨严，是平实，是氤氲。此与中国文字有关。楚辞是个例外，它近似西洋文学，摇曳生动，夷犹缥缈。根本在于，它大量使用助词。楚辞近似西洋文学，摇曳生姿，与它善用、多用助词有关。（参见"中西文字在文学上的表现"条）

其四，楚辞近似西洋文学，因为楚辞作家的幻想与西洋诗人近似，楚辞的神秘性与西洋文学近似。顾随说：

> 《离骚》是南方的产物，偏于热带，幻想较发达，神秘性较丰富……"三百篇"并非无神秘，但楚辞更富神秘性，而有时是暧昧，是鹘突。（《中国经典原境界》，第83～84页）

大体言，中国人老实厚道，不会说谎，幻想力不发达。但楚辞作者是例外，屈原的幻想比较发达。顾随以为："《离骚》的作者屈原是一个会说谎的人。"屈原是"伟大的说谎者"。说谎不含贬义，"用说谎以娱乐人、利人、教训人则是一种艺术"。说谎就是幻想，就是创造。顾随说：

什么是创造？创造即是说谎。没有说谎的本领不要谈创造。这种说谎的天才创造力，父不能传诸子，兄不能传诸弟（且不说"三百篇"）。（《中国经典原境界》，第 87 页）

屈原会说谎，会幻想，能创造。他的这种能力，像西洋人，不像中国人。他的作品亦近似西洋文学。顾随说：

若谓屈原为有天才之伟大的说谎者，则"三百篇"为忠厚长者的老实话。（同上，第 85 页）

"忠厚长者说老实话"，是中国诗人的传统，是中国诗歌的品格。"汉魏六朝而后的文学多取平实一路"，继承的就是这个传统。比较而言，屈原及其《楚辞》，则是中国文学的例外。他的风格更接近西洋文学。

还有，楚辞的神秘性浓厚。中国诗简单而神秘（参见"中国诗简单而神秘"条），但是，楚辞的神秘性与中国诗的神秘不同。中国诗的神秘，在于它简单，不说白，不说透，或者引起你的印象，让你生发。楚辞的神秘，不在简单，楚辞不简单，楚辞艰深晦涩。顾随以为：楚辞的"艰深晦涩处颇与西洋文学相近"。楚辞的神秘，一是来自它的艰深晦涩，这与西洋文学的神秘性近似；二是来自它的宗教意味，中国诗少有宗教意味，即便是受禅宗影响的诗人，如王维，亦是写生活，写人情，没有宗教色彩。但是，楚辞有，并且很明显。楚辞的神秘性，与它浓厚的宗教意味有关。这一点，楚辞亦与西洋文学近似。西洋文学的神秘性，全在它的宗教意识。

二〇二一年十一月一日

087

六朝文是美文

顾随精于诗学（包括词、曲），对散文、小说亦有研究。尤其是散文，他有过系统的研究和讲授，其价值不在诗学之下，其观点与诗学相通。

顾随讲论散文，最具代表性观点，就是强调"散文当有诗意"。他说：

散文当有诗意。狭义的散文如果没有诗意，不能算是美的散文——鲁迅先生《朝花夕拾》简直就是诗——即使是周秦诸子的说理文章也具散文诗的意味，尤其一部《论语》；其后《史记》到汉末三国之文章皆具诗意。而写诗其中如无散文的技巧，也不能成为好诗。老杜诗有好多简直是散文。散文没有诗意，则将流于轻燥、公式；若诗不具散文技巧，则会疲软、萎靡。（《中国古典文心》，第302～303页）

顾随讲论诗文，主张调和，以为调和是中国文学的最高境界，过于刚硬或者过于柔软，皆非佳境。他以为：诗是静，是柔；文是动，是刚。诗是感性，文是理性。"散文当有诗意"，便是将诗的元素注入散文中，达到动静结合、刚柔相济、理性与感性调和的理想状态。"若诗不具散文技巧，则会疲软、萎靡"，所以，大诗人写得好的诗句，用的都是散文句法。"散文没有诗意，则将流于轻燥、公式"，即呆板、枯燥、无趣。

由此，顾随论文，重美文、重散文的诗意。他推崇《论语》，认为"《论语》亦是极好的散文诗"，还说："老子、庄子写思想之散文，几乎是诗。"（《中国经典原境界》，第193页）先秦两汉文章皆有诗意。比较而言，他较少提到唐宋八大家的古文，他最欣赏的是六朝文。他说：

余对史、汉、庄子只是理智上觉得好，理智、感情都

觉得好的是曹子桓、鲁迅。(《中国古典文心》，第250页)

"理智上觉得好"，不一定是真好；"理智、感情都觉得好"，才是真好，才是真喜欢，才是真对味口，才是发自内心的喜欢。顾随最推崇的散文，除《论语》外，就是曹丕和鲁迅的文章，实际上就是六朝文。曹丕是六朝文的代表，鲁迅是学六朝文的。(参见"谨严：鲁迅文章的特点"条)

顾随推崇六朝文，以六朝文为散文之典范。他在1953年11月14日与周汝昌信里说：

嗣后行文，为文言，决不可夹杂语体之字面、词汇、文法、修辞，务使其骎骎不懈而及于古。唐以后人无足法，魏以前人难为法，斟酌尽善，六代尚已，《雕龙》一书，尤须时时在念。[《顾随全集》卷九《书信二》之《致周汝昌（玉言、巽甫、巽父)》，第159～160页]

以文言行文，"唐以后人无足法，魏以前人难为法"，可依法六朝文。六朝人的艺术特质，六朝文的艺术趣味，其他时代无法比拟。顾随说：

无论是弄文学还是弄艺术，皆须从六朝翻一个身，韵才长，格才高。(《中国古典文心》，第170页)

六朝人有韵有格，最富艺术气质，最值得艺术依法。鲁迅先生《魏晋风度与文章及药与酒之关系》说：

用近代的文学眼光看来，曹丕的一个时代可说是"文学的自觉时代"，或如近代所说是为艺术而艺术的一派。(《而已集》，第84页，人民文学出版社1973年版)

宗白华亦认为：魏晋六朝时代"社会秩序的大解体、旧礼教的总崩溃、思想和信仰的自由、艺术创造精神的勃发，使我们联想到西欧十六世纪的'文艺复兴'"(《美学散步》，第177页，上海人民出版社1981年版)。他说：

汉末魏晋六朝是中国政治上最混乱、社会上最苦痛的时代，然而却是精神史上极自由、极解放，最富于智慧、最浓于热情的一个时代。因此也就是最富有艺术精神的一个时代。(同上)

他还认为,"这是中国历史上最有生气,活泼爱美,美的成就极高的一个时代"(《美学散步》,第 186 页)。生活艺术化,艺术生活化,在六朝名士圈子里已部分实现。

据顾随说:曹丕之前的散文,以议论、纪事为主,之后则以抒情、写景为主,"此是魏文帝提倡的,甚至可以说是魏文帝之散文运动,因在魏文帝前尚无此种纯文艺之散文"(《中国经典原境界》,第 190 页)。

六朝是"最富有艺术精神的一个时代",是"纯文艺之散文"时代,曹丕开了头,之后便成一代风气。顾随反复赞叹六朝文之美丽、六朝文之诗意:

六朝人写什么都成美文了,如《洛阳伽蓝记》《世说新语》《水经注》《宋书》。(《中国古典文心》,第 87 页)

六朝文是绮靡,软性。(同上,第 77 页)

美丽、简明,六朝文兼之。简明乃美丽之本。(同上,第 221 页)

诗之美影响到散文,这就无怪乎陆氏写《文赋》这么美,刘氏写《文心》也那么美了。写文要表现诗的美。今人要学六朝文不行了,因为已无那种诗的修养。(同上,第 87 页)

六朝人有诗的修养，最富艺术精神，故能把什么都写成美丽、简明的美文。汉朝人就不一样，汉朝文章与六朝文章有显著区别。顾随说：

> 李陵是扛枪杆的，是愤慨；文帝是沉静的，是敏感的。愤慨、沉静，汉魏两朝之文章分野即在此。汉人文章使"力"。……盖汉人注意事功，思想亦基于事实，是"力"的表现。总欲有所作为，向外的多。至魏文帝曹丕不是"力"，而是"韵"。……"韵"与感觉、感情有关。(《中国古典文心》，第187页)
>
> 太平时文章，多叫嚣、夸大；六朝人文章静，一点叫嚣气没有。(同上，第185页)

汉人文章使力、叫嚣、夸大，是"愤慨"，李陵是其代表。六朝文章清新、谨严、有韵，写得很美，像散文诗，是"沉静"，魏文帝曹丕是其代表。

奇怪的是陆机。顾随说：

> 陆乃抒情诗人，而诗不甚佳……陆氏不论写什么，总是抒情的情调，但怪的是他写不到诗里去，反能写到文里

来。他有抒情诗人的天才，但写诗时总不能运转自如，他的诗情都用到文里去了。……陆氏文甚至比诗还抒情诗味。(《中国古典文心》，第122页)

这是值得注意、需要研究的问题。还有就是陶渊明，他的文章亦很有诗意。顾随说：

陶渊明之散文为魏文帝后第一人。魏晋散文好，如《水经注》《颜氏家训》《世说新语》。陶渊明文品高，不是甜，而有神韵。甜则易俗，甜俗，易为世人所喜。陶渊明文章好，而切忌滑口读过，是玩味的；柳子厚也是玩味的，不宜朗诵。陶公相传作《续搜神记》，其中《桃花源记》一篇，文笔真写得好。(《顾随全集》卷五《传诗录一》之《说陶诗》，第224页)

顾随的观点往往出人意外，但绝非信口雌黄，以他治学之谨严，必定言之有据。如他说：

沈约《宋书》最可代表六朝作风。(《中国古典文心》，第185页)

《四史》之作者司马迁、班固、范晔、陈寿有史才，文才亦好（史才——史法；文才——文法），故为人所推崇。《四史》之外，当推沈约之《宋书》。如云《史记》《汉书》为北派，则《宋书》当是南派。……余读《汉书》觉其沉闷，读《宋书》而觉其屑碎，唯读《史记》则沉着、痛快。（《中国经典原境界》，第282～283页）

讲六朝文学，一般不会注意《宋书》，不会把《宋书》当文学作品看，文学史亦从未提到它，而顾随居然认为它"最可代表六朝作风"。通观顾随留下的文字，即便课堂讲授，亦不夸大，不故作惊人之语。这话肯定有来头，可以好好研究研究。

还有，他说：读六朝文章"当注意其涩"（《中国古典文心》，第170页）。此亦非惊人之语，而是体贴之言。若非深度玩味过六朝文章，不会有这样的体会。

二〇二一年十一月一日

088

晚清民国的魏晋想象

"晚清民国的魏晋想象",是我早年想做的一项研究课题。当时做过一些读书笔记,写下一篇研究提纲,笔记本上记录的时间是2015年11月30日。后来推荐给广州的一位朋友做博士论文选题,她没有采纳。

起心做这项课题研究,缘于读到秦燕春的博士论文《清末民初的晚明想象》(北京大学出版社2008年版),受了启发,题目亦是模仿来的。后来读到她的博士导师陈平原的《现代中国的"魏晋风度"与"六朝散文"》(《千年文脉的接续与转化》,复旦大学出版社2010年版),更坚定想法,便动手做起读书笔记。

我的初步印象，晚清民国的历史想象，有从晚明向魏晋发展的趋势。周作人便是代表，他从迷恋晚明小品到醉心《颜氏家训》，便体现了这种动向。陈平原师徒的研究，便是顺着这个发展趋势来做的。关于晚清民国的晚明想象，已有秦氏洋洋洒洒数十万言的论述。晚清民国的魏晋想象，目前所知，仅陈平原这篇论文还有较大言说空间，可做成专论。这是我当时的判断，虽然最终没有往下做，但一直恋恋不舍。

读顾随，再次引发我接着做的冲动。我发现，顾随及其推崇的鲁迅，正可作为研究晚清民国魏晋想象的个案。顾随说：

无论是弄文学还是艺术，皆须从六朝翻一个身，韵才长，格才高。(《中国古典文心》，第170页)

这可能是当时文人的普遍看法。他在与周汝昌信里说：

嗣后行文，为文言，决不可夹杂语体之字面、词汇、文法、修辞，务使其骎骎不懈而及于古。唐以后人无足法，魏以前人难为法，斟酌尽善，六代尚已，《雕龙》一书，尤

须时时在念。[《顾随全集》卷九《书信二》之《致周汝昌（玉言、巽甫、巽父)》，第159～160页]

学文以六朝文为典范，这亦是当时部分文人的共识。鲁迅先生便是代表，他讲《魏晋风度与文章及药与酒之关系》，校勘嵇康文集，虽是学术研究，但选择这样的问题研究，亦体现他对魏晋的想象。

鲁迅先生热衷魏晋学术研究，他的文章，学的亦是魏晋文。顾随说：

鲁迅走的也是古典派。韩退之革新是复古；鲁迅先生是跳过"八家"回到《文选》，是"白话"而不是活的语言。(《中国古典文心》，第250页)

鲁迅之文铁板钉钉，叮叮当当，都生了根。……鲁迅白话文都到了古典，古典则须谨严。古典派并非用上许多典故，对仗工整，而是谨严，无闲字、废话也。自汉至六朝，文字之清楚、谨严，鲁迅先生即受其影响，特别是魏晋六朝。(《中国经典原境界》，第205页)

鲁迅先生的文学"跳过'八家'回到《文选》"，即回到魏晋时代，学魏晋文之清楚和谨严。顾随的文风，有时学鲁迅，学得还像。顾随心中最好的文是六朝文。他想象魏晋，追慕六朝文，是受鲁迅先生影响。他说：

> 鲁迅写文言文，其学魏晋六朝文之痕迹也就露出来了。……余亦喜魏晋文章，或因受鲁迅先生影响。若学魏晋文，能缩短成四字句固好；不能缩短，则须延长成八个字。切记。(《中国经典原境界》，第 208 页)

后半段告诫，见出顾随对魏晋文有极深的体会和玩味。他说：读六朝文章"当注意其涩"(《中国古典文心》，第 170 页)。其实，"涩"亦是鲁迅的文风，从六朝文章里学来的。

顾随有个提示，值得注意。他说：

> 六朝文是绮靡，软性。所以有人说，明末小品文是文学新运动，复古，复六朝之古。（明末有几部书盛行——《世说新语》《水经注》《三国志注》。）（同上，第 77 页）

前面说过，晚清民国学者的历史想象，有从晚明向魏晋转移的趋势。何以要从晚明追踪到魏晋？或许是因为晚明与魏晋有关联。晚明士风与魏晋名士风范相似，晚明小品"复六朝之古"；晚明文士爱看六朝书，便透露出一些消息。晚清民国学者的历史想象，顺藤摸瓜，从晚明摸到魏晋，符合学术逻辑。

据此，"晚清民国的魏晋想象"是一个大课题，值得做。

二〇二一年十一月一日

089

曹操的坚苦卓绝精神

"诗三百"是顾随情操诗学的典范。"诗三百"后，顾随最推崇的诗人，是曹操、陶渊明和杜甫。他说：

曹，英雄中的诗人；杜，诗人中的英雄；陶，诗人中的哲人。(《顾随全集》卷五《传诗录一》之《说陶诗》，第201页)

顾随论诗，最重"生的色彩"。"生的色彩"包括人生、人事、人味。顾随以为好诗皆有人生、人事、人味。他说：

中国一切都是技术成熟,冲动不够。生的色彩浓厚、鲜明、生动,在古体诗当推陶公、曹公,近体诗则老杜。(《中国古典诗词感发》,第 211 页)

曹、陶、杜三人,所以成为"诗三百"后顾随最推崇的诗人,便在于他们的诗有"生的色彩",有生机。

相对言,曹、陶、杜三人中,顾随最喜欢的诗人是陶渊明,因为只有陶渊明传承了"诗三百"开启的情操诗学。他推崇陶渊明,亦欣赏曹操。有时候,他对陶渊明、曹操的欣赏超过杜甫。他说:

按时代,曹在前,陶第二,杜第三。在文学价值上,盖亦然。(《顾随全集》卷五《传诗录一》之《魏武与陈王·力与美》,第 184 页)

曹孟德在诗上是天才,在事业上是英雄,乃了不得人物。唐宋称曹孟德为曹公,称陶渊明为陶公,而李、杜后人皆不称公,非如此不能表现吾人对曹、陶之敬慕。(同上,第 183 页)

他欣赏曹操,推崇其人其事其诗。曹操的诗作,虽有名篇，但在文学史上的评价，并不是太高，钟嵘《诗品》甚至将之列为下品。一般诗话，亦只是说他"古直"，说他"甚有悲凉之句"。但是，顾随把他推举到杜甫之上。他批评钟嵘说：

> 钟嵘把三国时代的政治家、经济家、军事家曹操的诗列在"下品"，简直是瞎了眼睛，不识货。曹操的诗价值很高，可以说是"英雄的诗"，应当列入"上品"的。……后世的读者如果信了《诗品》，则永远不会正确了解曹操的诗的价值。(《顾随全集》卷四《讲义》之《〈诗品〉与〈文心雕龙〉之比较》，第194～195页)

顾随论诗，一般皆能心平气和，很少动气。骂钟嵘"瞎了眼睛，不识货"，这是真动气了，可见他是真为曹操鸣不平。

但是，曹操其人其诗，显然与顾随的"情操诗学"论和"情操修养"论异趣。这一点，顾随亦看得很清楚。他说：

> 曹孟德的诗在"三百篇"以后，异军突起，乃出于"变雅"。(《顾随全集》卷五《传诗录一》之《说〈诗经〉》，

第 150 页）

"三百篇"是"情操诗学"的典范，曹操于"三百篇"后异军突起，虽然出于"变雅"，但显然有违"情操诗学"。"变雅"虽"雅"，同属"三百篇"，但"变雅"已与"三百篇"主体的"情操诗学"不同。顾随说：

"变风"与"变雅"作风又不尽相同。"变雅"是枯燥的，在困苦环境中写出来的东西易如此，虽"变雅"比"变风"篇幅长得多。"变风"是温润的，人写快乐该温润。……枯燥是硬性，温润是软性；"变雅"是硬性，"变风"是软性。（《顾随全集》卷五《传诗录一》之《说〈诗经〉》，第 168 页）

"变雅"乃乱世之音。《诗经》"风"、"雅"中只正风正雅（治世之音）始表现温柔敦厚，中正和平。"变风"、"变雅"虽"三百篇"亦不能温柔敦厚，正如老实人遇到不共戴天之仇也会杀人放火。（《顾随：诗文丛论》，第 5 页）

"变雅"硬，枯燥。曹操诗出于"变雅"，亦硬，亦枯燥。顾随亦发现曹操诗与中国诗的传统异趣。他说：

一部"三百篇"其共同色彩是笃厚，孟德是峭厉……孟德诗不圆。东方美以圆为最。(《顾随全集》卷五《传诗录一》之《说〈诗经〉》，第151页)

按传统观点，"好诗圆美流转如弹丸"，好诗当笃厚。但曹操诗，既不圆美，亦不笃厚；是峭厉，是壮美。顾随说：

写荒凉易归于衰飒，写荒凉而能有力且表现出壮美者，惟有孟德。(同上，第150页)

曹公《苦寒行》诗发皇，而一点也不竭蹶，真是坚苦卓绝，不向人示弱。曹公之能如此，亦时势造英雄。(《顾随全集》卷五《传诗录一》之《魏武与陈王·力与美》，第184～185页)

"三百篇"富弹性，至曹孟德，四言则有锤炼以气力胜。……陶似较曹有情韵。(同上，第185页)

"三百篇"和陶渊明诗，是顾随"情操诗学"的典范。曹操诗，峭厉、壮美、发皇、使力、锤炼、坚苦卓绝。较"三百篇"，曹操诗少弹性，不圆美，不笃厚。较陶渊明诗，曹操诗乏情韵，不调和，不含蓄。但顾随就是推崇曹操诗，尽管与他提倡的"情操诗学"不合。他以为：

　　曹操诗传下来虽不多，但真对得起读者。（《顾随全集》卷五《传诗录一》之《魏书与陈王·力与美》，第184页）

　　为何如此？曹操拿什么来对得起读者？
　　曹操诗与顾随"情操诗学"不合。曹操其人，亦与顾随提倡的"情操修养"论异趣。在他看来，曹操缺乏情操，至少他的情操修养不及魏文帝曹丕。顾随说：

　　魏文帝天才不太高，而修养超过魏武、陈王。（《中国古典文心》，第157页）

　　有情操修养的人，沉静、敏感、调和，能"用极冷静的理智驾驭极热烈的情感"。曹丕有情操（参见"散文家中曹丕最有情操"条）。曹操不是这样的人，他发皇、热烈、担荷、坚苦。顾随说：

曹公在诗史上作风与他人不同，因其永远是睁开眼正视现实。他人都是醉眼朦胧，曹公永睁着醒眼。诗人要欣赏，醉眼固可欣赏，但究竟不成。如中国诗人写田家乐、渔家乐，无真正体会，才真是醉眼。(《顾随全集》卷五《传诗录一》之《魏武与陈王·力与美》，第183页)

顾随不喜欢写田家乐、渔家乐的诗人，称他们是毫无心肝的白痴。他欣赏曹操。曹操正视现实，担荷苦难，永远睁开醒眼看事实真相，这一点与杜甫相近。顾随说：

他〔杜甫〕开醒眼，要写事物之真相，不似义山之偏于梦的朦胧美。……义山是day-dreamer，老杜是睁了醒眼去看事物的真相。(《中国古典诗词感发》，第96页)

其实，曹操和杜甫这种人格，都与顾随的"情操修养"论不合。

关于曹操、陶渊明、杜甫三人的人生态度，顾随评价说：

曹、陶、杜三人各有其思想，对人生取何种态度，如何活下去，各不相同。曹、陶、杜三人各有其作风，三人各有其苦痛。……普通人以为伤感是悲哀，而曹公不是伤感。杜甫亦能吃苦，可是老杜有点花招了。……常人在暴风雨中要躲，老杜尚然，而曹公则决不如此。……渊明有时也避雨，不似曹公坚苦，然也不如杜之幽默。但他有一把伞、一个屋檐，那就是大自然和酒。曹、陶、杜三人中，老杜生活最苦，他并不甚倔，常受人帮忙。人不能与社会绝缘，所以老杜有时也和无聊人在一起。而渊明没有，因为他还有几亩地。然而也还是不行——还乞食。我们再看看老曹，没人帮他忙，只有自己干。天助自助者，非常时代造就出此非常人。生于乱世，只有自己挣扎。弄好，成功了；弄不好，完了。所以三人中最寂寞者仍为孟德。其思想、行为不易为人所了解、同情，其艰难也无人可代为解决。陶、杜生活困难还易解决。……孟德悲哀，无人可替他解决困难，别人不能帮他忙。(《顾随全集》卷五《传诗录一》之《魏武与陈王·力与美》，第 186～187 页)

曹操是英雄，他正视现实，不躲避；他孤独、寂寞；他悲哀，但不伤感；他独立担荷，没人帮他忙，只有自己干。与陶渊明、杜甫根本的不同，在于他有坚苦卓绝的精神。顾随说：

> 曹公在历史上、诗史上皆为了不起人物。第一不用说别的，只其坚苦精神，便为人所不及。陶诗中亦有坚苦，杜甫亦能吃苦。一个人若不能坚苦便是脆弱，如此则无论学问、事业、思想，皆无成就。但只说曹公坚苦，盖因陶、杜虽亦有坚苦精神，然不纯：杜有幽默，陶有自然和酒。而曹公只有坚苦。这一点鲁迅先生近似之。（《顾随全集》卷五《传诗录一》之《魏武与陈王·力与美》，第187页）

这种坚苦卓绝精神，亦被顾随称为"铁的精神、身体、神经"（同上，第188页）。此种坚苦卓绝精神，在中国古代诗人里，为曹操所独有。它与顾随"情操修养"论相悖，但顾随依然很欣赏。

顾随在诗学上，提倡"情操诗学"；在人格上，主张"情操修养"。他推崇"诗三百"，推尊陶渊明，因为他们是"情操诗学"和"情操修养"的典范，体现了他的诗学理想和人格追求。曹操、杜甫以及鲁迅，无论是诗学理想，还是人格情操，皆与顾随的理想和追求相悖。尤其是曹操其人其诗，其人坚苦卓绝，乏"情操修养"；其诗峭厉发皇，与"情操诗学"相左。可是，在顾随诗学理论中，曹操居然成为"诗三百"之后他最推崇的三位诗人（曹操、陶渊明、杜甫）之一。他甚至认为杜甫和鲁迅，亦是学曹操而来，这是为何？

我以为，理想与现实有距离。顾随理想的诗学，是"情操诗学"；顾随理想的人格，有"情操修养"。在现实层面，他以为传统中国诗学太柔弱，一点强的东西都装不进去。于人格，他认为中国人缺乏挑战精神和担荷意志，生的色彩不浓厚，力量太弱。国破家亡的现实层面，需要挑战精神和担荷意志。他推崇杜甫，因为杜甫有担荷意志；他推崇鲁迅，因为鲁迅有挑战精神。他说：

中国只是到世弃、弃世而已，这样与己无益、与世无用。西方颇多与社会挑战者，这样世界才能有进步，鲁迅先生即有此精神。中国有见道的、自得的陶渊明，却少有挑战精神，总以为帝王将相既惹不起，贩夫走卒又犯不上。鲁迅先生不管这些，猫子、狗子也饶不过。（《中国经典原境界》，第170页）

他受鲁迅先生影响，喜欢读北欧作家作品。鲁迅先生劝青年不要读线装书，多读外国书，尤其是北欧作家作品，在当时知识界引起轩然大波。今日看来，只有顾随理解鲁迅先生的用意。顾随说：

> 他劝人不要读线装书，多读外国书（北欧），他并不是宣传主义，那只是在品格上一种修养。北欧之作是向前的，且坚苦卓绝之精神真了不得。"坚苦卓绝"四字，正是北欧之伟大，如一大树。中国之文学则如盆景、假山，故干净、明洁，然不伟大。北欧之坚苦卓绝的精神就是宗教之精神，如耶稣、释迦。鲁迅也许看出中国民族及文学之弱点，故劝中国青年不要读线装书。（《中国经典原境界》，第285～286页）

鲁迅先生看出中国民族及文学的弱点，故鼓励中国青年读北欧文学，学习北欧人的坚苦卓绝精神。坚苦卓绝精神，就是挑战精神，就是担荷意志。虽然它不是理想的情操，但却是现实需要的精神。鲁迅先生用意如此，顾随最能理解。顾随基于现实，追慕鲁迅先生，学习北欧文学，发现曹操和杜甫的坚苦精神和担荷意志，正与北欧文学中的坚苦卓绝精神相通。曹操的坚苦精神和杜甫的担荷意志，正是当时中国人所需要的。所以，尽管曹操、杜甫、鲁迅其人、其诗、其文，与顾随提倡的"情操诗学"和"情操修养"相悖，但是，基于现实需要，仍值得尊重，仍须提倡。

曹操的坚苦卓绝精神沾溉后人，杜甫和鲁迅皆受其影响。顾随说：

诗人之伟大与否，当看其能否沾溉后人子孙帝王万世之业。老曹思想精神沾溉后人，增长精神，开阔意气。（《顾随全集》卷五《传诗录一》之《魏武与陈王·力与美》，第190页）

坚苦卓绝精神非仅曹操有，但是，作为诗人而有坚苦卓绝精神，在中国诗史上，曹操是前无古人，后无来者。顾随说：

曹公有铁的精神、身体、神经，但究竟他有血有肉，是个人。他若真是铁人，我们就不喜欢他了，我们所喜欢的还是有感觉、有思想的活人。（同上，第188页）

曹操有血有肉，有思想，有感觉，有坚苦卓绝精神。曹操受到顾随推崇，就是因此。

二〇二一年十一月十九日

090

曹植有感觉而乏情操

建安"三曹",在文学史上最有盛誉者,是曹植。钟嵘《诗品》将其列为上品,称他"骨气奇高,词彩华茂,情兼雅怨,体被文质,粲溢古今,卓尔不群"。谢灵运以为他"才高八斗"。但是,顾随以为:

至于曹子建,并没什么了不起之处。子建之才后人称为"才高八斗",实不怎样。其文不如曹丕,诗不如孟德,其可取处安在?(《中国经典原境界》,第198～199页)

曹氏父子,武帝诗好,文帝文好,陈王稍差。(《中国古典文心》,第158页)

曹氏父子，在诗，子桓、子建不及武帝；在文，武帝、子建不及子桓。(《中国古典文心》，第193页)

顾随对曹操诗评价很高，亦很看重曹丕文，于曹操、曹丕其人，亦多有赞许。而对曹植其人其诗，多致不满。简言之，顾随以为：曹植有感觉而乏情操。

顾随说：

诗人写诗的条件有三：一知（智慧），二觉（感觉），三情。(《中国经典原境界》，第332页)

顾随以为，曹植其他方面不行，唯独感觉还可以。他说：

一个诗人不必有思有情，主要有觉就照样可成诗人，而必有觉，始能有情思。曹子建有觉而无情思。(《顾随全集》卷五《传诗录一》之《魏武与陈王·力与美》，第188页)

曹子建视觉特别发达，可以其所作乐府为代表。曹子建无深刻思想，只是视觉锐敏。(同上，第189页)

有感觉，可以成为诗人。有感觉的人，可以把诗写得很美，是诗中的唯美派。顾随说：

唯美派之感觉特别发达，注重感觉。……凡注意感觉之作家，不论散文、韵文，皆属唯美派。(《中国经典原境界》，第215页)

曹植有感觉，是建安诗人里的唯美派。如果说"老曹思想精神沾溉后人"，那么，"子建是修辞沾溉后人"(《顾随全集》卷五《传诗录一》之《魏武与陈王·力与美》，第190页)。曹植豪气，豪气之人必发皇。如果说"老曹发皇是力的方面"，那么，"曹子建发皇是美的方面"。(同上，第191页)

大诗人不仅要有感觉，还同时要有智慧和诗情。曹植是诗人，不是大诗人，他缺乏智慧和诗情，在智慧上不如其父曹操。顾随说：

老曹思想精神沾溉后人，增长精神，开阔意气。而意气开阔不可成为狂妄，精神增长不可成为浮嚣。曹子建有时不免狂妄浮嚣。子建是修辞沾溉后人。(同上，第190页)

有感觉的人，如果思想不深，易流于浮嚣。曹植有感觉，但无深刻思想，故不免狂妄浮嚣。狂妄浮嚣，不是豪气，就是夸大。顾随说：

〔曹植〕诗文有豪气，甚至于可以说是"客气"。客气是假的，豪气则是浊气，较客气犹糟。子建之文，"雷声大，雨点小"，"说大话，使小钱"，足可形容子建之文。（《中国经典原境界》，第199页）

曹子建满腹怨望之气，诗文让人读了不高兴。（《中国古典文心》，第184页）

曹植是秀才，作酸文而已，无能干。（《中国经典原境界》，第242页）

与其兄曹丕的"英气"不同，曹植是"豪气"。豪气不可靠，诗人不可有豪气，这是顾随的一贯观点（参见"诗人的豪气"条）。豪气之人必然夸大。曹植诗文夸大，与其兄曹丕"谨严"不同。顾随以为：曹植之夸大，简直就是"浪费"。他说：

曹植之散文"不能持论，理不胜辞"（《典论·论文》），有时一大段文字，用了许多字句、典故，气势好像非常之旺盛，可是细一分析，则发觉这"许多"也不过只是一点（内容有限）。这是浪费。(《中国古典文心》，第325页)

豪气之人著文，夸大，排比，唯美。在形式上是浪费，在内容上是浮浅。顾随说：

左拉（Zola），有眼官的盛宴——眼吃。曹子建与左拉不同，曹子建是"富吃"，左拉是"穷吃"；曹子建所见是物象，左拉所见是人生。物象是外表，人生是内相；所见是外表，故所写是浮浅的；所见是内相，故所写是深刻的。(《顾随全集》卷五《传诗录一》之《魏武与陈王·力与美》，第189～190页)

曹植在智慧上不及其父曹操，在诗情和情操上不如其兄曹丕。顾随说：

曹子建诗工于发端，因诗情不够，只能工于发端。(同上，第191页)

文艺上的夸大不可太过，须有情操、节制。……子建之情操、节制不及子桓，其夸大太过，不合辙；渺渺茫茫，不可靠。文艺上夸大可以，然要有情趣。放肆不是情趣。情趣多生自情操、节制。(《中国古典文心》，第201页)

要之，按照顾随"情操诗学理论"，曹植狂妄、浮嚣、夸大，有豪气；既缺诗情，亦乏情操，思想不深刻，无智慧。唯一可取者，是有感觉，以修辞沾溉后人，是早期的唯美派诗人。诗不如其父曹操，文不如其兄曹丕，是诗人，但不是伟大诗人。

二〇二一年十一月十八日

091

散文家中曹丕最有情操

建安"三曹",曹丕以文著名。顾随说:

曹氏父子,武帝诗好,文帝文好,陈王稍差。(《中国古典文心》,第158页)

曹氏父子,在诗,子桓、子建不及武帝;在文,武帝、子建不及子桓。(同上,第193页)

古今散文家,顾随最推崇的是曹丕和鲁迅。据顾随说,鲁迅文章学曹丕,学曹丕文得其谨严。

顾随"情操诗学理论",是为诗立论,但亦适用于文。情操是诗学修养，亦是人格修养。诗人有情操，散文家亦当有情操。据顾随言，古今散文家里，曹丕最有情操。他说：

> 魏文帝天才不太高，而修养超过魏武、陈王。(《中国古典文心》，第 157 页)
>
> 魏文帝天才虽浅，修养功深，故敢作《典论·论文》，颇自负。(同上)

此"修养功深"，是指"情操修养"。情操是诗心对诗情的节制，是文学修养，亦是人格修养。顾随说：

> 有节奏即有纪律——情操。情是热烈的，而操是有节奏的、有纪律的。使热烈的人感情合乎纪律，即诗之最高境界。魏文帝感情热烈而又有情操，且是用极冷静的理智驾驭（支配、管理）极热烈的情感，故有情操，有节奏。此需要天才，也需要修养。功深养到，学养功深。(同上，第 189 页)
>
> 文帝真能操纵自己的感情，压便下去，提便起来，后之诗人有此功夫否？有此修养否？(同上，第 193 页)

人与文均须有情操。曹子桓此文〔按，即《与吴质书》〕真有情操。情，情感；操，纪律中有活动，活动中有纪律，即所谓"操"。意志要能训练感情，可是不能无感情。……曹子建满腹怨望之气，诗文让人读了不高兴。(《中国古典文心》，第184页)

曹植满腹怨望，狂妄浮嚣，夸大发皇，乏情操。曹操峭厉深刻，坚苦卓绝，亦乏情操。唯曹丕"能操纵自己的感情"，能"用极冷静的理智驾驭极热烈的情感"，故有情操。有情操的人，冷静、敏感、清楚。曹丕便是如此。顾随说：

从寂寞中生出一种东西，才能打动人的心弦。魏文帝虽贵为天子，而真抱有寂寞心，真敏感，如清代早亡之纳兰性德。(同上，第185页)

李陵是扛枪杆的，是愤慨；文帝是沉静的，是敏感的。愤慨、沉静，汉魏两朝之文章分野即在此。(同上，第187)

魏文帝及尼采，脑子特别清楚。文章美，第一要以清楚为基础。如写字，首要横平竖直；作文，首要清楚。此虽非"美"，而是"白"。(同上，第157页)

有情操的人，其文学是"韵"不是"力"。曹丕文便是如此。顾随说：

> 汉人文章使"力"。……至魏文帝曹丕不是"力"，而是"韵"。(《中国古典文心》，第187页)

曹丕文是诗，是散文诗，因其文有诗的情韵（参见"曹丕的散文是诗"条）。曹丕文有情韵，是因其人有情操。

二〇二一年十一月十八日

092

曹丕的散文是诗

顾随推崇曹丕，喜欢曹丕的为人和为文。他说：

余对史、汉、庄子只是理智上觉得好，理智、感情都觉得好的是曹子桓、鲁迅。(《中国古典文心》，第 250 页)

理智上觉得好，可能好，但一定有某种外缘因素，所以不一定是真喜欢。理智、感情都觉得好，是发自内心觉得好，是真好，是真喜欢。顾随觉得曹丕文是真好，他发自内心喜欢。

建安文学，"三曹"齐名，曹植声名最高。顾随不以为然，他说：

> 曹氏父子三人之文学，有朝气，作风清新。而武帝偏于霸气，因其不甘心做一文学家，乃事业家、政治家、军事家。魏文帝有英气，不似霸气之横，英气是文秀的。至于曹子建……其文不如曹丕，诗不如孟德，其可取处安在？其诗文有豪气，甚至于可以说是"客气"。客气是假的，豪气则是浊气，较客气犹糟。（《中国经典原境界》，第198~199页）

顾随对曹植特别不待见，没见他说过表扬曹植的话，全是批评，全是否定。这位在中国文学史上以"才高八斗"著名的诗人，在他眼里，简直是不会写诗。他看好曹操诗，特别喜欢曹丕文。曹操诗，他可能是理智上喜欢，因为曹操诗是"力的文学"，与他的审美理想——倾向于"韵的文学"有差距。曹丕文，他是理智和感情上都觉得好，是真喜欢，是发自内心地喜欢。

顾随推崇曹丕，首先是欣赏曹丕其人。曹丕虽贵为天子，但确是一位颇有诗性气质的文人。他对艺术的兴趣，超过他对政治的热情。顾随说：

魏文帝之为人真"妙"。"妙",可意会而不可言传。……曰"妙",须说到心理。……文帝之欲望在文学,总觉得文人最好。……中国在魏文帝曹丕之前无纯正之散文。(《中国经典原境界》,第199~200页)

用"妙"描述曹丕其人,真好,但可意会不可言传,妙在哪里,不好说。他是一位很有诗性气质的文人,不像威严的天子。他说过:"夫文章,乃经国之大业,不朽之盛事。"或以为他是夸大,或以为他是鼓励弟弟曹植发挥专长,专心经营文学,不要过问政治,是别有用心。我赞同顾随的意见:"文帝之欲望在文学,总觉得文人最好。"曹丕那番话是真心,不夸大,不虚假。他想做文人,他的欲望在文学,他是真文人。散文发展到他手里,写成了"纯正之散文",写成了"纯文艺之散文"。他是中国散文发展史上的转折性人物。他之前的散文,以议论、纪事为主,或是哲学,或是史学;他之后的散文,则以写景、抒情为主,是纯粹的散文。顾随说:

此是魏文帝提倡的,甚至可以说是魏文帝之散文运动,因在魏文帝前尚无此种纯文艺之散文。(《中国经典原境

界》，第190页）

曹丕为人之妙，妙在他有诗情，妙在他有诗心，妙在他有情操，妙在他有诗人气质。顾随说：

中国散文家内，古今之中无一人感觉如文帝之锐敏，而感情又如此其热烈者。……文帝感觉锐敏、感情热烈，而理智又非常发达。人欲成一伟大思想家、文学家……此三条件必须具备。（《中国古典文心》，第192～193页）

感情热烈，是诗情；感情热烈加感觉锐敏，是诗心；此两者再加理智发达，是情操。以诗心节制诗情，构成情操。诗情是"情"，感觉是"觉"，理智是"知"。知、觉、情三者结合，是构成伟大思想家、文学家的必备条件。曹丕之为人，具备这三个条件。顾随说：

魏文帝感情热烈而又有情操，且是用极冷静的理智驾驭（支配、管理）极热烈的情感，故有情操，有节奏。此需要天才，也需要修养。功深养到，学养功深。（同上，第189页）

有情操的人，有两个特点：一是沉静，二是寂寞。曹丕有这两个特点。顾随说：

李陵是扛枪杆的，是愤慨；文帝是沉静的，是敏感的。愤慨、沉静，汉魏两朝之文章分野即在此。(《中国古典文心》，第187)

汉魏之文不同：

汉：铺张、华丽、气盛，于天气似夏；

魏：收敛、清峻、意深，于天气似秋。(同上，第176页)

这是讲曹丕的沉静。李陵、曹丕分别代表汉魏文风。顾随说：

若以叫嚣写沉痛感情，必非真伤心。要拿伤心换人同情，必将伤心换为寂寞心，从寂寞中生出一种东西，才能打动人的心弦。魏文帝虽贵为天子，而真抱有寂寞心，真敏感，如清代早亡之纳兰性德。(同上，第185页)

这是讲曹丕的寂寞。

曹丕知、觉、情皆发达，他有诗情、诗心，亦有情操。

他沉静、寂寞,是有情操的诗人。可是,他的诗情不放在诗里,而是表现在散文中。他是中国散文史上有诗性气质的散文家。他的散文,就是诗,是散文诗。顾随说:"六朝人写什么都成美文了"(《中国古典文心》,第87页),说的便是以曹丕为代表的散文家。六朝人"写文要表现诗的美"(同上),说的亦是曹丕等六朝人的散文创作。顾随对曹丕文赞不绝口,认为魏文帝的散文"是诗的和音乐的"(《中国经典原境界》,第193页),"文帝之文真美,有层次"(同上,第215页)。他说:

魏文帝之《与吴质书》(五月十八日)只是抒情,虽散文而有诗之美,可称为散文诗。中国文字整齐、凝炼,乃其特长。……可是整齐、凝炼,结果易走向死板,只余形式而无精神。文帝之《与吴质书》虽整齐、凝炼,而又有弹性、有生气、有生命。……曹子桓此文真有情操。(《中国古典文心》,第184页)

曹丕文章有弹性,有生气,有生命,有诗意和音乐美,是散文诗。

曹丕文章的特点是谨严。顾随说:

曹丕散文，最大长处是谨严。（此一点，是曹植散文最大短处。）宽、深和严肃的生活使其好学而深思，加之以"忮刻"之性格（当然这是次要的），故能形成其散文上谨严（鲁迅先生名之为"清峻"）之风格。（《中国古典文心》，第325页）

与曹丕谨严文风不同，曹植是"浪费"。顾随说：

曹植之散文"不能持论，理不胜辞"（《典论·论文》），有时一大段文字，用了许多字句、典故，气势好像非常之旺盛，可是细一分析，则发觉这"许多"也不过只是一点（内容有限）。这是浪费。（同上）

曹丕文章代表魏晋文风。魏晋文虽不完全是诗，但亦如诗，有谨严特点。六朝文既有诗意又谨严，六朝人用诗的谨严笔法写散文，故文有诗意。谨严是六朝文的特点，鲁迅先生学六朝文，便学得谨严，把文章写得如铁板钉钉，"叮叮当当"（《中国经典原境界》，第205页）。曹丕文亦谨严，顾随说：

魏晋之文章即谨严，特别是以魏文帝为中心之一派。谨严之结果是切实，不夸大。（《中国经典原境界》，第206页）

豪气则夸大，夸大是"浪费"。谨严则平实，笔法的谨严，用字是审慎，文风则平实。曹丕之文，讲求用字。顾随说：

魏文帝散文之用字，可为吾人学文模范教师。（《中国古典文心》，第191页）

文帝虽写散文而用写诗之谨严笔法，其用字切合且叙述有层次。（同上，第192页）

曹丕用诗的谨严笔法写散文，故其散文虽平实，但有诗意，很美，是美文，是散文诗。

二〇二一年十一月二日

093

"诗圣"陶渊明

通观顾随论诗,古今诗人,除"诗三百",他最推崇的是陶渊明。他说:

读陶公《饮酒》诗,与其说陶公是诗人,不如说是散文家;与其说是文人,不如说是思想家;与其说是思想家,不如说是……(《顾随全集》卷五《传诗录一》之《说陶诗》,第243页)

吾国诗人中之最伟大者唯一陶渊明,他真是"士君子",真是"温柔敦厚"。(《中国经典原境界》,第11页)

古今诗歌，除"诗三百"，他最推崇的是陶渊明诗。他说：

> 对别人诗，有人喜欢，有人不喜欢；有的喜欢，有的不喜欢。而对渊明，没人说不好。他的诗中只能说某几篇最好，不能说某篇不好。（《顾随全集》卷五《传诗录一》之《说陶诗》，第225页）

> 其在六代，翘然杰出，不随时运，得一人焉，曰陶元亮。其为诗篇，平实中庸，儒家正脉，于焉斯在，醇乎其醇，后难为继。其有见道未能及陶，而卓尔自立，截断众流，诗家则杜少陵，词人则辛稼轩。（《顾随全集》卷三《论著》之《东坡词说后叙》，第79页）

陶渊明伟大，然以"吾国诗人中之最伟大者"评价陶渊明，这是第一次。陶渊明诗好，然以"儒家正脉，于是焉在，醇乎其醇，后难为继"评价陶渊明诗，这亦是第一次。其对陶渊明其人其诗的顶礼膜拜，已经完全有古代中国第一诗人的意义。

"诗圣"之称，古今诗人，似乎非杜甫莫属。此为晚唐以来，学界公认。顾随有异议，他说：

人皆谓杜甫为诗圣。若在开合变化、粗细兼收上说，固然矣；若在言有尽而意无穷上说，则不如称陶渊明为诗圣。以写而论，老杜可谓诗圣；若以态度论之，当推陶渊明。老杜是写，是能品而几于神，陶渊明则根本是神品。（《顾随全集》卷五《传诗录一》之《说陶诗》，第243页）

陶的生活态度太好，真是"大而化之之谓圣"（《孟子·尽心下》）。他才是真正的诗圣。（《顾随全集》卷五《传诗录一》之《说〈诗经〉》，第129页）

"诗圣"不能轻许，"诗圣"桂冠不能随便赠予，杜甫在诗史上的地位不能轻易撼动。顾随最终没有忍住，说出了上面两段话。

顾随是审慎的，他这两段话说得很有分寸。他并未否定杜甫是诗圣，只是与杜甫比较，陶渊明更像诗圣。杜甫在某些方面是诗圣，陶渊明在另外一些方面更像诗圣。他的结论有点含蓄，但最终还是说出来了：杜甫能于诗，陶渊明圣于诗；陶渊明比杜甫更像诗圣。

概括地说，这两段文字有三层意思：

第一，杜甫和陶渊明在不同层面上，有"诗圣"的意义。杜甫在"开合变化，粗细兼收"层面上称"诗圣"，陶渊明在"言有尽而意无穷"意义上称"诗圣"。其实，最早给予杜甫"诗圣"评价的元稹，便是基于"开合变化，粗细兼收"角度评价杜甫的。他说：

> 余读诗至杜子美，而知大小之有所总萃焉。……至于子美，盖所谓上薄风骚，下该沈宋，言夺苏李，气吞曹刘，掩颜谢之孤高，杂徐庾之流丽，尽得古今之体势，而兼人人之所独专矣。使仲尼瑕其旨要，尚不知贵，其多乎哉！苟以其能所不能，无可无不可，则诗人以来，未有如子美者。（《唐故工部员外郎杜君墓系铭并序》）

元稹虽未提出"诗圣"之名，但意思已在这里，重心在兼收和集成。顾随以"开合变化，粗细兼收"评杜诗，与元稹同。他评价陶渊明诗说：

> 陶诗比之杜诗总显得平淡了，如泉水与浓酒。浓酒刺激虽大，而一会儿就完，反不如水之味永。陶诗若比之曹诗是平凡多了，但平凡中有其神秘。陶诗"譬如食蜜，中边皆甜"（《四十二章经》），之所以"中边皆甜"，即因平淡而有韵味，平凡而又神秘。一切韵味皆从平淡中来。曹、

杜诗其中有句，纵不致摇头亦不能点头，漠然而已。平淡而有韵味，平凡而又神秘，此盖为文学最高境界。陶诗盖做到此地步了。(《顾随全集》卷五《传诗录一》之《说陶诗》，第226页)

中国文学的最高境界，是"平淡而有韵味，平凡而又神秘"，陶诗做到此地步，达到了中国诗的最高境界。这个境界，就是"言有尽而意无穷"，就是"儒家正脉，于是焉在，醇乎其醇，后难为继"。陶诗虽然在"开合变化，粗细兼收"方面不及杜诗，但是，陶诗之于杜诗，陶诗如泉水，杜诗如浓酒；泉水之于浓酒，味之浓淡长短，较然可见。在这层意义上，陶诗高于杜诗，陶诗更有中国特色，更具中国传统。亦正因此，陶渊明可称"诗圣"。

第二，就写诗言，杜甫是"诗圣"；就为人("态度")言，陶渊明是"诗圣"。顾随认为：中国诗人的最高境界是调和，调和的诗人写出调和的诗，调和的诗教化出调和的国民。中国诗的最高境界是调和，调和是儒家温柔敦厚的诗教。调和的诗人有情操。陶渊明有情操，其为人为诗皆调和，皆醇乎其醇，平实中庸，是儒家正脉。顾随说：

学问的最高标准是士君子。士君子就是温柔敦厚（诗教），是"发而皆中节"。……吾国诗人中之最伟大者唯一陶渊明，他真是"士君子"，真是"温柔敦厚"。（《中国经典原境界》，第11页）

与陶渊明温柔敦厚的士君子风尚不同，杜甫始终是一个不安定的灵魂，常常不调和，有时亦乏情操。顾随说：

陶公调和。……陶公在心理一番矛盾之后，生活一番挣扎之后，才得到调和。陶公的调和不是同流合污，不是和稀泥，不是投降，不是妥协。……老杜也曾挣扎、矛盾，而始终没得到调和，始终是一个不安定的灵魂。所以在老杜诗中所表现的挣扎、奋斗精神比陶公还要鲜明，但他的力量比陶并不充实，并不集中。……老杜身体也许比陶渊明还健康，但他力量绝不如陶渊明集中。（《顾随全集》卷五《传诗录一》之《说陶诗》，第197页）

杜甫挣扎矛盾，热烈深刻，不是调和。陶渊明亦挣扎矛盾，但他能从挣扎矛盾中解脱出来，做到平淡自然，是调和。顾随说：

诗人夸大之妄语……此为自来诗人之大病，即老杜亦有时未能免此……陶公没有这个。……〔老杜〕诗中常看到他人格的分裂，不像渊明之统一。(《顾随全集》卷五《传诗录一》之《说陶诗》，第202页)

杜甫的人格分裂，是因为不调和；陶渊明的统一，是人格的统一，经历矛盾、分裂而后达成的统一，是调和，是单纯。所以，两相比较，高低自见。顾随说：

激昂慷慨，深刻了，好吧？激昂慷慨恐怕还是"客气"（孟子所谓"浩然之气"盖"主气"），如啤酒、汽水之冒沫。……客气不能持久。热烈，深刻了，不得了吧？而这也不可靠，至少是反常。……热烈是一种消耗，这种情感平常禁不起，盖亦不能持久。至于深刻，我们顶爱讥笑人浮浅、不深刻，其实自己想一想，这种深刻也是不正常的。在困苦、艰难、变乱、压迫甚至摧残之下，这人才能深刻。……一切热烈、深刻之人亦皆为时势所迫。曹公太伟大了，杜工部亦然。……陶公没受过摧残压迫吗？也受过。而读起来总觉得不如曹、杜之热烈、深刻。此为先天抑人力修养？盖二者兼而有之。（同上，第226～227页）

老杜诗中有许多不能成诗，或即因生活扎挣使其不能成为诗人。而陶渊明真是了不得，他亦有生活扎挣，而是诗人，且美而和谐，其诗的修养比老杜高，真是有功夫。陶的确也是战士，一切有情、有生、有力，无一时不在扎挣奋斗，如其长诗《咏荆轲》。渊明之生丰富，力坚强，而仍是诗，真可誉之为"诗中之圣"。(《中国经典原境界》，第353～354页)

慷慨激昂、热烈深刻，不可靠，不能持久。一般人停留在慷慨激昂、热烈深刻上，陶渊明则是经历过慷慨激昂，跨越了热烈深刻，达到调和、单纯的境界。所以，从修养上，从情操上，从生活态度上，陶渊明高于杜甫，他才是"诗圣"。

第三，杜诗是"能品"，陶诗是"神品"。"能品"与"神品"之分，是在传统中国诗学语境中说的。中国古典诗学的理想品格是温柔敦厚，中国古典诗歌的理想境界是"言有尽而意无穷"，是调和，是"韵的文学"。依此衡量，陶诗更能代表中国诗的传统，更能体现中国诗的特色。而杜诗，或者激昂慷慨，或者热烈深刻，是"力的文学"。顾随认为杜诗是"力的文学"的代表。他说：

老杜在唐诗中是革命的，因他打破了历来酝酿之传统，他表现的不是"韵"，而是"力"。(《顾随全集》卷五《传诗录一》之《杜甫诗讲论》，第317页)

中国诗重酝酿，通过酝酿创作出"韵的文学"。杜甫打破中国诗的酝酿传统。所以，他有些诗无余味，无韵趣。顾随说：

老杜的诗如茅屋，虽非无诗意，嫌其一览无馀，大嚼无馀味，真实了反而无味。(同上，第323页)

老杜诗有的病在和盘托出，令人发生"够"的感觉。老杜是打破中国诗之传统者，老杜诗尚非中国传统诗。(《中国经典原境界》，第322页)

如此，在传统中国诗学语境里，称杜诗为"能品"，称陶诗为"神品"，恰如其分。

称陶渊明为"诗圣"，并非剥夺杜甫"诗圣"桂冠，有意贬低杜诗；只是看问题的语境不同，结论就不一样。中国诗人，有的诗人高而不好，有的诗人好而不高。在顾随看来，李白高而不好，杜甫好而不高。只有陶渊明，是既

高且好。他说:

  中国诗人惟陶渊明既高且好,即其散文《桃花源记》一篇,亦真高、真好。(《顾随全集》卷五《传诗录一》之《王维诗品论》,第270页)

  我的看法是:陶诗更中国化一点,杜诗更世界化一些。

二〇二一年十一月二日

094

陶诗不好读，是因其人不好懂

顾随于陶诗，有深入研究，有独家看法，有独特体会。可他总是说读不懂陶诗，不敢讲陶诗。1928年12月11日，他在与卢伯屏信里说：

燕大的事情成否尚未可知。即便成了，我"应该"去与否也还是切身的大问题。因为是去教汉魏六朝文学与陶诗研究啊。那真不是我的拿手戏哩。倘去教词，我敢自信，无论如何，可以对付下去。(《顾随全集》卷八《书信一》之《致卢伯屏》，第305页)

这可能不是自谦,因为他后来还说过这样的话:

余不敢说真正了解陶诗本体,所讲只是陶诗给余之印象。……余读陶集四十年,仍时时有新发现,自谓如盲人摸象。陶诗之不好读,即因其人之不好懂。陶之前有曹,之后有杜,对曹、杜觉得没什么难懂,而陶则不然。(《顾随全集》卷五《传诗录一》之《说陶诗》,第197页)

读不懂陶诗,不敢讲陶诗,于顾随,可能是实情。

读懂陶诗,要水平,要功夫,更要涵养。南朝人就读不懂陶诗;唐人懂一点,但不全懂,不能完全欣赏;宋人读懂了陶诗,能欣赏其诗,亦能理解其人。陶渊明其人其诗,真正被读懂、被理解和被欣赏,是在宋代。

欣赏陶渊明诗,先得理解陶渊明其人。顾随说得对:"陶诗之不好读,即因其人之不好懂。"他极平凡,而又极伟大;他极简单,而又极神秘;他极普通,而又与众不同。仅凭这几点,你便会觉得,他这个人真不好懂。他怪吗?他极自然,极真实,一点儿都不怪。可能是我们自己怪。他病态吗?不,他健康得很,他是中国古代最健康的诗人。可能是我们自己有点儿病态。我们自己有点儿怪,有点儿病态，便觉得正常、健康的陶渊明这个人不好懂，进而发现他的诗不好读、不好懂。

这是我的看法，自信有点道理。顾随的话可以作证，他说：

> 古今中外之诗人所以能震烁古今流传不朽，多以其伟大，而陶之流传不朽，不以其伟大而以其平凡。他的生活就是诗，也许这就是他的伟大处。陶渊明过田园生活，极平凡，其平凡之伟大与曹公不平凡之伟大同。法之莫泊桑（Maupassant）、俄国之契柯夫（Chekhov），人谓为平凡之伟大。此种伟大比非常及怪奇之伟大更伟大。法国波特莱尔乃怪奇之人（作有《恶之花》），中国李贺亦以奇胜，此易引人注意。平凡不易引人注意，而平凡之极反不平凡，其主要原因是能把诗的境界表现在生活里。……他的《与子俨等疏》真是诗。此所谓平凡之伟大，越平凡越不易做到。……陶诗平凡而伟大，简单而神秘。吾辈不能做到。（《顾随全集》卷五《传诗录一》之《说陶诗》，第210～211页）

顾随说过："诗人必须本身是诗。"古今诗人，可能只有陶渊明能做到（参见"诗人必须本身是诗"条）。陶渊明的生活就是诗，他把诗的境界表现在生活里，这便是他的伟大处。他的伟大，不是非常及怪奇之伟大，是平凡的伟大，这是他的伟大超出别人的地方，是真正的伟大。过着田园生活，与平民百姓一起劳作，一样生活，一起话桑麻，一起谈天说地，偶尔喝点小酒，写几篇平淡的小诗，或摇头晃脑弹他的无弦琴，没有惊天动地的大事业，没有惊世骇俗的大举动，居然能做到伟大，超出盖世英雄的伟大，真了不起，亦真的不好懂。但是，必须承认：平凡的伟大，才是真正的伟大。

在矛盾中挣扎，在困难前徘徊，一般人往往愤世嫉俗，感慨牢骚，或者慷慨抗争，或者疯狂自绝。即便是杜甫，面临此情此境，亦"始终是一个不安定的灵魂"。陶渊明不这样，他始终以调和的心态应对大千世界的风云变幻。顾随说：

陶公调和。……陶公在心理一番矛盾之后，生活一番挣扎之后，才得到调和。陶公的调和不是同流合污，不是和稀泥，不是投降，不是妥协。（《顾随全集》卷五《传诗录一》之《说陶诗》，第197页）

陶渊明的调和，不是妥协，不是投降，而是基于乐天知命或安分守命的人生观。顾随说：

中国说"乐天知命"（《易传·系辞》），这是好的，这便是有所不为然后可以有为。……陶公，乐天知命。乐天知命固是消极，然能如此必须健康，无论心理、生理。若有一点不健康，便不能乐天知命。乐天知命不但要一点儿功夫，且要一点儿力量。（《顾随全集》卷五《传诗录一》之《说陶诗》，第199～200页）

陶渊明健康，有功夫，有力量，故能做到乐天知命和安分守命。顾随说：

陶诗是健康的，陶公是正常的。而别人都不正常：标奇立异，感慨牢骚。陶公不如此。无论从纵的历史还是从横的社会看，但凡痛哭流涕、感慨牢骚的人，除非不真，若真，不是自杀，便是夭亡，或者疯狂。痛哭感慨是消耗，把精力都消耗了，还能做什么？陶渊明不为此无益之事。（同上，第199页）

在矛盾挣扎面前，保持调和心态，乐天知命，安分守命，淡然处之，需要功夫，需要力量，更需要对人生的"知解"。陶渊明有"知解"。顾随以为："陶公之诗与众不同，便因其有知解。"（《顾随全集》卷五《传诗录一》之《说陶诗》，第 205 页）他说：

人着急是没用的，着急对事实盖没有多大帮助。……把事情该看得平淡一点，自然一点，一切不得不然之事亦皆自然而然，在环境条件下也就自然而然如此了。我们伤感悲哀，是因我们看到其不得不然，而不知其自然而然。知其为不得不然，但并非麻木懈怠，不严肃，而是我们的感情经过理智的整理了。陶盖能把不得不然看成自然而然。（同上，第 228 页）

这便是陶渊明对人生的"知解"。陶渊明能把不得不然看成自然而然，所以，他调和，他乐天知命，他安分守命。

陶渊明有"知解"，能调和，可以清楚地认识自己。顾随说：

陶诗中有知解，其知解便是我的认识。他不是一个狂

妄、夸大、糊涂的人，所以清清楚楚认识了自己的渺小。（《顾随全集》卷五《传诗录一》之《说陶诗》，第 208 页）

陶渊明不含糊。顾随说：

陶渊明想做县官就做，不想做就去，这便是陶公之伟大处，便是他不含糊之处。（同上，第 200 页）

陶渊明不狂妄，不夸大。顾随说：

诗人夸大之妄语……诗人觉得不如此说不美，不动听，此为自来诗人之大病，即老杜亦有时未能免此……陶公没有这个……陶公做不到的不说，说的都做到了，这一点便了不得。一般人都是说了不做，陶渊明是言顾行、行顾言。陶公并非有心言行相顾，而是自然相顾。……他〔老杜〕感情真，感觉真，他也有他的痛苦，便是说了不能做。从他的诗中常看到他人格的分裂，不像渊明之统一。（同上，第 202 页）

陶渊明有办法。顾随说：

what、why、how（什么、为什么、怎么办）。诗人只有前两个 w，故诗人多是懦弱无能的。……我们读《离骚》，不要只看其伤感，要看其烦懑。此即因没有办法，找不到出路——how，故强者感到烦懑，而弱者则感到颓丧。……曹孟德是有办法……陶渊明是有办法的。（《顾随全集》卷五《传诗录一》之《说陶诗》，第 200～201 页）

如此看来，陶渊明这个人还真不好懂。文如其人，陶渊明其人正如其诗，看似平凡，其实伟大；看似简单，其实深刻。他人平凡不伟大，或者伟大不平凡。陶渊明是伟大而平凡，平凡而伟大。他人的诗简单而不神秘，或者神秘而不简单。陶渊明诗是简单而神秘，神秘而简单。他人是感慨牢骚，陶渊明是乐天知命。他人是矛盾挣扎，陶渊明是平淡调和。他人是含糊，陶渊明是清楚。他人是狂妄夸大，陶渊明是言顾行、行顾言。他人是没办法，陶渊明是有办法。

所以，在中国诗人里，陶渊明不仅是有"知解"，他更是一个有大智慧的人。顾随就反复称道他的智慧。顾随说：

诗人中唯陶氏智慧，且曾用一番思索，乃儒家精神。（《顾随全集》卷五《传诗录一》之《说〈诗经〉》，第129页）

渊明很理智，他有他的经验与观察，他简直是有智慧，比理智好得多。（老杜有时鹘突，太白浪荡）（同上）

渊明诗虽不及老杜丰富，但耐看。渊明炉火纯青，经验炼成了智慧，看似无力而攻打不入、颠扑不破。陶诗百分之七八十皆如此。（《中国经典原境界》，第340页）

经验若能成为智慧则益佳。陶诗耐看耐读，即能将经验变为智慧。老杜诗嗡嗡地响，陶则不然。陶诗如铁炼钢，真是智慧，似不使力而颠扑不破。（《顾随全集》卷五《传诗录一》之《说陶诗》，第231页）

有大智慧的人，当然不好懂。他所写的诗，自然就不好读。

二〇二一年十一月二日

095

李白思想不深、感情不切

曹植豪华，李白豪气。曹植、李白两位在中国文学史上享有盛名的诗人，皆不受顾随待见。顾随对他们多有批评，少有好话。关于曹植，见"曹植有感觉乏情操"条。对于李白，顾随的总体评价是：思想不深、感情不切。

读李白诗，容易被蛊惑，容易喜欢，但不是持续地喜欢。顾随说：

纯抒情的诗初读时也许喜欢。如李、杜二人，差不多初读时喜李，待经历渐多则不喜李而喜杜。盖李浮浅，杜纵不伟大也还深厚。（《中国古典诗词感发》，第90页）

蛊惑人的东西，浮浅；持续喜欢的东西，深厚。李白诗不深不厚。顾随说：

> 太白的诗，读了痛快，但嫌其大嚼无余味，便是少"缩"字诀。中国艺术得"缩"字诀，是含蓄，非发泄。……李杜"垂而不缩"，太白飞扬跋扈，老杜痛快淋漓，都有点发泄过甚。（《中国经典原境界》，第327页）

李白诗发泄过甚，所以大嚼无余味。之所以如此，便因为他思想不深、情感不切。顾随说：

> 太白《古风》似古并不古，没什么了不得，才气有余，思想不足。中国诗向来不重思想，故多抒情诗。且吾国人对人生入得甚浅，而思想必基于人生，不论出世、入世，其出发点总是人生。……太白诗思想既不深，感情亦不甚亲切。（《中国古典诗词感发》，第55～56页）

李白的天才，毋庸置疑。他的问题是，才气有余，思想不深，情感不切。天才大体都是这样，自恃才气，飘飘然，云来雾去，不肯深入人生，不能切入现实，故思想不深，情感不切。李白是典型，其诗空虚浮飘，不充实，不沉重。能蛊惑人，不能持久地吸引人。

李白诗思想不深，情感不切，其外在表现：一是高致，二是豪气，三是幻想。

李白诗有高致。顾随说：

太白诗号称有"高致"。……身临其境者难有高致，以其有得失之念在，如弈棋然。太白唯其入人生不深，故有高致。（《中国古典诗词感发》，第56页）

太白的高致是跳出、摆脱，不能入而复出；若能入污泥而不染方为真高尚，太白做不到。（同上，第58页）

太白诗表现高致，有时用幻想。高——幻想；下——人生。而吾国人幻想不高，"下"又不能抓住人生核心。（同上，第60页）

李白的高致，通过幻想获得。李白有高致，是因其入人生不深而达成，此与顾随结合人生谈学问，重诗的生机、生活、生气等"生的色彩"相悖。李白有高致，是因其跳出人生、摆脱人生，不能出而复入，与顾随论诗的"出入论"相悖。李白的高致，顾随不欣赏。

李白诗有豪气。顾随说：

太白诗第一有豪气，出于鲍照且驾而上之。但豪气不可靠，颇近于佛家所谓"无明"（即俗所谓"愚"）。一有豪气则易成为感情用事，感情虽非理智，而真正感情亦非豪气。因真正感情是充实的、沉着的，豪气则颇不充实、不沉着，易流于空虚、浮飘。（《中国古典诗词感发》，第69～70页）

晋左思太冲、宋鲍照明远、唐李白太白，说话皆不思索冲口而出，皆有豪气。有豪气，始能进取。……豪气如烟酒，能刺激人的神经，而不可持久。豪气虽好，诗人之豪气则好大言，其实则成为自欺，故诗人少成就。（同上，第72页）

诗人的豪气，有三个特点：一是豪气非真正感情，二是豪气不可持久，三是豪气是大言自欺。顾随以为：豪气不可靠，豪气不可恃（参见"诗人的豪气"条）。豪气虽然可能激发进取之心，但它是如烟酒一样的刺激，不能持久。顾随不欣赏豪气，他欣赏的是如曹操的坚苦精神、杜甫的担荷精神、鲁迅的斗争精神。虽然他们都与顾随的"情操诗学"和"情操修养"相悖。

李白诗有幻想。顾随说：

> 太白诗表现高致，有时用幻想。……中国幻想不发达，千古以来仅屈原一人可为代表，连宋王都不成。……屈子之后，诗人有近似《离骚》而富于幻想者，不得不推太白。(《中国古典诗词感发》，第60页)

诗人当有幻想。幻想是说谎，亦是创造（参见"诗人的幻想"条）。但幻想必须与实际人生打成一片。顾随说：

> 老杜是抓住人生而无空际幻想，长吉是有幻想而无实际人生。幻想中若无实际人生，则没意义，不必要……幻想若不与实际人生打成一片，则是空的，我们决不能感觉亲切、有味。(《中国经典原境界》，第338～339页)

李白有幻想，李白的幻想与李贺近似，"有幻想而无实际人生"。李白是屈原之后最富幻想的诗人，但李白之幻想与屈原不同，还是因为他跳出和摆脱了实际人生。顾随说：

盛唐李白有幻想而与屈原不同，有高致而与渊明不同。屈之幻想本乎自己亲切情感，人谓之爱国诗人；屈之爱国，非只口头提倡，乃真切需要，如饥之于食。此幻想本乎此真切不得已之情感（思想），有根；太白幻想并无根，只有美，唯美。屈原诗无论其如何唯美，仍为人生的艺术；太白则但为唯美，为艺术而艺术，为作诗而作诗。为人生的艺术有根，根在人生。（《中国古典诗词感发》，第60页）

幻想必须有根，这个根，就是人生，就是自己的亲切感情。李白的幻想没有根，顾随不喜欢。

综上，李白诗有高致，但不是既入而出的高致；李白诗有豪气，但不是有坚苦精神和担荷意志的豪气；李白诗有幻想，但不是结合实际人生的幻想。所以，顾随不喜欢李白，对李白诗评价不高。他说：

李白才高，惜其思想不深。哲人不能无思想，而诗人无思想尚无关，第一须情感真切，太白则情感不真切。老杜不论说什么，都是真能进去，李之"天地皆振动"并未觉天地真动，不过为凑韵而已。必自己真能感动，言之方可动人。（同上，第62页）

李白的高致，不是既入而出的高致，故情感不真切。顾随说：

文学作品不可浮飘，浮飘即由于空洞。太白诗字面上虽有劲而不可靠，乃夸大，无内在力。(《中国古典诗词感发》，第73页)

李白的豪气，缺乏坚苦精神和担荷意志，故飘浮空洞。顾随说：

太白之乌烟瘴气，忽而九天，忽而九渊，纵横开合变化，恰如道家之腾云驾雾。或谓出于《离骚》，非也。盖《离骚》之开合变化有中心，"吾将上下而求索"，乃为求索而上下，非为上下而求索，乃有所追求，故有中心。李则为上下而上下，非有所求，不过好玩而已，无中心目的，故不免令学道者讥之为玩物丧志。(同上，第315～316页)

李白的幻想，跳出现实，摆脱人生，是纯粹的空际幻想，故如腾云驾雾，无中心目的，是为艺术而艺术，是玩物丧志。

李白的高致、李白的豪气、李白的幻想,一言以蔽之:思想不深、情感不切。

二〇二一年十一月二十一日

096

王维诗高而不好

在中国诗人里，顾随直接宣称不喜欢的诗人，王维是其中之一。他说：

> 王维以山水诗名，多客观的描写，而余不喜欢。(《顾随全集》卷五《传诗录一》之《王维诗品论》，第283页)
> 王维之《渭川田家》，余最不喜欢……不喜欢其沾沾自喜。(同上，第284页)

王维是唐代山水诗画名家，《渭川田家》是古今传诵的名篇，但顾随不喜欢。因为王维其人其诗，与顾随的"情操诗学"论和"情操修养"论相悖。

"情操诗学"论的基本观点是,诗既要高又要好。中国诗人唯陶渊明既高且好。顾随对王维诗的评价是:高而不好。他说:

放翁、右丞二人之诗,可代表中国诗之两面。若论品高、韵长,放翁诗是真,而韵不长。如花红是红,而止于此红;白是白,而止于此白,既有限,韵便非长。右丞诗,红,不仅是红;白,不仅是白,在红、白之外另有东西,韵长,其诗格、诗境(境界)高。而高与好恐怕并非是一个东西,这是另一问题。古书中所谓"高人",未必是好人,也未必于人有益。高是可以的,高尽管高,而不可以即认此为好,不可止于高,中国诗最高境界莫过这一种。(《顾随全集》卷五《传诗录一》之《王维诗品论》,第271页)

与陆游诗的"真"不同,王维诗是"高",其诗格、诗意皆高,是品高韵长。顾随说王维诗"高",并非率尔言之,而是反复言说。他说:

别人弄禅、佛，多落于"知解"；王维弄禅，是对佛境界之感悟。别人的诗是讲道理，其表现于诗是说明，尤其是苏东坡。……在表现一点上，李、杜不及王之高超。杜太沉着，非高超；李太飘逸，亦非高超，过犹不及。……王摩诘诗法在表现一点上，实在高于李、杜。说明、描写皆不及表现，诗法之表现是人格之表现，人格之活跃，要在字句中表现出作者人格。(《顾随全集》卷五《传诗录一》之《王维诗品论》，第265～266页)

顾随在这段文字里用的"高超"一词，易引起误解，以为是手段之高超，其实不是，看他把"高超"与"沉着""飘逸"对举，可知"高超"是指"品高"。说王维诗在表现一点上实在高于李、杜，亦是指"品高"。

王维诗品高，韵长。韵长则品高，品高则韵长。品高，大体介于沉着与飘逸之间，沉着太实，飘逸又有点过头。品高，近于调和，近似静穆。顾随说：

佛是出世法，无彼、此，是、非，说伤心皆不伤心，说欢喜皆不欢喜。王诗亦然。……王摩诘是调和，无憎恨，亦无赞美。……王维即在生死关头仍有诗的欣赏。(同上，

第 267 页）

王诗味长如饮中国清茶，清淡而悠美，惟不解气；放翁诗带刺激性，如咖啡。王维写的无人我是非、喜怒哀乐。……右丞高处到佛，而坏在无黑白、无痛痒。（《顾随全集》卷五《传诗录一》之《王维诗品论》，第 269 页）

右丞写诗是法喜、禅悦，故品高、韵长。右丞一派顶高境界与佛之寂灭、涅槃相通，亦即法喜、禅悦，非世俗之喜悦。写快乐是法喜，写悲哀亦是法喜。（同上，第 271 页）

王右丞心中极多无所谓，写出的是调和，心中也是调和，故韵长而力少。（同上，第 273 页）

摩诘无所谓，不动声色，不动感情，且是"化"。（同上，第 274 页）

王维乃诗人、画家，且深于佛理，深于佛理则不许感情之冲动，亦无朝气之蓬勃，统辖其作风者，乃静穆。（同上，第 281 页）

王维深于佛理，对禅境有极深体悟，施之于诗，其诗有禅味，故其有"诗佛"之称。王维诗写禅境，有禅味，既无感情之冲动，亦无朝气之蓬勃，不动声色，不动感情，是法喜，是禅悦，无人我是非，无喜怒哀乐，无憎恨，无赞美，无黑白，无痛痒，是调和，是静穆，完全一派"无所谓"的状态。这大概便是顾随所说的"高"。

王维诗的"高"还不止此。顾随说：

王维诗缺少心的探讨，此中国诗之通病。……至于生的色彩，王维不是没有，可也不浓厚。……只是旁观，未能将物与心融成一片，也未能将心放在物的中间……故生的色彩表现不浓厚。……王维则不是调和，是漠然（没心），纵不然，至少其表现不够……王右丞一切"高"的诗，皆作如是观。（《顾随全集》卷五《传诗录一》之《王维诗品论》，第276～277页）

王维其描写多为客观的。……印象是死的，外物须能活在心中再写。有的诗人所写景物不曾活于心中。人或说文学是重现 réapparition，余以为文学当为重生。无论情、物、事，皆为 renaissance，复活，重生。看时是物，写时非物，活于心中；或见物未立即写，可保留心中，写时再重生。故但为客观，虽描写好，而尔为尔，我为我，不相干。……王维以山水诗名，多客观的描写，而余不喜欢。（同上，第283页）

调和是顾随"情操诗学"和"情操修养"的理想境界，人和诗均须调和。但王维其人其诗，调和过了头，简直是漠然，没有生的色彩，没有生机。他总是处于旁观者地位，做客观的描写，心物未能融合，全然没有心的探讨。王维诗调和、客观，固然是高，但过了头，此与"情操诗学"相悖，顾随不喜欢。

顾随说："放翁、右丞二人之诗，可代表中国诗之两面。"（《顾随全集》卷五《传诗录一》之《王维诗品论》，第271页）王维诗韵长，陆游诗韵短。王维诗如饮中国清茶，清淡而优美；陆游诗如喝咖啡，有刺激性。王维诗与杜甫诗，亦代表唐诗的两种不同品格。顾随说：

摩诘不使力，老杜使力；王即使力，出之亦为易；杜即不使力，出之亦艰难。欲了解唐诗、盛唐诗，当参考王维、老杜二人。几时参出二人异同，则于中国之旧诗懂过半矣。（同上，第285页）

比较言，王维其人其诗更接近顾随的"情操诗学"和"情操修养"。比如，王维其人其诗调和，王维诗有韵味，王维诗的含蓄蕴藉，皆与顾随的"情操诗学"理想接近。

而有刺激性如咖啡的陆游诗、发泄过甚的杜甫诗，皆与顾随的"情操诗学"相悖。

但是，相对言，顾随喜欢杜甫、陆游超过喜欢王维，他甚至直接宣称不喜欢王维诗。他说：

诗之传统者实在右丞一派，"春草明年绿，王孙归不归"，皆此派。中国若无此派诗人，中国诗之玄妙之处则表现不出，简单而神秘之处则表现不出；若无此种诗，不能发表中国民族性之长处。此是中国诗特点，而不是中国诗好点。(《顾随全集》卷五《传诗录一》之《王维诗品论》，第271页)

王维诗的确很传统，中国诗的传统特点，比如调和、韵味、含蓄蕴藉等等，他的诗里都有。所以，他的诗最能体现中国诗的特点，代表中国诗的传统。可是，他传统得过了头，他调和得有点过分，顾随不喜欢。顾随的"情操诗学"，是对中国古代诗学古典美的重建，它仍是传统诗学。但是，顾随不满意中国传统诗学过于优美，缺乏生的色彩和心的探讨，缺少挑战精神。他的"情操诗学"，虽属传统诗学，但是改造过的传统诗学。所以，依照顾随的"情操诗学",王维诗"是中国诗特点,而不是中国诗好点"。简言之,王维诗高而不好。

二〇二一年十一月二十三日

097

杜甫诗病在写史太多

在中国文学史上,获"诗史"之称者,有曹植、杜甫、汪元量等。"诗史"之称谓最昭著者,是杜甫。孟棨《本事诗·高逸》说:

> 杜所赠二十韵备叙其事。读其文,尽得其故迹。杜逢禄山之难,流离陇蜀,毕陈于诗,推见至隐,殆无遗事,故当时号为"诗史"。[《历代诗话续编》(上)]

宋人胡宗愈说:

先生以诗鸣于唐。凡出处去就，动息劳佚，悲欢忧乐，忠愤感激，好贤恶恶，一见于诗，读之可以见其世。学士大夫谓之"诗史"。(《成都草堂诗碑序》)

杜甫以诗纪事，以诗呈史，"诗史"是美称。宋元以来，未有不同意见。

但是，顾随对杜甫的"诗史"之称，有异议。他说：

老杜写"天宝之乱"称"诗史"，但读其诗吾人生乱世固感动，而若生太平之世所感则不亲切。……这就是变，就不能永久。(《中国经典原境界》，第13页)

如老杜的《北征》《咏怀五百字》《三吏》《三别》，有四字评语曰"惊心动魄"，震古烁今，真是前无古人，后无来者。然吾人看来仍有不满人意者，即有"时代性"。人美杜诗曰"诗史"，其坏处也在此。唐人看来真有切肤之痛，但今人看来如云里看厮杀，又如隔岸观火，没有切肤之痛。莎士比亚（Shakespeare）之《马克白》《亨利第四》，虽也是写历史的，但其较老杜成功，真是伟大，盖其不专注在事实。历史唯求事实之真也，文学却不唯事实的真，乃是永久的人性。虽无此事而绝有此情，绝有此理。永久的人性之价值绝不在事实之真之下。此永久者（always time, time for ever），即放之四海而皆准，推之万古而不变。莎士比亚注意永久的人性，故较老杜为高也。老杜病在写史太多。（《中国经典原境界》，第73～74页）

顾随提出的问题，涉及诗能否写史、诗如何写史。具体言，有以下三方面。

第一，诗的真实与历史真实。顾随论诗，最重"思无邪"。诗心要诚，是其"情操诗学"的核心观点。诗的真实与历史真实不同。历史真实，是事实的真实；诗的真实，是情理的真实。事实真实，在情理上不一定真实；情理上真实，在事实上不一定真实。诗不同于史，情理不等于事实。历史真实有时代性，诗的真实有永恒性，二者皆有不可磨灭、不可替代的价值。以诗证史、诗史互证之可行，在于二者皆追求真实，事实真实可证情理真实，情理真实可证事实真实（参见"诗心要诚"条）。所以，诗可写史，诗必写史。

第二，诗的个人性与社会性。诗由个人喜怒哀乐而发，根本上，诗写的是"小我"，有个人性。但是，诗人不能满足于"小我"，诗不能停留在个人性上。诗人有同心，有同情，诗人必须推己及人，大诗人尤其如此。诗人必须从"小我"推及"大我"，诗必须从个人性到社会性。诗人不仅为个人说话，为"小我"鸣委曲；诗人必须为社会说话，为"大我"鸣委曲。大诗人的诗中，既有"小我"，更有"大我"；既有个人性，更有社会性（参见"诗人的同情"条）。所以，诗可以写史，诗人立足于"小我"，但必须推及"大我"，"小我"中有"大我"，"大我"中有"小我"。

第三，诗的时代性与永久人性。《诗》所以称"经"，顾随以为：经者，常也，不变。"诗三百"的价值，在于它超越时间和空间，超越时代性，体现永久人性。诗的真实，就是永久人性的真实。诗体现永久人性，才能历久弥新，引起不同时代、不同区域、不同阶层的人的共鸣。诗的价值，在此；诗与历史不同，亦在此。杜甫不及莎士比亚，杜甫那些被称为"诗史"的作品，顾随不满意，亦在此。所以，诗可以写史，诗人应该立足当下，正视现实，诗歌必须有时代性，诗歌必然有时代性。但诗不能就事论事，不能局限于时代性。诗歌必须在时代性书写中体现永久的人性。

顾随说："老杜病在写史太多。"因为杜甫的部分写史诗,立足于"小我"而局限于"小我",立足于时代而局限于时代。

二〇二一年十一月二十一日

098

杜诗是"力的文学"

"三百篇"后，顾随最推崇的诗人，不是杜甫，是陶渊明。一般称杜甫为"诗圣"，顾随则以为，陶渊明比杜甫更有资格称"诗圣"。一般以"诗史"美誉杜诗，顾随则认为"老杜病在写史太多"。不是顾随不待见杜甫，他崇拜杜甫。他认为杜甫是"三百篇"后最重要的三大诗人（曹操、陶渊明、杜甫）之一。他对于陶渊明，五体投地，顶礼膜拜，全无异辞。陶渊明其人其诗，最能体现他的"情操诗学"论和"情操修养"论。对曹操和杜甫，顾随的态度有点含糊。他既欣赏曹、杜其人其诗，又感觉曹、杜其人其诗，与他的"情操诗学"论和"情操修养"论相悖（参见"曹操的坚苦卓绝精神"条)。

顾随把中国文学分为"韵的文学"和"力的文学"两类。顾随的"情操诗学",主张"韵的文学"。他虽不反对"力的文学",但"力的文学"与他的"情操诗学"相悖,故而常常对"力的文学"有微词。"韵的文学"是中国文学的传统,"力的文学"是中国文学的变调。杜诗是"力的文学",是中国文学的变调。顾随说:

老杜诗中有力量,而非一时蛮力、横劲(有的蛮横乃其病)。其好诗有力,而非散漫的、盲目的、浪费的,其力皆如河水之拍堤,乃生之力、生之色彩,故谓老杜为一伟大记录者。(《中国古典诗词感发》,第91页)

杜甫《对雪》云:"乱云低薄暮,急雪舞回风。"此二句真横,有劲而生动……他人苦于力量不足,老杜则有馀。……诗也如花,当含苞半开时甚好,但老杜是全放。老杜真横。(《顾随全集》卷五《传诗录一》之《说〈诗经〉》,第55页)

晚唐诗是要表现"美",老杜诗是要表现"力"。(《中国古典诗词感发》,第100页)

晚唐病在不美求美,老杜病在无力使力。(同上,

第 101 页)

老杜在唐诗中是革命的,因他打破了历来酝酿之传统,他表现的不是"韵",而是"力"。(《中国古典诗词感发》,第 89 页)

"力"是杜诗的标识。杜甫尚力,有时甚至是蛮力、横劲。所以,杜诗不仅在唐诗里是革命,在中国诗中亦是变调。顾随说:

"八十老翁,盲人瞎马"〔按,即"八十老翁攀枯枝,井上辘轳卧婴儿""盲人骑瞎马,夜半临深池"〕,这虽是六朝人的诗,但似是自老杜所出,有力量,他能以力量征服人。古诗是和平中正的,从不以力量征服人,所以说老杜在中国诗的传统上是变调。(《顾随全集》卷五《传诗录一》之《说〈诗经〉》,第 108 页)

杜诗其实并不"高"。杜甫,人推之为"诗圣",而老杜诗实非传统境界,老杜乃诗之革命者。(《顾随全集》卷五《传诗录一》之《王维诗品论》,第 271 页)

杜诗是中国诗之变调,因为他打破了中国诗的酝酿传统，他以力量征服人，违背了中国诗温柔敦厚、中正和平的传统。所以，顾随断言：杜甫是病态，杜诗不高。曹操诗亦然。杜诗实际上便是从曹诗来。顾随说：

杜工部有一部分是得力于孟德诗。（《顾随全集》卷五《传诗录一》之《说〈诗经〉》，第150页）

老杜盖曾最受孟德影响，无论有意无意。"老骥伏枥"不过壮心未已而已，至"哀鸣思战斗"简直待不住了，真是发皇。而古人诗多含蓄。（《顾随全集》卷五《传诗录一》之《说陶诗》，第201页）

古诗含蓄，"韵的文学"蕴藉。曹操其人其诗，坚苦卓绝，发皇有力。杜甫学曹操，故杜诗尚力，发皇，甚至叫嚣，发泄，是"力的文学"。顾随说：

诗也如花，当含苞半开时甚好，但老杜是全放。老杜真横。（《顾随全集》卷五《传诗录一》之《说〈诗经〉》，第55页）

"含苞半开"是含蓄，"韵的文学"好处在此。"全放"

或者发泄,是叫嚣,是发皇,"力的文学"特点在此。杜诗属于后者。顾随说:

> 作诗不得"缩"字诀者,多剑拔弩张,大嚼无余味。……李、杜二人皆长于"垂"而短于"缩"。……盛唐孟浩然、晚唐李义山,皆走的是"缩"的一条路,引起人一种印象,而非和盘托出。李、杜则发泄过甚。(《中国古典诗词感发》,第333~334页)

杜诗和盘托出,剑拔弩张,发泄过甚,无余韵,无余味,故有粗糙、嘈杂的毛病。顾随说:

> 老杜是了不得的诗人,然而有时不像诗,显得嘈杂,看起来不及义山——是舒以长、哀以思——因为在沉重的负担下、结实的束缚中,喘都喘不过气来,如何写诗?(《顾随全集》卷五《传诗录一》之《说〈诗经〉》,第117页)

> 老杜诗好而有的躁,即因感觉太锐敏(不让蚊子踢一脚)。陶渊明则不然。二人皆写贫病,杜写得热烈锐敏,陶则恬静中热烈。(《顾随全集》卷五《传诗录一》之《说陶诗》,第229页)

老杜诗嗡嗡地响，陶则不然。(《顾随全集》卷五《传诗录一》之《说陶诗》，第231页)

老杜作诗如《三国志》上张飞，真粗，而粗中有细。(《中国古典诗词感发》，第117页)

老杜伟大，完全打破小天地之范围。其作品或者很粗糙、不精美，而不能不说他伟大、有分量。(同上，第322页)

诗当有力量，但不宜太过。杜诗的力量就有点过。力量太过的诗，一般不精美。故顾随一再指出杜诗的粗和躁。

总之，杜甫尚力，杜诗是"力的文学"，杜诗是中国诗的变调。因尚力，杜诗发皇，发泄过甚，躁竞，粗糙。顾随下面这段话评价较公允，他说：

诗人应有美的幻想，锐敏的感觉。老杜幻想、感觉是壮美的，不是优美的。在温室中开的花叫"唐花"，老杜的诗非花之美，更非唐花之美，而是松柏之美，禁得起霜雪雨露、苦寒炎热。(同上，第96页)

杜诗尚力、发皇，乃至粗和躁，这显然与顾随的

"情操诗学"相悖。但顾随依然推崇杜甫,欣赏杜诗,主要欣赏杜甫这种"禁得起霜雪雨露、苦寒炎热"的"松柏之美"。

二〇二一年十一月二十一日

099

杜甫的担荷意志

用顾随的"情操诗学"论和"情操修养"论衡量，杜诗与"情操诗学"理想相悖，杜甫亦是一位缺乏"情操修养"的诗人。

顾随"情操修养"论认为：人和诗均须有情操，有情操的人，温柔敦厚，中正和平，能用冷静的理智驾驭热烈的感情。满腹牢骚不是情操，坚苦卓绝不是情操，豪气躁竞亦不是情操。情操是调和。依此标准，杜甫缺乏情操。顾随说：

陶公心理健康，这一点上连老杜也不成。老杜就不免

躁，躁是变态。(《顾随全集》卷五《传诗录一》之《说〈诗经〉》，第143页)

陶公心理健康，是说陶渊明有情操。躁是变态，杜甫躁，是说杜甫的理智不能驾驭感情，缺乏情操。顾随说：

老杜诗中有许多不能成诗，或即因生活扎挣使其不能成为诗人。而陶渊明真是了不得，他亦有生活扎挣，而是诗人，且美而和谐，其诗的修养比老杜高，真是有功夫。(《中国经典原境界》，第353页)

人的修养决定诗的修养，人有情操，诗才有情操。陶渊明是顾随"情操诗学"的典范，他在生活的扎挣中，仍能保持中正和平的心境，是有情操。杜甫不行，杜甫在生活扎挣中，心境亦糟透了，没有情操，写出来的诗，亦就粗，亦就躁，不像诗。与其说陶渊明诗的修养比杜甫高，不如说陶渊明人的情操修养比杜甫高。顾随说：

陶公调和。……陶公在心理一番矛盾之后，生活一番挣扎之后，才得到调和。……老杜也曾挣扎、矛盾，而始终没得到调和,始终是一个不安定的灵魂。所以在老杜诗中所表现的挣扎、奋斗精神比陶公还要鲜明,但他的力量比陶并不充实,并不集中。(《顾随全集》卷五《传诗录一》之《说陶诗》,第197页)

顾随论陶渊明和杜甫,总拿两个人对比着说,因为他们在诸多方面确是相对的。两人都经历着扎挣、矛盾,但结果不一样,陶渊明得到调和,所以有情操;而杜甫,"始终是一个不安定的灵魂",得不到调和,没有情操。顾随说:

诗人夸大之妄语……此为自来诗人之大病,即老杜亦有时未能免此……他感情真,感觉真,他也有他的痛苦,便是说了不能做。从他的诗中常看到他人格的分裂,不像渊明之统一。(同上,第202页)

有情操者如陶渊明,其人格是调和,是说了能做,是言顾行,行顾言,是统一。杜甫灵魂不安定,人格不统一,说了不能做,所以缺乏情操。

杜甫人格上的可取之处,是他在扎挣、矛盾、痛苦中,

具有超出常人的担荷意志。顾随说:

> 老杜则睁了眼清醒地看苦痛,无消灭之神力,又不愿临阵脱逃,于是只有忍受、担荷。(《中国古典诗词感发》,第 98 页)

> 他〔杜甫〕开醒眼,要写事物之真相,不似义山之偏于梦的朦胧美。……义山是 day-dreamer,老杜是睁了醒眼去看事物的真相。(同上,第 96 页)

杜甫睁着醒眼看苦痛,正视现实,看事物之真相。他的这点功夫,这种意志,是学曹操。但曹操有办法,有坚苦卓绝精神,可以解决。而杜甫没办法,"无消灭之神力",又不愿临阵脱逃,便只有担荷。在忍受和担荷中,我们确能看到杜甫"始终是一个不安定的灵魂"。

杜甫有担荷意志,他能看别人不敢看的、能写别人不敢写的,因为他能忍受、能担荷。顾随说:

> 看老杜诗中所写的苦,就因为他受得了。义山就不成,不但体力上受不了,就是神经上也受不了。……所以这般诗人不敢写丑恶,只能写美的东西。但老杜有此胆量,并

非残忍，乃是能够担荷、分担别人的痛苦。(《中国经典原境界》，第316页)

诗人即是把他的情感和想说的美化了。残忍的、鄙俗的，我们不能见，但是诗人不是不写。……如杀人的事、老年父母哭其子女，或者是残忍的、鄙俗的事，虽然多半的诗人不敢写；而如杜工部他也写，写出诗来不但硬，而且使我们能忍受、使我们能欣赏。大诗人真能夺造化之功。(《顾随全集》卷五《传诗录一》之《说〈诗经〉》，第108页)

睁开醒眼面对现实，正视人生，看清事物的真相，忍受和担荷一切丑恶、鄙俗和残忍，这便是顾随称道的严肃的人生态度。杜甫正是这样。顾随说：

〔杜甫的〕人生观——人只要有口气在，便该努力活着，有一分力使一分力，有一分聪明使一分聪明。老杜人生态度严肃，不能骄纵自己，此其人生哲学、人生观。(《中国经典原境界》，第334页)

具有以担荷意志为主体的人生态度，杜甫便能忍受切肤之痛，亦能写切肤之痛，能忍受丑恶、残忍、鄙俗，亦能写丑恶、残忍、鄙俗。顾随说：

〔杜甫〕作品或者很粗糙、不精美，而不能不说他伟大、有分量。西洋写实派、自然派如照相师；老杜诗不是摄影技师，而是演员。谭叫天说我唱谁时就是谁，老杜写诗亦然。故其诗不仅感动人，而且是有切肤之痛。(《中国古典诗词感发》，第 322 页)

所以，顾随认为，虽然杜甫其人缺乏情操，杜甫其诗或粗或躁，或发泄过甚，或使蛮力横劲；但是，它又有"禁得起霜雪雨露、苦寒炎热"的"松柏之美"，这正是中国文学所缺乏的，亦正是我们所需要的。

二○二一年十一月二十一日

100

李商隐是中国的唯美派

顾随说:

若有西人问余中国诗有何特色,试举一小诗为代表,则余毫无异议地举出《锦瑟》诗来。不知此诗之好处,则上不会了解《离骚》、"诗三百",下也不会了解以后的诗。(《中国经典原境界》,第312页)

《锦瑟》代表李商隐诗的特色,亦代表中国诗的特点。中国诗是"韵的文学",中国诗调和,中国诗以无意为最高境界,中国诗简单而神秘,中国诗的感伤和美感,都体现

在这首诗里。顾随说:

"惘然"——真好,是梦的朦胧美。这种感情不是兴奋、不是刺激、不是悲哀、不是欢喜,只是"惘然",真能沉入诗的美、真能享受、真能欣赏,把握得住。……义山悼亡,不痛哭,不流涕,不失眠,不吐血,只是"惘然"。(《中国经典原境界》,第 312 页)

《锦瑟》诗美,美在调和,美在无意,美在诗人的"欣赏",美在诗人的"惘然"。要言之,《锦瑟》是李商隐作为中国唯美派诗人的代表作。

中国文学里确实有这样一些诗人,他们的诗思想不高,意义不深,感情亦很淡,甚至是无意,可读起来就是觉得美。李商隐就是这类诗人的代表。顾随说:

李义山的思想没什么,但是他的诗没人看着不美,就是他能把事物美化了。(同上,第 116 页)

义山诗则如雕梁画栋,其诗未必真,却有美在。(同上,第 305 页)

一言以蔽之，李商隐诗就是美。李商隐的创作，"只是为了美，要创造美而已"，故称他为中国的唯美派，名符其实。

唯美派出自西洋文学。以李商隐为代表的中国唯美文学，与西洋唯美派不同。顾随说：

> "唯美派"即是要创造出美的事物来。以"唯美派"奉赠与晚唐李义山并无不当，他作诗不为表现他的思想，不为给读者一个教训，虽然未必没有，但其天职、良心非出于此，而是"为艺术而艺术"（L'art pour l'art），只是为了美、要创造美而已。……西洋"唯美派"是不满于日常的、平凡的而别生枝叶，另起炉灶，要自创出美；而我们的李义山则是将日常生活美化升华（乔妆）了。……写的是日常的、平凡的，然而却能如此美。西洋"唯美派"不要日常的、平凡的事物，而另创造其他新奇的事物。……义山不然。义山更富于人情味，即用平凡的事物予以美化。（《中国经典原境界》，第313页）

同是为了美，为了表现美、创造美，中西唯美派的路径不一样。西洋唯美派，往往就是浪漫派，他们不是基于日常、扎根生活创造美，而是充分发挥浪漫幻想，创造一个新奇事物来表现美。西洋唯美派是浪漫的、幻想的；中国唯美派扎根生活，是日常的、现实的，是将平常事物和日常生活加以美化，有人情味。李商隐是代表。顾随说：

> 严格地说，余不承认文学有写实的，且文学中必有梦的色彩。……将日常生活加上梦的朦胧美，是诗人的天职。……但日常生活是平凡的，与梦的朦胧美虽非水火不相容，却也是南辕北辙，背道而驰。明明是矛盾，但如李义山，一流的大诗人，能将日常生活、平凡事物加以梦化（当然非噩梦、非幻梦），产生梦的朦胧美。（《中国经典原境界》，第310～311页）

他举李商隐诗"花须柳眼各无赖，紫蝶黄蜂俱有情"为例说："即是日常生活、日常事物写出来的美的事物、美的作品"。（同上，第310页）

具有梦的朦胧美的李商隐诗，与陶渊明的诗风不同，与杜甫的风格亦迥异。但它毕竟是在中国语境下的创作，与中国诗基于日常、扎根生活、面向人生的总基调，是一致的。他的唯美，他的朦胧，皆是基于日常生活和平凡事物，与西洋唯美派基于浪漫激情和神奇幻想的唯美作风不一样。此为中西唯美派的区别之一。

西洋唯美派诗人，基于浪漫激情和神奇幻想创作，故有力量，有激情，是"力的文学"。中国唯美派诗人虽然亦不乏有激情、有力量者，但总体上还是趋于柔软，是"韵的文学"。中国文学的总基调是"韵的文学"，唯美派诗人亦不例外。顾随说：

文学，有力的文学，有韵的文学。老杜可为力文学的代表，义山可为韵文学的代表。(《中国经典原境界》，第299页)

李商隐"韵的文学"，就体现在他的唯美诗里。顾随说：

义山诗真是韵的文学。……日常生活加上梦的朦胧美，真是美——韵的美。(同上，第314页)

总之，《锦瑟》美，唯美，朦胧美，韵的美，扎根日常的美，基于平凡的美。至于它到底说了什么，已经不重要。

它要表达的，就是人生的"惘然"。"惘然"是人生的唯美意境。

顾随最喜欢的诗，是"诗三百"，是陶渊明诗，在理智上和感情上都喜欢。他推崇曹操和杜甫，是理智上的推崇。他欣赏李商隐诗，是感情上的欣赏，是唯美的欣赏。权衡依据，是他的"情操诗学理论"。

二〇二一年十一月三日

101

顾随的鲁迅评价和研究

就顾随留存下来的文字看,他谈论得最多的古今作家,我初步估计,古代是陶渊明,现代是鲁迅。顾随较少谈论现代学者和文人,而于鲁迅,却是喋喋不休,无处不说。顾随谈论现代作家,评价最高的,是鲁迅。顾随最喜欢的现代作家,是鲁迅。他说:

余对史、汉、庄子只是理智上觉得好,理智、感情都觉得好的是曹子桓、鲁迅,清峻峭厉,而鲁迅走的也是古典派。(《中国古典文心》,第250页)

此就散文言。顾随在理智、感情上都觉得鲁迅好，看来他喜欢鲁迅，是发自内心，出于感情，是真喜欢。他对鲁迅有极高的评价，他说：

鲁迅，在学术与文艺上说起来，同时是思想家，文学家，艺术家，考据学家，史学家，诗人，又是小说家。集许多"家"于一身，简直无以名之，也许就是"博学而无所成名"，与"大而化之之为圣"吧。（郭预衡《读羡季师〈小说家之鲁迅〉所想到的》，转引自《顾随年谱》第292页）

撇开政治因素，撇开鲁迅之为人不说，我以为：这是新中国成立前学者对鲁迅学术和文艺的最高评价，"大而化之之为圣"，差不多就要端出"圣人"的桂冠了。顾随以"圣"评文人，除了陶渊明（参见"'诗圣'陶渊明"条），就是鲁迅。他的学生郭预衡说：

这是先生于1947年在当时的北平讲的。我以为这是那个历史时期，在北平这样的地区的学术界对鲁迅最全面的评价。（郭预衡《读羡季师〈小说家之鲁迅〉所想到的》，转引自《顾随年谱》第292页）

顾随是早期鲁迅研究的代表学者。当时对鲁迅文学和艺术成就的认识，很少有人能够达到他的深度和高度。他影响周汝昌研究《红楼梦》，影响叶嘉莹研究中国古典诗词，他亦启发郭预衡研究鲁迅。据郭预衡说：

尤其是当1949年前后，我和先生常在一起，几乎无话不谈。但是给我最大的教益之一，是启发了我对鲁迅著作学习的兴趣。我从这时开始读《鲁迅全集》。（郭预衡《读羡季师〈小说家之鲁迅〉所想到的》，转引自《顾随年谱》）

顾随一生勤于讲授，疏于著述，于鲁迅却是例外。他在1956年10月25日与周汝昌信里说：

自建国节起，以纪念鲁迅先生逝世廿周年起草《〈阿Q正传〉人物论》，课事牵帅，进行殊缓。[《顾随全集》卷九《书信二》之《致周汝昌（玉言、巽甫、巽父）》，第198页]

据说，全稿草成，今佚，仅存《论阿Q的精神文明与精神胜利法——读〈阿Q正传〉札记之一》。于1959年撰写《〈彷徨〉与〈离骚〉》，分析《彷徨》卷首"题辞"所用

《离骚》八句的原因和意义。比较重要的论文，是他撰写的讲稿《小说家之鲁迅》。据周汝昌说：

那虽然是为讲学而准备的草稿，却是一篇研究鲁迅小说以至中国小说的非常重要的论文。(《〈小说家之鲁迅〉附记》，转引自《顾随年谱》第291页)

为一个人写几篇论文，于顾随是例外。就连他最推崇的陶渊明，他亦只是在课堂上讲讲，没有写成专论。研究早期的鲁迅研究，忽略顾随，我以为不应该。

顾随真心喜欢鲁迅，真心推崇鲁迅，用心研究鲁迅。据周汝昌说：

先师对于伟大的鲁迅，最为崇敬佩服，尝与我说："我没有亲承受业于鲁迅先生，但平生以私淑弟子自居，高山仰止，无限钦羡。"（同上，第291页）

但是，我发现：顾随与鲁迅不是一派的，他们在人生趣味和艺术追求上都有不同。对顾随有研究的孙郁说：

顾随是京派学人，与周作人那个圈子里的人很熟悉……虽然在学问上，多少受到周作人的影响，但在那个圈子里，顾氏应该说是个鲁迅党的一员，虽然他和鲁迅并无什么交往。顾随的审美情调与治学方式，与周作人圈子的风格，略为相同。……虽身在北平，但心却神往上海的鲁迅，以为鲁夫子的世界，才是知识人应有的情怀。……顾氏于平淡中又能生出奇拔的超逸情怀，与喜欢鲁迅不无关系。（《顾随的眼光》，转引自《顾随年谱》第317～318页）

顾随与周作人有交往，留下几封写给周作人的信，以弟子居，似乎不是很密切，亦不亲切，有客套。

我以为：顾随于周氏兄弟之关系，是一个骑墙派。他既属于鲁迅一派，又属于周作人一派。他的文章风格近鲁迅，与鲁迅一样，学魏晋文，得其谨严。他的艺术趣味和审美取向，又接近周作人。他批评过鲁迅，说"鲁迅先生文章是病态的"。我的感觉是：他推崇鲁迅，与他赞美曹操、杜甫一样。而事实上，他内心里真心喜欢的，还是陶渊明。他认同鲁迅，"以为鲁夫子的世界，才是知识人应有的情怀"。正如他推崇曹操，欣赏他的坚苦卓绝精神；他推崇杜甫，赞赏杜甫在困难面前的担荷精神，以及为全人类说话的情怀。放在他的"情操诗学"里来衡量，无论是曹操、杜甫，抑或是鲁迅，皆乏情操，都不是他理想的人生境界和艺术境界。他理想的人生境界和艺术境界，还是陶渊明式的。当然，这并不影响他对曹操、杜甫的推崇，亦不妨碍他对鲁迅的欣赏。

二〇二一年十一月四日

102

鲁迅对顾随的影响

在现代文人中，顾随最推崇鲁迅，顾随对现代作家研究得最深的是鲁迅，现代作家对顾随影响最大的亦是鲁迅。

顾随受鲁迅影响大。据顾随自述：

余受旧传统影响甚深，而现在尚不致成为一旧的文士者……感谢受鲁迅先生影响所得。(《中国古典文心》，第93页)

1956年10月25日顾随与周汝昌信说：

知学鲁迅先生近四十年，然所学者，语言文字边事，若其伟大之学识与夫战斗之精神，何曾学得一丝毫？[《顾随全集》卷九《书信二》之《致周汝昌（玉言、巽甫、巽父）》，第 201 页]

顾随的文学风格学魏晋文，近似鲁迅，他说：

鲁迅写文言文，其学魏晋六朝文之痕迹也就露出来了（《中国小说史略》有文字之美，序与跋特别好）。余亦喜魏晋文章，或因受鲁迅先生影响。（《中国经典原境界》，第 208 页）

顾随对北欧文学的浓厚兴趣，亦是受鲁迅影响。他在 1949 年 3 月 24 日与周汝昌信里说：

不佞向来于北欧文学颇致向往，解放之后，几将全副精力倾注于此，吾兄知我，当不讶耳。[《顾随全集》卷九《书信二》之《致周汝昌（玉言、巽甫、巽父）》，第 128 页]

顾随很早便对北欧文学发生兴趣。据他的弟子王振华

《纪念我的启蒙老师顾随先生——宣传鲁迅的先行者》说：1927年9月，天津军阀褚玉璞下令，禁止在国文课上授白话文，只准讲四书五经，顾随给学生讲授鲁迅先生的作品及鲁迅倡导的北欧、东欧和日本的文学作品（《顾随年谱》，第68页）。顾随对北欧文学的兴趣，是受鲁迅先生的影响和启发。他说：

> 他〔鲁迅〕劝人不要读线装书，多读外国书（北欧），他并不是宣传主义，那只是在品格上一种修养。北欧之作是向前的，且坚苦卓绝之精神真了不得。"坚苦卓绝"四字，正是北欧之伟大，如一大树。中国之文学则如盆景、假山，故干净、明洁，然不伟大。北欧之坚苦卓绝的精神就是宗教之精神，如耶稣、释迦。鲁迅也许看出中国民族及文学之弱点，故劝中国青年不要读线装书。（《中国经典原境界》，第285～286页）

鲁迅先生反对青年人读线装书，在当时引起过大的讨论。其实，多数人不明白鲁迅先生的真实用意。据顾随理解，北欧文学体现了北欧人坚苦卓绝的精神，这种精神品格是中国人所缺乏的，但它又是一个民族向前发展所必需的。鲁迅先生反对中国青年人读线装书，主张多读外国书，尤其是北欧文学，正是希望他们学习北欧人坚苦卓绝的精神。顾随亦以为：中国人缺乏坚苦卓绝精神，缺乏斗争精神，缺乏担荷意志。他欣赏曹操，看重的是曹操身上的坚苦卓绝精神；他推崇杜甫，欣赏的是杜甫身上的担荷意志；他喜欢鲁迅先生，推崇的是鲁迅先生身上的斗争精神。

顾随受鲁迅先生影响，喜欢北欧文学，他在1927年的国文课上开始讲授北欧文学作品，到1949年3月，他又决定在新中国成立之后，将全副精力倾注于北欧文学。

顾随对日本文学的兴趣，亦是受到鲁迅先生的影响。他在1927年9月9日的日记里说：

从安波的书架子上取来鲁迅所译鹤见祐辅的《思想·山水·人物》。读了几段之后，非常之合胃口，几乎如在N城时第一次吃了日本点心一般的愉快。我不喜欢日本人，连日本的所谓美人式的女子也不喜欢。但不知何以最喜欢日本现代作家的作品，特别是鲁迅先生所译出的。（《顾随全集》卷二《小说·散文·日记·译作》之《寻梦词》，第195页）

据顾随弟子王振华说，1927年顾随在天津任教时，在国文课上讲授日本文学，亦是受了鲁迅先生的影响。他很喜欢鹤见祐辅的《思想·山水·人物》，以为"非常之合胃口"。他喜欢日本文学，可能与这本书有关。他在1948年11月6日的日记里说:读鲁迅先生译鹤见祐辅的《思想·山水·人物》，并推荐给友人卢伯屏等人阅读。一本书，读了二十年，那是真喜欢。

总之，因受鲁迅先生影响，顾随虽受旧传统影响深，但尚不致成为一旧文士；因受鲁迅先生影响，学魏晋文，得其谨严；因受鲁迅先生影响，对北欧文学、日本文学有浓厚兴趣。他说："余作散文及翻译皆学鲁迅。"（《中国经典原境界》，第278页）鲁迅先生对顾随的影响，不止这些。以上几点，只是我注意到的。

二〇二一年十一月五日

103

顾随是研究和宣传鲁迅的先行者

顾随一生读鲁迅，讲鲁迅，开设"鲁迅研究"课，组织"鲁迅研究会"。学习、宣传和研究鲁迅先生，民国学者无有出其右者。他是研究和宣传鲁迅的先行者。

顾随一生保持对鲁迅著作和译作的阅读兴趣。他在《小说家之鲁迅》里说："二十几年常常念《呐喊》与《彷徨》。"（《顾随全集》卷三《论著》之《小说家之鲁迅》，第354页）一部小说，二十几年常常阅读，那是真喜欢。阅读鲁迅，是顾随一生的习惯。

如顾随在1924年10月27日与卢伯屏信里，说到他读鲁迅翻译的《苦闷的象征》：

我草草一翻阅，觉得内中的话，俱都是我要说而不能——或不曾——说出的话。(《顾随全集》卷八《书信一》之《致卢伯屏》，第86页)

1925年在与卢伯屏信里，说到他认真阅读了鲁迅的第一本杂文集《热风》。

1928年9月9日的日记里说：

从安波的书架子上取来鲁迅所译鹤见祐辅的《思想·山水·人物》。读了几段之后，非常之合胃口，几乎如在N城时第一次吃了日本点心一般的愉快。我不喜欢日本人，连日本的所谓美人式的女子也不喜欢。但不知何以最喜欢日本现代作家的作品，特别是鲁迅先生所译出的。(《顾随全集》卷二《小说·散文·日记·译作》之《寻梦词》，第195页)

1942年5月21日在与滕茂椿信里说：

〔鲁迅〕《译丛补》自携来之后，每晚灯下读之，觉大师精神面貌仍然奕奕如在目前。[《顾随全集》卷九《书信

二》之《致滕茂椿（莘园、心圆）》，第40页］

1947年顾随在《关于安特列夫》里说：

我自读了鲁迅先生所译的《暗淡的烟霭里》，便开始喜欢安特列夫，于是尽力搜集安特列夫的英译及中译作品来读。(《顾随全集》卷三《论著》之《关于安特列夫》，第375页）

1948年11月4日日记记录："阅鲁迅先生《诗力说》，觉得仍不失为新鲜。"［《顾随全集》卷二《小说·散文·日记·译作》之《弄潮手记（第二册）》，第210页］

1948年11月5日日记记录，读鲁迅译卢那卡尔斯基《艺术论》。（同上）

1948年11月6日日记记录，读鲁迅译鹤见祐辅《思想·山水·人物》，并推荐给友人卢伯屏阅读。（同上，第211页）

1949年3月1日日记记录："至校中文服务部归还前所借之《鲁迅传》。"（同上）

1949年3月6日日记记录："昨夕枕上看鲁迅先生杂

文。"(《顾随全集》卷二《小说·散文·日记·译作》之《旅驼日记》，第247页)

1949年3月14日日记记录："到王府井大街新中国书店购新书数种，内中关于鲁迅先生者四种，可供数日阅读也。"(同上，第249页)

1949年4月6日日记记录："燕学诚、刘胜璋来借去《民元前之鲁迅》《鲁迅散论》《人民文说豪鲁迅》《亡友鲁迅印象记》《鲁迅思想研究》共五册。"(同上，第254页)

顾随后期讲演鲁迅先生的活动，亦很频繁。1947年10月，北京大学文学社举办鲁迅先生逝世十一周年纪念晚会，顾随应邀在会上做讲演。(《顾随年谱》，第180页)1947年，顾随应邀在中法大学文史学会讲演《小说家之鲁迅》。(同上，第182页)1948年10月20日，顾随参加中法大学鲁迅先生纪念会，做题为"我所看见的鲁迅先生"的讲演。(同上，第206页)1949年1月27日，在中法大学授补习班，讲"鲁迅之作风"两小时。(同上，第214页)

顾随还谋划开设"鲁迅研究"专题课。1949年2月23日日记记录："冯君培来，盖为予谋在师大开鲁迅研究一课。"(《顾随全集》卷二《小说·散文·日记·译作》之《旅驼日记》，第244页)1949年3月23日日记记录："上午八至十时辅仁有两小时课,第一时为词选,学生提议此后改为鲁迅研究,原则上认可之。"(《顾随全集》卷二《小说·散文·日记·译作》,第250~251页)

顾随还与学生筹划建立"鲁迅研究会"。1949年2月19日、2月25日、3月2日日记里,记录与学生商谈组建"鲁迅研究会"事宜。2月19日日记记录:"往国文系办公室与郭君〔按,郭预衡〕闲话,嘱其组织鲁迅研究会,渠颇有意。"(同上,第242页)2月25日日记记录:"复至国文系与郭预衡君商组织鲁迅研究会事。"(同上,第244页)3月2日日记记录:"国文系学生三人来访……渠等之来盖为组织鲁迅研究会之事,当告以宜由同学自动,予愿为赞助人而不愿为领导者。渠等亦首肯。"(同上,第245页)

二〇二一年十一月六日

年轻人不适合读鲁迅

作品阅读因人而异。比如，年轻人喜欢读李白，成年人喜欢读杜甫。在现代作家里，最不好读、最难读懂的，可能是鲁迅先生。现在中小学语文课本里，学生最怕读的，就是鲁迅先生的文章。顾随亦觉得，鲁迅先生的文章不好读。他说：

文章要易诵读。鲁迅先生虽反对文章好念，但他的文章好的也是易诵读。只是晚年硬译，有点使人头痛。(《中国古典文心》，第10页)

鲁迅先生的文章，思想深刻，内涵丰富，有深度，值得读，但不好读，不易读懂。他的文章，读起来顺畅的，真不多。顾随说：

《朝花夕拾》，鲁迅之散文集，较好读。《野草》是散文诗，最难读。只读《野草》，易入□角。《呐喊》，小说集，其中有《鸭的喜剧》……文章有花开水流之美，自然，流动。此外则如雕刻一般，亦好极，唯幼童不能读。(《中国经典原境界》，第194页)

像《鸭的喜剧》这种"真正的平民、人民、民众"的作品（同上，第296页），自然流动，有"花开水流之美"，但极少见。他的大多数作品，"如雕刻一般"，虽然极好，但"幼童不能读"，读不懂，不好读。在现代作家里，这确是鲁迅先生文章的一个特点。顾随说：

胡适在文学上是极肤浅的，对其文章固应当读，但慎勿用功，用功必为其所误。至于看何种书物为上，则唯有看鲁迅之作品。因为看惯了烂面条子似的文章，再看鲁迅硬性之文字，就会啃不动，看不明白。若看了巴金之文再

读鲁迅之文，就会看不懂。(《中国经典原境界》，第194页)

鲁迅先生的文章不好读，与它的风格有关。与一般作家"烂面条子似的文章"，即浅显通俗的表达不同，鲁迅先生的文章是"硬性之文字"，即顿挫、峭刻、坚实、清峻、谨严，自然不能轻易看明白。当然，这还与鲁迅先生追求的表达方式有关。顾随说：

鲁迅先生创造式地说话，很少使人听了爱听，其实是人的毛病太多。鲁迅先生明知道说什么让人爱听，可我偏不爱说，杜甫拗律亦然。如"张弓"（拉紧弓弦开弓），老杜深得"张"字诀，近代作家只有鲁迅先生，现在连"顺"都做不到，何况"张"？(《中国古典诗词感发》，第104～105页)

就像年轻人不喜欢杜诗，鲁迅先生的文章，它的"硬性"，它的"创造式地说话"，年轻人不喜欢，幼童当然读不懂。

在现代作家里，顾随认为最值得反复阅读的是鲁迅先生。他自述"二十几年常常念《呐喊》《彷徨》"(《顾随全集》卷三《论著》之《小说家之鲁迅》，第354页）。顾随不主张年轻人读鲁迅先生，他说：

鲁迅先生文章若不如炮亦如锥，而本人满面是寂寞。鲁迅先生寂寞心情寂寞得阴森森的，怕人。天机最敏、生机最旺时读此种作品是否合适？可惜的是鲁迅先生不早十年写《呐喊》《彷徨》，如今只是"夕阳无限好，只是近黄昏"（李商隐《登乐游原》），如菊花，虽好，终不免凄凉。（《中国古典文心》，第235页）

"天机最敏，生机最旺"，说的是年轻人。顾随以疑问的口吻，说年轻人"读此种作品是否合适"，答案是：不合适。因为这种作品过于寂寞，过分阴森，特别怕人。这种文章"不如炮亦如锥"，不调和，不敦厚，过于刺激，对年轻人的身心健康不利。用顾随的话说："鲁迅先生文章是病态的。"（同上，第229页）所以，他不建议年轻人读鲁迅先生。

顾随不主张年轻人读鲁迅先生，亦不建议年轻人学鲁迅先生的文章。他说：

青年人不能太谨严，因妨害发展。……鲁迅之文铁板钉钉，叮叮当当，都生了根。……鲁迅白话文都到了古典，古典则须谨严。古典派并非用上许多典故，对仗工整，而是谨严，无闲字、废话也。……鲁迅之文也是如此：越写越谨严，故无活泼之气。所以不希望青年人学其文。(《中国经典原境界》，第205～206页)

鲁迅先生文章之谨严，是学魏晋文。很干净，极简洁，有顿挫，极峭刻，但缺乏自然流动的花开水流之美，无活泼之气，过于老气横秋。所以，顾随不希望年轻人学其文。

二〇二一年十一月七日

105

鲁迅的性情

顾随眼中的鲁迅先生，感伤，寂寞，冷酷，有挑战精神，做事认真用功。准确地说，是顾随心中的鲁迅先生，因为他们并未碰过面。

鲁迅先生是感伤主义者，顾随说：

鲁迅先生盖也是 sentimentalist（伤感主义者，感情用事者），如其《故乡》，几乎他一伤感，一愤慨，文章便写好了。对于写考据，有条理，排比也写得好，但那不是创作。在创作上是一伤感、一愤慨便写得好。(《中国古典文心》，第 106 页)

中国文人一写便是自己的伤感愤慨，鲁迅初期作品也未能免此，幸尚有思想撑着，故还不觉空洞。(《中国古典文心》，第107～108页)

鲁迅先生的文章好，好在他是感伤主义者的写作。鲁迅先生孤独寂寞。顾随说：

近代有两个寂寞的人，一个是静安，一个是鲁迅，我们从他们的作品中可以看出。(《顾随全集》卷六《传诗录二》之《论王静安》，第159～160页)

鲁迅先生文章若不如炮亦如锥，而本人满面是寂寞。鲁迅先生寂寞心情寂寞得阴森森的，怕人。(《中国古典文心》，第235页)

鲁迅先生作品亦然，凝练结果真成一种寂寞，不但写冷淡是如此，写热烈亦然，终不能阔大、发皇。(《中国古典诗词感发》，第10页)

最会说笑话的人是最不爱笑的人。如鲁迅先生最会说笑话，而说时脸上可刮下霜来。寂寞的心看不见，可寂寞的脸看得见。(同上，第20页)

盖鲁迅先生创作中曾停顿一个时期，甚至要把自己活埋。……鲁迅先生不是自己要藏，他原是要得人了解，《呐喊》自序上说，人能得人帮忙是好，能得人反对亦可增加勇气，最苦是叫喊半天无人理，如在沙漠，反不如被反对。鲁迅先生名此曰"寂寞"，此寂寞如大毒蛇。故欲活埋自己。(《中国古典诗词感发》，第38～39页)

鲁迅先生人寂寞，心孤独。寂寞心是诗心，孤独是诗性情怀。故其文章有诗意，很谨严，不能阔大，不能发皇。鲁迅先生冷酷，无温情。顾随说：

人称鲁迅是"中国的契柯夫"。但契柯夫骂人时都是诗，无论何时，其作品中皆有温情；鲁迅先生不然，其作品中没有温情。(《中国古典文心》，第284页)

如《在酒楼上》，真是砍头扛枷，死不饶人，一凉到底。因为他是在压迫中活起来，所以有此作风，不但无温情，而且简直是冷酷，但他能写成诗。《伤逝》一篇最冷酷，最诗味。(同上)

鲁迅先生爱骂人。顾随说：

鲁迅先生一写文章就骂人,他骂人是没办法,身有病,脾气与病互为因果。(《中国经典原境界》,第 237 页)

鲁迅先生有与嵇叔夜相似处,他们专拿西瓜皮打秃子的脸,所以到处是仇敌。……然要像嵇康、鲁迅他们,说真话,是社会的良医,世人欲杀,哀哉!(《中国古典文心》,第 211~212 页)

鲁迅先生文章骂人真是痛快淋漓,周作人先生文章是蕴藉。鲁迅先生文章虽非保养品,而是防腐剂。(同上,第 233 页)

鲁迅先生有挑战精神。顾随说:

西方颇多与社会挑战者,这样世界才能有进步,鲁迅先生即有此精神。中国有见道的、自得的陶渊明,却少有挑战精神,总以为帝王将相既惹不起,贩夫走卒又犯不上。鲁迅先生不管这些,猫子、狗子也不饶过。(《中国经典原境界》,第 170 页)

挑战精神就是坚苦卓绝精神,鲁迅先生倡导坚苦卓绝精神。顾随说:

他〔鲁迅〕劝人不要读线装书，多读外国书（北欧），他并不是宣传主义，那只是在品格上一种修养。北欧之作是向前的，且坚苦卓绝之精神真了不得。"坚苦卓绝"四字，正是北欧之伟大，如一大树。中国之文学则如盆景、假山，故干净、明洁，然不伟大。北欧之坚苦卓绝的精神就是宗教之精神，如耶稣、释迦。鲁迅也许看出中国民族及文学之弱点，故劝中国青年不要读线装书。（《中国经典原境界》，第285～286页）

鲁迅先生为人与为文，与顾随"情操修养"和"情操诗学"并不吻合，甚至相悖。但顾随推崇鲁迅先生，就是因为他有挑战意志和坚苦卓绝的精神。

鲁迅先生是处处用心、做事认真、特别用功的人。顾随说：

鲁迅先生不是天才作家，的确他是中国近代之大作家，列于世界文学家中也无愧色。他的成功完全是用功得到的，如其《中国小说史略》，考证文章，思想皆平日积累而成。其文稿都是自己抄写的；写信，邮票非自己贴不可。（这太琐碎。要知道，严肃认真与琐碎很近似，世俗之人，多有

琐碎而不严肃认真。）由此可见鲁迅先生之处处用心、用功。(《中国经典原境界》，第285页）

这亦是顾随推崇的人格修养。

二〇二一年十一月八日

106

鲁迅是白话文中的古典派

顾随断言:

如今日白话文写成功者仅鲁迅一人。(《中国古典文心》,第95页)

顾随这个断言,并非一时兴起,随便说说。他数十年阅读鲁迅,对鲁迅文章深有体味;他的文章写作,亦学鲁迅。故其断言,实有理据。概言之,他以为:鲁迅白话文"有事",有"言中之物"和"物外之言",袭旧弥新,古典干净,是白话文中的古典派。

鲁迅白话文有"言中之物"和"物外之言"。所谓"言中之物",是就内容言。顾随说:

"五四"而后,有些白话文缺少物外之言,而言中之物又日趋浅薄。鲁迅先生是诗人,故能有物外之言;是哲人,故能有言中之物。(《中国古典文心》,第150页)

鲁迅白话文有"言中之物",即思想上深刻和内容上充实。顾随说:

我们中国文学只剩字,没事了。此即使非中国文学堕落主因,也是最大原凶或最大原因之一。所以我们想学文学不能只注意字,应注意到事。鲁迅先生也是从旧的阵营走出来的,字上太讲究,受传统因袭影响。鲁迅先生字斟句酌,所以好者,幸而里面还有事。而中国一般文人之作都是只有字,没有事。(同上,第89页)

所谓"有事",是有"言中之物"。换言之,即思想深刻,内容充实。写白话文,要有"言中之物",要"有事",首先必须解放中国旧的语言,改造中国旧的语言。顾随说:

鲁迅先生就是把中国旧的语言文字解放了，许多前人装不进去的东西他装进去了。(《中国古典文心》，第 96 页)

鲁迅先生正是通过解放中国旧的语言文字，才把"许多前人装不进去的东西"装进他的文章里，他的文章因此才"有事"，才有"言中之物"。顾随说：

鲁迅先生文之所以可贵，便在他把许多中国历来新旧文学写不进去的事写进去了。(同上，第 90 页)

有"言中之物"，是好文章的条件之一。文章美，关键还要有"物外之言"，还要注意用字上的讲究。顾随说：

近代白话文之最大毛病是不能读。写白话文写得好的人，其对旧文学必有修养。对旧文学用功，不但文言文作得好，白话文也可以作得好，故对旧文学必须吸收。……中国旧文学太讲技术上用功而忽略了内容，数千年来陈陈相因，一直是在技术（甚至可以说是技巧）上打滚。现代之作家又太重于思想而忽略于文字的技术，以致最低的文字技术都没有，不能表现其所说的话，甚至连"骂"与

"捧"都分不清。(《中国经典原境界》，第 193～194 页)

近代白话文不能读，便是由于不讲技术，缺乏"物外之言"，没有文章美，包括音乐美和形体美。学习创作的技术，追求"物外之言"，实现文章美，最好的途径，便是提升旧文学修养。顾随的结论正确无疑："写白话文写得好的人，其对旧文学必有修养。"

鲁迅先生的文章好，好在它有"言中之物"，又有"物外之言"。鲁迅先生文章的"物外之言"，便来自他的旧文学修养。顾随说：

鲁迅先生的白话文有旧气息，现在青年应用自己的话写白话文，而还没有一个写好了的。……鲁迅先生是先有古典文学基础，后来受西洋文学洗礼，所以写出那样看着很啰嗦其实很简洁、看着很曲折其实很冲的作品。现在一般青年，对古典文学既无根基，对西洋文学也不了解，美其名曰欧化，其实糊涂化。(《中国古典文心》，第 112 页)

文学有传统，文章有根基。中国作家用中国字写白话文，古典文学的修养就是根基。顾随说：

> 法国作家法郎斯（France）……直到老年还以为学古文是一件应当之事，因为在学古文时，可以养成人的美的品格——崇高、明净之品格。……没有一种古典文学不明净而又崇高的。明净是崇高的原因，崇高是明净的结果。……鲁迅先生对旧文学有很深之修养，故写出之文明净、崇高，如《阿Q正传》。（《中国经典原境界》，第284～285页）

鲁迅先生秉持深厚的古典文学修养写白话文，其文有古典气息，其人是白话文中的古典派。用顾随的话说："鲁迅白话文都到了古典。"（同上，第205页）顾随说：

> 鲁迅之文《阿Q正传》，古典得如《史记》《左传》，然读之如见其人，如闻其声，如视其事。……鲁迅之文古典，干净之极，近来却觉得不然。如《表》《鸭的喜剧》，虽古典，还有真正的平民、人民、民众。（同上，第296页）

《鸭的喜剧》是鲁迅白话文中难得的"平民"作品，但亦不乏古典气息。顾随说：

> 文人写作所用语言，所走的有两条路：一是从旧书本

子上学的，另一则是活的语言。……余对史、汉、庄子只是理智上觉得好，理智、感情都觉得好的是曹子桓、鲁迅，清峻峭厉，而鲁迅走的也是古典派。韩退之革新是复古；鲁迅先生是跳过"八家"回到《文选》，是"白话"而不是活的语言。(《中国古典文心》，第250页)

鲁迅先生的文章，是白话文，但不是用"活的语言"写成的白话文，而是用"从旧本子上学的"语言写成的白话文，是"跳过'八家'回到《文选》"，是学魏晋文章的行文和语言写成的白话文。所以说"鲁迅走的也是古典派"，是白话文中的古典派作家。

顾随说：

鲁迅先生确实将其理想现实了，故其作品骨子里之精神是西洋的、近代的道德观念，而非中国的、古代的道德观念……而他的文章绝对是中国的，故鲁迅先生绝对是中国的土产，不是外国之移植。如《阿Q正传》中他揭穿中国社会之弱点，全用西洋之攻击法；而行文之美如《左传》，真美。故鲁迅之思想受了西洋影响，而在作风上仍然是中国的传统。……如France之文章即表现法文之美；高尔基亦能表现俄文之美；鲁迅最能表现中国方块单音组成的中国文字之美，《阿Q正传》之英文译本无其文字美，《阿Q正传》之英文译本无其文字美。(《中国经典原境界》，第286页)

鲁迅白话文的理想是什么？简言之，就是用中国文章固有的行文之美表现西洋的、近代的思想和观念。这个理想，与顾随的文学思想一致。顾随在1921年6月20日与卢继韶信里说：

诗是有价值的文学。……我对于胡适之的新诗，固然喜欢，也不免怀疑。他那些长腿、曳脚的白话诗，是否可以说是诗的正体？至于近来自命不凡的小新诗人的作品，我更不耐看。诗是音节自然的文学作品，他们那些作品，信口开河，散乱无章，绝对不能叫作诗。我的主张是——用新精神作旧体诗。改说一句话，便是——用白话表示新精神，却又把旧诗的体裁当利器。[《顾随全集》卷八《书信一》之《致卢季韶（继韶）》，第382～383页]

"用新精神作旧体诗"，这是顾随的理想，亦是鲁迅先生的主张。需要强调的是,顾随并非提倡写旧体诗,而是主张以旧体诗的风神情韵表现新思想;鲁迅先生亦并非想回到文言文时代,而是以文言文的行文之美写白话文,表现新思想。顾随与鲁迅先生一样,是新文学中的古典派。

二〇二一年十一月八日

107

谨严：鲁迅文章的风格

鲁迅先生的文风，用一个词来概括，就是"谨严"。顾随说：

> 鲁迅之文铁板钉钉，叮叮当当，都生了根。……鲁迅白话文都到了古典，古典则须谨严。古典派并非用上许多典故，对仗工整，而是谨严，无闲字、废话也。自汉至六朝，文字之清楚、谨严，鲁迅先生即受其影响，特别是魏晋六朝。……鲁迅之文也是如此：越写越谨严，故无活泼之气。所以，不希望青年人学其文。(《中国经典原境界》，第 205～206 页)

鲁迅文章不好读，年轻人不适合读鲁迅，便因其谨严，谨严的文章缺乏活泼之气。顾随的意思是："青年人不能太谨严，因妨害发展。"所以，他不希望年轻人学鲁迅文章。

"古典则须谨严"，意谓谨严是古典的特征。鲁迅先生是白话文中的古典派，便因其谨严。在现代作家里，他的文风独树一帜，写得"如雕刻一般"（《中国经典原境界》，第194页），真是很古典，极谨严。顾随说：

〔鲁迅〕先生就显得非常之冷峭与谨严。……鲁迅先生的好的作品则简直使人觉得好像一座经过整理了的园林。像《彷徨》里的《伤逝》一篇，结构之谨严，字句之锤炼，即是在极细微的地方，作者也不曾轻轻放过，于是读者觉得其无懈可击，即使在旧的诗词的短篇作品里也很少看到的。（《顾随全集》卷三《论著》之《小说家之鲁迅》，第360页）

鲁迅先生文章之谨严，体现在文章结构和字句使用上。顾随说：

近代白话文鲁迅收拾得头紧脚紧，一笔一个花。即使

打倒别人，打一百个跟头要有一百个花样，重复算我栽了。别人则毛躁。(《中国古典文心》，第310页)

鲁迅文章头紧脚紧，可见其认真、要好。现在有的文章散松没劲，可见其心散。(同上，第129页)

文学作品有简单几句话恰当说明意思者，《论语》、鲁迅杂文是其例也；亦有长而华丽者，《孟子》《庄子》是其例也。(同上，第320页)

谨严的文章，无闲字，无废话，干净，简洁，紧凑。谨严的文章，顿挫，曲折，有劲。顾随说：

> 文章有最以顿挫见长者，当推"史""汉"，看似一气，但无一字一语不曲折，绝不平直。吾人作文患不通顺，一通顺又太平直，也不行。……近代语体文没劲，便因无顿挫，否则便因不通顺。鲁迅先生一字一转、一句一转，没有一个转处不是活蹦的。(同上，第80页)

> 荆公为人别扭，时称"拗相公"。文章中即有此气，乃其个性也。……鲁迅先生之文亦拗，颇似荆公，其文之转折反复处甚多。(《中国经典原境界》，第221页)

鲁迅先生的文章，转折反复，顿挫有劲。这种文风，深得"张"字诀。顾随说：

> 鲁迅先生创造式地说话，很少使人听了爱听，其实是人的毛病太多。鲁迅先生明知道说什么让人爱听，可我偏不爱说，杜甫拗律亦然。如"张弓"（拉紧弓弦开弓），老杜深得"张"字诀，近代作家只有鲁迅先生，现在连"顺"都做不到，何况"张"？（《中国古典诗词感发》，第104～105页）

谨严的文章，得"张"字诀，是顿挫，不是平直，故有峭厉、深刻、硬性、坚实、苦辣的特点。顾随说：

> 鲁迅先生受西洋作品影响，加以本人之刻峭，且曾学医，故下笔如解剖刀。（《中国古典文心》，第205页）
>
> 读鲁迅文章，是使死尸站起来看见自己的腐烂，锤炼，坚实，有弹性。（同上，第222页）
>
> 鲁迅先生文章若不如炮亦如锥。（同上，第235页）
>
> 文章华丽易，苦辣难。……辣不是神韵，是深刻。……近代人文章，周作人是甜，鲁迅先生是辣，而《彷徨》中

《伤逝》一篇则近于苦矣。(《中国古典文心》，第 155 页)

因为看惯了烂面条子似的文章，再看鲁迅硬性之文字，就会啃不动，看不明白。若看了巴金之文再读鲁迅之文，就会看不懂。(《中国经典原境界》，第 194 页)

鲁迅先生这种谨严文章，"若不如炮亦如锥"，是投枪，是匕首。这种谨严之文，在用字上很讲究。顾随说：

鲁迅先生也是从旧的阵营走出来的，字上太讲究，受传统因袭影响。鲁迅先生字斟句酌，所以好者，幸而里面还有事。(《中国古典文心》，第 89 页)

鲁迅事的创作到家，字的考究也到家。(同上，第 91 页)

这种文章在用字上的讲究，来自鲁迅先生的古典修养，在现代作家里不多见。顾随说：

鲁迅先生自谓写文如挤牛奶，这不是客气，是甘苦有得之言。有时也有兴会淋漓处，唯不多见耳。(同上，第 106 页)

其实，鲁迅先生文章的这种谨严作风，与他学魏晋文有关，或者说，是从魏晋文那里学来的。魏晋文的典型特点，就是谨严。

二〇二一年十一月八日

后 记

  这本书的写作，从2021年9月16日动笔，到2021年11月23日完稿，前后68天，写了107篇，30余万字。这是我写作速度最快的一本书，不到70天写了30余万字，我自己亦很惊奇。这亦是我在写作过程中最感愉快的一本书，大部分篇章几乎是一气呵成，了无滞碍。坚持平时每天写一两篇，周末闲一点，写三四篇，便累积成现在这个样子。但是，为了本书的写作，我做了长期的准备工作，十多年的沉潜把玩，然后用四个月时间系统阅读，又用四个月时间分门别类抄录资料，再用两个多月的时间集中写作，我的顾随研究暂且告一段落。

  在"序言"中已有交代，我原本是计划写成题名为"顾随情操诗学理论研究"的学术专著，经友人建议，才临时动议，改成写札记。经此一番实践，我发现，写学术札记很适合我现在的生活和工作状态。构思和撰写学术专题论著，在体系建构、结构谋划、材料取舍等方面很费周折，非有整块时间集中精力来做，否则不能成其事。我现在的工作状态——开会、下乡、出差、会客……留给自己读书冥想和思考学术的时间与空间，实在太少，实在很零碎。零碎的时间和空间，只能用来构思和写作这种简短的札记。待以后有时间，再把这些零碎简短的札记串联起来，构成学术专题论著。我发现，这是我当下的生活和工作状态下，最切实可行的读书治学办法。

毋需宏大结构的谋篇布局，写札记确是一件愉快的事，但亦并非轻松的活。要确保每一篇札记都言之有据、言之有物，亦非易事。我所做的工作有以下三个方面：

第一，通览顾随论诗、讲学文字，从中抽取百余个有新意、有创见的论点，作为札记的篇目。自信此百余个论点，基本囊括了顾随诗学的重要观点，其中八成以上的篇目，皆可发挥演绎成专题学术论文。

第二，顾随论诗，虽然锐敏深刻，卓见迭出，但是率性恣肆，即兴感发，犹如天女散花，随意挥洒。我的工作是钩稽顾随论诗、讲学文字，汇集每一个观点的关联材料，并做梳理和阐释，使之首尾连贯，架构清明。

第三，顾随论诗，自成体系，自创新说，构成"情操诗学理论"。我的工作是将百余篇札记、百余个论点，分类编排，初步呈显"情操诗学"的理论体系。

全书凡107篇札记，按主题分为7卷。卷一共10篇，是对顾随其人的述评，述论顾随的家学、性情、人生观、政治态度、学术背景、艺术兴趣、学术追求、讲授艺术及其在学术史上的贡献。卷二凡12篇，是为顾随诗学本体论，说明顾随对中国文学的一般看法，如诗与道、诗与历史、诗法与世法之关系，孔门诗法的特点，中国诗的特质和类型，等等。卷三有16篇，是为顾随诗学风格论，阐释顾随对中国诗学特点的认识和分析，如中国诗的姿态、诗味、境界、无意、因缘、神秘、蕴藉等等。卷四得16篇，是为顾随诗学题材论，讨论顾随关于中国诗歌题材的看法，如中国诗人之博物、格物与物格，中国诗中的季节、时间、人伦、人生、生活、声色、情绪、说理，等等。卷五有16篇，是为顾随诗学作家论，讨论顾随关于诗人的修养和情操的观点，如关于诗人的"出入论""欣赏论""感觉论""诗心论""因缘论""情操论"，关于诗人的类型和等级，关于诗人的同情、豪气、幻想、感伤、孤独、担荷，等等。卷六凡14篇，是为顾随诗学技巧论，分析顾随关于诗歌写作技巧的看法，如关于诗的音乐性、形体美，诗的弹性，诗中用词，诗歌朗诵，等等。卷七有23篇，是为顾随诗学批评论，分析顾随以"情操诗学"论和"情操修养"论为依据，对《诗经》、《楚辞》以及曹操、曹丕、曹植、陶渊明、王维、李白、杜甫、李商隐、鲁迅等人及其作品的批评。概括言，全书7卷，既有对顾随其人的述评，亦有对顾随诗学本体论、风格论、题材论、作家论、技艺论、批评论的阐释，综合起来，便是我命名的顾随"情操诗学理论"。

顾随"情操诗学理论"的架构大体如此。若要客观评价他的价值、地位和影响，既须从纵向上，在整个中国诗学发展史上论定他的特殊意义，亦要从横向上，在与同时代诗学理论家的比较视角中铨衡他的特别价值。我的基本观点是：在纵向上，中国古代诗学古典美建构于扬雄，阐释于刘勰，解构于韩愈，重构于顾随；在横向上，顾随诗学之高度、广度、深度和精度，是静安诗学后的又一座高峰。具体论证，则是下一部专题论著《顾随情操诗学理论研究》要做的工作。

顾随是高士通人，他于诗学、词学、曲学、佛学、书学，皆无所不能，无所不通，无所不精。我的这批札记，仅限于他的诗学。"读顾随札记"还可以持续写下去，比如谈论他的书学、佛学、曲学等等，都可以写出若干篇来。友人刘泽海兄鼓励我把顾随研究这个坑挖得再深一点，把"读顾随札记"持续写下去，或者谋划写"顾随评传"，或者趁热打铁把"顾随情操诗学理论研究"做出来。我想了想，还是决定暂时离开顾随，冷静一段时间再说。校读完这部书稿，我便把有关顾随的资料送回到书柜里，把关于汉末"党人运动"的文献摆上了案头，这亦是我十多年前就想做的一项研究课题。

写作本书的那段日子，正值女儿汪叙辰大学毕业、求职并入职。这是她人生中的一个重要时刻，就权且把这本小书作为她成长中的一个纪念。

汪文学

二〇二二年十月二十二日

图书在版编目（CIP）数据

读顾随札记/汪文学著. —— 贵阳：贵州人民出版社，2023.11
ISBN 978-7-221-17384-3

Ⅰ.①读… Ⅱ.①汪… Ⅲ.①诗学－中国－文集
Ⅳ.①I207.2-53

中国国家版本馆CIP数据核字(2023)第007278号

DU GU SUI ZHAJI

读顾随札记

汪文学 著

出 版 人：朱文迅
策划编辑：刘泽海
责任编辑：陈丽梅
装帧设计：严　兴
责任印制：黄红梅
出版发行：贵州出版集团 贵州人民出版社
地　　址：贵阳市观山湖区中天会展城会展东路SOHO公寓A座
印　　刷：深圳市新联美术印刷有限公司
开　　本：889mm×1194mm　1/32
字　　数：382千字
印　　张：22.75
版　　次：2023年11月第1版
印　　次：2023年11月第1次印刷
书　　号：ISBN 978-7-221-17384-3
定　　价：98.00元（全2册）